La vie est belle après tout

CARMEL HARRINGTON

La vie est belle après tout

ROMAN

Traduction de l'américain par
ANA URBIC

&H

Titre original :

EVERY TIME A BELL RINGS

Ce livre est publié avec l'aimable autorisation de HarperCollins Publishers, Limited, UK.

HARPERCOLLINS FRANCE
83-85, boulevard Vincent-Auriol, 75646 PARIS CEDEX 13.

www.harlequin.fr

ISBN 978-2-2803-6029-6 — ISSN 2271-0256

Prologue

Bénie soit la saison qui entraîne le monde dans la conspiration de l'amour.

HAMILTON WRIGHT MABIE

Réveillon de Noël 2005

— Le bonheur, c'est… de loin les plus belles illuminations de Noël.

Je pousse un soupir de satisfaction et laisse échapper mon souffle dans un nuage de vapeur qui s'élève dans l'air frais.

Oui, je sais, je sais, je dis la même chose tous les ans en me tenant à cet endroit précis. Et j'aurai probablement le même discours dans trois cent soixante-cinq jours exactement.

Cette année encore, tout est parfait. En plus de nous faire faire un saut dans le passé, les décorations de style victorien ainsi que les illuminations qui habillent les rues font ressortir la bienveillance en chaque être se trouvant ici ce soir. Ma déclaration est ringarde, je vous l'accorde, mais, comme on dit : le ridicule ne tue pas, surtout pas à Noël.

Dublin, ma ville bien-aimée, brille de mille feux, et ses habitants trépignent d'impatience parce que Noël approche à grands pas. Et, pour moi, ces fêtes sont encore plus spéciales cette année car j'ai reçu un cadeau avant l'heure. OK, c'est le même que quand j'avais huit ans, mais il me fait super plaisir, vous n'imaginez même pas à quel point. Est-ce le fruit du hasard, la volonté du destin ou un acte de magie ? Je l'ignore, mais je ne pouvais pas rêver mieux.

Dire qu'il y a encore quelques semaines j'étais une jeune célibataire qui menait une existence on ne peut plus ordinaire. Mon travail d'enseignante à l'école Saint Colomba d'Iona me passionnait et ma vie sociale était bien remplie. Je ne pouvais pas en dire de même de ma vie sentimentale ; néanmoins, cela ne me dérangeait absolument pas. J'ai eu quelques copains sans jamais tomber sur l'homme parfait, Le Bon. Mais, maintenant qu'il est là, à côté de moi, je me demande comment j'ai fait pour vivre sans lui aussi longtemps.

En ce moment, je me trouve en bas de Grafton Street, une des rues commerçantes les plus importantes de Dublin, avec Jim Looney. Si on m'avait dit que ça arriverait un jour, qu'il serait ici, avec moi, je ne l'aurais jamais cru. J'en aurais même ri.

Jim Looney.

Je pousse un nouveau soupir en reportant mon regard sur lui. Il contemple la statue de Molly Malone[1] en riant, sans doute à cause de la guirlande de Noël qu'on lui a enroulée autour du cou.

Sans exagérer, Jim semble sortir tout droit d'un magazine de mode. Il est tellement canon qu'il pourrait faire de l'ombre à n'importe quel mannequin en vogue, mais je pense qu'il préférerait s'arracher les ongles un à un plutôt que d'approcher et encore pire de monter sur un podium de mode.

Je sors mon portable de ma poche et prends une énième photo de lui. C'est plus fort que moi, cet homme est un véritable festin pour les yeux. D'ailleurs, je l'imagine sans problème poser pour une marque de vêtements d'hiver. Pour vous dire, il porte une réplique de l'écharpe du quatrième Docteur[2], et très peu de gens sauraient porter aussi bien

1. Personnage fictif issu d'une chanson populaire irlandaise.

2. Héros de la série télé de science-fiction *Doctor Who*.

cet accessoire quelque peu démodé. Et, évidemment, Jim en fait partie. Ça lui donne un air encore plus cool.

Jim Looney.

Je n'arrive toujours pas à croire que je sors avec lui.

Je ne m'habituerais pas trop à sa présence, si j'étais toi, Belle. Ça ne durera pas. Toutes les bonnes choses ont une fin, me souffle une petite voix intérieure.

Je décide de l'ignorer.

Quelque part au fond de moi, je sais qu'il est trop bien pour moi et que tout ceci est trop beau pour être vrai. Ai-je déjà mentionné le fait qu'il a un visage buriné à la mâchoire carrée et un menton volontaire ? Oui, parfaitement. Cet homme est à tomber. Je ne sais pas comment décrire sa beauté sans pour autant passer pour une amoureuse transie.

Enfin, bref, pour résumer : Jim Looney est, comme on dit chez nous, un super coup.

Chaque fois que je plonge mon regard dans ses beaux yeux bleus, j'ai l'impression que je vais m'y noyer. J'en perds même mes mots, parfois !

Et ses cheveux… C'est mon point faible. Jim a toujours cette mèche qui retombe sur son œil droit. Quand je regarde ses cheveux, un instinct protecteur m'envahit et mon cœur se remplit d'amour pour lui. Certains disent qu'il est roux, d'autres, qu'il a les cheveux auburn. Quelle que soit la couleur exacte, elle ne fait qu'ajouter une touche sexy, une de plus, à l'ensemble.

Jim McSexy Looney.

Quand une mèche tombe dans ses yeux, j'éprouve un besoin irrésistible de la lui repousser en arrière juste pour pouvoir le toucher. Non pas que j'aie besoin d'une excuse pour le toucher. D'ailleurs, lorsque je le fais, une délicieuse décharge électrique me parcourt. A un moment, je lui caresse l'avant-bras, et l'instant d'après nous nous embrassons à en perdre haleine.

Rien que ce matin, je lui ai effleuré l'épaule en passant à côté de lui pour aller dans la salle de bains et...

Un frisson exquis me traverse quand je repense à ce qui s'est passé après. Deux fois, même.

Qui aurait pu croire que Jim Looney avait *ça* en lui ? En même temps, il est tellement sexy que ça ne m'étonne pas. Comme je l'ai déjà dit, c'est un super coup, et, oui, je ne manque pas une occasion de le faire savoir.

Jim Looney est mon petit copain et c'est un super coup.

Il faut croire que mon propre bonheur me monte à la tête. C'est comme si j'étais constamment ivre de lui. Je ne vois pas de quoi d'autre je pourrais être ivre, parce que je n'ai pratiquement pas avalé une goutte d'alcool au cours de ces dernières semaines. Jim ne boit pas, ce qui n'est pas pour me déplaire étant donné que mes derniers petits copains semblaient plus attirés par une pinte de bière que par moi. Pas très flatteur, je sais. Heureusement que Jim, lui, est conscient qu'il y a des choses bien plus intéressantes à faire que d'établir un campement dans un pub.

— A quoi penses-tu ? me demande l'intéressé en haussant un sourcil interrogateur.

Je lui réponds, tout sourires :

— C'est top secret !

Heureusement qu'il n'a pas de don de télépathie. Si je lui avouais la nature de mes pensées, il me prendrait par la main et nous sauterions dans le premier taxi venu pour nous faire conduire chez moi. L'idée est très tentante, c'est vrai, mais ça devra attendre parce que c'est le réveillon de Noël, que nous sommes sur Grafton Street et qu'un programme chargé nous attend.

— Dans ce cas, dis-m'en un peu plus sur cette tradition que tu perpétues tous les ans, la veille de Noël.

— C'est la dixième année. Tout a commencé grâce à, ou plutôt à cause de Joyce O'Connor.

— Je sens que cette histoire va être des plus intéressantes, fait remarquer Jim.

— Oh oui, elle l'est ! Un jour, le 24 décembre, pour être plus précise, Joyce m'a demandé de l'accompagner au centre-ville. J'avais quinze ans à l'époque.

Tiens, je me demande où est Joyce en ce moment, ce qu'elle est devenue. Nous nous sommes perdues de vue depuis longtemps, mais, chaque année, en arrivant ici, j'ai une petite pensée pour elle.

Joyce O'Connor n'était pas vraiment une amie proche. Pour être tout à fait honnête, c'était une garce. Appelons un chat un chat. Aujourd'hui encore, je me demande pourquoi j'ai accepté de l'accompagner ce fameux jour. Véritable reine de l'hypocrisie, elle me critiquait sans cesse derrière mon dos et, en face, me couvrait de compliments qui n'en étaient vraiment pas.

J'ai passé la moitié de mon adolescence à raser les murs des couloirs du lycée dans le but d'éviter Joyce et ses suiveuses. Je faisais tout mon possible pour ne pas attirer leur attention.

— Je me souviens d'elle, déclare Jim, me tirant de ma réflexion. Enfin, je pense que c'est elle. Petite, blonde, un air de peste ? Elle et sa clique t'en ont fait voir de toutes les couleurs.

Je ris. Oui, c'est bien elle.

— Excellente mémoire ! C'est sûr, elle n'a pas toujours été très sympa avec moi. D'ailleurs, si elle m'a proposé de venir avec elle, c'était parce qu'aucune de ses copines n'était disponible et que ses parents ne l'aurait jamais laissée aller en ville toute seule, surtout pour y retrouver un garçon.

— Ah, je vois. En plus d'être son alibi, tu as aussi tenu la chandelle. Sympa.

J'opine de la tête.

— Comme je n'avais rien de mieux à faire, j'ai accepté.

Tess était ravie en apprenant que je sortais avec une copine. Elle disait toujours que je passais trop de temps seule.

— Tu t'es quand même bien amusée ? s'enquiert Jim. Après tout, Joyce n'était peut-être pas aussi méchante que ça.

— Oh que si, elle l'était, une vraie petite peste. Mais, même si nous n'avons pas sympathisé autour d'un chocolat chaud, oui, je me suis bien amusée.

Le bus — la ligne 16B — qui nous avait emmenées au centre était blindé. Forcément, tout le monde voulait s'imprégner de l'ambiance festive et chaleureuse des rues de Dublin.

— A partir du moment où nous sommes montées dans le bus, Joyce m'a complètement ignorée. Elle s'est précipitée à l'étage pour y retrouver son amoureux, Billy Doyle, un petit boutonneux chaud comme la braise qui lui avait même gardé une place. Joyce n'avait pas posé ses fesses sur le siège qu'ils étaient déjà en train de se rouler une grosse pelle devant tout le monde.

— Avoir de la classe, ça ne s'apprend pas. Soit tu l'as, soit tu ne l'as pas, commente Jim.

— Cette petite dévergondée n'en avait pas du tout, rétorqué-je, et on rit à l'unisson. Bien évidemment, Billy le boutonneux n'avait pas gardé de place pour moi, et, comme il y avait énormément de monde à l'étage, j'ai dû redescendre dans le compartiment du bas.

Maintenant que j'y repense, comment ai-je pu les laisser me traiter comme ça ?

— Une fois que nous sommes arrivés à O'Connell Street, le petit couple a décidé de se partager un milk-shake à la fraise au McDonald's en me faisant bien comprendre que je n'étais pas la bienvenue, et c'est donc là que nos chemins se sont séparés. J'aurais dû leur en vouloir, mais, bizarrement, je m'en fichais complètement.

Jim me jette un regard compatissant et je le rassure en souriant :

— A cette époque, je n'étais pas très sociable. Je préférais largement être seule.

Quand Joyce et Billy m'avaient fait part de leur plan, je n'avais pas réussi à comprendre comment ils pouvaient préférer se cloîtrer dans un fast-food bruyant plutôt que de profiter de l'ambiance festive de la ville.

— C'était tant pis pour eux, déclaré-je. J'ai donc exploré Dublin, toute seule. La nuit tombait sur la ville et les lumières de Noël brillaient de toute part. Tout semblait... magique.

Je marque un temps d'arrêt, gagnée par un léger embarras, avant de reprendre :

— Tu vas sans doute trouver ça ridicule, mais j'avais l'impression de redécouvrir ma ville.

— Je ne trouve pas ça ridicule, répond Jim. Quand nous sommes arrivés à O'Connell Street, l'espace d'un instant, j'ai eu l'impression d'être à Bedford Falls, tu sais, la petite ville dans le film *La vie est belle* ?

J'acquiesce en souriant. J'ai pensé exactement la même chose. Cela fait dix ans que je le pense.

— J'adore ce film, murmuré-je.

Soudain, un Père Noël pour le moins effrayant surgit de nulle part et me fait sursauter. On dirait qu'il fait exprès de faire peur aux passants et qu'il s'y donne à cœur joie.

— Joyeux Noël ! Ho, ho, ho ! crie-t-il en agitant une cloche d'une main et une boîte faisant office de tirelire avec le logo d'un organisme caritatif collé dessus de l'autre.

Je sors quelques pièces de mon porte-monnaie et les dépose dans la tirelire.

— Bon, et cette tradition, alors, reprend Jim. Je ne sais toujours pas ce que c'est.

— Depuis ma mésaventure avec Joyce, je fais mon petit pèlerinage toutes les veilles de Noël. O'Connell Street est le point de départ. A partir de là, je traverse la Liffey, passe à côté du Trinity College, fais un petit coucou à Molly

Malone, remonte Grafton Street, puis retourne vers le fleuve jusqu'au pont Ha'penny avant de rentrer à la maison.

— Et ça t'arrive, de changer d'itinéraire ?

— Jamais. Je respecte toujours cet ordre précis. Ah, j'allais oublier ! Je fais aussi un petit arrêt au Captain America's, en haut de Grafton Street, pour déguster un chocolat chaud et une part de leur fameuse tarte au chocolat, la « Mississippi Mud Pie », histoire de recharger les batteries avant de repartir.

Je salive à l'idée de cette délicieuse tarte qui fond dans la bouche…

— C'est une belle tradition, et je suis content d'y participer avec toi cette année, dit Jim.

— Moi aussi, je suis contente que tu sois là.

Je porte mon regard sur la rue animée qui s'étend devant nous avant de lever de nouveau la tête vers Jim.

— J'ai dû arpenter Grafton Street des milliers de fois dans les deux sens avec d'anciens petits copains, des amis, des camarades de classe ou encore seule, dis-je d'une voix basse, soudain intimidée. Mais cette fois c'est complètement différent. C'est spécial, parce que tu es là, Jim.

Il me prend la main en souriant.

— C'est un honneur pour moi d'être ici, mademoiselle Bailey. Allez, fais-moi découvrir les merveilles de ta belle ville.

Alors que nous nous engageons dans la rue, je ne sais plus où poser mon regard en priorité.

La chaussée est surmontée de guirlandes lumineuses qui s'étendent des deux côtés de la rue et qui clignotent gaiement. Des lanternes victoriennes, rouges elles aussi, sont suspendues au milieu de chaque feston et éclairent d'une lumière dorée les passants qui encombrent le trottoir. Les vitrines des magasins sont également parées de décorations de Noël multicolores et scintillantes. L'ensemble donne un aspect féerique à la rue.

L'atmosphère est chargée d'une énergie positive qui m'insuffle une sensation presque euphorisante. Je ne suis d'ailleurs pas la seule à être gagnée par cette frénésie de Noël, les gens qui se pressent autour de nous le sont aussi. Bon, peut-être pas tous, à en croire l'expression agacée qu'arbore un homme d'une quarantaine d'années en se frayant un chemin dans la foule d'un pas pressé. Je parie qu'il n'a pas fini ses achats de Noël. Le pauvre, il n'est pas au bout de ses peines. Moi, mes cadeaux sont prêts et emballés depuis deux mois déjà.

J'en suis là dans mes pensées quand la vitrine d'un des magasins attire soudain mon attention.

— Regarde, Jim !

Je me précipite vers la vitrine pour mieux observer un troupeau de rennes, plus vrais que nature, brouter l'herbe partiellement recouverte par une couche de neige.

Au bout de quelques secondes, une autre vitrine, qui se trouve de l'autre côté de la chaussée et qui ressemble à une carte postale d'une bourgade enneigée, captive mon regard, et j'entraîne Jim avec moi.

— Tu n'as pas fini ce que tu disais quand nous étions devant Molly Malone, tout à l'heure, observe Jim pendant que j'étudie la vitrine en détail.

Il désigne les alentours d'un large geste de la main en ajoutant :

— C'est ça, le bonheur, pour toi ? C'est ça qui te rend heureuse ?

— Oui, entre autres. Il y a plein de choses qui me rendent heureuse, mais Noël et tout ce qui s'y rattache figurent en haut de ma liste. Comment ne pas se laisser porter par cette ambiance chaleureuse et festive ? J'ai l'impression d'être dans un film de Noël, pas toi ?

— Oui, dans un blockbuster, même, plaisante-t-il. Et, hormis les guirlandes lumineuses qui sont ton élément de décoration de Noël fétiche, qu'est-ce que tu aimes ? Qu'est-ce qui te rend heureuse ?

Te tenir par la main, je suis tentée de dire, mais me ravise au dernier moment. Toute jeune femme qui se respecte a droit à son petit jardin secret.

Comme je ne réponds pas, Jim revient à la charge.

— Allez, Belle, je veux savoir. Qu'est-ce qui te rend heureuse ?

— Beaucoup de choses, dis-je en zigzaguant lentement entre les passants. Ne pas avoir à mettre le réveil le week-end, une tartine de pain croustillant avec une grosse couche de beurre de cacahouètes dessus. Par contre, la tartine doit être chaude. J'ai horreur des tartines froides, elles sont trop caoutchouteuses.

— Vraiment, à ce point ? s'enquiert Jim.

Je hoche la tête.

— C'est bon à savoir, commente-t-il. J'en prends note.

— Dans ce cas, il est important que tu saches également que le beurre de cacahouètes doit impérativement recouvrir *toute* la surface de la tartine. Malheur à celui qui ne se donne pas la peine d'étaler le beurre jusque dans le moindre recoin du pain ! Chaud, bien sûr.

— OK. Bien étaler le beurre de cacahouètes sur une tartine chaude. C'est noté. Autre chose, milady ? demande-t-il en tirant sur le bord de son chapeau et en inclinant légèrement la tête.

— J'adore commencer un nouveau livre et m'apercevoir dès les premières pages qu'il va me plaire et que je serai triste une fois que je l'aurai terminé.

On fait quelques pas en silence puis j'ajoute :

— Ah, j'aime bien danser aussi. Mais, attention, pas n'importe quelle danse, seulement celle où il faut bien remuer son popotin. Effet positif garanti.

Jim hausse un sourcil sceptique et je remue le derrière

en faisant balancer mes hanches pour lui montrer ce à quoi je fais allusion.

Un large sourire se dessine alors sur ses lèvres.

— Tu vois, effet positif garanti !

Jim éclate de rire avant de dire :

— Oui, mater tes fesses a un effet plus que positif sur moi.

A ces mots, il me donne une petite tape affectueuse sur les fesses et je remercie silencieusement le ciel de ne pas avoir lâché les cours d'abdos-fessiers cet été.

— Et t'envoyer en l'air ? m'interroge Jim en reprenant son sérieux. Tu adores ça aussi, non ?

Je feins d'être choquée :

— Jim Looney ! On ne pose pas ce genre de questions à une lady respectable !

Je sais parfaitement où il veut en venir et je lutte pour conserver mon sérieux.

— Oh ! mille excuses, milady, dit Jim en entrant dans mon jeu. Par « vous envoyer en l'air », je voulais dire « vous balancer en l'air », comme sur une balançoire. Je pensais que c'était évident.

On part d'un petit rire complice.

— Oui, Jim Looney, j'adore toujours me *balancer* en l'air sur une *balançoire*. Chaque fois que je passe à côté d'une aire de jeux, je ne peux pas m'empêcher d'aller sur la balançoire et de m'élancer le plus haut possible. Il n'y a rien de mieux que d'avoir la tête partiellement dans les nuages pour faire le vide dans son esprit.

— Certaines choses ne changent jamais, observe Jim. Personnellement, je préfère le toboggan.

Je me rappelle qu'il ne remontait jamais par l'échelle mais par la descente et, quand il n'était pas sur le toboggan, je le suppliais de me pousser toujours plus haut sur la balançoire. C'était il y a longtemps, tout ça.

Tout à coup, Jim m'attire dans un coin de la chaussée, à l'écart de la foule, et plonge son regard dans le mien.

— Et moi ? demande-t-il. Est-ce que moi aussi, je te rends heureuse ?

Cette question me prend au dépourvu venant de mon petit ami, qui, d'habitude, respire la confiance en soi, mais qui, là, me fixe avec un air plus qu'incertain.

Je prends ses mains dans les miennes et les serre avec force avant de murmurer :

— Toi, Jim Looney, tu fais de moi la femme la plus heureuse au monde.

Mes copines me passeraient sans doute un savon pour avoir fait une telle déclaration à un homme au bout de quelques semaines de relation. Elles auraient entièrement raison ; je ne devrais pas me livrer aussi facilement, mais je n'ai jamais su cacher mes sentiments.

Tess dit toujours que toutes mes émotions se reflètent dans mes yeux. Comme on dit : trop entière, trop sincère.

Jim a d'ailleurs dû lire tout ce que je ressens pour lui dans mes yeux parce qu'il me fixe d'un regard des plus étranges. Mince, ma réponse l'a probablement effrayé !

Bravo, Belle, c'est malin.

— Décidément, tu es pleine de surprises, lâche-t-il au bout de ce qui me semble une éternité et en me dévisageant comme s'il me voyait pour la toute première fois.

— Ça va ? m'enquiers-je en sentant mon estomac se nouer.

Et voilà, la même expression bizarre réapparaît sur son visage. Il commence sérieusement à m'inquiéter.

— Beaucoup de choses ont changé depuis que je suis parti, mais beaucoup sont restées les mêmes. C'est déconcertant, observe-t-il.

Je lui réponds en lui donnant un petit coup de coude dans les côtes.

— L'heure n'est pas à la philosophie, papy Looney. Regarde plutôt cette vitrine.

Nous sommes arrivés devant le grand magasin irlandais Brown Thomas.

— Avoue que Macy's ne fait pas le poids face à ça, dis-je en pointant du doigt la vitrine somptueusement décorée.

— Ce n'est pas mal... Pas mal du tout, rétorque-t-il avec son accent inimitable mi-irlandais, mi-Midwest américain.

On regarde les décorations quelques instants, puis je me tourne vers Jim.

— Pour moi, c'est vraiment la plus belle rue du monde. Quand je suis ici, je replonge en enfance.

On flâne de vitrine en vitrine, autour desquelles dansent des petites lumières, dans un silence confortable. Chacune d'entre elles représente une scène de Noël et je les contemple, émerveillée.

J'étudie avec attention les mannequins, assis ou debout, vêtus de robes victoriennes corsetées toutes plus belles les unes que les autres et parés de bijoux éclatants, les sapins majestueux décorés avec goût, le sol recouvert de fausse neige... Je suis comme propulsée dans un univers magique.

Je me love contre Jim afin de respirer son odeur, un mélange d'épices, de cannelle et de cuir. Il sent... Noël. Oui, Noël.

Jim passe un bras autour de mes épaules et je suis à deux doigts de fondre de plaisir. Il est si... si...

Je glousse en trouvant le mot que je cherchais et me sens rougir.

Il est si *viril.*

J'aperçois alors notre reflet dans une vitrine : moi, en train de glousser comme une collégienne, tandis que lui me sourit, se demandant certainement ce qui me fait rire.

Comme je l'ai déjà dit, heureusement qu'il ne peut pas lire dans mes pensées.

Plusieurs passants nous dévisagent et se retournent sur nous. Avec le temps, j'ai fini par m'habituer à ces regards curieux. Ce n'est pas tous les jours que l'on croise un couple formé par un rouquin irlando-américain sexy à souhait et une jeune femme aux airs d'amazone avec une peau couleur caramel, d'épais cheveux noirs et un accent cent pour cent dublinois. Les opposés s'attirent et s'assemblent parfaitement, dans notre cas.

Quand je suis avec Jim, je me sens plus belle, plus femme que jamais. Aucun autre homme ne m'a donné ce sentiment auparavant. En plus, avec son mètre quatre-vingt-treize, Jim est grand et imposant. A côté de lui, je me sens petite et précieuse, et j'adore ça.

Peu importe comment il est vêtu ou coiffé, chaque fois que je vois Jim, je ressens comme des papillons dans le ventre. Notre premier baiser m'a rendue accro à lui, et depuis il agit sur moi comme une drogue puissante. J'ai réussi à vivre sans lui pendant dix ans sans problème, mais, maintenant qu'il est de retour dans ma vie, je ne peux plus m'en passer.

Est-ce que c'est ça, le grand amour, le vrai, celui avec un grand A ? Cendrillon a-t-elle éprouvé la même chose quand elle a rencontré le Prince charmant ? Je l'espère.

Et tu vas faire quoi quand il repartira chez lui, dans l'Indiana, après les fêtes ?

Encore cette fichue petite voix qui me nargue.

Je refuse de l'écouter. Nous n'en sommes pas encore là. Pour le moment, je veux profiter de l'instant présent.

D'ailleurs, tiens, la petite voix, je vais te donner une bonne leçon qui va te faire fermer ton clapet.

Brusquement, je me tourne vers Jim et l'attire vers moi pour l'embrasser passionnément. Lorsque nos lèvres se touchent, chaque fibre de mon corps s'embrase délicieusement. Je me fiche complètement de ce que peuvent penser les gens autour de nous et, à en croire les assauts de la langue de Jim, lui aussi.

— Hum hum…

Quelqu'un se racle la gorge, éclatant ainsi notre bulle. Nous rompons notre baiser avant de tourner en même temps la tête vers la source du toussotement. Apparemment, il s'agit du concierge de Brown Thomas. Vêtu d'un uniforme élégant, l'homme agite son index vers nous, mais n'a pas l'air contrarié, vu son petit sourire en coin. Il doit juste vouloir que nous nous décalions afin de ne pas gêner l'accès au magasin, ce qui est compréhensible.

— Excusez-nous, dit Jim en portant la main au rebord de son chapeau et me guidant en avant. Allons déguster cette tarte au chocolat dont tu n'arrêtes pas de me parler. Je veux faire des réserves pour garder ton rythme.

Je souris et me retourne pour saluer le concierge d'un signe de la main.

— Joyeux Noël, les tourtereaux ! crie-t-il en retirant son couvre-chef et l'agitant au-dessus de sa tête.

Main dans la main, nous nous dirigeons vers le Captain America's et nous installons à une table au fond de la salle.

Jim me propose de partager une part de tarte, mais je refuse catégoriquement. Un tel délice, ça ne se partage pas.

— Autre note à moi-même : elle n'aime pas partager les desserts au chocolat, plaisante-t-il en attendant qu'on nous apporte notre commande.

Dès que le serveur pose mon assiette devant moi, je saisis la fourchette, coupe un morceau de tarte et le mets dans ma bouche.

Mmmh... Elle est toujours aussi bonne que dans mes souvenirs.

En sortant du Captain America's, rassasiés et frisant même la crise de foie, nous nous arrêtons sur le trottoir pour prendre le temps de nous imprégner de l'atmosphère joyeuse qui règne dans la rue. Puis, marchant d'un pas léger, nous nous dirigeons vers le parc public Stephen's Green pour y faire un petit tour. Le jardin est calme et nous nous baladons, plongés dans un silence plaisant ponctué par nos respirations.

— Où allons-nous, maintenant ? s'enquiert Jim en sortant du parc.

— Eh bien, nous allons traverser le pont Ha'penny pour retourner à O'Connell Street. Après, nous irons chez Tess.

— Je suis vraiment obligé de dormir dans la chambre d'amis cette nuit ? maugrée Jim.

— Oui. Et n'essaie même pas de t'introduire en douce dans la mienne. Tess risquerait d'avoir un infarctus si elle te surprenait.

Avant que Jim n'ait le temps de protester, un chant fredonné d'une voix féminine nous parvient, porté par l'air nocturne.

— C'est magnifique, dis-je en dirigeant mon regard vers le pont. On dirait que ça vient de là-bas.

— Elle chante ton chant de Noël préféré, observe Jim.

Le fait qu'il se souvienne de ce détail me touche profondément. Il doit s'en apercevoir, parce qu'il me caresse tendrement la joue.

— Je n'arrête pas de te le dire, Belle : je me souviens de tout.

Nous avançons vers le pont en nous laissant guider par la voix douce et mélodieuse de la chanteuse. Une foule de gens est déjà rassemblée autour d'elle et la plupart des passants s'arrêtent pour l'écouter. Si ça se trouve, il ne s'agit même pas d'une chanteuse mais d'une chanson préenregistrée.

Je me faufile au milieu la foule et Jim m'emboîte le pas. Quand on arrive à l'avant de l'assemblée, je constate avec émerveillement que c'est bel et bien une personne — une petite fille, qui plus est — qui chante au milieu du pont.

— Elle ne doit pas avoir plus de dix, onze ans, observé-je, incapable de détacher mon regard de l'enfant.

— Elle est adorable, commente une dame à côté de moi, et j'acquiesce de la tête.

La petite fille porte un trench-coat en laine rouge. Les pointes de ses cheveux ébène, coupés au carré, effleurent son col de velours noir comme elle chante et, derrière elle, les lumières du pont se reflètent dans le fleuve, l'encadrant dans un halo doré.

Le spectacle est tellement beau que je n'arrive pas à m'en détacher. Le moment est magique. Tout est parfait : la petite fille, sa voix envoûtante, le chant, le pont, absolument tout.

— Elle chante vraiment très bien, chuchote Jim quand elle entame les premières paroles du cantique *Minuit, chrétiens.*

— On dirait un ange.

J'ai la gorge nouée par l'émotion. Des larmes menacent sérieusement de couler et je me fais violence pour les contenir.

— « Un frisson d'espoir, le monde las se réjouit… »

Je chante avec elle et prends la main de Jim. Il la referme aussitôt sur la mienne.

Les paroles du cantique me font chaud au cœur et résonnent en moi tandis que la magie de l'instant m'enveloppe. C'est alors que je me rends compte que le chant s'applique en quelque sorte à ma vie : il y a encore trois semaines, moi aussi, je me sentais lasse, sans pour autant en être consciente, puis Jim a refait irruption dans ma vie, pour mon plus grand bonheur.

Tant d'émotions se bousculent en moi et m'arrachent un frisson, si bien que je dois me pincer pour garder mon calme et surtout ne pas m'effondrer au sol en sanglots. Le moment serait vraiment très mal choisi pour ce genre d'effusions. Est-ce juste moi ou bien Jim aussi est bouleversé ?

Je lui jette un regard en coin. Ouf, ça ne vient pas que de moi, lui aussi paraît troublé par la performance de la petite fille. Les yeux brillants de larmes, il semble transporté par le cantique et je me serre davantage contre lui.

A cet instant précis, une pensée me frappe de plein fouet : j'ai enfin trouvé mon chez-moi, mon refuge. Il est là, dans les bras de cet homme.

Pourtant, cela ne fait que trois semaines que nous sortons ensemble, même si j'ai l'impression que cela fait bien plus longtemps. Comment est-ce possible ? La réponse me paraît évidente : Jim est mon destin, c'est mon cadeau tombé du ciel.

Je balaye la foule du regard. Des familles, des amis, des couples, tous sont subjugués par la voix angélique de l'enfant. Je me fais la promesse de ne jamais oublier cet instant. De pareils moments de pur bonheur, ceux où l'on a l'impression que notre cœur va littéralement exploser de joie, sont si rares, et celui-ci en est un.

La voix de la petite fille monte d'une octave alors qu'elle fredonne les dernières paroles du cantique qui résonnent dans l'air frais, devant une foule muette, presque paralysée. On dirait que le temps s'arrête quelques secondes puis, tour à tour, les gens se pressent autour d'elle pour déposer des pièces dans le chapeau de velours rouge à ses pieds. Les pièces atterrissent une à une dans un cliquetis de métal continu qui se transforme en une mélodie agréable.

— On dirait des clochettes qui tintent, remarqué-je, toujours bouleversée.

— Elles tintent pour toi, ma jolie Belle, déclare Jim.

J'avance pour, à mon tour, laisser tomber quelques pièces dans le chapeau et, quand je croise le regard de la petite fille, une sensation étrange m'envahit. Elle me fait un large sourire et…

C'est bizarre, son visage me dit quelque chose. J'ai l'impression de la connaître et j'ai une soudaine envie inexplicable de la prendre dans mes bras. Cela dit, j'y renonce presque aussitôt. Ses parents ne doivent pas être loin et je ne veux pas qu'ils me prennent pour une folle.

— Si Simon Cowell avait été là, je parie qu'il lui aurait immédiatement proposé un contrat. Interprété par elle, ce cantique a vraiment le potentiel pour devenir le prochain tube de Noël.

Tout en parlant, je me tourne vers Jim, sauf qu'il n'est plus à côté de moi.

Où est-il passé ?

Je regarde à droite puis à gauche, mais ne le vois nulle part. Mince, j'ai avancé en suivant la foule et je l'ai perdu. Je balaye le pont du regard, mais il est noir de monde. C'est comme si je cherchais une aiguille dans une botte de foin.

Une vague de désespoir me submerge au moment même où quelqu'un m'attrape par la main. Je tourne la tête et souris.

— Ah, tu es là ! m'exclamé-je en le voyant, soulagée de l'avoir retrouvé.

Mais... Qu'est-ce qu'il fait ? Pourquoi pose-il un genou à terre au beau milieu du pont ?

— Tu as perdu quelque chose ?

Je me penche pour examiner les pavés autour de nous. Il a dû faire tomber son portefeuille, ou ses gants, peut-être.

— Regardez ! se fait entendre une voix derrière moi. Il va la demander en mariage !

A ces mots, mon estomac fait une drôle de pirouette. Jim ne va pas me demander en mariage, c'est impossible !

— Ne soyez pas ridicules, voyons, dis-je en me retournant. Ce n'est pas du tout ça. Il a juste perdu quelque chose.

Nous ne sommes ensemble que depuis trois semaines. Aucune personne saine d'esprit ne fait une demande en mariage aussi vite. Enfin, si, dans les livres ou les films, mais pas dans la vraie vie. Pas ici, à Dublin, et encore moins à moi, Belle Bailey.

Je me tourne de nouveau vers Jim et constate qu'il ne rigole pas au commentaire du passant. Non, il me fixe d'un regard intense qui me cloue sur place.

En fait, je pense qu'il n'a rien perdu, parce qu'il ne semble pas inquiet. On dirait même qu'il est particulièrement heureux, car un sourire béat remplace l'expression espiègle qui s'affiche d'habitude sur son visage.

— Non, je n'ai rien perdu, Belle, annonce-t-il. Au

contraire, je dirais même que j'ai trouvé quelque chose de très précieux.

Des exclamations derrière moi me font me retourner.

Mon Dieu, nous avons un public. La foule qui s'était rassemblée autour de la petite fille s'est désormais amassée pour assister à un autre spectacle, celui dont mon petit ami et moi sommes les protagonistes. Voilà qui leur fera un sujet de conversation pour le moins intéressant au dîner.

— Belle, tu es mon âme sœur et je veux passer le restant de ma vie à tes côtés. Je ne veux plus jamais être séparé de toi, je veux juste t'aimer de toutes mes forces et te faire oublier les tristesses du passé.

Pardon ? Suis-je en train de rêver ou… ?

Ce qu'il vient de dire a tout d'une demande en mariage, mais, d'un autre côté, il n'a pas posé la question fatidique.

Je pince les lèvres pour conserver la maîtrise de mes réactions. Il est hors de question que je dise « Oui » — ou autre chose — à une déclaration. Je ne réponds qu'aux questions, moi. Néanmoins, une euphorie brûlante s'empare de tout mon être.

— Je veux t'épouser, je veux épouser ma meilleure amie, ajoute-t-il d'un ton résolu.

OK, techniquement, ce n'est toujours pas une question, mais son affirmation ne laisse plus aucune place au doute.

Les passants, qui ont formé un petit cercle autour de nous, comme pour nous protéger des regards indiscrets, sont désormais tous suspendus à mes lèvres.

— Je n'avais pas prévu de te faire ma demande ici et comme ça, même si cela fait déjà plusieurs jours que j'y pense. Pour tout te dire, je n'ai même pas de bague, déclare-t-il en prenant un air attristé.

Toute ma vie, j'ai rêvé du jour où mon prince charmant poserait un genou à terre et ouvrirait un petit écrin de velours dans lequel serait nichée une bague ornée d'un diamant, tout en me faisant une déclaration des plus romantiques. Mais, à présent, bague ou pas, cela m'est complètement égal.

J'esquisse un sourire que j'espère rassurant pour lui faire comprendre que l'aspect matériel de sa demande n'a aucune importance à mes yeux.

— Mais j'ai ceci…, poursuit-il en plongeant la main dans la poche intérieure de sa veste.

L'instant d'après, il en ressort un petit paquet carré emballé dans du papier rouge orné d'un nœud blanc scintillant.

Qu'est-ce que ça peut bien être ?

— L'emballage est magnifique.

Ma voix n'est qu'un murmure.

— Je l'ai achetée plus tôt dans la journée. C'est un de tes cadeaux de Noël, parce que tu en auras d'autres, bien sûr. J'avais prévu de le mettre sous le sapin de Tess, mais, après réflexion…

Il laisse sa phrase en suspens et me tend le paquet, que je prends d'une main tremblante.

Je suis tellement nerveuse que je mets une éternité à le déballer et retiens mon souffle en découvrant qu'il s'agit d'un écrin. Ce n'est pas une bague, mais, du coup, je ne vois absolument pas ce que ça pourrait être.

J'entreprends de défaire le crochet qui maintient l'écrin fermé et celui-ci s'ouvre, révélant une clochette en argent montée sur un ruban de velours rouge posée sur un coussinet de la même couleur.

Je n'ai jamais vu quelque chose d'aussi… parfait.

— Oh ! Jim…

Je pousse un soupir chargé d'émotion et j'entends l'assemblée autour de nous faire de même.

— Une clochette pour ma jolie Belle[1], explique Jim.

Je saisis délicatement le ruban et retire la clochette de l'écrin avant de l'agiter devant moi, la faisant tintinnabuler

1. « Clochette » se dit *bell*, en anglais. (NdE)

allègrement. La foule soupire de nouveau à l'unisson et une chaleur diffuse se répand dans mes veines.

L'instant est tellement parfait, tellement magique, tellement féerique, que je crois que je vais m'évanouir. Dire que j'étais persuadée que des moments pareils n'existaient que dans les livres, les téléfilms de Noël ou sur les plateaux de talk-show. Eh bien, non ; la preuve : j'en suis l'héroïne. Moi, Belle Bailey.

Jim me prend la clochette de la main et défait le nœud du ruban rouge.

— Evidemment, tu auras aussi le droit à une belle bague de fiançailles si tu dis oui, déclare-t-il.

— La bijouterie Appleby est encore ouverte, mon petit ! crie quelqu'un, et tout le monde rit de concert.

Toutes ces émotions font monter un flux de sang à mon cerveau et me donnent le tournis. Mes jambes flageolent et je me rattrape à la rambarde en fer forgé du pont. En vingt-cinq ans, je n'ai jamais fait de malaise, mais, depuis que je suis avec Jim, les symptômes se manifestent un peu trop souvent à mon goût.

Je ferme les yeux et inspire puis expire doucement trois fois, de façon à apaiser cette sensation qui me bouleverse profondément.

Ça y est, ça va un peu mieux.

Et si tout ceci n'était que le fruit de mon imagination débordante ? Peut-être que, quand je rouvrirai les yeux, la foule aura disparu et Jim sera debout, à mes côtés. Essayons pour voir…

Je soulève les paupières et croise le regard empli d'amour de Jim, qui a toujours un genou posé à terre.

Je me mets soudain à balbutier.

— Ça ne fait que trois semaines qu'on se connaît.

Un halètement collectif traverse la foule.

Je ne pouvais pas ne pas le dire.

Sa démarche est des plus sincères et romantiques, mais

je dois lui remettre les pieds sur terre. Tout n'est pas aussi simple qu'il y paraît.

— Ma douce, magnifique et courageuse Belle, réplique-t-il en se relevant et prenant mes mains dans les siennes. Tu sais parfaitement que c'est faux. Toi et moi, nous nous connaissons depuis toujours.

PARTIE 1 : UN VŒU EXAUCÉ

Chapitre 1

N'est-ce pas étrange que la solitude ne soit jamais aussi pesante qu'au moment de Noël ?

KATE L. BOSHER

Décembre 1988

— Elle n'a pas prononcé le moindre mot, ce n'est pas normal. Vous devriez peut-être songer à lui faire passer des examens pour vous assurer que rien ne cloche chez cette petite, suggère Mme Gately, ma mère d'accueil — ou plutôt mon ex-mère d'accueil —, en tapotant sa tempe du doigt.

— Ce n'est pas la première fois qu'elle arrête de parler, se lamente Mme O'Reilly en secouant la tête et en contournant la voiture à l'arrière de laquelle je suis installée.

Mme O'Reilly, c'est mon assistante sociale. Je la connais depuis toujours, et là je vois qu'elle n'a pas l'air très contente. Je ne veux pas qu'elle se fâche, je ne le fais pas exprès, mais chaque fois c'est la même chose. Ma maman aussi se mettait souvent en colère contre moi.

Je serre ma poupée Dee-Dee dans mes bras et caresse ses cheveux noirs en essayant de refouler les souvenirs de ma maman.

— Passe un joyeux Noël, Belle, dit Mme Gately en s'appuyant à la portière ouverte.

J'ai l'impression qu'elle va me prendre dans ses bras, mais elle se retient au dernier moment et se contente de me tapoter la tête. Heureusement, parce qu'elle porte un parfum bizarre qui me chatouille les narines et me fait éternuer quand elle s'approche trop.

En tout cas, je vois bien qu'elle est soulagée de se débarrasser de moi. Plus tôt, je l'ai entendue dire à son mari qu'aucune somme d'argent n'en valait la peine. Je n'ai que huit ans, mais j'ai compris qu'elle parlait de moi.

— Attache ta ceinture, Belle, me lance Mme O'Reilly par-dessus son épaule.

Oui, elle est vraiment fâchée contre moi. Je croise son regard dans le rétroviseur et son expression s'adoucit un peu.

— Tu vas beaucoup te plaire chez Tess, déclare-t-elle d'une voix plus aiguë que d'ordinaire. Elle est très gentille et, cette fois, il s'agit d'un placement permanent. C'est une bonne chose, tu ne trouves pas ? Tu vas pouvoir déballer toutes tes affaires et t'habituer à ta nouvelle maison en douceur, sans pression.

Je baisse les yeux sur le petit sac à dos posé entre mes pieds qui contient toutes mes affaires.

— Belle ?

Je lève de nouveau la tête. Mme O'Reilly attend sûrement que je lui réponde quelque chose. J'opine de la tête et force un sourire. Ça a l'air de lui convenir parce qu'elle reporte son attention sur la route devant elle.

Alors, Dee-Dee, qu'est-ce que tu en penses ? Cette nouvelle maison, est-elle vraiment la bonne ?

Dee-Dee me dit toujours la vérité. C'est la seule personne au monde en qui j'ai confiance. Elle me regarde avec ses grands yeux marron et répond :

« *La maison de Joan et Daniel était la bonne, elle aussi, et pourtant…* »

C'est vrai.

En fait, chaque fois que je change de maison, Mme O'Reilly me dit la même chose.

Tout à coup, je me sens triste et j'ai peur. C'est toujours le cas quand je pense à Joan et Daniel. Je voudrais tellement pouvoir retourner à Dun Laoghaire, dans la maison où j'ai vécu plusieurs années. Le problème, c'est que Joan et Daniel ne sont plus là-bas. Ils ont vendu la maison avant de partir vivre dans un endroit qui s'appelle Silicon Valley. Je ne sais pas où cela se trouve exactement, mais ce doit être très loin, parce qu'ils ont dû prendre un avion pour y aller.

Pourquoi est-ce qu'ils ne m'ont pas emmenée avec eux, Dee-Dee ?

Mon estomac se tord à cette question.

Dee-Dee m'observe quelques instants et je sais exactement à quoi elle pense : tôt ou tard, tout le monde part. Tout le monde m'abandonne.

« *Du moment qu'on est ensemble, toi et moi, tout ira bien* », me console Dee-Dee.

Je l'embrasse sur le front et hoche la tête.

Oui, tout ira bien.

Mme O'Reilly essaye de me persuader que je vais beaucoup me plaire chez Tess, qui habite dans le quartier de Drumcondra. Selon elle, c'est une nouvelle aventure qui commence. Elle a raison parce que, même si on n'a pas besoin de prendre l'avion pour y aller, cet endroit est assez loin de chez Mme Gately.

— Tess, ta nouvelle mère d'accueil, héberge des enfants depuis plus de trente ans. Elle a déjà préparé ta chambre, une chambre rien que pour toi. Quelle chance tu as ! En plus, ta nouvelle école n'est pas loin de la maison, tu pourras y aller à pied, comme tu le faisais quand tu vivais chez Joan et Daniel.

Elle me regarde dans le rétroviseur et me sourit, mais son sourire n'atteint pas ses yeux.

Chaque fois que quelqu'un me sourit, je regarde si de petites rides apparaissent aux coins des yeux. S'il y en a, ça veut dire que le sourire est sincère, mais ça n'arrive que très rarement. Et, sans surprise, le sourire de Mme O'Reilly est faux.

La voiture roule lentement et s'arrête souvent, ce qui me donne des haut-le-cœur. Je ferme les yeux pour essayer de calmer la nausée.

— Comme c'est bientôt les vacances de Noël, nous avons pensé qu'il serait mieux que tu ne reprennes l'école qu'en janvier. Ça te laissera un peu de temps pour t'habituer à ton nouvel environnement. Nouvelle année, nouveau départ ! C'est un signe. Tu vas adorer ton nouveau chez-toi, tu vas voir.

Sa voix est encore plus aiguë que d'habitude. Comme je l'ai déjà dit, je n'ai peut-être que huit ans, mais je sais déjà que je ne peux faire confiance à personne. Les adultes mentent tout le temps.

Dee-Dee acquiesce d'un mouvement de la tête.

— Il y a beaucoup d'embouteillages ce soir, commente Mme O'Reilly en consultant sa montre.

J'essuie la buée de la vitre et regarde au-dehors.

La voiture est de nouveau à l'arrêt. C'est à cause du feu rouge, devant. Je sais qu'il faut attendre qu'il passe au vert pour redémarrer. Je l'ai appris à l'école. En revanche, j'oublie toujours ce que veut dire le feu orange : qu'on doit démarrer ou qu'on doit attendre ?

Oh ! ça recommence.

La voiture se remet en marche avant de s'arrêter presque aussitôt, et mon estomac se soulève encore.

« Tu n'as pas intérêt à être malade dans la voiture de Mme O'Reilly », me prévient Dee-Dee.

Je suis de nouveau secouée d'un spasme que je parviens à contrôler.

Dee-Dee a raison. Mme O'Reilly serait très, très en colère contre moi et peut-être qu'elle ne voudrait même plus m'emmener dans ma nouvelle maison. Qu'est-ce qui se passerait alors ?

Je dois penser à autre chose, quelque chose qui pourrait me faire oublier ma nausée.

A cet instant, une voiture rouge s'arrête à notre hauteur et je décide de compter le nombre de personnes qui sont dedans.

Une, deux, trois, quatre.

C'était facile. J'ai aussi appris à compter à l'école. Je sais compter jusqu'à mille trente-neuf. Je pourrais aller jusqu'à deux mille, mais je me déconcentre vite.

Tiens, je peux essayer de battre mon record maintenant.

La petite fille à l'arrière de la voiture rouge me fait un signe de la main. Je lui réponds avant d'observer sa famille. Enfin, je pense que c'est sa famille.

Le papa est derrière le volant et la maman est à côté de lui. Elle ne regarde pas la route, elle est tournée vers la petite fille et le petit garçon et leur dit quelque chose. Ils se mettent à rire tous les quatre. Je dévisage la maman. Elle a l'air douce et gentille.

« Tu es sourde ou quoi ? Dégage, sale gosse. »

Mes yeux se remplissent de larmes et je secoue la tête pour bloquer mes souvenirs. Tout à coup, j'ai très mal au ventre, comme lorsque j'ai un point de côté après avoir couru trop vite dans le parc.

Je souffle rapidement sur la vitre pour faire de la buée et ne plus voir la famille heureuse dans l'autre voiture.

Je n'ai même plus envie de compter.

« Ne pleure pas, Belle, tu sais que les adultes se fâchent quand tu pleures », me rappelle Dee-Dee.

Je soupire avant de me pincer le bras et de baisser le regard sur Dee-Dee, sans cesser de lui caresser les cheveux.

— Que va t'apporter le Père Noël, cette année ? demande Mme O'Reilly, me faisant sursauter.

Je hausse les épaules.

Le Père Noël ne sait même pas où j'habite. Il connaissait seulement l'adresse de Joan et Daniel. Les deux années où j'ai habité chez eux, il m'a toujours déposé quelques cadeaux au pied du sapin. Mais, avant ça, je pense qu'il n'est jamais venu.

« *Le Père Noël a des pouvoirs magiques*, me confie Dee-Dee. *Il te retrouvera, j'en suis sûre.* »

Je dépose un bisou sur sa tête. Elle sait toujours trouver les mots justes pour me réconforter.

— Bon, voyons voir s'il y a une place pour nous garer, marmonne Mme O'Reilly.

Je tends le cou et aperçois des maisons en briques rouges qui bordent la rue des deux côtés. Il fait presque nuit, et les ombres des arbres s'allongent sur le trottoir.

Je remarque alors, derrière les fenêtres de plusieurs maisons, des sapins avec des guirlandes et des lumières qui scintillent en rythme avec les décorations lumineuses des jardins.

— Regarde, Belle, tu vois la porte rouge, là-bas ? m'interpelle Mme O'Reilly en montrant du doigt une maison de l'autre côté de la rue. C'est ta nouvelle maison.

Il n'y a pas de sapin derrière cette fenêtre et la maison me fait peur. Elle a l'air moins accueillante que les autres. Je pense que je ne vais pas m'y plaire.

Mme O'Reilly ouvre la portière et m'aide à descendre de la voiture.

« *Rappelle-toi, tu ne dois surtout pas pleurer* », me répète Dee-Dee pendant qu'on remonte l'allée de la maison.

Lorsque Mme O'Reilly appuie sur le bouton de la sonnette, je retiens mon souffle. Quelques secondes après, une silhouette apparaît derrière la vitre opaque de la porte d'entrée et je serre Dee-Dee plus fort contre ma poitrine.

— Oh ! regarde-toi, tu trembles, remarque Mme O'Reilly en m'attirant près d'elle. Tu seras bientôt bien au chaud.

Sur ces mots, la porte d'entrée s'ouvre en grand et je recule d'un pas en étouffant un petit cri.

Devant moi se tient le grand méchant loup, qui porte une robe jaune très claire. Il va me dévorer, j'en suis sûre.

« *Elle est grosse, la dame* », observe Dee-Dee.

Dee-Dee, ce n'est pas très gentil, ce que tu viens de dire, je la réprimande.

Dee-Dee parle souvent sans réfléchir. Mais je dois avouer que, cette fois, elle n'a pas tort : je n'ai jamais vu quelqu'un d'aussi… bien enrobé.

« *Elle a dû manger beaucoup d'enfants*, poursuit Dee-Dee. *C'est pour ça qu'elle est aussi grosse.* »

Ça ne m'aide pas beaucoup, ça, Dee-Dee.

Je me retourne vers la voiture de Mme O'Reilly. Peut-être que, si je cours très, très vite…

C'est alors que le grand méchant loup me sourit, dévoilant des dents jaunies.

Je réfléchis quelques instants. C'est étrange, parce que, les loups, ça a des crocs, pas des dents. Et ça ne sourit pas, un loup.

La dame nous invite à l'intérieur. On dirait qu'elle est contente de nous voir, même Dee-Dee partage mon impression. Et, quand elle nous dit qu'elle a préparé des friandises, j'échange un regard avec Dee-Dee.

« *Ça tombe bien, on adore les friandises.* »

La dame me guide vers la cuisine. Je m'installe alors à une grande table rectangulaire recouverte d'une nappe à motifs rouges et orange. Le loup, enfin, la dame, Tess, pose un verre de lait et une assiette de petits gâteaux devant moi.

— Tiens, avale ça, mon poussin, m'encourage-t-elle.

Elle me sourit de nouveau. Ses dents sont vraiment jaunes, mais elle ne me fait plus peur du tout. Et j'aime bien sa robe, en fait. Elle me regarde quelques instants, puis disparaît dans le couloir pour discuter avec Mme O'Reilly.

« *Essaye d'entendre ce qu'elles disent* », m'incite Dee-Dee.

Je me redresse et tends l'oreille.

— Elle refuse toujours de parler, marmonne Mme O'Reilly. Ça fait déjà plusieurs semaines que ça dure. Je commence à croire que c'est une cause perdue.

— Ne dites pas ça, voyons, la contredit Tess. La pauvre petite est certainement perturbée par les changements qu'elle subit. Elle parlera quand elle se sentira prête. Par combien de foyers d'accueil est-elle passée jusqu'à présent ?

Mme O'Reilly ne répond pas à la question. Mais moi, je connais la réponse. J'ai vécu dans quatre familles d'accueil depuis que j'ai quitté ma mère, mais il est possible que je me trompe. C'est peut-être plus, je ne me souviens plus. Je sais aussi que les adultes n'aiment pas parler de mon passé. Dès que je mentionne ma mère, ils deviennent nerveux.

— J'ai tout essayé, mais rien n'y fait, se plaint Mme O'Reilly. J'espère que votre patience est à toute épreuve, ma chère Tess. Vous allez en avoir besoin, croyez-moi.

— Vous savez, vous pouvez courir après un papillon sans jamais parvenir à l'attraper, ou vous pouvez rester immobile et attendre qu'il vienne se poser sur vous de lui-même, déclare Tess.

Qu'est-ce que ça veut dire ? Je regarde Dee-Dee : elle non plus n'a pas compris. Néanmoins, elle semble apprécier la dame et je me fie toujours à son jugement.

— Plusieurs enfants s'en prenaient constamment à elle dans sa dernière école, elle était victime de propos blessants, l'informe Mme O'Reilly. Ce n'est pas plus mal qu'elle en soit partie.

Propos blessants ?

J'ignore ce que ça veut dire, même si j'ai quand même une petite idée. Les autres enfants étaient souvent méchants avec moi et me traitaient de tous les noms. Ils me disaient que je n'avais rien à faire ici, que je ferais mieux de retourner en Afrique et plein d'autres choses de ce genre. Même Dee-Dee n'a pas compris pourquoi on voulait que je retourne là-bas alors que je n'y suis jamais allée. Je n'ai jamais quitté l'Irlande, je suis née à Dublin. Pourquoi est-ce que j'irais vivre en Afrique ?

— Oh ! la pauvre enfant, dit Tess. C'est terrible. Je

m'attendais quand même à plus de tolérance de nos jours. Nous sommes en 1988, tout de même !

— Oui, mais il n'y a pas beaucoup de Noirs qui vont à l'école ici. Peut-être qu'en Grande-Bretagne…

La phrase de Mme O'Reilly reste en suspens et je fronce les sourcils.

Tu vois, Dee-Dee, elle parle encore de ma couleur de peau.

— Ah, oui, elle fait régulièrement des cauchemars aussi, mais refuse d'en parler, poursuit Mme O'Reilly. Alors ne vous étonnez pas si elle se met à crier en pleine nuit.

Mon corps se crispe. Avec tout ce qu'elle vient d'entendre à mon sujet, Tess va refuser que je vienne vivre avec elle.

Je n'entends plus rien, hormis quelques bribes de leur conversation, parce qu'elles parlent très bas.

Quelques instants plus tard, Mme O'Reilly passe la tête dans l'entrebâillement de la porte de la cuisine.

— Je reviendrai te voir la semaine prochaine, Belle, annonce-t-elle avec un sourire forcé avant de disparaître.

« *Nous avons trop hâte de vous revoir, madame O'Reilly,* lui répond Dee-Dee. *Vous nous manquez déjà.* »

Je laisse échapper un petit rire. Elle est trop drôle, Dee-Dee !

— C'est donc elle, Dee-Dee ? demande Tess en revenant dans la cuisine, me faisant sursauter. C'est ta poupée préférée ?

Comme je ne dis rien, elle s'avance vers moi et prend délicatement Dee-Dee dans ses mains.

— Elle est très jolie, murmure Tess en la regardant. Et sa robe est ravissante. Mme O'Reilly m'a dit que tu ne te séparais jamais d'elle.

J'acquiesce de la tête.

— Dans ce cas, que diriez-vous, Dee-Dee et toi, d'aller voir votre nouvelle chambre ?

Elle n'attend même pas ma réponse et me fait signe de la suivre.

Nous nous engageons dans un escalier et je monte derrière Tess, qui gravit les marches lentement, le souffle haletant. Elle s'avance ensuite vers une porte en bois blanche, qu'elle ouvre avant de s'effacer pour me laisser entrer.

C'est donc ça, ma nouvelle chambre. Elle est petite, avec un lit au milieu qui est recouvert d'un duvet rose sur lequel trône une montagne de coussins roses et violets. Il y a également une lampe — rose, elle aussi —, posée sur la table de chevet à côté du lit, et Tess me montre comment l'allumer et l'éteindre.

J'étudie les murs. Ils sont jolis, avec des petites fleurs roses et des feuilles vertes. Dans un des coins de la chambre, je vois une armoire comme celle du *Monde de Narnia*.

Tess suit mon regard et s'approche de l'armoire avant de l'ouvrir. Dommage, il n'y a pas de manteaux de fourrure dedans, comme dans l'histoire. A la place, il y a des vêtements qui pendent à gauche et d'autres qui sont pliés et rangés sur les étagères, sur le côté droit.

— Je suis allée en ville cet après-midi pour t'acheter quelques affaires : des sous-vêtements, des chaussettes, des pyjamas, quelques hauts et un jean. Nous verrons ce dont tu as encore besoin et nous retournerons dans le magasin de vêtements. Je ne sais jamais trop quoi prendre tant que je n'ai pas vu l'enfant qu'on me confie de mes propres yeux. D'ailleurs, je pense que je n'ai pas pris le jean à la bonne taille. Regarde-moi ces longues jambes que tu as !

J'ose un regard dans sa direction, m'attendant à voir une expression irritée sur son visage, mais non, elle ne semble pas contrariée par la longueur de mes jambes, loin de là. Elle me sourit et se retourne vers l'armoire pour en sortir une robe de chambre sur un cintre et un pyjama plié dans un sac plastique.

En voyant le pyjama, j'écarquille légèrement les yeux. Il est rose avec de gros cœurs rouges. Il est trop joli !

— Je pense que celui-ci t'ira bien, dit Tess en sortant le vêtement du sac. Tu veux l'enfiler pour te mettre plus à l'aise ? Tu sais, quand je n'attends plus personne, j'adore me mettre en pyjama, il n'y a rien de mieux. Après, pour fêter ta première nuit ici, nous allons nous installer devant la télé et déguster une bonne tasse de thé. Qu'en penses-tu ?

Submergée par une émotion aussi intense que soudaine, je cligne plusieurs fois des yeux et hoche la tête.

Tess est tellement gentille avec moi, je ne sais pas comment je dois réagir. En fait si, je sais : j'ai envie de pleurer.

« *Non, ne fais pas ça,* chuchote Dee-Dee. *Ça pourrait la rendre triste.* »

Je voudrais dire quelque chose à Tess, mais je n'y arrive pas, les mots sont coincés dans ma gorge.

— Viens ici, dit-elle d'une voix douce.

Elle s'installe sur le lit et tapote le matelas à côté d'elle. Je m'approche et m'assieds sur le bord du lit.

— Je sais que tu as peur, Belle. Dieu sait qu'à ta place, moi aussi, j'aurais peur. Mais je te promets que tu seras très bien ici et que nous serons heureuses, toutes les deux. Il faut juste que tu me laisses une chance de te le montrer. Je parie même que nous pourrons nous amuser et faire plein de choses intéressantes ensemble.

Elle esquisse un sourire qui s'épanouit et illumine ses yeux. Mon cœur bondit dans ma poitrine.

Je sais qu'elle pense tout ce qu'elle vient de me dire grâce aux petites rides aux coins de ses yeux.

« *Je l'aime bien* », me chuchote Dee-Dee.

Moi aussi.

Chapitre 2

Ne laissez pas votre passé voler votre présent. C'est ça, le message de Noël : nous ne sommes jamais seuls.

TAYLOR CALDWELL

Décembre 1988

Nous avons passé la journée à accrocher les décorations de Noël dans la maison de Tess, et il y en a partout : dans la cuisine, le salon, et même dans la salle de bains ! Tous les murs sont recouverts de guirlandes, chaussettes et autres ornements de Noël.

Tess a plein d'histoires à raconter. Chaque fois qu'elle sort un élément de décoration de la boîte, elle me dit d'où il vient, ce qu'elle était en train de faire et avec qui elle était quand elle l'a acheté. Elle a même insisté pour que nous portions un bonnet de Noël pendant que nous décorons la maison en écoutant des chants de Noël qui tournent en boucle sur le lecteur de cassettes dans la cuisine. Tess est drôle parce qu'elle chante avec la musique, mais, comme elle ne connaît pas toutes les paroles, elle les remplace par des mots à elle.

Les étagères du salon sont pleines de jouets, de boîtes à musique animées de Noël et de boules à neige qui, quand on les agite, font comme s'il neigeait dedans, sur les minuscules personnages qui patinent sur le petit lac bleu.

J'aime bien aussi la peluche de Rudolph, le petit renne au nez rouge. Si on touche les bois qu'il a sur la tête, il se met à chanter plein de chansons de Noël différentes. Mais ce que je préfère, c'est la boîte à musique en forme de Père Noël installé sur une chaise à bascule. Il porte une chemise à carreaux verte, un pantalon rouge, des bottes noires et des lunettes sur le nez. Sa longue barbe est blanche comme la neige et il tient un livre dans sa main droite. Chaque fois qu'on appuie dessus, la chaise commence à se balancer d'avant en arrière pendant que le Père Noël lit le conte *La Nuit d'avant Noël*. J'aime tellement sa voix que je pourrais l'écouter toute la journée.

Si j'avais eu un grand-père, j'aurais aimé qu'il soit exactement comme ce Père Noël, qu'il parle comme lui et me lise des histoires avant de m'endormir. Mais je n'ai pas eu de grand-père. J'avais juste une maman, c'est tout.

« Mes parents ne veulent plus avoir affaire à moi. Ils m'ont reniée, et tu sais pourquoi ils ont fait ça ? A cause de toi, Belle. Tu as gâché ma vie. »

Dans ma tête, j'entends souvent ma maman me dire ça et je ne sais pas comment réagir. Si je n'ai pas de grand-père, c'est ma faute. Maintenant, j'ai honte et je me sens coupable.

Rapidement, je m'approche de l'étagère où se trouvent les décorations et j'active toutes les boîtes à musique en même temps pour essayer de ne plus entendre la voix cruelle de ma maman.

— Tu veux venir m'aider à préparer le pudding de Noël ?

J'entends Tess et je sursaute avant de me tourner vers elle. Je pensais qu'elle était dans la cuisine alors qu'en fait elle m'observe depuis le seuil du salon. Elle va sans doute me gronder pour avoir fait trop de bruit, mais non. Elle me tend la main, et quand je la saisis elle me serre contre elle et m'embrasse sur la tête. Elle le fait souvent, ça, sans aucune raison.

Comme j'adore faire de la pâtisserie, je suis Tess dans la cuisine et m'aperçois qu'elle a déjà réuni les ingrédients sur la table. Des raisins secs, des groseilles, des œufs, de la chapelure, de la farine, du sucre, de la mélasse, plein de petits pots d'épices et même une bouteille de Guinness.

— J'ai pris un peu de retard dans la préparation du repas de Noël, annonce Tess, mais j'ai préféré attendre que tu sois là pour que nous le fassions ensemble. Alors, les vrais pâtissiers préfèrent que leur pudding soit plus léger, mais moi, j'aime quand il est bien riche et plus foncé.

Nous versons les ingrédients dans un grand saladier en céramique, puis Tess mélange le tout avant de poser le bol et la spatule devant moi. Je remue la pâte à mon tour et elle goûte plusieurs fois en ajoutant encore un peu d'épices.

— Parfait, dit-elle. Tu sais, il faut qu'il y ait un juste équilibre entre les ingrédients, sinon, ce sera la catastrophe assurée à Noël. Bon, il ne nous manque plus que la touche magique d'Arthur, et c'est bon.

Elle rit, et moi aussi, même si j'ignore pourquoi.

C'est qui, cet Arthur ?

Tess attrape la bouteille de Guinness et la verse tout entière dans le mélange avant de le remuer encore une fois. Elle y trempe ensuite son petit doigt et le lèche.

— Excellent, murmure-t-elle.

Elle se dirige alors vers son sac puis retire une pièce de son portefeuille et me la tend.

— Tiens, tu peux l'emballer dans du papier aluminium ? me demande-t-elle.

J'ai l'impression que Tess me fait un grand honneur en me confiant cette tâche. Elle doit être super importante, alors je m'applique autant que je peux avant de vérifier que j'ai bien emballé la pièce.

— Super, fait Tess. Maintenant, ajoute la pièce dans le saladier en faisant un vœu et mélange bien la pâte une dernière fois.

Je lève la tête vers elle et elle m'adresse un regard encourageant.

OK, c'est parti.

Je prends la pièce et ferme les yeux en réfléchissant à mon vœu, et, quand c'est fait, je la laisse tomber dans le saladier avant de mélanger.

— Nous avons bien travaillé, tu ne trouves pas ? Je vais faire du thé, dit-elle en mettant la bouilloire sur le feu. Et je pense aussi que nous méritons une bonne petite tartelette aux fruits secs. J'en ai préparé une fournée hier soir, quand tu es montée te coucher. Je vais les réchauffer au micro-ondes, comme ça, nous pourrons en goûter une avec un peu de crème fraîche.

Je m'installe à table pendant que Tess prépare le thé et les tartelettes. Elle ramène tout avant de s'asseoir avec moi. Je me sers une tartelette chaude et croque un morceau.

Mmmh, c'est trop bon ! La pâte fond dans ma bouche. J'engloutis la tartelette et remarque que Tess m'observe attentivement.

— Est-ce que tu voudrais bien faire encore une chose pour moi, Belle ? m'interroge-t-elle.

Je hoche la tête.

Là, tout de suite, je ferais n'importe quoi pour elle, parce que je ne me suis jamais autant amusée qu'aujourd'hui. Et puis j'aime bien Tess et j'aimerais qu'elle aussi elle m'aime bien.

— Tu pourrais écrire ta lettre au Père Noël, hein ? Je sais que je te l'ai déjà demandé plusieurs fois et que tu n'as pas très envie de le faire, mais ça me ferait vraiment plaisir que tu l'écrives. Le Père Noël s'amuse souvent à deviner ce que tu voudrais comme cadeaux, mais il préfère quand même recevoir une lettre, c'est plus simple pour lui. Tu sais, il en reçoit plein et il prend un réel plaisir à les lire toutes, sans exception.

A ces mots, elle me tend une feuille et un stylo avant d'approcher sa chaise de la mienne.

— Si tu préfères, je peux la rédiger pour toi, me propose-t-elle d'une voix douce. Il faut juste que tu me dictes ce que je dois écrire.

Je secoue la tête. Je peux l'écrire toute seule. J'ai déjà écrit beaucoup de lettres à ma maman, mais elle ne m'a jamais répondu.

Réprimant un soupir, je réfléchis à ce que je pourrais bien demander comme cadeaux au Père Noël.

Joan et Daniel me disaient toujours que je ne pouvais pas demander trop de choses, parce que le Père Noël n'avait pas beaucoup d'argent. Du coup, je leur disais que je préférais qu'il me fasse la surprise, et Joan et Daniel semblaient contents de ma réponse. Mais Tess, elle, pense que le Père Noël aimerait bien savoir ce que je veux cette année.

Perdue, je regarde Dee-Dee pour qu'elle m'aide à trouver une idée.

Une autre poupée ? je la taquine, mais elle ne trouve pas ma blague drôle du tout.

« *Tu sais parfaitement ce que tu veux* », réplique-t-elle.

Oui, mais je ne peux pas lui demander ça, c'est impossible.

« *Ah bon ? Et pourquoi ça ?*, s'enquiert-elle, étonnée. *Le Père Noël a des pouvoirs magiques. Il peut t'apporter tout ce que tu veux, tout le monde le sait, ça.* »

Je prends le stylo et commence à écrire ma lettre en m'appliquant le plus possible pour que les mots soient sur une ligne bien droite.

Parfois, certaines lettres sont plus grosses que les autres et ça fait très moche, je déteste ça. Mais cette lettre-là doit être parfaite du début à la fin parce qu'elle est très, très importante.

Une fois que j'ai terminé, je la plie en deux et la fais glisser vers Tess, même si j'ai peur de sa réaction.

— Est-ce que j'ai le droit de la lire ? demande-t-elle.

Je hausse les épaules et elle doit prendre ça pour un « oui » parce qu'elle déplie soigneusement la feuille.

— Alors, alors, qu'avons-nous là…, marmonne-t-elle en

mettant ses lunettes. Oh ! Belle, ton écriture est vraiment très soignée.

Son compliment me fait rougir et je ressens une grande satisfaction. Elle commence alors à lire la lettre à voix haute et j'articule silencieusement en même temps, parce que je la connais par cœur.

— « Cher Père Noël, mon nom est Belle et j'ai huit ans. Je vis dans une nouvelle maison avec une dame qui s'appelle Tess. Je ne suis plus chez Joan et Daniel, parce qu'ils sont partis quelque part loin. Mais j'aime bien Tess, elle est gentille et elle me donne plein de gâteaux. Tu aimes les gâteaux, toi aussi ? Si tu veux, je peux demander à Tess de t'en préparer pour le réveillon de Noël. Comme cadeau, cette année, je voudrais avoir une meilleure amie pour pouvoir jouer avec elle. Ça peut aussi être un garçon, mais je préfère quand même une fille. Et Dee-Dee voudrait une nouvelle robe. Sa couleur préférée, c'est le doré. Merci. Belle Bailey »

Pendant que Tess lit la lettre, je regarde l'expression de son visage et mon ventre se noue.

Oh non, Dee-Dee ! Tess n'a pas l'air contente. J'ai dit quelque chose qu'il ne fallait pas !

« Tu n'aurais pas dû demander une robe pour moi, ça fait trop », me réprimande-t-elle.

Je suis sur le point de lui répondre quand Tess me demande :

— C'est tout ce que tu veux, Belle ?

Elle me regarde, puis baisse les yeux sur la lettre avant de les relever de nouveau vers moi.

J'opine de la tête.

Tess prend alors un magazine posé dans le coin de la table et s'évente avec avant de se tapoter le visage avec un torchon.

— Je dois dire que c'est l'une des plus belles lettres

que j'aie jamais lues, dit-elle. Une petite fille aussi douce et gentille que toi ; je suis persuadée que tu trouveras vite une meilleure amie dans ta nouvelle école. Je vais quand même demander au Père Noël de rajouter quelques petites babioles dans ta chaussette. Qu'en dis-tu, ça te plairait, d'avoir quelques jouets en plus ? Après tout, tu as été très sage et tu mérites que ta chaussette de Noël soit remplie de cadeaux. Je pense qu'il pourra aussi y glisser quelques habits pour Dee-Dee, et pour toi aussi. Et du chocolat également, bien sûr. Il ne faut pas oublier le chocolat, n'est-ce pas ?

Je lui réponds par un large sourire et son expression devient aussitôt tendre. Elle se lève et se dirige vers l'un des placards pour en sortir un plateau. Quand elle le tourne vers moi, j'aperçois qu'il y a un dessin de Père Noël dessus qui ressemble beaucoup à celui de la boîte à musique du salon. Il sourit et ses yeux bleus brillent d'un éclat chaleureux.

— C'est le plateau pour les biscuits pour le Père Noël, me révèle-t-elle. Cette année, c'est toi qui les disposeras dessus. Tu peux en mettre autant que tu veux.

Du bout de l'index, je trace le contour de sa grosse barbe blanche et mon sourire s'épanouit davantage.

« *Ho, ho, ho !* » s'exclame Dee-Dee.

Si Tess peut vraiment faire en sorte que le Père Noël m'apporte autant de cadeaux, cela veut dire qu'il connaît ma nouvelle adresse, il saura enfin où me trouver cette année.

Peut-être que ce Noël sera vraiment magique.

Chapitre 3

Noël était là, sans rubans, sans guirlandes, sans cadeaux, sans chaussettes et sans bons repas.

Puis le Grinch pensa : « A moins que… Peut-être, après tout, que Noël ne vient pas des magasins ? Peut-être, oui, peut-être que Noël, c'est autre chose, quelque chose qui vient de plus loin ? »

DR SEUSS

Réveillon de Noël, 1988

— Tu sais ce qui me ferait vraiment plaisir pour Noël, cette année ? me demande Tess.

Nous sommes dans la cuisine depuis le réveil, en train de préparer des saucissons au chocolat et des tartelettes aux fruits secs. J'ai l'impression d'être dans une pâtisserie parce que tout sent très bon et me donne très, très faim. En plus, Tess a aussi mis à cuire un gros jambon dans une casserole d'eau et il y a une dinde qui décongèle dans l'évier.

Toute cette nourriture captive tellement mon attention que je ne remarque pas que Tess m'a préparé le petit déjeuner. Quand elle pose l'assiette avec une saucisse et du pain toasté devant moi, mon estomac émet plusieurs gargouillis.

Je me lèche les lèvres avant d'attaquer quand, soudain, je me rappelle la question de Tess et regarde Dee-Dee en panique.

Qu'est-ce qu'on va faire, Dee-Dee ? Nous n'avons pas d'argent, je ne peux rien lui acheter même si j'aimerais lui faire un beau cadeau. Tess est tellement gentille avec nous, elle mérite quelque chose de spécial.

Je dois avoir quarante pence dans ma tirelire. Je ne vais pas pouvoir acheter grand-chose avec. Une tablette de chocolat, peut-être ?

« *Ça tombe bien, parce qu'elle adore le chocolat. Tu as aussi le dessin que tu lui as fait* », déclare Dee-Dee.

Oui, c'est vrai.

J'ai passé beaucoup de temps sur le dessin parce que je voulais être sûre que j'avais tout bien colorié. Il est bien, même si le sapin est un peu de travers et qu'il ressemble plus à la papillote de Noël en carton qu'on met dans les assiettes et qu'on ouvre avant le repas.

— Je vais te confier un secret, dit Tess, et je tourne la tête vers elle. Cette année, pour Noël, tout ce que je veux, c'est entendre ta voix. Je parie qu'elle doit être au moins aussi douce et jolie que toi.

Oh…

« *Tu devrais dire quelque chose, Belle* », me conseille Dee-Dee.

Je la regarde de nouveau et hoche la tête. Je veux vraiment répondre à Tess pour lui faire plaisir, mais je n'y arrive pas, les mots ne veulent pas sortir de ma bouche.

Hier, pendant que nous étions en train de regarder un film, je voulais lui dire que j'étais très en colère contre le méchant qui voulait gâcher les fêtes de Noël, mais ma bouche refusait de fonctionner.

« *Si tu restes muette, elle finira par nous mettre à la porte* », fait remarquer Dee-Dee. Je tressaille sur ma chaise.

Où est-ce qu'on dormirait ? je lui demande en la serrant contre moi.

Elle ne répond rien et je resserre les bras autour d'elle.

— Ne t'inquiète pas, mon petit papillon, murmure Tess. Rien ne presse, tu parleras quand tu te sentiras prête, je peux attendre, nous avons tout notre temps.

Elle m'embrasse sur la tête et retourne devant le fourneau pour préparer son petit déjeuner.

Peut-être qu'elle ne nous mettra pas à la porte, après tout. Tiens, comme elle m'appelle souvent « petit papillon », je vais en ajouter un sur son dessin et lui colorier les ailes avec plein de couleurs.

Soudain, la sonnerie du téléphone retentit et me fait sursauter.

— Qui peut bien m'appeler de si bonne heure ? s'interroge Tess.

Elle pose la spatule à côté de la poêle et va dans le couloir d'une démarche traînante pour répondre.

Je hausse les épaules et préfère me concentrer sur mon petit déjeuner.

Mmmh, c'est délicieux. Tu veux goûter, Dee-Dee ?

Je porte un bout de pain avec un morceau de saucisse à sa bouche.

Quelques minutes plus tard, Tess revient dans la cuisine en chantant — faux, bien sûr — la chanson *Have Yourself a Merry Little Christmas*. Je me mets à fredonner avec elle, parce que j'aime beaucoup la mélodie.

— Comme tu as été vraiment très sage cette année, le Père Noël a décidé de te faire un cadeau avant l'heure. Cet après-midi, pour être exacte, annonce Tess après avoir fini la chanson. Allez, mange vite ton petit déjeuner parce que nous avons encore beaucoup à faire. Je dois aller à la supérette pour faire quelques emplettes avant que la surprise n'arrive.

Un sourire chaleureux éclaire son visage et je lui souris aussi.

Je suis trop excitée parce que je n'ai jamais eu de cadeaux de Noël avant le matin de Noël.

« *Ça doit être ma robe*, annonce fièrement Dee-Dee. *Une belle robe dorée qui brille comme le soleil.* »

Nous sommes assises à la table de la cuisine quand la sonnette de la porte d'entrée résonne dans la maison.

— Tu veux bien aller ouvrir, Belle ? me demande Tess en se levant d'un bond et en écrasant sa cigarette dans le cendrier.

Elle saisit un des magazines posés sur la table et commence à l'agiter autour d'elle pour chasser la fumée avant de ranger le cendrier sous l'évier.

— Mme O'Reilly n'est pas obligée de tout savoir non plus, chuchote-t-elle en me faisant un clin d'œil.

Je traverse le couloir avec Dee-Dee en me posant un tas de questions. Est-ce que c'est mon cadeau qui est enfin arrivé ? Parce que, bon, je l'attends depuis ce matin. Mais, si c'est vraiment mon cadeau, qu'est-ce que Mme O'Reilly a à voir avec ? Pourquoi Tess a-t-elle parlé d'elle ?

J'ouvre la porte et trouve justement Mme O'Reilly sur le seuil. Qu'est-ce qu'elle fait là ? D'habitude, quand elle vient, c'est pour m'annoncer une mauvaise nouvelle.

Oh ! non, Dee-Dee… Elle est venue pour nous récupérer.

Je fais quelques pas en arrière avant de me retourner vers Tess pour crier, lui dire que je veux rester parce que j'aime bien être avec elle.

C'est bizarre, elle ne semble ni triste ni inquiète, et elle n'a pas l'expression qu'ont les adultes chaque fois, avant de me dire qu'ils ne peuvent plus me garder avec eux. Non, Tess me sourit et fait un signe de la tête en direction de la porte d'entrée.

— Regarde, me dit-elle en posant les mains sur mes épaules pour me tourner vers la porte.

C'est alors que je m'aperçois que Mme O'Reilly n'est pas venue seule. Il y a un garçon grand et mince aux cheveux roux qui se tient à côté d'elle et qui n'a pas l'air content. Les poings serrés, les bras le long de son corps, il a la tête baissée et une mèche de cheveux tombe devant ses yeux.

Non, il n'a pas l'air content du tout. Mon cœur se

contracte de chagrin pour lui, parce que je sais exactement ce qu'il doit ressentir en ce moment.

— Bonjour, Jim, le salue Tess en s'avançant. Ne restez pas dehors, entrez, entrez.

Mme O'Reilly et le garçon pénètrent dans le couloir et Tess referme la porte avant de se tourner vers moi.

— Belle, viens, approche, et dis bonjour à Jim. Il va rester un peu ici, avec nous, et figure-toi qu'il a huit ans, comme toi.

Elle me lance un regard triomphant et je comprends qui c'est et pourquoi il est là.

« C'est le cadeau ! C'est le cadeau du Père Noël que tu as demandé ! » hurle Dee-Dee.

Oui, c'est sûrement ça, ça ne peut pas être autre chose.

« Ce n'est pas une fille, dommage », se lamente mon amie.

Je suis d'accord avec elle, mais ça va, il a l'air cool. Pour un garçon, je veux dire.

L'instant d'après, Jim relève la tête. Je remarque alors qu'il a des taches de rousseur sur le nez et des yeux très, très bleus. Il rencontre mon regard et fronce les sourcils en me détaillant de la tête aux pieds avant de ricaner d'un air méchant.

« On dirait qu'il est fâché », commente Dee-Dee.

Oui, ça, je l'avais déjà compris.

— Oh ! tu es maigre comme un clou, mon garçon, déclare Tess en l'observant.

C'est vrai qu'il a l'air maigrichon.

— Je viens de me trouver un nouveau défi avec toi, mon petit, poursuit Tess d'un ton joyeux. J'espère que tu as apporté ton appétit avec toi parce que, avec tout ce que j'ai de bon à manger dans la cuisine, tu vas en avoir besoin, crois-moi.

— J'ai un garçon comme lui, fait savoir Mme O'Reilly. Il est mince comme une brindille, mais perpétuellement affamé.

— Alors que, moi, il me suffit de regarder ne serait-ce qu'un petit pain et je grossis aussitôt ! rétorque Tess.

« *Elle ne fait pas que les regarder* », s'esclaffe Dee-Dee, et je glousse.

— Est-ce que tu veux déposer ton sac dans ta chambre ? l'interroge Tess. Elle se trouve en haut de l'escalier, première porte à gauche.

Jim tourne la tête vers les marches qui mènent au premier étage et son expression change du tout au tout. Il n'a plus l'air en colère mais apeuré. Mon cœur se serre de nouveau quand je le vois ainsi.

Sans réfléchir, je fais quelques pas vers lui avant de lui proposer :

— Je peux te montrer où est ta chambre, si tu veux.

Jim n'a pas le temps de répondre parce que Tess se précipite vers moi pour me serrer contre elle en pressant ma tête contre sa grosse poitrine.

J'aime bien être dans ses bras, même si j'ai un peu de mal à respirer. Je tourne légèrement la tête sur le côté en inspirant son parfum : un mélange étrange mais agréable d'oignons, de saucisses, de chocolat et de tabac.

— Je savais que tu avais une très belle voix, mon petit papillon, dit-elle en nous balançant légèrement.

Je pense à me dégager, mais finalement je me sens bien et en sécurité dans son étreinte. Je passe donc mes bras autour de sa large taille. En fait, je pourrais rester comme ça encore longtemps tellement c'est agréable.

— Je vois que tu te plais vraiment ici, observe Mme O'Reilly d'un ton satisfait. Tu vois, je te l'avais dit.

Je me tourne vers elle et réponds :

— Oui, j'aime beaucoup être ici.

Je vois alors que Jim nous fixe d'un regard étonné.

Je veux lui faire comprendre que je sais exactement ce qu'il ressent, que je sais qu'il a peur parce que, la plupart du temps, moi aussi, j'ai peur. Ce qu'il est en train de vivre est effrayant, il est sûrement perdu, mais je veux qu'il sache que tout se passera bien parce que Tess est vraiment gentille. Très gentille, même.

Lentement, je m'approche de lui et lui chuchote :

— Je sais ce que tu ressens.

Je le regarde droit dans les yeux et nous restons comme ça quelques instants, sans bouger. Je pense qu'il a compris ce que je veux dire.

— OK, fait-il avec un bref sourire.

Aussitôt, je m'élance dans l'escalier en montant les marches deux par deux et j'entends Jim derrière moi. Quand nous sommes tous les deux au premier, devant sa chambre, j'annonce fièrement :

— Tu sais, tu es mon cadeau de Noël. Je t'ai demandé au Père Noël et te voilà !

Il doit me prendre pour une folle, mais il ne dit rien et se contente de tourner la tête. Ma déclaration l'a mis mal à l'aise, parce que ses joues sont rouges. Je m'en fiche, je n'ai pas honte de ce que j'ai dit.

— Ma chambre est ici.

Je montre du doigt la porte fermée, de l'autre côté du couloir, avant de me tourner vers sa chambre. C'est donc pour lui que Tess l'a préparée, cet après-midi, quand nous sommes revenues du magasin.

La chambre de Jim est comme la mienne, sauf que la couverture de son lit est bleue et qu'il n'y a pas de coussins posés dessus. En revanche, il y a un tapis en forme de voiture au pied du lit et les murs sont recouverts d'un papier peint à rayures bleues. Sa chambre n'est pas aussi belle que la mienne, mais je l'aime bien quand même.

— C'est une chambre de garçon, parce qu'elle est bleue. Moi, la mienne, c'est une chambre de fille, parce que tout est rose dedans.

Jim grimpe sur le lit et regarde autour de lui avant de s'allonger sur le matelas.

— Toi aussi, t'es obligée de rester ici ? demande-t-il en se redressant.

— Oui, je pense que oui.

— Pour combien de temps ?

Je hausse les épaules en posant Dee-Dee sur le lit avant de murmurer :

— J'espère pour toujours.

Je crois que ma réponse ne lui plaît pas, parce qu'il semble de nouveau très fâché. Je ne voulais pas le contrarier, mais, en même temps, je ne sais pas ce que j'ai dit de mal.

— Moi, je vais bientôt rentrer à la maison. Je ne vais rester qu'un ou deux jours, tu verras. Ma maman m'a promis qu'elle viendrait me chercher quand elle se sentira mieux, et ça devrait être bientôt.

— Ah, alors tu es ici en placement temporaire.

Je connais ce mot parce que je l'ai entendu plein de fois déjà.

Les enfants en placement temporaire ne restent pas plus de quelques jours avant qu'un membre de leur famille ne vienne les chercher. Moi, ce n'est pas pareil. Je reste longtemps d'habitude et je ne connais pas beaucoup d'enfants qui sont comme moi.

— Tu as de la chance. Je n'ai pas de maman, moi.

— Tout le monde a une maman, dit-il en me jetant un regard incertain.

— Non, pas moi.

Je sais que ce n'est pas vrai et que j'ai quand même une maman parce que je me souviens encore d'elle.

« Je serai de retour plus tard. En attendant, ne t'avise surtout pas de sortir de la maison et ne casse rien. »

Ne t'en va pas, maman, reste avec moi. J'ai peur toute seule.

Je ne veux plus penser à ça, j'ai envie de pleurer quand je pense à elle.

— Tu aimes les gâteaux ?

Jim hoche la tête en souriant. Super, je pense que le sujet lui plaît et qu'il ne voudra plus qu'on parle de nos mamans.

Je reviendrai te chercher, Dee-Dee, ne t'en fais pas, je rassure mon amie en faisant signe à Jim de me suivre, et nous redescendons. Je suis sûre que Tess a déjà sorti sa boîte à gâteaux pour nous.

« *Amusez-vous bien !* » j'entends crier ma copine depuis le lit de Jim.

Avec Jim, nous n'arrêtons pas de chanter le refrain de la chanson de mon cadeau : le jeu électronique « Simon », avec lequel nous jouons tour à tour.

De tous les cadeaux que le Père Noël a mis dans ma chaussette, celui-ci est mon préféré. Jim a eu un cadeau aussi, le jeu de Lego qu'il voulait. Il a d'ailleurs été très surpris que le Père Noël ait su sa nouvelle adresse. Je n'arrête pas de lui dire que c'est parce que le Père Noël est magique. Si j'avais pu le voir, je lui aurais fait un gros câlin avant de lui demander s'il a aimé les gâteaux que je lui ai laissés. Comme il en a mangé beaucoup, je pense que oui.

Depuis que nous avons ouvert les cadeaux, nous n'avons pas arrêté de jouer à mon nouveau jeu — sauf pendant le dîner —, et c'est toujours moi qui gagne, ce qui rend Jim furieux. Tess aussi pourrait faire une partie ! Je me redresse vers elle et m'exclame :

— Tiens, essaie, Tess !

Assise dans son fauteuil, on dirait qu'elle dort, parce que sa tête n'arrête pas de tomber brusquement, même si elle la redresse chaque fois.

— Je ne sais pas comment on joue, marmonne-t-elle.

— C'est facile ! Il y a quatre couleurs sur l'écran et, chaque fois que Simon dit une couleur ou plus, tu dois appuyer dessus dans l'ordre.

Je fais une partie pour lui montrer et lui passe le jeu.

Elle commence une nouvelle partie mais perd au bout de quelques secondes. Jim et moi explosons de rire. Tess me rend la console en secouant la tête et se redresse sur son fauteuil en ouvrant grand les yeux.

Je me tourne vers la télé et vois qu'un film en noir et blanc vient de commencer.

— Noël n'est pas Noël tant que je n'ai pas regardé ce film, déclare Tess, sa voix couvrant la musique du générique. C'est *La vie est belle*, mon film préféré. Je donnerai tout pour que George Bailey vienne frapper à ma porte, cherchant refuge. Vous allez adorer ce film, j'en suis…

D'un coup, Jim se lève en renversant son jus d'orange et sort du salon en courant. Tess n'a même pas terminé sa phrase.

— Jim ?

— Je ne veux plus jouer ! crie-t-il.

Il monte au premier et claque la porte de sa chambre.

Qu'est-ce que j'ai fait ? Je ne comprends pas ce qui vient de se passer. Quand je me lève pour le suivre, Tess pose une main sur mon épaule.

— Laisse, je vais y aller, déclare-t-elle avant de se lever et de se diriger vers l'escalier.

Je n'ai plus envie de jouer au Simon, maintenant que je suis toute seule. Je regarde un peu le film, mais n'arrive pas à me concentrer sur l'histoire, et même mon nouveau *Picsou magazine* ne me fait pas rire.

— Jim va nous rejoindre dans quelques instants, annonce Tess en revenant dans le salon. Tout va bien, ne t'en fais pas. Sa maman lui manque beaucoup et, comme *La vie est belle* est également son film préféré et qu'ils ont l'habitude de le regarder ensemble tous les ans, ça l'a fait penser à elle, c'est tout.

— Elle est où, sa maman ? Pourquoi il n'est pas avec elle ?

A en croire Jim, il a la meilleure maman du monde. Pourquoi est-ce qu'ils ne sont pas ensemble, alors ?

— Sa maman ne va pas très bien, tu sais, chuchote Tess en s'asseyant à côté de moi. Elle souffre des nerfs, la pauvre femme, et doit se soigner. Mais elle ira mieux bientôt, c'est sûr.

Elle pousse un soupir et commence à éponger le jus que Jim a renversé avec le torchon qui est toujours accroché à sa taille.

— Ça te dirait de manger quelques-uns de ces petits chocolats que tu as eus pour Noël ? me demande-t-elle quand elle a fini de nettoyer. Il n'y a rien de mieux que le chocolat pour se donner du baume au cœur.

Je hoche la tête en décidant d'en garder aussi pour Jim.

Je déchire l'emballage d'un chocolat fourré au caramel, mon préféré, avant de croquer dedans et de mâcher pensivement.

Qu'est-ce qui est pire : ne pas avoir de maman ou en avoir une et la perdre ? Je ne trouve pas la réponse à cette question.

Chapitre 4

Si tu devais vivre cent ans, j'aimerais vivre cent ans moins un jour pour ne jamais avoir à vivre sans toi.

WINNIE L'OURSON

Mai 1989

— Tu es la seule personne noire que je connaisse, dit Jim en se redressant sur son oreiller.

Nous sommes dans notre cabane faite de draps et de serviettes, en train de manger des chocolats que nous avons piqués dans la cachette secrète de Tess.

— Et toi, tu es la seule personne avec des cheveux roux que je connaisse.

Comme je ne suis pas contente de ma réponse, je lui tire aussi la langue et il éclate de rire.

— Ça fait quoi, d'avoir la peau noire ?

— Ça fait quoi, d'être un gros nul ?

Je balance un paquet de chips goût oignon-fromage, mes préférées, vers sa tête.

Ses remarques et ses questions ne me dérangent pas parce que, depuis qu'il est venu vivre ici, Jim est devenu mon meilleur ami, et tout ça, c'est grâce au Père Noël.

— Merci pour ce que tu as fait, Jim.

Il hausse les épaules.

— De rien. T'as vu comment elles n'ont rien dit après ?

— Oui.

Aujourd'hui, pendant la récré, Joyce O'Connor et ses

copines sont passées à côté de moi et m'ont poussée tellement fort que je suis tombée par terre. Elles m'ont alors encerclée en rigolant et en me pointant du doigt. Je ne sais pas pourquoi elles ne m'aiment pas et n'arrêtent pas de m'embêter. Heureusement que Jim n'était pas loin.

— Vous trouvez ça drôle, vous ? leur a-t-il demandé en m'aidant à me relever.

— « Vous trouvez ça drôle, vous ? » a répété Joyce, la meneuse du groupe, en imitant la voix de Jim, ce qui a fait rire encore plus ses copines.

— Non, pas du tout !

— Dis, elle vient d'où, ta copine ? De la jungle africaine ? a lancé Joyce.

Je me suis baissée pour ramasser mes affaires et mon déjeuner éparpillés sur le sol en déclarant :

— Je suis de Dublin, comme toi.

Je voulais m'enfuir le plus vite possible parce que j'étais en colère et j'avais peur que ça se termine encore en bagarre, ce qui m'a déjà causé pas mal d'ennuis les fois précédentes.

— Menteuse ! s'est exclamée une des copines de Joyce. Bougnoule, bougnoule, bougnoule !

Elles ont toutes commencé à chanter ça en me contournant avant de s'éloigner.

— Retire ce que tu viens de dire ! Ce n'est pas sympa ! s'est écrié Jim en les suivant, les poings serrés. Belle n'est pas une menteuse, d'abord !

— Houuu, j'ai peur, a ricané Joyce en faisant semblant de trembler avant de se retourner et poursuivre son chemin.

— Elles sont trop débiles, a marmonné Jim en revenant vers moi. Si elles n'étaient pas des filles, je leur aurais donné une bonne raclée.

— Ne t'en fais pas, Jim, ce n'est pas grave.

Comme j'ai senti que j'allais pleurer, j'ai fait semblant de bâiller en espérant qu'il n'allait pas me regarder dans les yeux.

Puis, d'un coup, les mains dans les poches, Jim s'est avancé vers Joyce et sa bande, qui étaient en train de discuter un peu plus loin.

— Vous savez qui c'est, elle, en fait ? les a-t-il interrogées en me pointant du doigt.

— La reine de Saba ? a gloussé Joyce.

— Non. Vous connaissez Paul McGrath ?

Bien sûr, elles ont toutes hoché la tête.

Tout le monde connaît McGrath. C'est le joueur de football le plus connu d'Irlande. On dit même que c'est un héros de la nation.

— Eh bien, c'est l'oncle de Belle, a révélé Jim. A votre place, je serais plus sympa avec elle, parce que Paul ne serait sûrement pas content d'apprendre qu'on s'en prend à sa nièce préférée.

Elles l'ont toutes regardé avec des yeux ronds, la bouche ouverte, puis Jim s'est retourné d'un geste brusque avant de revenir vers moi.

— Jim, je ne suis pas…

— Qu'est-ce que tu en sais ? m'a-t-il coupée en me faisant un clin d'œil. Tu m'as dit que tu ne savais pas qui était ton père. Tout est possible.

Comme il n'avait pas vraiment tort, je n'ai plus rien dit.

Je déballe un autre chocolat fourré au caramel en annonçant :

— Tu sais, j'ignorais que j'étais noire quand j'étais plus petite. J'ai compris que j'étais différente des autres à quatre ans.

— Comment c'est possible ? Tu as quand même dû voir ta tête de nœud dans une glace avant, non ?

Je regarde autour de moi pour lui balancer autre chose à la figure, mais je n'ai plus rien. En plus, il est en train d'ouvrir *mon* paquet de chips. Il plonge sa main dedans et en avale une pleine poignée, juste pour me provoquer.

— Ah, tu veux jouer à ça ?

Tout en parlant, j'attrape une de ses tablettes de chocolat, celle qu'il adore, aux noisettes et aux raisins secs, l'ouvre et croque dedans.

Voilà, et je ne vais même pas la partager avec lui, ça lui apprendra !

— Je voulais dire que je ne savais pas qu'on pouvait dire d'une personne qu'elle est « noire ». C'est Joan et Daniel, mes anciens parents d'accueil, qui me l'ont appris. Tu sais, ils habitaient dans une grande maison à trois étages à Dun Laoghaire.

Il semble impressionné et c'est une petite victoire pour moi.

— Oui, et ils avaient aussi un sous-sol qui était en fait une gigantesque salle de jeux pour les enfants qui vivaient chez eux.

— Waouh, mortel.

C'était mortel, je suis d'accord.

— Ils accueillaient beaucoup d'enfants. Certains restaient un jour ou deux, d'autres, plusieurs mois. Moi, je pense que je suis celle qui est restée le plus longtemps chez eux.

— Tu les appelais « maman » et « papa », alors ?

— Non, jamais.

— Pourquoi ?

— Bah, parce que ce n'étaient pas mes parents.

Qu'est-ce qu'il peut être bête, Jim, des fois.

Cependant, la vérité, c'est que Joan et Daniel ne m'ont jamais demandé de les appeler « maman » et « papa ».

— J'aimerais trop avoir une salle de jeux, commente Jim. Quand je serai grand, j'en aurai une immense dans ma maison.

— Avec un toboggan ?

Jim adore faire du toboggan, il ne fait que ça quand on va au parc.

— C'est clair ! Et je mettrai aussi une balançoire pour toi.

— C'est clair, je répète, parce que c'est notre nouvelle expression préférée.

Ça, et « mortel ».

— Je pense que tu aurais bien aimé leur sous-sol. Il était vraiment trop cool. Il y avait beaucoup d'étagères de toutes les couleurs sur les murs, on aurait dit un arc-en-ciel. Et il y avait aussi plein de jeux et de jouets partout.

— Ah, ouais ? Quoi, par exemple ?

— De tout ! Des jeux de Lego, des livres, des puzzles, des poupées, des voitures… Ça ressemblait à un magasin de jouets.

— Waouh…

Il est jaloux, ça se voit. Ça lui apprendra à me piquer mon paquet de chips préférées.

— Ouais.

Quand j'ai vu la salle de jeux pour la première fois, j'ai pensé que j'étais en train de rêver. En plus, la maison de Joan et Daniel était gigantesque et elle me faisait même un peu peur au début.

Comme personne ne dit plus rien, je regarde Jim et décide de lui confier un autre secret.

— Des fois, j'ai envie de ne parler à personne. Pendant longtemps.

Il arrête de mâcher les chips et me regarde, l'air étonné.

— Quand je suis arrivée chez Joan et Daniel, je refusais de dire un seul mot.

J'attends que Jim me lance une de ses remarques qu'il trouve drôles, mais il ne le fait pas.

— Pourquoi tu restes silencieuse pendant longtemps ?

— Je ne sais pas, j'ai juste rien à dire.

Et j'ai aussi appris que, des fois, c'est mieux de garder la bouche fermée.

« Arrête de te plaindre sans cesse, arrête ! Je n'en peux plus, d'écouter tes jérémiades. Ta gueule, je ne veux plus t'entendre, Belle ! »

— J'essaie de faire taire cette voix dans ma tête.

Je ne veux pas penser à elle.

— Joan était très gentille, elle me faisait souvent rire, et j'ai commencé à lui parler, à elle et aux autres enfants, quelques jours après mon arrivée. Tu sais, une des étagères dans la salle de jeux était remplie de poupées.

— C'est là-bas que tu as eu Dee-Dee ?

Je hoche la tête en me souvenant du jour où j'ai rencontré ma meilleure amie pour la vie.

Nous descendons dans le sous-sol et entrons dans une salle avec plein de jouets partout.

Waouh, comme c'est grand !

Joan, ma nouvelle maman d'accueil, avance vers plein d'étagères et se baisse pour attraper un panier blanc. Quand elle le retourne, une poupée Barbie tombe sur le tapis devant moi.

Elle est très belle, mais elle n'est pas comme les autres Barbie, parce que sa peau est plus foncée, elle est marron. Et ses cheveux ne sont pas blonds, ils sont noirs, frisés et plus courts. Elle a des grosses boucles qui pendent à ses oreilles, une longue robe rouge et un collier doré autour du cou. Elle est trop, trop belle.

— *Regarde, murmure Joan en la ramassant, vous vous ressemblez un peu, vous êtes noires toutes les deux.*

Quand elle me tend la Barbie, j'hésite avant de la prendre.

Pourquoi Joan a dit que nous étions noires, la poupée et moi ? Qu'est-ce que ça veut dire ? C'est mal ? Je ne veux pas être punie. Dans la voiture, avant d'arriver ici, l'assistante sociale m'a dit de faire attention de ne pas me salir et je l'ai écoutée, j'ai vraiment fait très attention.

Je regarde mes mains et mes doigts. Ils sont propres, mes ongles aussi. Je ne suis pas sale, j'ai écouté l'assistante sociale. Pourquoi est-ce que Joan dit que je suis noire, alors ?

— Elle est jolie, n'est-ce pas ? m'interroge Joan. Daniel l'a rapportée des Etats-Unis quand il est rentré d'un de ses voyages d'affaires. Elle s'appelle Dee-Dee et elle est à toi, si tu veux.

Elle est à moi ? Vraiment ?

Je prends Dee-Dee et la serre fort contre moi avant de sourire à Joan pour la remercier.

Plus tard, le même jour, je suis dans mon nouveau lit quand j'entends Daniel, le mari de Joan, parler tout bas devant ma chambre.

— C'est probablement la première poupée noire qu'elle ait jamais vue, mais c'est une bonne chose qu'elles se ressemblent.

Vraiment ? Dee-Dee me ressemble ?

Je soulève sa robe rouge avant de faire la même chose avec la manche de mon pyjama. Je ne comprends toujours pas pourquoi ils disent tous que nous sommes noires.

Oh ! Dee-Dee, ta peau est marron !

« Oui, la tienne aussi est marron. Nous sommes toutes les deux marron », *me répond-elle avec un sourire.*

J'avais enfin fini par comprendre pourquoi on n'arrêtait pas de dire que j'étais noire.

Je cligne des paupières en regardant Jim avant de lui répondre :

— Oui, c'est Joan qui me l'a donnée. Tu sais, après, je regardais souvent autour de moi, à l'école, dans le parc ou dans la rue, pour voir s'il y avait d'autres personnes qui avaient la peau noire, comme Dee-Dee et moi.

— Et ta maman, elle est noire, elle aussi ?

Je secoue la tête en soupirant.

Ma vraie maman a la peau blanche et des cheveux blonds. Nous sommes très différentes, toutes les deux.

— J'ai une photo d'elle. Tu veux la voir ?

Il acquiesce et je me précipite dans ma chambre pour la sortir de mon livre préféré, *L'Arbre de tous les ailleurs,* d'Enid Blyton, que je cache au fond d'une étagère. Quand je reviens dans la chambre de Jim, je n'ai plus trop envie qu'il voie la photo parce que je ne l'ai jamais montrée à personne, mais je la lui tends quand même.

— Vous ne vous ressemblez pas du tout, observe-t-il avant de me la rendre.

Je jette un œil à la photo et croise le regard de ma maman.

Elle me sourit, mais son sourire n'atteint pas ses yeux bleus parce qu'il n'y a pas de petites rides dans les coins. Ses cheveux blonds sont rassemblés en une queue-de-cheval. Ils sont raides, alors que les miens sont noirs et très crépus.

— Peut-être que tu ressembles à ton père, dit Jim.

— Oui, qui est le frère de Paul McGrath.

Je l'avais trouvée drôle, à l'école, la blague qu'il a faite à Joyce et ses copines, mais, là, ça me fait moins rire.

— J'ai demandé à Mme O'Reilly une photo de mon papa, et elle est devenue bizarre.

— Elle a commencé à parler avec une voix très aiguë comme si elle était en train de s'étouffer ?

Je hoche la tête.

Je savais que Jim allait tout de suite comprendre ce que je voulais dire.

— Elle ne voulait jamais en parler, mais, une fois, quand j'ai insisté, elle m'a dit qu'elle ignorait à quoi il ressemble, parce que personne ne sait qui c'est.

— Ce n'est pas cool, ça. Mon non plus, je ne sais pas qui est mon père, et chaque fois que je demande à ma mère elle se met à pleurer. Je ne lui demande plus rien sur lui, du coup, et puis est-ce qu'on a vraiment besoin d'avoir un papa ? C'est tous des nazes, de toute façon.

— C'est clair.

En fait, je suis un peu jalouse de Jim. Je sais que sa maman est folle, parfois, mais, au moins, elle vient lui rendre visite de temps en temps. La mienne… Je commence à avoir mal au ventre quand je pense à elle.

— Elle t'appelle, des fois ? m'interroge Jim.

— Non, jamais. Je lui ai envoyé plusieurs lettres en faisant bien attention que les phrases soient droites et qu'il n'y ait pas de fautes.

J'étais très fière de ces lettres, mais, maintenant, je me sens nulle et bête de les avoir écrites.

— Tu écris super bien, mieux que moi, me complimente Jim. Je suis sûr que tes lettres étaient très bien aussi.

Ça, je n'en sais rien, mais ce que je sais à cent pour cent, c'est que son écriture n'est vraiment pas jolie. Ses lettres sont trop grandes et il confond tout le temps les *b* et les *d*. Je vais devoir l'aider parce que, sinon, il va avoir des problèmes en classe.

— Dans la dernière lettre que j'ai envoyée à ma maman, j'ai ajouté une photo de moi que Joan a prise, pour qu'elle voie comment j'ai grandi. J'ai mis ma robe préférée et Joan m'a prise en photo dans le jardin, devant le rosier, avec un appareil duquel la photo sort tout de suite.

— Qu'est-ce qui s'est passé après ?

Je regarde les draps à rayures de notre cabane sans rien dire et Jim n'insiste pas.

Nous restons silencieux quelques secondes, puis il tend sa main derrière lui avant de me donner un sachet de Petits écoliers. Je sais qu'il le gardait pour la fin parce qu'il adore lécher le chocolat avant de s'attaquer au biscuit. Il a mangé mes chips préférées, mais ce n'est pas une raison pour le priver de ses gâteaux. Je pose le sachet devant lui et il le repousse vers moi.

Je lui souris et ouvre le sachet pour prendre un biscuit pendant que Jim déchire l'emballage d'une tablette de chocolat. Nous grignotons nos sucreries sans parler, le regard dans le vide.

A partir du jour où nous avons posté la lettre, avec Joan, tous les matins, j'attendais l'arrivée du facteur avec impatience et, parfois, je me précipitais vers lui dès que je le voyais dans notre rue. Il nous apportait beaucoup de lettres, mais aucune n'était de ma maman. Après, je me suis dit qu'elle allait peut-être m'appeler, mais non.

Je prends Dee-Dee dans mes bras et la serre contre moi avant de murmurer à l'adresse de Jim :

— Avant que tu arrives, elle était ma seule amie, ma meilleure amie. Je…

Je veux ajouter encore quelque chose, mais je suis trop timide, et j'ai peur qu'il se moque de moi. Tant pis, j'inspire profondément et me lance :

— Je suis très contente que tu sois là.

Voilà, c'est dit.

Les joues de Jim deviennent roses et il détourne son attention sur la voiturette de Spider-Man qu'il fait rouler sur les murs en draps de la cabane.

Au moins, il ne s'est pas moqué de ce que j'ai dit et je le surprends même à me regarder du coin de l'œil. Pas besoin d'être un adulte pour voir qu'il est content et qu'il pense la même chose que moi.

— Pourquoi tu es partie de chez Joan et Daniel si tu aimais être chez eux ? demande-t-il après quelques minutes de silence.

— J'y étais obligée parce que Joan et Daniel ont quitté l'Irlande.

— Oh ! fait Jim en écarquillant les yeux.

— Daniel a trouvé un travail aux Etats-Unis, dans une ville qui a un nom bizarre. Je leur ai demandé de m'emmener avec eux, mais ils m'ont répondu qu'ils ne pouvaient pas, parce que j'étais une enfant placée.

— Oh…, répète Jim, avec la même tête qu'il fait quand il lit une BD et que la fin reste en suspens.

Je me demande ce qu'il dirait si je lui racontais comment j'ai supplié Joan et Daniel de me garder avant l'arrivée de Mme O'Reilly. J'ai tellement honte quand j'y repense…

— Vous pourriez m'adopter. Comme ça, je pourrais venir avec vous parce que je serais votre fille. Et je serais très sage, je vous promets. S'il vous plaît…

Ils se regardent et je retiens ma respiration, puis Daniel pousse un soupir et Joan baisse la tête.

Je leur ai promis d'être sage et ils ne veulent toujours pas de moi. Je n'attends pas leur réponse et quitte le salon en courant, parce que je ne me sens pas bien.

— Belle, attends ! s'exclame Joan. J'aurais tellement aimé que les choses soient différentes.

— Oui, ajoute Daniel, mais nous ne pouvons vraiment rien faire.

Je n'ai que huit ans, mais je sais que ce n'est pas vrai parce que, s'ils avaient vraiment voulu me garder, ils auraient tout fait pour que je vienne avec eux.

Je préfère ne pas raconter tout ça à Jim et je ne veux pas non plus lui dire ce qui s'est passé quand Mme O'Reilly est venue me récupérer.

« Tu resteras dans mon cœur pour toujours », dit Joan en pleurant, mais je ne réponds pas.

Je sais que mon silence la blesse et qu'elle aimerait bien que je leur pardonne, que je comprenne pourquoi ils ne peuvent pas m'emmener. Mais moi, je ne veux pas leur pardonner et je ne comprends pas pourquoi ils ne veulent pas m'adopter.

Je les déteste, je les déteste tellement que j'espère que leur avion va s'écraser et qu'ils vont mourir.

Aussitôt, je me sens coupable d'avoir pensé ça, parce que ce n'est pas gentil. Ce n'est pas leur faute s'ils ne m'aiment pas, c'est la mienne. Après tout, qui voudrait de moi ? Même ma maman n'a pas voulu me garder.

Mme O'Reilly me prend par la main et m'emmène à la voiture avant de m'aider à m'installer sur le siège arrière. Elle ferme la portière et s'installe au volant. Je sais que Joan et Daniel me regardent pendant tout ce temps, mais, moi, je ne veux pas les regarder.

« Ils vont peut-être changer d'avis », *murmure Dee-Dee même si nous savons toutes les deux que ce n'est pas vrai.*

Un peu plus tard, quand Mme O'Reilly me présente ma nouvelle famille d'accueil, je ne dis rien, pas un mot. Tout le monde essaie de me faire parler, mais je n'en ai pas envie. A quoi ça sert ? Personne ne m'écoute et ne fait attention à moi. Personne ne me garde jamais.

Une larme coule sur ma joue et je me retourne brusquement pour attraper le Simon et y jouer. Je ne veux pas que Jim me voie pleurer.

— Pourquoi est-ce que tu m'as parlé le jour où je suis arrivé ? me demande-t-il.

Même si je n'en ai pas envie, je me tourne vers lui en posant le jeu devant moi et le regarde un long moment.

Parce que tu es mon cadeau de Noël. Parce que tu étais triste, tu avais peur et j'étais comme toi, moi aussi. Parce que…

— Je ne sais pas… Parce que tu m'as fait de la peine, je pense, espèce de gros nul.

Jim ne rigole pas et nous nous regardons quelques secondes.

Il est peut-être nul des fois, mais il sait pourquoi je lui ai parlé, et moi, je sais qu'il est content que je l'aie fait.

— T'es sympa pour une fille, marmonne-t-il.

Il joue encore un peu avec sa voiturette avant de la jeter par terre et attrape rapidement mon jeu.

— T'es sympa, mais je vais quand même battre ton record à ce jeu stupide ! s'exclame-t-il. Prépare-toi à perdre, Belle Bailey.

— Dans tes rêves, Jim Looney.

Chapitre 5

La vie, en elle-même, est le plus beau des contes de fées.

Hans Christian Andersen

Juillet 1990

Il fait très chaud aujourd'hui. J'ai l'impression d'étouffer, même s'il fait moins chaud dans la cuisine que dans les autres pièces. J'ai du mal à tourner les pages de mon livre alors que ce n'est pourtant pas difficile à faire.

— C'est une histoire pour les bébés, me taquine Jim en passant devant moi et en fermant le livre sur la table.

Je cherche une vanne à lui balancer, mais comme je n'en trouve aucune je réplique :

— Mais laisse-moi ! Tout le monde peut lire *Cendrillon*, même les adultes.

Bon, peut-être que j'ai dépassé l'âge des contes de Disney depuis longtemps, mais j'adore *Cendrillon.* C'est mon histoire préférée de tous les temps et je la connais par cœur. Les pages du livre sont un peu froissées et tachées, et la couverture est abîmée parce que j'ai dû le lire des centaines de fois déjà.

— Jamais de la vie je ne lirai un conte de fées, beurk ! déclare Jim en grimaçant et en faisant semblant de vomir.

J'essaie de ne pas rire, mais c'est plus fort que moi et il refait quelques grimaces.

— Tu penses que tu sais tout, Jim Looney, alors qu'en fait tu ne sais rien.

J'ouvre mon livre pour retrouver ma page en secouant la tête.

Qu'est-ce qu'il peut être bête, parfois, Jim.

Je voudrais monter dans ma chambre pour lire tranquillement et ne pas avoir à écouter ses blagues stupides, mais il fait trop chaud pour bouger.

— Alors, le prince et la princesse, ils se marient, à la fin ? m'interroge Jim, m'interrompant encore dans ma lecture.

Je pousse un soupir en fermant le livre avant de lui lancer un regard que j'espère méchant. Comme ça ne fait pas longtemps que je sais les faire, je m'entraîne encore devant le miroir et je suis assez fière de moi.

— Bah oui ! Tous les contes de fées ont une fin heureuse.

— Et toi, tu crois qu'un jour un prince charmant viendra jusqu'ici, sur son beau poney blanc, pour te demander en mariage ? lance Jim en jonglant avec son ballon de foot.

— Non, parce que tu sais très bien ce qui va se passer, Jim Looney, nous en avons déjà parlé plein de fois.

— Rooo, naaan, pas ça encore, marmonne-t-il en pointant deux doigts sur sa tempe, comme un revolver.

— Très drôle. Tu peux penser ce que tu veux, mais ça arrivera. Un jour…

Il roule des yeux avec un soupir bruyant puis se précipite vers la porte de derrière et je crie après lui :

— Un jour, comme le prince charmant, tu vas mettre un genou à terre et me demander ma main ! Nous allons nous marier, toi et moi, tu verras !

J'entends Jim exploser de rire dans le jardin, mais ça ne m'inquiète pas du tout, parce que je sais que j'ai raison.

Il est encore trop jeune pour comprendre, et puis c'est un garçon. Tout le monde sait que les garçons mûrissent moins vite que les filles. Moi, en plus d'être une fille, j'ai deux mois de plus que lui et je sais comment les choses vont se passer. Chaque fois que je lui dis qu'un jour nous allons nous marier, il rigole et il trouve ça stupide, mais il ne dit jamais que ça n'arrivera pas.

J'ouvre mon livre, même si j'ai plus envie de rejoindre Jim dehors pour faire une partie de foot.

Je réfléchis quelques secondes et renonce à cette idée parce qu'il fait encore plus chaud dehors. C'est dommage, je me débrouille pas mal en foot. Jim n'arrête pas de me dire que je suis même meilleure que mon « oncle », Paul McGrath.

Paul est toujours le meilleur footballeur d'Irlande et le meilleur défenseur de l'équipe nationale, selon Jim. En plus, grâce à sa petite histoire, on m'embête moins à l'école. Apparemment, parce que Paul est noir, c'est cool d'être noir. Il est un peu comme mon héros, et j'espère que je pourrai le lui dire si je le croise un jour.

— Encore en train de te monter la tête avec ces sottises ! dit Tess.

Je sursaute. Je pensais qu'elle faisait encore la sieste puisqu'elle avait peur de fondre par cette chaleur.

Tess, on ne l'entend jamais arriver dans une pièce. Elle se faufile partout comme un ninja, en silence, et je me demande comment elle fait, parce qu'elle est quand même assez grosse.

— Des sottises ? Tu veux dire que les bonnes fées n'existent pas ?

Je rigole parce que je sais déjà ce qu'elle va me répondre.

— La seule fée que je connaisse, c'est celle qu'on accroche sur le sapin de Noël.

Elle rit à sa blague et moi aussi.

— Tu te trompes, Tess. Les contes de fées existent pour de vrai. La magie aussi, elle existe pour de vrai, je le sais parce que je l'ai vue. C'est juste que toi, tu n'y crois plus, mais ce n'est pas ta faute. Tous les adultes arrêtent d'y croire quand ils deviennent trop grands.

— Vraiment ?

— Oui. Moi, même quand je serai grande, je n'arrêterai jamais d'y croire.

Jamais, jamais, jamais. Et je me fiche de ce que peuvent dire les autres.

— Dans ce cas, fais-moi apparaître un paquet de cigarettes et un cendrier, petite magicienne ! me taquine-t-elle.

Je fais une petite moue en allant chercher ce qu'elle m'a demandé.

— Si nous suivons ta logique, poursuit-elle, mon prince charmant doit toujours être bloqué quelque part dans les bouchons.

Elle part d'un autre éclat de rire qui se transforme rapidement en une grosse quinte de toux.

Je ne vois pas ce qu'il y a de drôle. Elle aussi a le droit d'avoir un prince charmant, mais je pense que le problème, c'est qu'elle ne croit pas en l'amour, du moins pas en celui qui implique un vrai amoureux. Ça fait déjà deux ans que je vis avec elle et, depuis que je suis arrivée ici, je ne l'ai jamais vue sortir avec un monsieur.

— L'amour n'existe que dans les films et les contes de fées, pas dans la vraie vie, surtout pas ici, dans le comté nord de Dublin, dit-elle en tirant une chaise.

Je ne suis pas du tout d'accord avec elle mais, je peux dire ce que je veux, elle ne changera pas d'avis.

Comme elle se laisse tomber sur la chaise, celle-ci grince sous son poids. J'ai peur qu'elle finisse par se casser, un jour. Tess allume ensuite une cigarette et souffle un nuage de fumée avec un sourire satisfait.

Sans rien dire, j'attrape la bouilloire et la remplis d'eau avant de la remettre sur son socle et de l'allumer, parce que je sais que Tess aime boire une tasse de thé pendant qu'elle fume.

— Il n'y a pas de prince charmant pour moi, Belle. L'amour avec un grand A, ce n'est pas pour moi, tout simplement.

— Mais pourquoi tu dis ça ? Tu sais, peut-être que ton prince charmant est vraiment bloqué dans les bouchons, comme tu l'as dit tout à l'heure.

Tess rit si fort que son énorme ventre se met à trembler comme de la gelée, et je rigole avec elle.

L'eau bout et je prépare le thé de Tess — elle l'aime très fort — avant de lui apporter la tasse et le pot de sucre.

Quand elle verse une troisième cuillère de sucre dans sa tasse, je décide de la gronder :

— Tu mets trop de sucre dans ton thé.

A l'école, la maîtresse nous a parlé de la pyramide des aliments et nous a aussi dit que le sucre n'était pas bon pour la santé et qu'il ne fallait pas en consommer trop. Mais, bien sûr, Tess ne m'écoute pas. Elle remue son thé avec la cuillère avant d'en avaler une grosse gorgée.

— Pour être tout à fait honnête, j'ai rencontré plusieurs princes quand j'étais jeune, déclare-t-elle. J'en ai même épousé un. Malheureusement, j'ai vite compris qu'il n'était pas un prince charmant, mais un prince menteur.

Je remarque que ses yeux verts brillent de larmes. Rapidement, elle attrape son torchon et le passe sur son visage. J'ignore si elle le fait pour essuyer ses larmes ou les gouttes de sueur. Les deux, peut-être. Il faut dire que Tess transpire beaucoup. Jim pense que c'est juste son corps qui pleure parce qu'il est trop lourd.

Le poids de Tess m'inquiète un peu et je trouve aussi qu'elle fume trop. Je pense que je vais cacher la boîte à gâteaux, dorénavant. Oui, et, maintenant que c'est décidé, je pousse la corbeille de fruits vers elle parce que j'ai vu, dans la pyramide des aliments, qu'ils sont bons pour la santé. Je vais aussi lui prouver que son prince charmant existe parce qu'elle est très gentille et qu'elle mérite d'avoir quelqu'un de spécial à aimer, tout comme, moi, j'ai Jim. Elle doit juste y croire, c'est tout.

Je m'installe à table, à ma place, et ouvre la dernière

page de mon livre, celle où Cendrillon porte une belle robe de mariée et a plein de fleurs dans ses longs cheveux blonds. La tête penchée vers celle du prince charmant, elle le regarde avec beaucoup d'amour. On dirait qu'ils vont s'embrasser.

Beurk !

Comment j'ai fait pour oublier *ça* ? C'est dégueu, les bisous sur la bouche !

Je veux me marier avec Jim, mais je ne veux pas l'embrasser, surtout pas ! Je suis d'accord pour la robe blanche, les fleurs dans mes cheveux, et nous pouvons même vivre dans un château, mais jamais de la vie je ne l'embrasserai sur la bouche. Il faut que je lui en parle.

« *... et ils vécurent heureux pour toujours.* »

Je passe mon index sur ces mots quand, soudain, je comprends un truc super-méga important, un truc qui explique tout.

— La fin heureuse n'arrive qu'à la dernière page du livre, regarde !

Je tourne le livre vers Tess avant d'enchaîner :

— Si ton prince charmant n'est pas encore arrivé, c'est que tu n'es pas encore à ta dernière page.

Je suis trop forte !

Tess m'observe quelques instants. Je sais qu'elle sait que j'ai raison parce qu'une lueur étrange s'allume dans ses yeux, mais n'y reste pas longtemps, sûrement à cause de la fumée de la cigarette.

— Allez, ça suffit, toutes ces bêtises, marmonne-t-elle en me donnant un petit coup de torchon avant de se lever.

Elle prend ensuite sa tasse de thé puis s'en va de la cuisine en parlant dans sa barbe. Je tourne la tête vers la fenêtre grande ouverte pour voir Jim dribbler en slalomant entre les pots de fleurs qu'il a alignés dans le jardin.

Tess peut dire ce qu'elle veut, mais moi, je sais que j'ai raison, et tant que j'y crois tout peut arriver grâce à la magie. Oui, il faut croire aux fins heureuses parce que, sinon, elles risquent de ne jamais arriver. Ce n'est pourtant pas si difficile à comprendre, non ? Après, je suis déjà assez grande pour savoir que tout ne se passe pas toujours comme dans un conte de fées. La preuve : Jim et moi n'avons pas eu de chance avec nos parents, même si ça aurait pu être bien pire. Ça l'a même été pour moi, à un moment.

Automatiquement, je me gratte les cuisses et derrière les genoux parce que j'ai l'impression d'avoir encore mal.

Non, je ne dois plus penser à ça, c'est fini. Je vis avec Tess maintenant et tout se passe super bien. Elle est trop cool. Il faudrait juste qu'elle arrête de fumer parce que ce n'est pas bon pour ses poumons. Je vais devoir faire quelque chose, sauf que je ne sais pas quoi. Je lui ai déjà caché son paquet de cigarettes plusieurs fois, mais elle en ouvre un autre en me disant que fumer est un de ses rares petits plaisirs de la vie. Je ne peux pas lui enlever ça, elle risque d'être triste et je ne veux pas que ça arrive. En plus, Tess fait toujours tout pour nous faire plaisir, à Jim et à moi, ça ne serait pas juste.

Il y a quelques mois, elle nous a laissés choisir un nouveau papier peint pour nos chambres en disant que nous pouvions prendre ce que nous voulions. J'étais trop contente car c'était la première fois que je choisissais toute seule quelque chose pour ma chambre. Tess nous a emmenés dans un grand magasin et, avec Jim, nous avons mis longtemps à décider ce que nous voulions.

Bien sûr, Jim a choisi un papier peint avec des ballons de foot dessus, ce qui fait qu'il y a des ballons de foot partout dans sa chambre : sur les murs, les draps et même par terre. C'est trop moche.

Moi, j'ai repensé à toutes les chambres où j'ai dormi et à toutes les couleurs qu'il y avait dedans. Je n'avais pas trop d'idées, et puis, d'un coup, j'ai su exactement ce que je voulais : du blanc. Oui, je voulais avoir une chambre toute blanche.

Tess m'a dit que j'avais perdu la tête et que ça allait être difficile de garder propre une chambre blanche, mais j'ai tellement insisté qu'elle a fini par accepter. Elle a même repeint mes meubles en blanc, remplacé mes vieilles étagères par des nouvelles, blanches, elles aussi, et m'a racheté une parure de lit. J'adore ma chambre ! Tess m'a même félicitée parce qu'elle est toujours propre et bien rangée.

Tiens, je pourrais peut-être monter pour finir de lire *Le Seigneur des anneaux*. Nous n'allons pas dîner avant plusieurs heures et j'ai encore le ventre plein du déjeuner, la spécialité de Tess : des escalopes panées et des frites.

Depuis le jardin, Jim tourne la tête vers moi avant de la baisser aussitôt.

Maintenant qu'il sait que je le regarde, il dribble plus vite qu'avant, ses fines jambes évitant habilement les pots de fleurs. Une mèche de cheveux tombe devant son visage et il la repousse en shootant dans le ballon pour l'envoyer dans la clôture du fond.

— Il frappe et… il marque ! Buuuut ! hurle-t-il en saluant ses supporters imaginaires avant de se tourner vers moi. T'as vu, le public m'adore !

Il relève alors son sweat-shirt sur sa tête et se met à courir, les bras en l'air, dans le jardin.

— T'es trop nul, Jim Looney !

Il me fait une révérence.

Bon, il n'est pas nul du tout, en fait, et j'ai de la chance de l'avoir. Lui et Tess aussi, bien sûr. Depuis que Jim est là, je sais enfin ce que c'est d'avoir un ami qu'on aime beaucoup et je suis très, très heureuse. Tellement heureuse que j'arrive parfois à oublier tout ce qui m'est arrivé avant de le connaître, et c'est mieux comme ça, parce que je ne veux plus y penser. Je ne sais même pas comment j'ai fait pour supporter tout ça. Quelquefois, j'y pense quand même parce que certaines choses sont difficiles à oublier complètement et, lorsque ça m'arrive, j'ai envie de me rouler en boule dans un coin et de pleurer.

Je me souviens encore très bien de la solitude que je ressentais, par exemple. Quand je vivais encore avec ma maman, j'avais peur qu'elle ne revienne pas, qu'elle m'oublie dans ma chambre, où elle m'enfermait souvent à clé.

J'attrape un biscuit et le mets entièrement dans ma bouche en regardant de nouveau mon meilleur ami.

Tout ce que je voulais, c'était avoir quelqu'un avec qui jouer, une personne à aimer et qui m'aimerait en retour. Ma maman ne l'a pas compris, ça, mais Jim, si, et c'est normal, parce que c'est mon meilleur ami pour la vie.

En fait, je lirai plus tard.

Je me lève de table et me précipite dans le jardin en criant :

— Bailey va mettre une raclée à Looney, il va mordre la poussière !

Mon arrivée surprend Jim et j'en profite pour récupérer le ballon avant de l'envoyer vers la clôture qui nous sert de but.

— Et but de Bailey ! ! ! je hurle en sautant sur place quand le ballon touche la barrière.

Nous nous regardons un instant avant de nous jeter sur le ballon comme si nous étions dans un vrai match de foot.

Chapitre 6

Et c'est ainsi que les choses changent. Un geste. Une personne. Un moment à la fois.

LIBBA BRAY

Décembre 1990

J'ai envie d'étrangler Jim tellement il m'énerve ! Ça fait déjà des heures qu'il parle de la visite. On a l'impression que c'est le pape en personne qui vient chez nous. Je sais qu'il est content, ça fait longtemps qu'il n'a pas vu sa maman, mais quand même, trop, c'est trop !

Chaque fois qu'il sait que sa maman va passer, c'est la même chose : Jim devient excité comme une puce. Je ne comprends pas pourquoi, parce qu'il la voit plus souvent, ces derniers temps. Je pense même que c'est la troisième fois qu'elle lui rend visite ce mois-ci, alors qu'avant elle venait beaucoup moins.

Je n'ai rien contre la maman de Jim, elle est plutôt sympa pour quelqu'un qui n'a pas toute sa tête et elle aime Jim, ce qui est le plus important de tout. C'est juste que nous ne savons jamais de quelle humeur elle sera en arrivant.

Normalement, elle est très gentille et sourit tout le temps, mais il lui arrive aussi d'être bizarre, comme la dernière fois qu'elle est venue.

Ce jour-là, avec Jim, nous nous étions installés sur les coussins que nous avions mis devant la grande fenêtre du grenier. C'est un de nos endroits préférés, et nous y allons souvent parce que nous pouvons voir presque toute la rue depuis cette fenêtre.

Tess nous dit tout le temps que nous allons finir par prendre racine là-haut, mais ça, c'est une autre histoire.

Bref, nous étions dans le grenier en train d'attendre l'arrivée de la maman de Jim quand nous avons entendu un claquement de talons sur le trottoir, plus loin. D'ailleurs, si nous l'avons entendu, c'est parce que nous avions le regard fixé sur une araignée qui grimpait lentement sur le mur.

Jim a pratiquement bondi de son coussin pour regarder par la fenêtre puis, d'un coup, il est devenu tout triste. J'ai tout de suite su que sa maman était encore d'humeur bizarre. J'ai penché la tête pour l'apercevoir, et je l'ai vue remonter l'allée de la maison de Tess en zigzaguant et en serrant contre elle quelque chose dans un sac en papier.

— Qu'est-ce qu'elle fait ? j'ai murmuré en tournant le regard vers Jim.

Elle avait du mal à marcher et n'arrêtait pas de regarder autour d'elle comme si elle avait peur de se faire enlever par des extraterrestres. Elle avait l'air d'une folle et j'ai presque trouvé ça drôle.

— Elle évite les trous dans les pavés de l'allée. Elle ne les aime pas trop, même si ça fait longtemps qu'elle n'a pas fait ça, a répondu Jim.

Il ne souriait plus du tout et j'ai tout de suite arrêté de trouver l'attitude de sa maman marrante. Jim est ensuite descendu au rez-de-chaussée. Je l'ai suivi en silence, ne sachant pas quoi dire pour lui redonner le sourire.

Quand Tess a ouvert la porte, j'ai remarqué que la maman de Jim était très pâle, et elle transpirait tellement que des mèches de cheveux lui collaient au visage.

— Vous allez bien ? l'a interrogée Tess.

— Oui... Oui. Je pense que j'ai réussi à éviter tous les trous. Vous devriez faire quelque chose, d'ailleurs, pour votre allée, parce que c'est très dangereux, vous savez ?

Elle avait une expression tellement choquée qu'on aurait dit qu'elle venait de traverser une mare pleine de crocodiles.

— Et il se passe quoi, si vous marchez dans un des trous ? j'ai demandé, et aussitôt Tess m'a donné un coup de pied dans la jambe.

— Aïe !

Bah quoi, il n'y avait rien de méchant dans ma question ! La maman de Jim semblait avoir très peur des trous dans les pavés et je voulais juste savoir pourquoi.

— Ça attire le mauvais œil de marcher sur un pavé cassé. Un faux pas et on va tout droit vers une vie de malheurs, a-t-elle répliqué en fixant le mur derrière nous.

Cette fois-là, elle n'est même pas restée cinq minutes avant de redescendre l'allée de la maison en sautillant, comme si elle jouait à la marelle. Une vraie folle.

Vous comprenez maintenant pourquoi j'ai peur que cette fois encore elle soit toute bizarre en arrivant ? En plus, c'est moi qui dois remonter le moral de Jim après, quand sa maman est comme ça.

La dernière fois, après le départ de sa maman, Jim s'est enfermé dans sa chambre pendant des heures et il ne voulait même pas me laisser entrer. Nous n'étions pas obligés de parler, je n'aurais rien dit au sujet de sa maman, juste que j'étais désolée pour lui.

— Laisse-le tranquille, il a besoin d'être seul, m'a conseillé Tess quand j'étais sur le point d'enfoncer la porte. Sa maman ne va pas bien et ça le rend très triste, tu sais ? La maladie des nerfs, ça met du temps à guérir, malheureusement.

Elle a secoué la tête avant de redescendre au rez-de-chaussée en grignotant une barre chocolatée. Je l'ai suivie du regard, et quand elle a disparu en bas j'ai eu envie de pleurer, mais je me suis retenue parce que je savais que ça rendrait Jim encore plus triste. Du coup, je me suis assise par terre, sur le tapis, devant sa chambre, et j'ai attendu qu'il ouvre la porte. J'ai attendu longtemps, au bout d'un moment, je ne sentais plus mes fesses et j'avais des fourmis dans les jambes, mais je n'ai pas bougé. Je voulais que Jim voie qu'il pouvait compter sur moi et que je l'aimais très fort. Je ne savais pas quoi faire pour que les nerfs de sa maman guérissent, mais je pouvais lui montrer que j'étais là pour lui. C'est ce que font les meilleurs amis.

Quand Jim est enfin sorti de sa chambre, il m'a regardée sans rien dire et nous nous sommes tout de suite compris. Je savais qu'il avait le cœur brisé et qu'il n'y avait rien qui pourrait recoller les morceaux.

Il est descendu dans le jardin et je l'ai suivi en silence. Nous avons joué au foot pendant très longtemps, tellement longtemps que nous avions du mal à respirer, puis Tess nous a appelés parce qu'il était l'heure de dîner. Elle a préparé les plats préférés de Jim, et plus tard, pendant que nous regardions la télé tous les trois, il a souri à cause d'une scène drôle du film.

Alors j'espère vraiment que sa maman sera souriante et de bonne humeur aujourd'hui. En plus, Jim est persuadé qu'il va rentrer avec elle. Il pense ça chaque fois qu'elle vient et, chaque fois, il est très déçu quand elle repart sans lui.

Il n'y a pas longtemps, Tess m'a révélé que sa grand-mère à elle était aussi malade des nerfs et qu'elle restait souvent au lit à cause de ça. Quand je lui ai demandé si elle avait fini par guérir, elle a juste secoué la tête, l'air triste. Mais peut-être que la maman de Jim ira mieux, elle.

Tout ce que je veux, c'est que Jim soit heureux et que sa maman…

— Je suis bien, comme ça ? me demande-t-il en revenant dans ma chambre pour la centième fois.

Ah, il est ridicule ! Qu'est-ce qu'il a fait à ses cheveux ? Il a dû vider la moitié du pot de gel pour les aplatir. On dirait même qu'ils sont mouillés. Il a aussi mis sa chemise bleue rayée qui ressemble à un pyjama. Le maillot de l'équipe de foot d'Irlande lui va beaucoup mieux !

— Non, t'es trop moche !

Son large sourire disparaît aussitôt.

Zut, pourquoi j'ai dit ça ? Je suis vraiment trop nulle, j'ai fait de la peine à Jim.

— Je fais quoi ? Je me lave les cheveux ? demande-t-il en frottant ses cheveux avec la manche de sa chemise.

Je me sens trop mal en le regardant faire, j'ai même envie de pleurer.

Tess dit toujours que la jalousie, c'est moche, et elle a raison. Si je suis comme ça, c'est parce que, au fond de moi, je suis jalouse de Jim. Lui, il a la chance de voir sa maman, et pas moi. Je n'ai même pas vraiment envie de voir ma maman, mais quand même... Mme Looney est un peu folle, mais elle rend visite à son fils dès qu'elle le peut, et ça se voit, qu'elle l'aime beaucoup.

Je n'ai pas été sympa avec Jim, je ne suis pas une bonne amie.

— Non, attends, laisse-moi faire. Tu n'es pas moche, je disais ça pour rire. Tu as juste mis trop de gel dans tes cheveux.

Je passe mes doigts dans ses cheveux pour décoller les mèches bouclées et lui refaire une coiffure un peu plus normale.

Voilà... Encore ici...

— C'est bien comme ça. Ne t'en fais pas, ta maman va te trouver très beau.

— Je veux que tout se passe bien, murmure-t-il en tournant la tête vers la console dans le couloir sur laquelle il y a un bouquet de fleurs. C'est Jim qui l'a acheté pour sa maman et il a utilisé toutes ses économies. J'espère vraiment que sa maman sait qu'elle a beaucoup de chance d'avoir un fils comme lui qui l'aime plus que tout.

— Tout va bien se passer, tu verras.

Honnêtement, je n'y crois pas trop, et si je dis ça c'est surtout pour le rassurer. Si ça se trouve, sa maman va encore débarquer avec un air bizarre en essayant d'éviter les trous dans les pavés. Mais, si ça arrive, j'ai tout prévu, cette fois : j'ai deux barres chocolatées, les préférées de Jim, cachées dans le tiroir de mon bureau, et je suis sûre que ça, ça lui remontera le moral.

Après la dernière visite de Mme Looney, Tess nous a interdit de l'attendre à la fenêtre du grenier. Du coup, comme c'est bientôt l'heure, nous descendons rejoindre Tess dans la cuisine, et nous nous installons tous à table en silence.

Jim tapote des doigts sur ses genoux et Tess fume cigarette après cigarette. Il y a tellement de fumée dans la cuisine qu'elle a dû ouvrir la porte du jardin et les fenêtres, et, du coup, il fait super froid. Il faut que je trouve une solution pour qu'elle arrête de fumer, sinon, nous allons tous mourir frigorifiés. J'ai également remarqué que sa poitrine faisait un bruit bizarre quand elle inspire profondément, alors qu'avant on n'entendait rien.

Soudain, la sonnette retentit et nous sursautons tous en nous regardant. Tess éteint vite sa cigarette dans le cendrier avant de le cacher sous l'évier et Jim tire sur le col de sa chemise pour la millième fois au moins.

Quand Tess va pour ouvrir la porte, je me mets à côté de Jim et nous retenons tous les deux notre souffle en attendant de savoir de quelle humeur est sa maman aujourd'hui. On dirait qu'elle est stressée, mais sinon elle semble aller bien. Je me demande si elle a essayé d'éviter tous les trous en remontant l'allée.

Je n'ai même pas besoin de regarder Jim, je sais qu'il doit être content et rassuré de la voir comme ça.

Elle porte un gros pull rose clair, un pantalon blanc et des chaussures qui ont des talons hauts et fins. Elles sont trop belles ! J'aimerais avoir les mêmes. Ses longs cheveux lui tombent sur les épaules et brillent comme dans les pubs pour shampoings que je vois souvent à la télé. La dernière fois qu'elle est venue, elle n'était pas aussi belle, ses cheveux étaient plus foncés et gras et elle portait un survêtement gris et bleu trop moche.

Elle s'avance vers Jim en souriant et, quand elle le prend dans ses bras, j'ai l'impression que mon cœur va exploser de joie, mais, en même temps, je sens aussi mon estomac se nouer et j'ignore pourquoi.

— Regarde comme tu es grand, mon lapin, tu m'arrives déjà à l'épaule, observe Mme Looney. Tu es presque un homme, maintenant.

— Ils grandissent à une vitesse incroyable, ces deux-là, lui explique Tess. Si ça continue comme ça, je vais devoir leur mettre une brique sur la tête ! Je dois tout le temps leur acheter de nouveaux vêtements, non pas que ça me dérange, au contraire.

— Oui, bien sûr, répond la maman de Jim.

Elles se regardent étrangement quelques instants.

— Qu'est-ce qu'il y a dedans ? je demande en pointant du doigt le sac en papier que tient Mme Looney.

Est-ce la même chose qu'elle avait la dernière fois ? Elle tenait le sac serré contre elle comme s'il contenait un trésor, mais nous n'avons jamais su ce qu'il y avait dedans parce qu'elle est repartie très vite.

— C'est un petit cadeau pour vous deux, répond-elle en tendant le sac à Jim.

Nous nous regardons avec un grand sourire et Jim ouvre le sac pour voir ce que c'est.

Oh ! Des barres chocolatées ! Elles sont emballées dans du papier de toutes les couleurs et sentent trop, trop bon !

— Je ne savais pas laquelle était ta préférée, j'en ai pris quelques-unes de chaque.

— Jim préfère celle aux noisettes et aux raisins secs.

J'ai envie d'ajouter que, si je le sais, c'est parce que je connais Jim mieux qu'elle, mais je me retiens.

— Belle, elle adore celle au caramel.

— Je pense que j'en ai pris au caramel, mais pas aux noisettes et aux raisins secs, déclare sa maman, l'air malheureux.

— Ce n'est pas grave, j'aime les autres aussi, rassure Jim en plongeant la main dans le sac.

Tess le lui prend avant qu'il n'ait pu attraper une barre.

— Ce n'est pas l'heure du goûter, mon garçon. Vous allez devoir patienter jusqu'à la fin de la semaine, dit-elle avant de s'adresser à Mme Looney. Vous savez, je fais très attention à ce qu'ils mangent. Ils ont le droit à une barre chocolatée le week-end, sinon, c'est cinq fruits et légumes par jour.

Cinq fruits et légumes par jour ? Mon œil, ouais ! Plutôt cinq gâteaux et chocolats par jour.

Jim et moi gloussons en même temps et Tess nous regarde de travers. Elle sait que nous nous moquons d'elle.

Elle raconte la même chose à l'assistante sociale, quand elle vient nous rendre visite pour voir si tout va bien. On dirait qu'elle fait semblant de tout faire bien pour que l'assistante pense qu'elle est une mère d'accueil parfaite. Mais elle n'a pas besoin de faire semblant, parce qu'elle fait déjà tout bien et que c'est une super mère d'accueil, la meilleure.

— Allez, Belle, laissons Jim et sa maman tout seuls.

Elle me fait signe de monter dans ma chambre avant d'ajouter :

— Vous pouvez vous installer dans le salon, le thé sera servi d'ici peu.

Je secoue la tête en riant et chuchote à l'oreille de Jim :

— Elle parle comme si c'était une servante qui allait préparer le thé et vous l'apporter, alors qu'en fait c'est elle qui va le faire. Bonne chance, en tout cas, ça va le faire.

Je lui serre rapidement la main avant de monter dans ma chambre.

Est-ce que j'ai vraiment pensé ce que je lui ai dit ou est-ce que je suis toujours un peu jalouse ? Je veux vraiment que tout se passe bien entre Jim et sa maman, je veux qu'il soit heureux, mais si tout se passe bien entre eux ça voudra dire que… Oh là là, c'est trop compliqué, tout ça !

La maman de Jim va bien et c'est ce qui est le plus important, non ?

Je soupire en haussant les épaules.

Si Jim demande à sa maman de l'emmener avec elle et qu'elle dit oui, tu vas faire quoi, Belle ?

Je me retrouverai encore toute seule.

Je ferme les yeux et ravale la bile qui monte dans ma gorge.

Je ne veux pas que Jim s'en aille et je me sens très mal en pensant ça, parce que ce n'est pas juste envers lui. C'est mon meilleur ami, je devrais être contente que sa maman aille mieux et qu'il puisse bientôt retourner chez lui. Il n'a pas arrêté de parler de ça depuis qu'il est venu vivre ici et c'est normal.

Je croise les doigts pour que Mme Looney ne soit plus jamais malade des nerfs. Je serai très contente pour Jim quand il repartira vivre avec elle et je ne pleurerai pas, je lui ferai juste un gros câlin. Et puis, même s'il s'en va, ce n'est pas la fin du monde, parce que Tess est là.

Je tourne la tête et aperçois Dee-Dee sur mon lit, avec d'autres jouets et poupées. Ça fait longtemps que je n'ai pas joué avec elle et nous ne nous parlons plus trop.

Je la prends dans mes bras et la serre contre moi, mais elle ne dit rien, elle ne me rassure pas comme avant. Maintenant que j'ai un vrai meilleur ami, je ne veux plus d'une poupée, ce n'est pas la même chose.

Je m'installe sur la banquette sous ma fenêtre et prends un vieux *Picsou magazine*. Je l'ai déjà lu plein de fois, mais je l'aime bien. J'aimerais bien être un des personnages,

Minnie ou Daisy, vivre dans une belle maison avec une vraie famille et plein d'amis. Ça serait vraiment chouette.

Je lis la bande dessinée dans laquelle Donald part à la montagne avec Riri, Fifi et Loulou, et je m'imagine partir avec eux pour oublier un peu Jim et sa maman. Par contre, je pense que j'aurais trop froid aux jambes dans la neige vu que tous mes pantalons sont trop courts ! Tess dit que je grandis trop vite et qu'elle n'arrive même plus à trouver de jean à ma taille. Du coup, elle sort souvent sa machine à coudre pour retoucher mes vêtements.

J'entends la porte d'entrée claquer et regarde par la fenêtre en posant mon magazine.

Mme Looney s'en va déjà ? Elle redescend l'allée avec un bras autour des épaules de Jim sans même faire attention aux trous dans les pavés. C'est une bonne chose, ça.

Quand ils arrivent jusqu'au trottoir, Mme Looney attire Jim contre elle et il passe les bras autour de sa taille en posant la tête sur sa poitrine. J'ai l'impression de les espionner, mais, en même temps, je suis contente de les voir comme ça. Je les envie un peu, c'est vrai, mais Jim a l'air si heureux que je le suis aussi pour lui et, si j'arrive à être contente pour lui pour de vrai, c'est que je ne suis pas quelqu'un de méchant, en fait.

Vite, je sors de ma chambre pour le retrouver et lui demander comment ça s'est passé.

— Alors, Jimbo, c'était bien ?

Il ne dit rien, mais j'ai ma réponse en voyant son sourire. Il n'a jamais souri comme ça avant. Je veux dire, il sourit souvent et nous rions beaucoup — une fois, je me suis même fait pipi dessus tellement on rigolait —, mais là c'est différent.

— Tu vas retourner vivre chez elle ?

Il me regarde longtemps avant de hocher la tête.

Mon estomac me fait de nouveau mal, mais je souris pour que Jim pense que je suis contente, même si, en fait, je ne le suis pas. Ça a l'air de marcher, parce que son sourire s'élargit encore.

— Elle a trouvé un appartement dans le quartier de Ranelagh et le propriétaire a même dit que je pouvais choisir la couleur que je veux pour les murs de ma chambre.

Il va choisir du vert parce que c'est sa couleur préférée.

Depuis la cuisine, j'entends Tess soupirer et le « clic » du briquet. Elle a allumé une cigarette.

Je vais perdre Jim, je vais perdre mon meilleur ami, et Tess le sait. Nous le savons toutes les deux, mais pas Jim.

— Il nous reste encore combien de temps ensemble avant que tu t'en ailles ?

Ma voix est un peu aiguë, mais je ne pleure pas.

— Tu dis ça comme si nous n'allions plus jamais nous voir, déclare Jim en riant. Je vais juste vivre dans une autre maison avec ma maman. Nous resterons quand même les meilleurs amis du monde, promis juré craché.

Chapitre 7

Dieu met des arcs-en-ciel dans les nuages afin que chacun d'entre nous puisse voir une lueur d'espoir dans les moments les plus tristes et les plus redoutés.

Maya Angelou

Décembre 1990

J'ouvre les yeux en me redressant brusquement.

Il fait noir et mon cœur bat à cent à l'heure. J'essaie de hurler pour prévenir les autres du danger, mais aucun son ne sort de ma bouche, je n'arrive même pas à l'ouvrir, on dirait que mes lèvres sont collées. Je tente de balancer mes jambes hors du lit, mais je suis comme paralysée. Tout le monde dans la maison va mourir et ce sera ma faute.

Une fumée épaisse envahit ma chambre et me brûle les poumons. Il fait très chaud, j'ai l'impression que ma peau est en feu, tout comme les rideaux. Les flammes les ont presque dévorés et elles ne vont pas tarder à s'attaquer à l'étagère pleine de livres, à gauche de la fenêtre.

Je cligne des yeux, une fois, deux fois, trois fois.

C'est juste un cauchemar, ce n'est pas vrai.

Je ferme les yeux encore une fois, et quand je les rouvre je vois qu'il n'y a plus le feu, tout est calme et ma chambre est plongée dans le noir.

J'avais raison, ce n'était qu'un cauchemar, le même que je fais depuis plusieurs années : la maison est en feu et je ne peux rien faire pour prévenir les autres. Les flammes finissent par nous consumer tous en quelques secondes à peine.

« *Cendres aux cendres, poussière à la poussière, si Dieu ne me veut pas, alors le diable doit.* »

Chaque fois que je fais ce cauchemar, je me répète cette phrase en boucle parce qu'elle m'aide à me calmer.

C'est bon, ça va déjà mieux, j'arrive à respirer normalement et mon cœur ne bat plus comme s'il voulait s'échapper de ma poitrine.

Je glisse mes jambes hors du lit juste pour vérifier que j'arrive à le faire. Ce n'était qu'un mauvais rêve, mais j'ai toujours peur. J'ai peur de me brûler les pieds si je les pose par terre et j'ai encore plus peur de l'obscurité qui m'entoure.

Je saute du lit et fonce appuyer sur l'interrupteur à côté de la porte pour allumer la lumière. Aussitôt, le noir se dissipe, emportant avec lui les images de mon cauchemar. Même si je sais que je n'arriverai plus à m'endormir, je retourne me coucher.

Le regard fixé sur le plafond, je pense à plein de choses auxquelles je ne veux pas penser, en fait. Je me vois vivre avec Dolores, ma mère, et elle m'a encore enfermée dans ma chambre. Soudain, je sens une odeur de fumée et je ne peux pas m'échapper…

— Réveille-toi, petite marmotte ! crie une voix.

Je sens qu'on me donne de petits coups sur le bras, alors j'ouvre les yeux et vois Jim qui me regarde avec un large sourire.

J'ai dû quand même me rendormir cette nuit.

— Aïe, tu me fais mal ! Il est quelle heure ?

— Il est presque 9 heures. Tess est en train de criser en bas. Elle veut que nous soyons tout beaux, tout propres avant 10 heures pour accueillir Mme O'Reilly. Elle a appelé pour dire qu'elle allait passer.

Mme Looney n'a pas perdu de temps, parce que si Mme O'Reilly vient c'est sûrement pour Jim et son retour chez lui. Même si ça ne m'est jamais arrivé, je sais exactement comment les choses vont se passer. A partir de maintenant, ils vont commencer ce qu'on appelle la « période de transition ».

Tout ça me rend triste, mais je me suis juré de ne pas pleurer devant Jim parce que je veux être une bonne amie.

— Si ça se trouve, tu seras chez toi pour fêter Noël avec ta maman.

Ça me tue, mais j'essaie d'être contente pour lui. C'est ici, chez lui, avec Tess et moi, pas dans un petit appartement dans le quartier de Ranelagh avec sa maman folle.

Ce n'est pas sympa de penser ça, alors je serre les lèvres.

La maman de Jim n'est plus folle, ses cheveux bouclés sont longs et brillants et elle a de très jolies chaussures blanches avec des talons hauts. Oui, elle est guérie et elle va récupérer Jim juste avant Noël, je le sens.

A Noël dernier, nous avons construit une cabane de draps dans le salon et dormi dedans pour être sûrs de ne pas manquer le Père Noël quand il descendrait par la cheminée. Mais bon, nous nous sommes endormis avant et nous ne l'avons même pas entendu arriver parce que, quand nous nous sommes réveillés, il faisait déjà jour et il y avait deux chaussettes pleines de cadeaux qui nous attendaient devant la cabane.

Cette année, nous avons prévu de rester debout toute la nuit pour vérifier si le Père Noël existe vraiment. Jim pense que non, alors que moi, je suis sûre que si et je n'arrête pas de lui dire qu'il se trompe. Il oublie que c'est le Père Noël lui-même qui me l'a apporté, il y a deux ans.

— Je n'ai pas dormi cette nuit, déclare Jim en me prenant la main et en me regardant d'un air bizarre.

Aussitôt, mon estomac fait encore une de ces drôles de pirouettes.

— J'ai eu une super idée : je vais appeler ma maman et lui demander de t'adopter ! s'exclame-t-il fièrement.

— Tu ne peux pas faire ça.

Si ?

— Pourquoi pas ? Comme ça, nous resterons ensemble.

— Tu penses que ta maman voudrait de moi ?

J'ai du mal à respirer.

Je pourrais enfin être adoptée et commencer une nouvelle vie avec ma nouvelle famille, avec Jim.

— Bien sûr ! En plus, je sais que les femmes préfèrent toujours avoir une fille. Tu vois, ça tombe bien, elle aura un de chaque, comme ça. Tu partageras ma chambre et je te laisserai même choisir la couleur des murs. Juste, pas de rose. Ni de violet. Beurk !

— Je ne sais pas trop, Jim.

J'aime bien le vert aussi, une chambre verte, ça pourrait être cool. Pourquoi pas ?

— Ma maman t'adore, elle me l'a dit hier.

Je sais que ce n'est pas vrai, parce qu'il a la paupière gauche qui bat chaque fois qu'il ment. Et puis comment sa maman pourrait m'adopter alors que je n'ai pas été très sympa avec elle ? J'aurais dû être plus gentille !

Si j'avais su qu'il y avait une chance que Mme Looney m'adopte, j'aurais été sympa avec elle, même quand elle était très bizarre. La prochaine fois que je la verrai, je serai sage comme une image.

— Je vais l'appeler tout de suite, annonce Jim. J'ai le numéro de l'appartement. Tu vas voir, nous allons trop bien nous amuser là-bas.

Il plonge la main dans la poche de son jean et retire un bout de papier froissé qu'il déplie et sur lequel il y a une rangée de chiffres très bien écrits dessus.

Je suis tellement excitée à l'idée de vivre avec lui et sa maman que je dis :

— En plus, comme l'école sera plus loin, nous allons sûrement devoir prendre le bus pour y aller et rentrer, ça va être mortel !

— C'est clair !

Nous éclatons de rire, et il sort de ma chambre en courant pour aller téléphoner à sa mère.

J'ai intérêt à me faire belle. Je sais déjà ce que je vais mettre : mon pull rouge.

C'est mon préféré et, en plus, quand je le porte, Tess me dit toujours que ma peau est de la même couleur qu'une tarte au caramel. Je vais aussi m'attacher les cheveux, parce que Tess trouve que je suis encore plus jolie comme ça.

La maman de Jim va très vite m'aimer, j'en suis sûre !

Chapitre 8

Les choses changent. Les amis partent. La vie ne s'arrête pour personne.

STEPHEN CHBOSKY

Je le savais.

Je savais que c'était trop beau pour être vrai.

La maman de Jim est guérie de la maladie des nerfs depuis peu, les services sociaux lui ont permis de récupérer son fils. C'était sûr qu'elle n'allait pas, en plus de tout ça, adopter un autre enfant, encore moins quelqu'un comme moi.

Aujourd'hui, à cause de l'idée de Jim, nous avons beaucoup joué à l'un de nos jeux préférés, celui où nous nous bouchons les oreilles pour ne pas écouter ce que nous disent les adultes. Nous avons commencé à jouer après que Jim a exposé son idée à Tess, qui est devenue toute pâle et qui a fumé presque tout son paquet de cigarettes en attendant l'arrivée de Mme O'Reilly. Elle n'avait vraiment pas l'air dans son assiette et je me suis sentie un peu mal en la voyant comme ça, mais nous avons quand même décidé de l'ignorer en fermant les yeux en plus de boucher nos oreilles, persuadés que le plan de Jim allait marcher.

— Elle s'inquiète toujours pour tout, tu la connais, a dit Jim.

J'ai hoché la tête même si je n'étais pas trop d'accord avec lui.

— Oui, tu as raison, elle est plus heureuse quand elle s'inquiète.

En attendant Mme O'Reilly, Jim a appelé sa maman et la conversation n'a pas duré très longtemps. C'était le premier signe que son plan n'allait peut-être pas marcher comme nous l'avions prévu, mais j'ai préféré me dire que, s'ils avaient raccroché aussi vite, c'était parce que Mme Looney avait trouvé l'idée de Jim géniale et qu'il n'y avait pas besoin d'en discuter pendant des heures. L'expression que Jim avait quand il est revenu du couloir m'a fait comprendre que ce n'était pas le cas.

— Elle a juste besoin d'un peu de temps pour y réfléchir, elle finira par dire oui, tu verras, a-t-il dit.

Une fois de plus, j'ai hoché la tête, même si j'ai vu que le sourire qu'il m'a adressé n'a pas illuminé ses yeux. C'était le deuxième signe que les choses ne se passaient pas comme prévu, et nous n'avions toujours pas parlé à Mme O'Reilly de tout ça. En plus, cette dame n'est vraiment pas sympa. Elle n'est jamais contente et affiche toujours la même expression grave et vide à la fois. Tess non plus ne l'aime pas trop. Elle dit toujours que Mme O'Reilly est un cas à elle toute seule et qu'elle est aussi inutile qu'une date de péremption sur du chocolat.

Chaque fois qu'elle vient pour « s'assurer que tout se passe bien », comme elle le dit, c'est la même chose : nous nous installons à une table et elle me pose un tas de questions stupides sans même me regarder. Quand je réponds, elle hoche la tête, mais je sais qu'elle n'écoute pas du tout ce que je lui dis et qu'elle coche juste des cases sur son formulaire.

En tout cas, Jim est persuadé que son attitude pourrait, pour une fois, jouer en notre faveur.

— Elle signera les papiers d'adoption sans même les lire, a-t-il fait remarquer avant qu'elle n'arrive. Tu imagines comment elle sera trop contente de se débarrasser de nous deux en même temps ! Elle aura même sûrement une prime pour ça.

Son raisonnement n'était pas bête. De nous deux, c'est lui le plus intelligent, il remarque souvent un tas de choses qui, à moi, m'échappent.

Lorsque Mme O'Reilly est arrivée, nous lui avons adressé notre plus beau sourire et elle a tout de suite froncé les sourcils, l'air méfiant. Elle, Tess et Jim se sont installés autour de la table de cuisine et j'ai préparé du thé en servant les biscuits que nous gardons pour les grandes occasions.

Plusieurs fois, j'ai surpris Tess en train de regarder l'étagère sur laquelle j'ai planqué ses gâteaux préférés. J'ai beau les changer souvent de place, elle finit toujours par les trouver ! Rien que ce matin, elle en a déjà mangé plusieurs.

Quand je me suis assise avec eux, Jim a pris une profonde inspiration avant d'exposer son projet à Mme O'Reilly dans les moindres détails.

— Vous voyez, c'est pour ça qu'il faut que Belle vienne vivre avec maman et moi, a-t-il conclu.

J'étais super fière de lui et je me suis dit que Mme O'Reilly n'aurait aucune raison de refuser. Elle l'a longtemps regardé sans rien dire avant d'éclater d'un rire qui a résonné dans toute la cuisine. Ne sachant pas si son rire était une bonne ou une mauvaise chose, je me suis tournée vers Jim, qui a haussé les épaules.

— Tu n'es pas sérieux, Jim ? C'est une blague, hein ? a-t-elle demandé en essuyant ses larmes.

Et là j'ai su que je ne pourrais pas aller vivre avec Jim et sa maman. Mme O'Reilly est tellement méchante qu'elle n'a même pas fait semblant de réfléchir à cette idée pour nous faire plaisir.

— Nous ne pouvons pas juste ballotter les enfants d'un endroit à l'autre et les confier à de parfaits inconnus, a-t-elle poursuivi en reprenant son sérieux et en agitant le doigt vers nous.

J'ai immédiatement repensé à toutes les maisons et toutes les personnes chez qui elle m'a placée depuis que j'ai quitté ma maman et, comme sa réponse m'a mise très en colère, j'ai rétorqué :

— Pourquoi ? C'est ce que vous avez toujours fait avec moi.

— Ne fais pas ta maligne, Belle, m'a-t-elle lancé, le visage rouge comme une tomate. Tu ferais mieux de garder ta langue dans ta poche, sinon, tu risquerais d'avoir des ennuis.

— Hé ! Ne vous en prenez pas à la petite, a fait Tess en se redressant sur sa chaise. Ces deux-là sont liés plus que des siamois. Tout ceci est dur pour eux, pour nous tous.

Elle était au bord des larmes. Je lui ai souri pour la remercier d'avoir pris ma défense et je me suis rapprochée d'elle.

— Peut-être, a rétorqué Mme O'Reilly. Quoi qu'il en soit, Belle reste ici et Jim retourne vivre avec sa maman, fin de la discussion.

Elle a ensuite pris un gâteau de la boîte et l'a trempé dans son thé en secouant la tête. Je pense que je ne l'ai jamais autant détestée qu'à ce moment-là. Je l'ai regardée lécher le chocolat du gâteau qui restait sur ses doigts en s'en fichant complètement de nous.

— Non, mais quelle idée ! Confier la garde de *deux* enfants à une maniaco-dépressive à peine remise…, a-t-elle marmonné en reprenant un gâteau. Comme si un, ça ne suffisait pas déjà.

J'ai pensé que les choses ne pouvaient pas être pires qu'elles l'étaient, mais c'est alors qu'elle a ouvert le dossier posé devant elle en ajoutant :

— Jim, tu iras dans une nouvelle école à partir de janvier.

Choquée, j'ai regardé Jim en ouvrant grand les yeux. Il s'est tourné vers Mme O'Reilly pour protester.

— Mais je ne veux pas changer d'école ! Je prendrai le bus pour venir à l'école d'ici.

Mme O'Reilly a alors lancé un regard à Tess comme

pour lui demander si nous n'étions pas un peu cinglés avant de répliquer :

— Ce n'est pas possible. Je ne suis pas une faiseuse de miracles.

— Je pense que nous sommes tous d'accord sur ce point, a déclaré Tess, irritée.

Je ne pouvais même plus regarder Jim. Je savais que j'allais me mettre à pleurer, sinon.

— Oh ! et puis merde, a râlé Tess en se levant de la table.

Je n'oublierai jamais la tête de Mme O'Reilly quand Tess a pris son paquet de cigarettes sous de l'évier avant d'aller se placer à côté de la porte du jardin pour en allumer une. Heureusement que cette vieille chouette n'a fait aucune réflexion, parce que je pense que Tess n'aurait pas du tout apprécié.

J'ai regardé Tess fumer sa cigarette tout en écoutant Mme O'Reilly expliquer à Jim comment allait se passer la période de transition. Je sentais au ton de sa voix qu'elle était agacée par la situation, d'autant plus que Jim avait la tête baissée.

— Je te rappelle tout de même que c'est toi qui as voulu retourner chez ta mère, Jim, et maintenant tu me fais passer pour la méchante de l'histoire, l'a réprimandé Mme O'Reilly. Mais si tu préfères rester ici…

Jim a alors brusquement relevé la tête, et j'ai vu qu'il était à la fois en colère et inquiet parce qu'il voulait vraiment retourner vivre avec sa maman. Je me suis sentie très coupable, alors j'ai décidé d'essayer d'arranger les choses avant qu'il ne soit trop tard en lui chuchotant :

— Tu serais épuisé de devoir prendre le bus tous les jours.

— Non, ce n'est pas vrai.

— Si, c'est vrai. Tu n'aurais sûrement plus le temps de t'entraîner.

Jim a ouvert la bouche avant de la refermer aussitôt. Je

savais que ça allait le faire réfléchir, vu qu'il adore le foot. Je me suis penchée vers lui pour le rassurer :

— Ne t'en fais pas, on continuera à se voir souvent.

Il ne m'a pas trop crue, mais il a quand même écouté tout ce que Mme O'Reilly avait encore à lui dire.

Quand elle est enfin partie, avec son gros dossier sous le bras, je l'ai entendue marmonner quelque chose sur la difficulté de son travail et les enfants compliqués.

Je ne l'aime vraiment pas, cette Mme O'Reilly.

Depuis sa visite, je fais tout ce que je peux pour que Jim ne remarque pas à quel point je suis triste. Je lui ai promis que nous nous appellerions toutes les semaines et que je lui enverrais des lettres. Ce n'est pas grave s'il ne me répond pas, je sais qu'il n'aime pas écrire.

Tess nous a également donné les horaires du bus qui va jusqu'au quartier de Ranelagh pour que nous voyions où nous pourrions nous retrouver et quand.

— Tous les samedis, nous pourrions aller dans le parc Stephen's Green pour nourrir les canards, propose Jim. Tu adores ce genre de choses.

Avant que j'aie le temps de répondre, j'entends Tess pousser un soupir derrière moi, alors je me retourne vers elle.

Tess soupire beaucoup ces derniers temps et elle fume plus que d'habitude. Je n'aime pas ça du tout, mais en ce moment je suis trop triste pour essayer de la faire arrêter.

Je reporte mon attention sur Jim et dis :

— Oui, parce que nous sommes les meilleurs amis pour la vie.

— Oh là là, glousse Jim, comment c'est trop naze, ce que tu viens de dire.

Je suis contente de voir que son sourire illumine ses yeux.

A cet instant, quelqu'un sonne à la porte et mon ventre se

noue fort, fort, fort. Le temps a passé trop vite. Je n'arrive toujours pas à croire que Jim part aujourd'hui.

Nous suivons Tess dans le couloir. Elle ouvre la porte avant de faire signe d'entrer à la maman de Jim et à Mme O'Reilly. Elles parlent un peu toutes les trois de choses que je ne comprends pas trop, puis Mme Looney prend Tess dans ses bras.

— Je ne pourrai jamais vous remercier assez de vous être si bien occupée de mon fils.

Tess la serre fort contre elle et elles se mettent à pleurer.

Je fronce les sourcils en me penchant vers Jim.

— Je ne vois pas pourquoi elles sont si tristes.

Jim ne répond pas et donne un coup de pied dans sa valise. Je sais qu'il est mal à l'aise. Pour lui, les émotions, c'est « un truc de filles ». Je lui tire la langue en louchant et, même s'il essaie de se retenir, il explose de rire.

— Tu vas me manquer, Jimbo, déclare Tess en se tournant vers lui. Allez, viens me faire un gros câlin.

Il s'avance vers elle et passe les bras autour de sa grosse taille avant de dire :

— Merci pour... Bah, tu sais, quoi.

Jim est toujours comme ça quand il a peur de passer pour un sensible, mais Tess et moi, nous savons qu'il est vraiment triste et qu'il a du mal à retenir ses larmes.

— Il est temps de dire au revoir à Belle aussi, lui dit Mme Looney.

Quand je la regarde, elle détourne les yeux et je vois qu'elle a la même expression que Joan et Daniel quand ils m'ont annoncé que je ne pouvais plus vivre avec eux. J'en ai vraiment marre de voir les gens faire cette tête. Ça ne change rien, de toute façon.

— Tu pourras venir nous rendre visite quand tu veux, me dit-elle d'une voix aiguë, toujours sans me regarder et en se tripotant les mains.

Jim l'observe d'un air inquiet. Il a sans doute peur qu'elle tombe de nouveau malade des nerfs et qu'il ne puisse pas retourner vivre avec elle.

Pour essayer de le rassurer, je fais un pas vers sa maman avant de déclarer :

— Tout va bien se passer, madame Looney.

C'est la maman de mon meilleur ami, et même si j'ai essayé de la détester je n'y arrive pas parce que Jim l'aime beaucoup et qu'il sera heureux avec elle.

— Merci, Belle, dit-elle tout bas en me prenant dans ses bras.

Quand elle me relâche, je me précipite vers la penderie du couloir pour récupérer le cadeau que j'y ai caché pour Jim.

— Tiens, c'est pour toi. Désolée pour l'emballage, mais c'était soit ça, soit le papier cadeau rose avec les nœuds de mes cadeaux d'anniversaire.

— Oh ! je n'ai rien pour toi, moi, râle Jim en prenant le cadeau que je lui tends. Mais l'emballage est mortel !

Avec un grand sourire aux lèvres, il déchire la feuille d'alu qui sert de papier cadeau et regarde longuement le cadeau avant de lever la tête vers moi.

— Mais c'est ton jouet préféré ! s'exclame-t-il avant de baisser de nouveau les yeux sur le jeu du Simon.

Je hausse les épaules et réponds :

— C'est pour que tu t'entraînes à battre mon record.

— Tu sais, j'aurais pu le battre sans problème. Si je t'ai laissée gagner, c'est parce que t'es une fille, c'est tout.

— Dans tes rêves, Looney.

Même si nous rigolons, j'ai vraiment envie de pleurer.

— T'es trop nulle, Bailey.

Il s'approche de moi et nous nous regardons, puis il ajoute :

— Merci, Belle.

— Oh ! allez, Jimbo, fais-lui un gros câlin, l'encourage Tess.

Nous nous tournons tous les deux vers elle pour la voir essuyer ses larmes avec son torchon.

Je regarde de nouveau Jim. Il se mord la lèvre en se balançant d'un pied sur l'autre.

Cela fait super longtemps que nous ne nous sommes pas pris dans les bras. Je ne sais pas s'il en a vraiment envie, mais je me lance quand même. Je l'enlace et le serre fort contre moi en lui chuchotant à l'oreille :

— C'est moi qui devrais te dire merci.

— Pourquoi ?

— D'être mon meilleur ami.

Au bout de quelques instants, je desserre les bras avant de m'écarter, et nous nous regardons en silence.

J'ignore pourquoi, mais je repense à tous les bons moments que nous avons passés ensemble, à notre compétition au jeu du Simon, aux parties de foot dans le jardin, à toutes les fois où nous avons regardé le film *Alien* en nous couvrant les yeux parce que nous avions trop peur, à notre jeu de qui ira le plus haut sur la balançoire, aux devoirs que nous copiions l'un sur l'autre, aux grimaces que nous avons faites quand Tess avait le dos tourné, à nos fous rires…

— Ça ira ? me demande Jim.

Je veux lui montrer que je suis courageuse et lui dire que tout ira très bien, mais je n'arrive pas à bouger les lèvres. Elles tremblent trop.

— T'inquiète, nous nous verrons tout le temps, me promet-il.

Comme je ne réponds toujours pas, il ajoute :

— Tu ne me crois pas ? Belle, tu ne vas pas encore arrêter de parler !

— Et si on me change encore de maison d'accueil ? Tu ne sauras pas où me trouver.

Voilà, j'ai dit ce qui me fait le plus peur.

— Je te trouverai toujours, promis juré craché.

Je hoche la tête. Je suis sûre qu'il me retrouvera.

J'entends alors le « clic » du briquet de Tess et je sais qu'il est l'heure pour Jim de partir.

Cela fait déjà plusieurs fois que Tess fume devant nous quand Mme O'Reilly est là. Elle tire longuement sur sa cigarette et souffle un nuage de fumée avant de se tapoter le visage avec son torchon. Elle aussi, elle est triste de voir Jim s'en aller.

Sans regarder personne, je me précipite dans ma chambre et m'installe sur la banquette sous la fenêtre en même temps que Jim, sa maman, Mme O'Reilly et Tess sortent de la maison.

Des voisins et des amis sont venus dire au revoir à Jim.

Cela ne m'étonne pas. Tout le monde aime Jim, il est très populaire dans le quartier. Le pauvre, il a le visage tout rouge. Ça se voit, qu'il est mal à l'aise, mais, au fond de lui, il est super content qu'ils soient tous venus le saluer. Un des voisins a le bras autour des épaules de Tess, qui pleure en tripotant le torchon qu'elle serre contre elle.

Je me lève pour descendre dans la cuisine et préparer du thé pour lui remonter un peu le moral quand j'aperçois, devant la maison, à l'écart de tous, une fillette qui me regarde.

C'est bizarre, je ne la connais pas. Je ne l'ai jamais vue dans le coin avant. Peut-être qu'elle a de la famille ici et qu'elle est venue passer Noël avec eux. Elle a des cheveux noirs courts avec une frange et un manteau rouge trop cool, avec de gros boutons noirs devant. J'aimerais bien avoir le même avec les chaussures à talons hauts et le pantalon blanc de Mme Looney.

Jim s'avance vers la voiture garée devant l'allée de la maison et je retiens mon souffle en agitant la main pour le saluer encore une fois.

Lève la tête, Jim. Regarde-moi, s'il te plaît. Tu ne peux pas partir sans me dire au revoir une dernière fois.

Comme s'il avait entendu mes pensées, il se tourne et me regarde en me faisant un signe de la main.

Je souris et l'observe monter dans la voiture, puis celle-ci démarre et disparaît dans la rue.

Il est parti.

Jim est parti, et c'est un peu comme s'il n'avait jamais été là, en fait.

PARTIE 2 : ENFIN RÉUNIS

Chapitre 9

Si on attend d'être prêt, alors on attendra jusqu'à la fin de notre vie.

Lemony Snicket

Octobre 2005

— Donc il n'y a aucune possibilité que cette Dolores soit ma mère biologique ?

Tout en parlant, je regarde encore une fois la photo d'une femme, folle de joie, qui brandit fièrement un gros chèque au-dessus de sa tête en souriant.

— Non, Belle, désolée. Tout ce qu'elle a en commun avec ta mère biologique, c'est le prénom. Mais c'était bien pensé.

— Tu n'as jamais rencontré ma mère. Alors comment peux-tu être sûre ?

Cela fait vingt et un ans déjà que je n'ai pas vu ma mère. Je me souviens de pas mal de choses la concernant — des choses que j'aimerais pouvoir oublier —, mais son visage, lui, est devenu flou dans ma mémoire.

Je pose la photo de ma mère à côté de celle de l'autre Dolores et étudie attentivement leurs traits.

Zut. C'est vrai qu'elles ne se ressemblent pas du tout. Je penche davantage la tête vers les photos en plissant les yeux, mais il est évident que les deux femmes sont très différentes.

Je savais que cette femme ne pouvait pas être ma mère avant même de montrer la photo à Tess, mais c'est devenu comme un petit jeu pour moi : chaque fois que j'entends ou vois le prénom Dolores, je me demande si ça pourrait être elle. Alors, quand j'ai lu l'article concernant cette Dolores qui a décroché le jackpot au Loto, je n'ai pas pu m'empêcher de me laisser aller à quelques rêveries un peu absurdes. Le pire, dans toute cette histoire, c'est que je n'ai même pas envie de revoir ma mère.

Souvent, je me demande si mon cerveau n'a pas tout de même enfoui quelques bons souvenirs d'elle, masqués par tous les mauvais moments que j'ai vécus avec elle. Mais en fait, au fond de moi, je ne crois pas du tout à cette théorie.

Je me souviens encore du canapé et des fauteuils de velours marron, des rideaux et de la moquette marron, eux aussi, et de ma mère qui ouvre la porte de la maison pour sortir. J'ai même dû la voir plus de dos que de face. Je me rappelle aussi du nombre de fois où j'ai attendu, assise sur mon lit, les jambes croisées, qu'elle rentre pour me faire à manger parce que je mourais de faim. Et comme, souvent, ça n'arrivait pas, j'allais dans la cuisine et prenais une chaise pour monter dessus dans l'espoir de trouver quelque chose à me mettre sous la dent. Bien évidemment, je retournais dans ma chambre bredouille, en pleurant, parce qu'il n'y avait que des conserves dans les placards et que je ne savais pas les ouvrir. Généralement, je me contentais donc d'une barre de céréales que je ne pouvais même pas faire passer avec un peu de lait parce que celui qui était dans le frigo avait tourné.

En plus de ces quelques *merveilleux* souvenirs, tout ce qu'il me reste de ma mère, c'est une vieille photo d'elle que Mme O'Reilly m'a donnée quand j'étais petite.

A l'époque, je la regardais presque tous les jours en me disant qu'elle finirait par revenir me chercher parce qu'elle aurait compris qu'elle ne pouvait pas vivre sans sa fille. Je m'étais même fait tout un film dans ma tête : elle venait me chercher et nous rentrions chez elle, dans sa magnifique maison avec un grand jardin autour et une balançoire suspendue à un arbre. Elle m'avait préparé une chambre toute rose avec un immense lit à baldaquin et une montagne de coussins dessus. Parfois, je me disais qu'elle avait aussi des écuries avec un poney rien que pour moi.

Il faut croire que les enfants ont une imagination débordante et des rêves plein la tête parce que, aujourd'hui, je me demande comment j'ai pu inventer un scénario pareil. Je devrais détester ma mère pour tout ce qu'elle m'a fait endurer, mais, même ça, je n'y arrive pas. L'adulte que je suis essaie de comprendre, de trouver une explication rationnelle au comportement qu'elle a eu envers moi.

Où est-elle en ce moment ? Est-ce qu'elle a une belle vie, meilleure qu'elle l'aurait été si elle m'avait gardée avec elle ? Des questions comme ça, je m'en pose des tas et, en dépit de tout ce qu'elle m'a fait, de la solitude dont j'ai souffert pendant des années, je ne lui souhaite que le meilleur, vraiment.

Un jour, je ne me souviens plus quand exactement, j'ai arrêté de souhaiter que ma mère vienne me chercher. En fait, je ne voulais plus retourner vivre avec elle parce que Tess était devenue comme une mère pour moi, la maman dont je rêvais depuis que j'ai quitté Dolores.

Je regarde ma mère de cœur qui va souffler ses soixante-dix bougies cette année et lui souris tendrement.

J'ai limite envie de la prendre dans mes bras en un geste protecteur.

— Bon, imaginons que cette bonne femme soit vraiment ta mère, observe Tess en agitant un doigt vers moi. Qu'est-ce que tu ferais ?

— Je pense que je trouverais au fond de moi la force de lui pardonner, à condition qu'elle me donne une partie de son butin.

Tess éclate de son rire que je reconnaîtrais entre mille.

Même si cela fait déjà des années qu'elle a arrêté de fumer, sa voix est restée rauque.

— Allez, passe-moi les chocolats au lieu de raconter des bêtises, m'intime-t-elle.

Je m'exécute et elle examine l'assortiment quelques instants avant de faire son choix et de plonger la main dans la boîte en métal.

Si j'ai réussi à la faire renoncer à la cigarette il y a environ quinze ans, je ne peux pas en dire autant pour les friandises et les aliments gras. En même temps, je pense qu'il n'y a pas de mal à s'accorder un petit plaisir ici et là, surtout à son âge.

— Tu peux toujours essayer de la retrouver, ajoute Tess, même si elle sait très bien que Dolores est un sujet sensible pour moi.

— Oui, je sais. Je me suis toujours dit que j'allais le faire une fois que j'aurais dix-huit ans. Tu sais, me pointer chez elle un jour en mode « Salut, devine qui c'est ! »

— Eh bien, tu as vingt-cinq ans déjà et toutes les cartes de ton destin en main. Qu'est-ce qui t'en empêche ?

— C'est une excellente question… Déjà, je pense que, si elle avait vraiment voulu garder ou même reprendre le contact avec moi, elle l'aurait fait.

— Peut-être, mais peut-être qu'elle a aussi peur de ta réaction, de ce que tu pourrais lui dire.

— Peur de ce que je pourrais lui dire ? Laisse-moi rire. Je lui dirais la vérité, tout simplement, que c'est une sale égoïste qui m'a abandonnée et qui n'a jamais cherché à savoir ce que je suis devenue. Je n'arrive toujours pas à croire qu'elle ait fait ça sans aucun remords après tous les abus qu'elle m'a fait endurer. Je n'étais qu'une enfant, bon sang ! Comment a-t-elle pu faire un truc pareil ?

Plus je parle et plus je me rends compte que je lui en veux toujours, même si je désire à tout prix me convaincre du contraire.

— Je ne lui cherche pas d'excuses, mais peut-être qu'elle n'avait pas ce qu'il fallait pour être une bonne mère, me répond Tess après quelques instants de silence. Peut-être que la vie ne l'a pas épargnée et qu'elle n'a pas su comment gérer les choses, comme c'est souvent le cas. Ce qu'elle a fait est impardonnable, mais je pense que tu devrais quand même essayer de la retrouver, d'obtenir des réponses aux questions qui fourmillent dans ta jolie petite tête.

— Ouais, peut-être, même si j'ai vraiment pas envie de le faire.

— Menteuse.

— Hé, il n'y aura plus de chocolats si tu continues comme ça !

Je saisis la boîte et la fais glisser vers moi parce que c'est le seul moyen pour qu'elle arrête de s'empiffrer.

— Sérieusement, Belle, penses-y. Ça t'aidera à tourner la page.

— J'ai déjà tourné la page, Tess. Je l'ai fait grâce à toi. Que tu le veuilles ou non, tu es coincée avec moi parce que tu es ma famille, ma seule famille. Je n'ai besoin de personne d'autre dans ma vie, surtout pas de Dolores. Merci, mais non merci.

Et c'est vrai.

Enfin, presque… Si, la dernière partie est vraie, mais je reconnais que je me pose souvent plein de questions sur ma mère et que ça me tue de ne rien savoir à son sujet. Est-ce que ça lui arrive de penser à moi comme, moi, je pense à elle ? Je ne crois pas…

— Je vous signale, jeune demoiselle, que je ne suis pas *coincée* avec vous et que je ne l'ai jamais été, d'ailleurs, me reprend-elle.

J'ai dit ça pour la taquiner parce que je sais que je suis au moins aussi proche de Tess que n'importe quelle fille normale peut l'être de sa mère. D'ailleurs, après le départ de Jim, elle a décidé de ne plus accueillir d'autres enfants chez elle. Nous sommes restées toutes les deux, et c'est également à cause de ça que nous sommes aussi liées. Je n'oublierai jamais le premier Noël où nous nous sommes retrouvées seules, rien qu'elle et moi.

J'étais tellement triste que Jim soit parti que Tess a fait des pieds et des mains pour me remonter le moral. Mais le moment où j'ai compris qu'elle m'aimait vraiment, c'était la fois où je l'ai entendue discuter, depuis le haut de l'escalier, avec Mme O'Reilly, peu de temps après le départ de Jim.

— Vous allez avoir soixante ans cette année, Tess, et vous m'avez toujours dit que vous arrêteriez d'assumer le rôle de parent d'accueil une fois que vous auriez atteint cet âge. Je tenais donc à vous dire de ne pas vous inquiéter pour Belle. Nous lui avons trouvé une nouvelle famille qui s'occupe aussi d'une autre jeune fille de quinze ans ; elle ne sera plus seule. En plus, c'est dans le même quartier, ce qui signifie qu'elle n'aura pas à changer d'école. Je dois reconnaître que je suis ravie de lui avoir eu cette place, parce que ce n'était pas gagné.

Je n'arrive plus à respirer, je me sens vraiment mal. J'ignorais que Tess voulait arrêter d'être ma mère d'accueil.

Mon cœur tambourinant dans ma poitrine, je me laisse tomber sur la marche et fonds en larmes. Je ne veux pas partir d'ici, je veux rester avec Tess. L'idée d'être placée dans une autre famille d'accueil, de devoir tout recommencer à zéro…

Non, je préfère encore m'enfuir ! Oui, c'est exactement ce que je vais faire, parce que je ne peux avoir confiance en personne. Je serai mieux toute seule, je…

— Il est hors de question que vous repreniez cette enfant pour la placer Dieu sait où !

Hein ? C'est Tess qui vient de dire ça ? Elle ne veut pas que je parte, alors ? Elle veut me garder, moi ?

— Vous… Vous voulez qu'elle reste avec vous ?

Je la déteste trop, Mme O'Reilly ! Pourquoi semble-t-elle étonnée que Tess veuille me garder ?

— Belle a déjà eu son lot de problèmes dans sa courte vie et elle n'ira nulle part. Sa place est ici, avec moi, si elle l'accepte, évidemment. J'aime cette enfant, elle est comme ma fille, et c'est pourquoi je veux rester sa mère d'accueil jusqu'à ses dix-huit ans au moins.

— Mais…

— Le sujet est clos, madame O'Reilly.

Tess veut que je reste vivre avec elle parce qu'elle m'aime comme si j'étais sa fille…

Je me fiche de Mme O'Reilly, je me fiche aussi que Tess m'ait ordonné de rester dans ma chambre, je dévale les marches et fonce sur elle pour la serrer dans mes bras. Je me presse contre son corps mou comme une guimauve. Je sais qu'elle ne s'y attendait pas, parce que c'est la première fois que je lui fais un câlin de moi-même. Elle referme ses bras autour de moi et je me remets à pleurer. Je suis heureuse et rassurée.

— Tu… Tu veux vraiment de moi ?

— Bien sûr que oui, quelle question ! Tu es comme ma fille, mon petit papillon, et tu le resteras toujours.

Je souris à ce souvenir tout en essayant de retenir mes larmes.

Pas mal de choses ont changé dans ma tête depuis ce jour. Déjà, Tess n'est plus un simple parent d'accueil pour moi, une femme douce et généreuse qui s'est occupée de moi par devoir. Elle est ma mère, point.

J'ai aussi fini par comprendre que Daniel et Joan m'ont rendu un grand service en partant vivre aux Etats-Unis parce que, sans ça, je n'aurais jamais rencontré Tess. Je ne veux même pas imaginer ce qu'aurait été ma vie si j'étais restée avec eux. Ils étaient très gentils, mais ils n'auraient jamais pu devenir ma famille de cœur. Ils ne m'ont jamais aimée comme Tess, tout simplement.

— Oh là là, si seulement j'avais vingt ans de moins, marmonne Tess, brisant ainsi le fil de mes pensées.

Je lève la tête vers la télé, bien que je sache déjà ce qu'elle regarde, ou plutôt *qui* elle regarde : le Dr Mamour.

On est lundi soir, et qui dit lundi dit soirée *Grey's Anatomy*. Même si je ne vis plus avec Tess, c'est resté notre rituel. Chaque lundi, je viens directement chez elle après mon travail et nous dînons ensemble avant de nous installer devant la télé. Des fois, je me demande même pourquoi je continue à gaspiller de l'argent dans le loyer de mon studio alors que je passe la plupart de mon temps chez Tess.

Je secoue la tête et pointe du doigt l'écran, sur lequel Meredith et Derek sont en train de se disputer en déclarant :

— J'espère vraiment qu'ils vont se réconcilier ce soir, ces deux-là ! Je ne supporte pas de les voir séparés. Ils sont vraiment faits l'un pour l'autre !

— Toi et tes contes de fées, dit Tess en souriant. Toujours à la recherche des fins heureuses, hein ?

Installée à mon bureau, je suis sur la page Google, le nom de ma mère, Dolores Freeman, saisi dans la barre de recherche et le pointeur de la souris sur le bouton « J'ai de la chance », mais je n'arrive pas à cliquer dessus. Ça me rend folle parce que je crois que je vais y passer la nuit.

Depuis ma discussion avec Tess, je pense encore plus souvent à ma mère. Et si Tess avait raison ? Si ma mère attendait vraiment que ce soit moi qui fasse le premier pas ? Elle est peut-être mariée et a eu d'autres enfants ? J'ai peut-être des frères et sœurs ?

Mon imagination a repris le dessus, mais au moins,

maintenant, j'ai compris que j'avais besoin de connaître la vérité, sa version des faits, de savoir ce qui l'a poussée à m'abandonner, de comprendre pourquoi elle ne m'a jamais aimée.

Zut ! J'ai cliqué sur le bouton sans faire exprès et...

La vache ! Il y a environ 673 000 résultats. Bon, ça risque de prendre du temps...

Voyons voir...

Il y a plein de Dolores Freeman éparpillées aux quatre coins du monde, comme cette masseuse thérapeutique à Hull, une infirmière retraitée au Texas ou encore une étudiante de dix-huit ans de l'université de Dublin.

Je regarde chaque lien, chaque profil Facebook, LinkedIn et compagnie, et rapidement je commence à avoir mal aux yeux.

Pourquoi est-ce que je ne connais aucun détective privé ? Ça m'aurait épargné pas mal de souffrances. Je peux toujours contacter cet agent de sécurité avec qui je suis sortie l'année dernière, mais, quand je repense à la sensation étrange que j'éprouvais chaque fois qu'il m'embrassait, j'en ai encore la chair de poule. Non, on va l'oublier, c'est mieux.

Je décide de changer de tactique en cliquant sur la catégorie « Images » du moteur de recherche. Peut-être que, si je la reconnais sur une photo, je saurai plus facilement où chercher. J'étudie attentivement chaque image en me disant que l'idée était bonne, mais que jamais de la vie je ne trouverai la photo de ma mère, quand soudain...

Oui, il n'y a pas de doute, c'est bien elle, ma mère.

Ma Dolores Freeman.

Elle a pris un coup de vieux, dis donc. Pas mal de rides, quelques cheveux gris, mais oui, c'est bien elle. Je retiens mon souffle et contemple longuement la photo.

Je fais quoi, maintenant ?

J'ai l'impression de me tenir au bord d'une falaise et qu'en sélectionnant l'image en question c'est un peu comme si j'allais sauter dans le vide. Allez, je prends une profonde inspiration et clique sur la photo, qui me renvoie sur la page d'un journal en ligne, le *Northside Chronicle*. Elle se charge lentement et je retiens mon souffle en attendant qu'elle s'ouvre enfin.

Il s'agit d'un article datant d'il y a deux ans. Je le survole avant de lire l'inscription sous la photo.

> « Dolores Freeman (46), de Donnycarney, au nord de Dublin, a été reconnue coupable de deux chefs d'accusation de fraude et condamnée à cinq ans de prison. »

Quoi ? Je suis la fille d'une crapule ? ! Tess ne va pas en croire ses oreilles !

Bon, bah, voilà, affaire classée. Je pense que cette information répond plus ou moins à toutes mes questions. Mais, dans ce cas, pourquoi est-ce que j'ai attrapé mon stylo et que je suis en train de noter le nom de son avocat, Aidan Turner, sur mon bloc-notes ?

Chapitre 10

L'écriture ne se réduit pas à des lettres sur du papier. C'est une façon de communiquer. De se souvenir.

Isaac Marion

Chère Dolores,

Bonjour. Ça fait déjà des heures que je suis assise là, à essayer de t'écrire une lettre, mais chaque tentative jusqu'ici m'a semblé beaucoup trop sérieuse et a donc fini systématiquement à la poubelle.

Je devrais peut-être simplement commencer par le début : je suis Belle. Ta fille, Belle.

J'espère que tu ne m'en voudras pas de t'avoir contactée, mais je pense beaucoup à toi ces derniers temps. Je me demande où tu es, ce que tu es devenue et si tu es heureuse. Du coup, je me suis dit que, toi aussi, tu te posais peut-être ces mêmes questions à mon sujet. Enfin, c'est surtout l'avis de Tess, ma mère d'accueil.

Es-tu au courant de tout ce qui s'est passé depuis que j'ai été placée en famille d'accueil ? Mme O'Reilly t'a-t-elle tenue informée ? Au cas où elle ne l'aurait pas fait, après être passée de foyer en foyer pendant plusieurs années, j'ai eu la chance d'atterrir chez Tess quand j'avais huit ans. C'est une femme extraordinaire que j'aime énormément et je suis très contente qu'elle fasse partie de ma vie.

Il y a quelques semaines, j'ai appris que tu étais en prison. Je suis vraiment désolée de ce qui t'est arrivé, je n'imagine même pas ce que tu dois vivre… En tout cas, ton avocat a été d'une extrême gentillesse lorsque je l'ai contacté et m'a encouragée à t'écrire en me promettant de te remettre personnellement ma lettre.

A présent, je dois avouer que je ne sais plus trop quoi te dire…

J'ai vingt-cinq ans et je vis toujours à Dublin. J'ai un petit appartement, enfin, c'est plus un studio, mais ça me suffit largement et je ne suis pas loin de chez Tess, ce qui veut dire que je peux aller la voir dès que j'en ai envie.

Sinon, je suis prof d'anglais et d'histoire. J'ai joint à la lettre une photo de moi le jour de ma remise de diplôme, il y a quelques années. Tess a pensé que tu voudrais voir à quoi je ressemble aujourd'hui.

En tout cas, je veux que tu saches que, malgré tout ce qui s'est passé depuis que j'ai été placée en foyer, et aussi malgré toi, ton comportement envers moi, je suis vraiment heureuse et j'ai une belle vie. Et, ne t'en fais pas, je ne veux rien de toi, mis à part quelques réponses à des questions que je me pose souvent.

J'aimerais essayer de comprendre pourquoi tu t'es montrée aussi cruelle à mon égard alors que je n'étais qu'une enfant. Et je voudrais également connaître le nom de mon père. Je pense que je suis en droit de le savoir.

En espérant te lire bientôt,

Belle

Chapitre 11

Tôt ou tard, il faut laisser le passé derrière soi et aller de l'avant.

DAN BROWN

Je tremble comme une feuille et glisse les mains sous mes cuisses dans l'espoir de retrouver un semblant de calme. L'enveloppe est toujours posée sur la table devant moi, mais j'ai trop peur de la toucher, et encore plus de l'ouvrir.

La lettre vient de Dolores. J'en suis sûre, parce que j'ai tout de suite reconnu son écriture élégante. C'est fou, je sais, parce que ça fait plus de vingt ans que je ne l'ai pas vue, et pourtant…

La chambre est très silencieuse, trop silencieuse, même. D'habitude, on entend toujours la rumeur du trafic depuis chez moi, mais, aujourd'hui, c'est comme si tout le quartier observait une minute de silence pour marquer l'événement que je m'apprête à vivre.

Je regarde l'aiguille de l'horloge sur le mur qui est en face de moi avancer encore d'un cran et prends une profonde inspiration en effleurant des doigts l'enveloppe blanche.

Comment Dolores a-t-elle commencé sa lettre ? Est-ce qu'elle a aussi mis plusieurs heures avant de trouver les bons mots ? Est-ce qu'elle s'est appliquée à ce que sa lettre soit parfaite en veillant à ne pas dire quelque chose qu'elle pourrait regretter ? J'ai fini par retirer tellement de trucs de la mienne… Je ne voulais pas qu'elle pense que je souhaitais juste me vanter ou la faire culpabiliser davantage.

Peut-être qu'elle veut que je lui rende visite ? Je veux dire : elle est en prison, mais ils ont sûrement des horaires de visite. Si c'est vraiment ça, est-ce que j'irai la voir ? Oui, bien sûr que oui.

A cette idée, ma main se remet à trembler de plus belle.

Je n'ai jamais mis les pieds à l'intérieur d'une prison. Enfin, si, dans quelques épisodes des *Experts Manhattan*. Mais ça n'a rien à voir, c'est de la fiction, alors que là il s'agit de la vraie vie, de *ma* vie.

Avant que je parte dans un délire absurde, j'attrape l'enveloppe et l'ouvre délicatement, si bien que j'ai l'impression de le faire au ralenti.

Le silence autour de moi est assourdissant. On entend seulement le léger bruissement de la feuille que je déplie. Je n'ai jamais été aussi tendue qu'en ce moment, et pourtant j'ai eu ma dose de moments dramatiques par le passé.

Je suis en train de toucher une feuille de papier que ma mère a tenue entre ses mains. C'est un peu comme notre premier contact, après tout ce temps. J'aimerais bien que Tess soit là, car je ne suis pas sûre d'avoir le courage de lire la lettre toute seule.

Je réalise soudain que j'ai attendu ce moment toute ma vie, et je suis incapable de déglutir. J'arrive à peine à respirer. Je me pince le bras comme je le fais toujours pour me retenir de pleurer.

Allez, c'est parti…

Qu'est-ce que tu veux vraiment ? Tu dis que tu ne veux rien, mais je ne te crois pas, parce que tout le monde veut toujours quelque chose. Tu mens si tu prétends le contraire.

De toute façon, j'ai rien à te donner. J'ai pas d'argent, si c'est ça qui t'intéresse.

Comment je vais ? Super, je pète la forme. Comment crois-tu que je vais ? Je croupis dans une putain de prison ! Il ne faut pas avoir la science infuse pour comprendre que c'est pas la joie. C'est fou, même avec un diplôme en poche, tu es toujours aussi bête.

Au moins, on peut dire que tout roule pour toi et ta Tess. Tu es devenue prof. C'est bizarre, parce que moi aussi j'étais bonne en anglais et j'aurais peut-être pu devenir prof, qui sait ? Mais je n'ai même pas pu aller à la fac parce que je suis tombée enceinte et ça a détruit ma vie. TU as détruit ma vie.

Ton père ? Ça peut être Samuel L. Jackson, pour autant que je sache. Au début, je pensais que c'était Don Fields. Il avait une voiture, ce qui était bien, parce qu'il pouvait m'emmener où je voulais. Et puis il avait un bon boulot et il était fou de moi. Du coup, je lui ai dit que t'étais son enfant. C'était vraiment possible, en plus. Il était trop content et a tout de suite commencé à chercher des prénoms et acheter plein de trucs pour la chambre du bébé.

Tout allait super bien et puis tu es née. Tu as tout gâché. Tout. C'était évident que tu n'étais pas sa fille. J'ai même failli avoir un fou rire quand la sage-femme t'a tendue vers lui. Tu sais que toute sa famille était dans la salle d'attente de l'hôpital, impatiente de te voir ?

Quand j'ai vu la tête de Don, je savais que c'était fini. Sa pétasse de mère m'a traitée de tous les noms et, bien sûr, Don a annulé notre mariage et m'a quittée. Il était un peu chiant et vieux, mais j'aurais pu avoir une belle vie avec lui. Mais ça n'a pas été le cas, à cause de TOI.

Si j'ai ignoré toutes tes lettres et que je n'ai jamais voulu savoir quoi que ce soit à ton sujet, c'est pour une bonne raison. Tu es une erreur de parcours qui m'a coûté très cher.

Et tu sais ce que je me dis tout le temps ? Je fais le même

vœu que ma mère avait fait et que, toi aussi, tu feras sûrement un jour, parce que l'histoire se répète toujours : j'aurais préféré que tu ne viennes jamais au monde, que tu n'existes pas, parce que, si j'en suis là, c'est TA faute.

J'aurais dû me débarrasser de toi pendant que j'en avais l'occasion. En plus, quand tu es née, tu chialais tout le temps, et ça ne s'est pas arrangé ensuite. Toujours à vouloir attirer l'attention sur toi. Je n'en pouvais plus de toi et de tes putains de cris, et je n'ai jamais été aussi heureuse que quand les services sociaux m'ont retiré ta garde.

Je n'ai jamais voulu de toi et c'est pas près de changer, donc fous-moi la paix, OK ?

Dolores

Je lâche la lettre et la regarde virevolter jusqu'au sol.

Je n'arrive pas à y croire.

J'ai très chaud tout à coup et j'ai du mal à respirer. J'ai l'impression que les murs de la chambre vacillent autour de moi.

Brusquement, je repousse ma chaise pour me lever, mais, à cause de ma maladresse légendaire et de mes grands pieds tout moches, celle-ci se renverse dans un fracas assourdissant.

A aucun moment elle n'a écrit mon prénom.

« Tu ». « Toi ».

C'est comme cela qu'elle parle de moi. En soi, ces pronoms ne sont pas méchants, mais, venant d'elle et vu ce qu'ils impliquent, ils sont comme des flèches qui me transpercent le cœur.

La lettre de Dolores empeste la haine et le mépris, c'est flagrant.

Je me dirige vers la porte d'entrée de mon studio et l'ouvre en grand. Un souffle d'air frais caresse mon visage brûlant.

Aaah, ça fait du bien...

Moi qui voulais des réponses, j'ai été servie.

Elle est... C'est un monstre. Cette femme est méchante, cruelle et rancunière. Mais elle est aussi ma mère, ma chair et mon sang. A cette pensée, un sentiment de honte me submerge. Ma raison me crie que je n'ai pas à avoir honte, mais c'est plus fort que moi. Je ne peux pas m'en empêcher.

« TOI... »

J'arrive pratiquement à entendre les mots qu'elle a écrits dans sa lettre.

« TOI, TOI, TOI. »

Pourquoi est-ce qu'elle a répondu, cette fois ? Elle m'a pourtant ignorée pendant des années. Alors pourquoi ? Pourquoi avoir répondu, cette fois ?

« J'aurais préféré que tu ne viennes jamais au monde, que tu n'existes pas. »

Je tremble et j'ignore si c'est à cause du froid ou de la colère qui monte en moi.

Merde. Pourquoi est-ce que sa lettre me touche autant ?

Je n'aurais pas dû la contacter. Remuer le passé n'apporte jamais rien de bon, tout le monde le sait, ça. Qu'est-ce qui m'a pris de lui écrire ? La vie ne m'a pas fait de cadeau, et ce n'était pas aujourd'hui, avec cette fichue lettre, que ça allait changer, évidemment !

Tess. J'ai besoin de voir Tess. J'ai besoin qu'elle me prenne dans ses bras et qu'elle me rassure, qu'elle me dise que tout ira bien.

« J'aurais préféré que tu ne viennes jamais au monde, que tu n'existes pas. »

Oh ! et puis au diable mon régime ! Je vais demander à Tess de me préparer un bon repas bien calorique. Des frites, des oignons frits et des escalopes panées. Oui, et je vais arroser tout ça avec un bon verre de vin, une bouteille, même, tiens. Je vais aussi rester dormir chez elle ce soir, comme ça, on pourra se faire un marathon *Grey's Anatomy*.

Et demain je passerai la journée sous les couvertures, dans mon ancien lit, et je ne penserai plus à…

« J'aurais préféré que tu ne viennes jamais au monde, que tu n'existes pas. »

Je ferme les yeux quelques instants, espérant effacer ces mots cruels de ma mémoire, puis enfile mon manteau et prends mon sac pour aller chez Tess.

Lorsque j'arrive et glisse la clé dans la serrure de la porte d'entrée, il me semble entendre Tess parler à quelqu'un.

Qui ça peut bien être à cette heure-ci ? La dernière chose dont j'ai envie en ce moment, c'est de faire la conversation à un des voisins.

— C'est toi, Belle ? s'écrie Tess quand je referme la porte dernière moi. Tu as lu mes SMS ?

— Non, je n'ai pas trop regardé mon portable aujourd'hui. Pourquoi ? Il s'est passé quelque chose ?

— Tu ne vas jamais deviner qui est venu me rendre visite ! C'est…

Elle s'interrompt dès qu'elle me voit.

— Oh ! qu'est-ce qu'il y a, ma chérie ?

— Non, toi d'abord. Alors, qui est venu te voir ?

— C'est Jim, Jim Looney ! annonce-t-elle avec un sourire radieux.

Chapitre 12

Pourquoi partir ? Pour pouvoir revenir. Porter un regard neuf sur l'endroit d'où l'on vient, le voir dans d'autres couleurs. Et les gens qui s'y trouvent vous regardent différemment, eux aussi. Revenir là où tout a commencé, ce n'est pas comme n'être jamais parti.

TERRY PRATCHETT

Avant même que j'aie le temps d'assimiler l'information, une silhouette apparaît sur le pas de la porte de la cuisine.

Jim. C'est vraiment lui.

Jim Looney.

Là, c'en est trop pour moi. Après la journée que je viens de vivre et la réponse de Dolores, voir Jim — *quinze ans après* — est un véritable choc émotionnel. Et encore, c'est un euphémisme.

Tout à coup, je ne me sens pas bien du tout.

Un bourdonnement insupportable résonne dans mes oreilles, ma vision se brouille et tout vacille autour de moi, à moins que ce ne soit moi qui vacille, parce que j'ai l'impression que mes jambes sont devenues de coton. J'entends Tess et Jim me parler, mais je ne comprends pas ce qu'ils disent, puis, soudain, c'est le noir total.

— Doux Jésus, tu nous as fait une belle frayeur, ma chérie.

Hein ?

Tess est en train de me passer une serviette humide sur le visage. Selon elle, ce remède soulage tous les maux.

Ce que je ne comprends pas, en revanche, c'est pourquoi elle le fait et ce qui…

Mais pourquoi suis-je allongée dans mon lit ?

— Comment ai-je atterri ici ?

— C'est Jim qui t'a portée, déclare fièrement Tess. Je n'arrive toujours pas à croire qu'il est là !

Jim est donc vraiment ici. Je n'ai pas rêvé.

— Il m'a portée dans l'escalier ? J'espère qu'il ne s'est pas cassé le dos, au moins.

— Il t'a soulevée comme si tu ne pesais rien ! Je ne l'aurais pas cru si je ne l'avais pas vu de mes propres yeux !

Elle ne l'aurait pas cru ? Merci, Tess, je peux compter sur toi pour me remonter le moral.

— Tu veux que j'appelle le médecin? Tu es tombée comme une masse, en bas.

— Non, non, c'est bon. J'ai eu une journée horrible, c'est tout. J'ai reçu une lettre de Dolores.

— Oh ! mon Dieu, tu parles d'un retour en force du passé ! Entre ça et le petit Jim qui est là…

Le front plissé, elle secoue la tête et me prend dans ses bras. Alors que je reste quelques instants dans la chaleur réconfortante de son étreinte, je commence déjà à me sentir mieux.

— Qu'est-ce qu'il fait là, Jim, d'ailleurs ?

— Il est venu pour te voir, me dit Tess. Il est arrivé il y a une heure. Quand j'ai ouvert la porte, il m'a fallu un petit moment pour le reconnaître. Il a tellement changé, même son accent est différent. J'ai failli avoir une crise cardiaque quand j'ai finalement réalisé que c'était lui.

Personnellement, je ne trouve pas qu'il ait changé, je l'ai tout de suite reconnu.

— Et il t'a dit quoi ? Qu'est-ce qu'il veut ?

— Rien de particulier. Il m'a demandé si j'avais ton adresse et…

— Tout va bien, là-haut ?

La voix grave de Jim qui se fait entendre depuis le rez-de-chaussée nous fait sursauter toutes les deux.

— On ferait mieux de redescendre, chuchote Tess en se levant de mon lit. Tu me raconteras ce qui s'est passé avec ta mère plus tard.

— Ce n'est pas ma mère, c'est juste… Dolores. Et il n'y a pas grand-chose à raconter, vraiment. Mais je te dirai tout plus tard. Fais chauffer de l'eau pour le thé, je vous rejoins dans une minute.

Tess opine de la tête et me laisse seule dans ma chambre. Je me rends alors dans la salle de bains pour me passer un peu d'eau fraîche sur le visage.

Tout en m'essuyant les joues avec une serviette, je contemple mon reflet dans le miroir au-dessus du lavabo pour estimer l'étendue des dégâts. J'ai le blanc des yeux un peu rouge, les traits tirés, mais ça va, je m'attendais à pire.

Prenant une profonde inspiration, je m'engage dans le couloir et m'arrête devant l'escalier qui mène au grenier pour regarder la première marche, celle sur laquelle Jim et moi avons passé des heures et des heures à jouer, discuter. J'ai tellement de souvenirs avec cet homme, ou plutôt avec le petit garçon qu'il était.

Techniquement, je ne connais pas le Jim Looney qui se trouve dans la cuisine de Tess. Il est devenu un inconnu, une connaissance lointaine, quelqu'un qui m'avait promis, il y a bien longtemps, que nous resterions amis pour la vie, mais qui n'a pas tenu sa parole.

Franchement, j'ai beau me creuser la cervelle, je ne comprends toujours pas ce qu'il fait là. De toute façon, il n'y a qu'une seule manière de le savoir…

— Tu vas bien ? me demande-t-il en se levant de sa chaise quand j'arrive dans la cuisine.

Je hoche la tête et accepte la tasse de thé fumant que me tend Tess.

Quand je croise le regard de Jim, une bouffée de chaleur me monte aussitôt au visage.

Non, ne me dites quand même pas que je suis en train de rougir !

— Je… je ne sais pas ce qui m'est arrivé. C'est la première fois que je tombe dans les pommes. Désolée de t'avoir fait peur.

— Oh ! non, c'est moi qui devrais m'excuser d'être passé sans avoir prévenu, déclare-t-il d'un air gêné.

Je constate alors que Tess a raison sur une chose.

Non, mais franchement, c'est quoi, cet accent américain ? Où est passé son accent cent pour cent dublinois ? Et puis c'est quand même un peu présomptueux de sa part de penser que je me suis évanouie à cause de lui, juste en le voyant.

— Ne t'en fais pas, dis-je entre deux gorgées de thé. C'est juste que la journée a été difficile et que je n'ai rien mangé, en plus.

— Regarde justement ce que Jim m'a apporté, annonce Tess en me montrant une immense boîte de chocolats posée sur la table.

Elle s'affaire à déchirer la cellophane qui entoure la boîte et soulève le couvercle de l'assortiment avant de la faire glisser devant moi.

— Tiens, sers-toi en premier puisque tu n'as rien avalé aujourd'hui. Ça fera remonter le taux de sucre dans ton sang.

A ces mots, j'échange un regard stupéfait avec Jim, parce que Tess se sert toujours, *toujours* en premier, surtout lorsqu'il est question de chocolat. Juste pour l'agacer, je fais mine de choisir son chocolat préféré avant d'y renoncer.

— Eh bien, j'ai vraiment dû te faire peur quand je suis tombée dans les pommes !

— Je peux toujours changer d'avis et me servir en premier, me dit Tess d'un air taquin avant de porter son attention sur Jim. Tu veux un peu de thé aussi ? J'espère que tu vas rester dîner avec nous quand même.

Jim me regarde comme pour demander ma permission et je hausse les épaules.

Je me fiche qu'il reste ou pas.

Ce n'est pas bien de mentir, Belle, ton nez s'allonge.

Bon, c'est vrai que je suis curieuse de savoir pourquoi il parle comme Tom Cruise dans *Horizons lointains.* Il ne manquerait plus qu'il me tende la main pour me faire un « check », comme ça doit se faire aux « States ».

— Tu ne peux pas refuser, insiste Tess. Je vais faire des frites avec de bonnes saucisses. Des frites maison, bien sûr. Je n'en achète jamais des surgelées.

— Tu as toujours fait des frites maison, souligne Jim en souriant.

Il pose alors son regard sur la nouvelle friteuse posée sur le plan de travail et ajoute en faisant un signe de la tête :

— Ah, ça, par contre, c'est nouveau.

— C'est Belle qui me l'a achetée. Apparemment, avec ça, les frites sont moins grasses, ou une bêtise dans ce genre, mais je ne sais pas comment ça marche.

— C'est quoi, cet accent ?

Aaargh !

C'est sorti tout seul ! Ma curiosité me perdra un jour, c'est sûr.

— Maman s'est mariée avec un Américain et, du coup, nous avons déménagé aux Etats-Unis, dans l'Indiana, en 1991. J'ai essayé de garder mon accent dublinois, mais c'était perdu d'avance.

OK, c'est donc ça…

Je ne m'attendais pas à une telle réponse et, à présent, j'ai un tas de questions qui se bousculent dans ma tête, mais je décide de les garder pour moi.

Pour être honnête, je suis un peu en colère contre lui et je n'ai pas envie d'être sympa juste parce qu'il est de passage en Irlande et qu'il tenait à nous faire un petit coucou. Il a mal choisi son jour, parce que je ne tiens plus à renouer avec le passé.

— Et ta mère, elle va bien ?

Oui, bon, c'était plus fort que moi.

Plus de questions à partir de *maintenant*.

— Oui, ça va. J'ai aussi deux frères et une sœur. Mon beau-père, Sam, est un chic type. Il m'a adopté quand il a épousé ma mère.

— Tu as donc eu le droit à ta fin heureuse.

Ma voix n'est qu'un murmure, mais au fond je suis sincèrement contente d'apprendre que tout a fini par s'arranger pour Jim.

Il me regarde d'un air étrange avant de répondre :

— Pas tout à fait.

Il pioche ensuite dans la boîte et avale un deuxième chocolat. Je me ressers aussi et croque dans le mien avant de le mâcher lentement tout en dévisageant Jim.

— Je vois que tu aimes toujours ceux au caramel, observe-t-il en baissant les yeux sur mes doigts recouverts du liquide marron clair.

Grillée.

Son regard remonte ensuite vers mon visage, mes lèvres, pour être plus exacte, et une nouvelle bouffée de chaleur m'envahit.

Mais qu'est-ce qui m'arrive, bon sang ?

— Ma mère est la présidente de l'association des parents d'élèves. Tu sais, le genre de maman à plein temps qu'on voit dans les films, celle qui assiste à tous les matchs de foot de son gamin, me raconte-t-il en riant.

Je ne dis rien et ferme les yeux un bref instant pour replonger dans le passé, à l'époque où nous jouions tous les deux au foot, dans le jardin derrière la maison. Je revois clairement Jim marquer un but et courir en saluant ses supporters imaginaires, mais je n'arrive pas à associer ce petit rouquin gringalet à l'homme qui est assis en face de moi.

Je le détaille encore une fois du regard.

Il doit mesurer plus d'un mètre quatre-vingt-dix parce qu'il m'a semblé très grand quand je l'ai vu en arrivant. Ses épaules sont larges et il doit être assez costaud — il m'a tout de même portée sans problème dans l'escalier, jusqu'à ma chambre.

Mon Dieu, j'ai honte rien que d'y penser…

Par contre, ses cheveux sont toujours les mêmes : roux et légèrement ondulés, avec cette mèche qui retombe sur son œil droit et que j'ai envie de repousser en arrière.

Et ses yeux… Je les reconnaîtrais n'importe où, n'importe quand.

Bon, OK, il n'a pas totalement changé non plus, ça reste un peu le Jim que j'ai connu.

Zut, ça fait un petit moment que je le dévisage comme une psychopathe. Il faudrait peut-être que je dise quelque chose…

— Je suis contente d'apprendre que ta mère va bien. Tu as une photo de ta famille au complet ?

Il plonge une main dans la poche arrière de son jean et en ressort son portefeuille, qu'il ouvre avant de le tourner vers moi.

La photo qu'il me montre a été prise à Noël, à en croire leurs pulls ringards et les décorations sur la cheminée, derrière eux.

— Waouh, on dirait presque une carte de vœux de Noël.

— C'en est une, répond-il, visiblement embarrassé. Ça se fait, là-bas, les gens ont tendance à se lâcher pour les fêtes et faire les choses en grand.

— Ils ne sont pas les seuls, je te rassure, l'informe Tess, debout devant les fourneaux. Belle est pareille. Elle a déjà acheté le sapin pour ici, et son studio ressemble à l'atelier du Père Noël.

L'odeur des saucisses me met tout à coup l'eau à la bouche. Je me lève alors pour dresser la table parce que j'ai besoin de faire quelque chose, de m'occuper, d'autant plus que Jim n'arrête pas de me suivre du regard.

Avant que Tess n'ait le temps de me le dire, je sors la porcelaine et les couverts que nous utilisons uniquement pour le repas de Noël.

Je me tourne vers elle en haussant un sourcil et elle acquiesce d'un signe de tête en souriant. Je sens qu'elle aussi est légèrement déstabilisée par l'arrivée-surprise de Jim.

J'observe ce dernier du coin de l'œil. Nous avons des vies complètement différentes, maintenant. Nous ne savons rien de lui, mais lui non plus ne sait rien de nous.

— Alors, qu'est-ce qui t'amène en Irlande ?

Au temps pour ma résolution de ne plus lui poser de questions.

— C'est juste pour les vacances, me répond-il. Oh là là, Tess, cette odeur… C'est comme si j'avais remonté le temps jusqu'à l'époque où je vivais ici. Tu sais, des saucisses comme ça, on n'en trouve pas là où je vis.

— Les meilleures du boucher ! s'exclame Tess en agitant la spatule vers Jim. Ce sont les seules que j'achète.

— Ça sent très bon !

J'ignore pourquoi, mais ça me fait plaisir de constater qu'il a vraiment l'air ravi d'être ici.

— Tu n'es pas mariée ? me demande-t-il en regardant l'annulaire de ma main gauche.

— Euh, non…

Je reprends ma place à table en le considérant d'un air méfiant, légèrement sur la défensive…

J'ai l'impression d'être une vieille fille, une de celles qui finissent leur vie dans un appartement plein de chats, alors que ce n'est pas du tout le cas. Je n'ai que vingt-cinq ans, encore toutes mes dents et, surtout, tout mon temps pour me caser.

Et puis, de quoi je me mêle ?

J'ai soudain une envie irrésistible de me vanter d'avoir eu plein de petits copains, mais, heureusement, Tess intervient et je n'ai pas le temps de me ridiculiser :

— Notre Belle est très compliquée, en matière d'hommes. Elle pourrait avoir qui elle veut, elle est jolie comme un cœur, mais jamais personne ne semble à la hauteur de ses attentes.

— Ça, je veux bien le croire. Enfin, le fait que tu puisses avoir qui tu veux, précise Jim en me regardant. Tu es vraiment ravissante, Belle.

Je rêve ou il est en train de flirter avec moi ?

Tess hoche la tête en nous regardant tour à tour, puis se remet aux fourneaux pour retourner les saucisses dans la poêle. Elle plonge ensuite les frites dans la friteuse, et le crépitement de l'huile ainsi que la délicieuse odeur avec laquelle j'ai pratiquement grandi remplit aussitôt toute la cuisine.

— Et toi, Jim, tu es marié ?

C'est donnant-donnant, ce genre d'informations. J'ai déjà remarqué qu'il ne portait pas d'alliance, mais, d'un autre côté, beaucoup d'hommes mariés n'en portent pas.

— Non, je n'ai pas encore trouvé la bonne, répond-il en me faisant un clin d'œil.

OK, c'est sûr, il est en train de flirter avec moi.

Le sang bourdonne de nouveau à mes oreilles, et j'espère sincèrement que je ne vais pas retomber dans les pommes. Une fois, ça suffit.

Voyant l'expression de mon visage, Jim se penche vers moi et pose une main sur mon bras.

— Ça va, Belle ?

J'ai envie de hurler : *Non, ça ne va pas ! Tu fais partie de mon passé, et pourtant tu es là, devant moi, super beau avec tes beaux yeux bleus et tes cheveux roux, et je n'arrête pas de me sentir bizarre, voilà !*

Mais à la place je me contente de dire :

— Oui, oui, j'ai juste faim. Je vais manger un peu de pain pour patienter.

Je prends une tranche de pain dans la corbeille et étale une grosse couche de beurre dessus. Jim suit mon exemple et nous finissons chacun notre tranche de pain dans un silence confortable.

— Ça me fait chaud au cœur de vous voir tous les deux ici, comme au bon vieux temps, déclare Tess en se tournant vers nous. Ah, les bonnes vieilles habitudes ne se perdent jamais ! Même petits, vous ne pouviez pas résister à une bonne tartine. De vrais petits gloutons !

— Tu sais, Tess, je repense souvent à ces moments, dit Jim pensivement. Tu as été tellement gentille avec moi.

— Belle est enseignante, je te l'ai déjà dit ? balbutie Tess, visiblement touchée par le compliment. Elle a aussi travaillé comme caissière dans un supermarché pour payer ses études toute seule.

— C'est génial !

Je le regarde avant d'exploser de rire et il rougit jusqu'aux oreilles.

— Excuse-moi… C'est juste que… Ton accent et ta façon de parler… Plus américain, tu meurs, Looney !

— Tu t'es toujours moquée de moi et de mes expressions, fait-il remarquer.

— Pardon, excuse-moi.

— Non, non, j'aime bien. Je t'ai toujours trouvée très drôle.

Super, maintenant, c'est à mon tour de rougir comme une pivoine.

Un partout.

— Tu enseignes quoi ?

— L'anglais et l'histoire.

Je crois même rougir davantage, si c'est possible, parce qu'il semble vraiment fasciné par ma réponse.

— Et toi, tu fais quoi, dans la vie ?

— Entraîneur de foot dans un collège à Mishawaka.

— Misha quoi ? On dirait le nom d'un chef indien.

— Peut-être même que ça l'est. C'est la ville où j'habite et, d'ailleurs, il y a une grande communauté irlandaise là-bas. C'est sympa, comme endroit.

— Génial, dis-je pour le taquiner, et il éclate d'un rire qui me propulse brusquement des années en arrière...

J'ouvre l'annuaire téléphonique et choisis un nom au hasard.

— Celui-là.

Jim hoche la tête et compose le numéro avant de placer le combiné entre nos deux têtes. Comme j'ai trop envie de rire, je couvre ma bouche avec une main pour ne pas gâcher la blague de Jim.

— Allô ? dit une voix à l'autre bout du fil.

— Oui, bonjour, fait Jim, je suis bien chez les Murs ?

— Ah, non, il n'y a pas de Murs ici.

Nous nous regardons avec Jim avant de crier à l'unisson :

— Du coup, c'est quoi qui maintient le toit au-dessus de votre tête ?

Nous rigolons comme des fous, à tel point que nous n'entendons même pas la réponse du monsieur et que Jim lâche le combiné. Nous nous roulons par terre tellement notre blague est drôle. Tess finit par arriver dans le couloir et quand elle comprend ce qui se passe, ce que nous avons encore fait, nous rions plus fort, si fort que nous en pleurons et que je suis à deux doigts de me faire pipi dessus.

Un sourire aux lèvres, je croise le regard de Jim et murmure :

— Il n'y a pas de Murs ici.

— Du coup, c'est quoi qui maintient le toit au-dessus de votre tête ? réplique-t-il du tac au tac, et nous rions à l'unisson.

— Aucun de mes amis n'a compris ce que cette blague a de si drôle, se lamente-t-il en secouant la tête.

— C'est normal, il fallait être là pour le comprendre.

Nous nous regardons un long moment sans rien dire, puis Tess revient se placer devant la table, mettant ainsi fin à ce moment… étrange, disons.

— Quelle drôle de coïncidence ! Vous travaillez tous les deux dans l'enseignement, fait-elle remarquer en posant une assiette garnie de saucisses, bacon, œufs brouillés et deux tranches de pudding — blanc et noir, s'il vous plaît — devant chacun de nous.

Elle retourne ensuite chercher son assiette, puis s'installe à table en poursuivant :

— En même temps, ça ne m'étonne pas. Vous étiez comme les deux doigts de la main, des siamois ! Je ne suis pas surprise que vous ayez suivi la même voie.

Sans attendre, je plante ma fourchette dans une des saucisses et coupe un morceau avant de le porter à ma bouche. Je pense que je n'ai jamais eu aussi faim que maintenant.

Mmmh, trop bon…

— Le paradis sur terre existe vraiment, il est dans les assiettes chez Tess ! s'exclame Jim, la bouche pleine. Il y a plein de bonnes choses chez nous aussi, mais pas des saucisses comme ça.

— Mangez, les enfants, mangez ! nous encourage Tess. Qu'est-ce que ça me fait plaisir de vous avoir ici, tous les deux, après tout ce temps !

Nous mangeons en discutant de tout et de rien, puis je débarrasse la table et remplis la bouilloire avant de la mettre en marche pour refaire du thé.

— Au fait, Tess, tu ne fumes plus ? l'interroge Jim au moment où je pose trois tasses sur la table. Je me disais bien que quelque chose avait changé ici !

Avant que Tess ait le temps d'ouvrir la bouche, je m'exclame :

— Ah, ce n'est pas trop tôt ! Je commençais à me demander si tu allais finir par remarquer que ça ne pue plus la cigarette ici.

— Oui, ça fait déjà dix ans que j'ai arrêté, se vante Tess. Mais, parfois, il me prend l'envie de m'en griller une, ici et là, comme maintenant, par exemple, pour faire passer tout ce que j'ai mangé.

— Franchement, je n'aurais jamais cru que tu serais capable de décrocher un jour. Vraiment, Tess, bravo.

— C'est surtout grâce à elle, répond-elle en me pointant du doigt. Elle n'a pas cessé de me rebattre les oreilles avec les méfaits de la cigarette sur la santé, si bien que j'ai fini par perdre le plaisir de fumer. Sans parler de son regard de chien battu chaque fois que j'allumais une cigarette. Bref, c'était plus simple d'arrêter.

— Comme quoi il ne faut jamais dire jamais, commente Jim.

J'ignore pourquoi, mais je me sens presque obligée d'ajouter :

— Et puis, surtout, je sais me montrer très persuasive quand il le faut.

— Ça, je n'en doute pas une seconde.

Il me gratifie alors d'un sourire qui fait faire un triple salto à mon estomac, et aussitôt je ressens de nouveau une faiblesse. Je viens pourtant de manger pour dix ! Je dois couver quelque chose, je ne vois pas d'autre explication.

L'heure qui suit passe à une vitesse incroyable. Nous rattrapons le temps perdu en sirotant notre thé puis, à un moment, Jim regarde sa montre.

— Il se fait tard, annonce-t-il. Je ferais bien d'y aller. J'ai déjà assez abusé de votre hospitalité comme ça.

A ces mots, ma poitrine se contracte et je ressens une douleur familière.

Bien sûr, qu'il s'en va, il n'allait tout de même pas rester toute la nuit avec nous à discuter.

Nous le raccompagnons à la porte, puis Tess le prend dans ses bras en lui faisant promettre de revenir nous rendre visite rapidement. Je me retiens de rire en voyant l'expression étonnée de Jim. Il faut dire qu'à l'époque où il était là Tess n'était pas aussi démonstrative. Bien des choses ont changé depuis, *nous* avons changé, surtout.

Je décide quand même de le lui expliquer, sur le ton de la plaisanterie.

— Nous sommes devenues adeptes des câlins. Tu sais, le côté émotionnel et tout ça.

Il doit percevoir mes propos comme une invitation masquée parce qu'il s'avance vers moi pour me prendre dans ses bras, mais je recule d'un pas. J'ignore ce qui m'a poussée à faire ça — un réflexe ou l'instinct de conservation —, en tout cas, je sais qu'il a remarqué mon malaise.

— Rentre bien. Bon voyage.

Je lui adresse un de mes plus beaux sourires en espérant lui faire oublier le râteau que je viens de lui mettre et lui tends la main pour souligner mes adieux, même si je trouve ça un tantinet ridicule quand même.

Jim observe ma main d'un air amusé, mais la serre d'une poigne ferme et chaude. Je me surprends à chercher à voir si son sourire atteint ses yeux. Le problème, c'est qu'il fait trop sombre dans le couloir et je ne vois rien.

— Je ne rentre pas dans l'Indiana, Belle. Pas avant un petit moment. En fait, j'espérais que nous pourrions nous revoir. Accepterais-tu de dîner avec moi un de ces soirs ?

— Bien sûr, quelle question ! s'exclame Tess en me poussant vers lui avec un tel manque de subtilité que je me retrouve nez à nez avec Jim Looney, chose qui ne m'était pas arrivée depuis plus de quinze ans.

Aaaah ! Encore ce fichu bourdonnement dans mes oreilles !

— Donne-lui ton numéro, me souffle Tess en me donnant une petite claque dans le dos.

Dieu sait à quel point je l'aime, ma Tess, mais je vais l'étrangler si elle n'arrête pas de jouer les entremetteuses.

Je me retourne vers elle en lui adressant un regard noir, mais, sans surprise, elle m'ignore complètement. Du coup, maintenant que je n'ai plus le choix, je vais jusqu'à la petite console dans le couloir et note mon numéro sur un post-it avant de le donner à Jim.

— Je prends ça pour un oui, alors ? demande-t-il en le rangeant dans son portefeuille. Tu acceptes mon invitation ?

— Et comment ! déclare Tess en riant. Tu sais, elle n'a rien de prévu demain soir.

— Demain soir ? !

Tout ça, même si je ne sais pas ce que c'est exactement, va trop vite.

— Oui, réplique-t-elle, comme si c'était une évidence. Vous avez encore beaucoup de choses à vous dire, tous les deux, il faut en profiter !

— OK, parfait, c'est réglé, annonce Jim en souriant avant d'ouvrir la porte.

Il avance sous le porche puis se retourne et porte une main à son front en se courbant légèrement, en signe de salutation respectueuse. Ça fait un peu bizarre, mais quand je le vois quelque chose en moi vibre au point d'en devenir même douloureux.

Qu'es-tu en train de me faire, Jim Looney ?

Une fois la porte fermée, je m'adosse contre elle, décontenancée.

— Dans quoi tu m'as embarquée, Tess ? C'est Jim ! Jim Looney. J'ai… J'ai besoin de m'asseoir, je me sens un peu barbouillée.

— Oh ! ma chérie, je crois que nous savions parfaitement que ça finirait par arriver un jour ou l'autre, opine-t-elle en affichant un petit sourire satisfait.

Chapitre 13

Porcinet : « Comment épelles-tu "amour" ? »
Winnie : « Tu ne l'épelles pas, tu le ressens. »

Alan Alexander Milne

Décembre 2005

— Nous parlions beaucoup de cet endroit quand nous étions petits, tu t'en souviens ? me demande Jim une fois que nous sommes installés à une table du très chic restaurant Trocadéro.

Le serveur prend notre commande de boissons avant de se diriger vers le bar.

— Oui, bien sûr. Le plus souvent, c'était dans notre belle cabane, celle que nous construisions dans le salon.

— Ce qui mettait chaque fois Tess en pétard, parce que nous utilisions le linge de maison tout propre et repassé, ajoute-t-il en riant.

— Je n'arrive pas à croire que tu te souviennes de tout ça. Quand j'ai compris que tu m'emmenais dîner dans ce resto, j'ai cru que c'était juste une coïncidence.

— Eh bien, non, ce n'est pas une coïncidence. Je te l'ai déjà dit, Belle, je me souviens de plein de choses. Je ne vois pas pourquoi j'aurais oublié.

Mon estomac fait une drôle de petite danse à cette déclaration.

Ça me fait encore bizarre d'être ici ce soir, avec Jim, après tout ce temps. Nous avons passé une petite partie de notre enfance sous le même toit, mais c'était dans une autre vie et je ne me souviens plus de grand-chose. OK, ce n'était pas vraiment dans une autre vie et il se peut que je me rappelle pratiquement tout, parce que les deux années où il a vécu chez Tess ont été géniales. Néanmoins, tout cela appartient au passé. Un passé révolu.

— Tu étais même persuadée qu'ils accrocheraient une photo de toi là-haut, un jour, observe Jim en faisant un signe de la tête en direction du mur décoré de photos de stars irlandaises et internationales.

— Je racontais pas mal de bêtises à cette époque. Je disais aussi que je voulais devenir chanteuse, sauf que je chante comme une casserole.

— Tu me harcelais pour que nous chantions en duo la chanson…

— *I've Had the Time of My Life*, je dis en même temps que lui, et nous rions à l'unisson.

— Qui chante ça, déjà ? demande-t-il.

— Bill Medley et Jennifer Warnes. Je l'écoute encore beaucoup, elle est sur ma playlist.

— Je pense souvent à notre cabane. Tu te souviens de l'expression horrifiée de Tess quand elle est rentrée des courses un jour et qu'elle a vu qu'il n'y avait plus de draps sur son lit ?

Le mot « lit » fait surgir dans mon esprit une image de Jim et moi sous ma couette. Je me contente alors d'acquiescer de la tête, troublée par cette pensée.

Je dois vraiment me ressaisir parce que, sinon, ça ne va pas le faire du tout.

Nous restons silencieux pendant que le serveur place nos verres devant nous, puis Jim poursuit :

— Tu passais des heures à feuilleter les magazines de Tess en t'attardant sur les photos d'acteurs et de sportifs. Ça ne m'aurait pas étonné que tu épouses un footballeur.

J'éclate de rire à cette idée.

— Moi, femme de footballeur ? Les strass et les paillettes, ce n'est pas du tout mon truc. En tout cas, merci de m'avoir amenée ici. Tu as tenu ta promesse, après tout.

Sans me quitter des yeux, il boit une gorgée de son cocktail et repose le verre devant lui.

L'intensité de son regard est telle que je suis soudain très gênée. Je baisse la tête pour saisir la paille de mon mojito entre les lèvres et avale quelques gorgées généreuses. Comme je sens qu'il m'observe toujours, j'attrape le menu et commence à l'étudier attentivement en espérant ne pas trop rougir.

— Sérieusement, Belle, je n'ai jamais oublié ces deux ans passés chez Tess. C'était censé être les pires années de ma vie, étant donné que je ne pouvais pas vivre avec ma mère, mais, en fait, c'était les meilleures.

Pourquoi est-ce qu'il me dit tout ça ? La conversation prend une tournure beaucoup trop émotionnelle. Il faut que je change rapidement de sujet.

— Et, sinon, le Trocadéro est-il à la hauteur de tes attentes ?

En lui posant cette question, je balaie la salle du regard juste pour ne pas avoir à croiser le sien. Chaque fois que je le fais, j'ai cette étrange sensation dans mon ventre.

Nous sommes installés au fond du restaurant, dans un des box aux banquettes en velours rouge avec les portraits souriants de Grace Kelly, Brenda Fricker et Stephen Fry accrochés au-dessus de notre table. Je les examine un à un et je suis persuadée qu'ils doivent tous les trois se dire la même chose : « Belle Bailey craque pour Jim Looney ! »

Non, non, non, ce n'est pas vrai !

— J'imaginais toujours ce restaurant comme étant classe et glamour, et il l'est vraiment, déclare Jim en regardant autour de lui. J'aime bien le mélange d'Art déco et d'un style plus contemporain. C'est fait avec goût et ça se marie bien. Tu sais, je déteste tous ces restos qui se veulent branchés et pompeux, cravate exigée. Je ne me sens pas à ma place dans ce genre d'endroit.

Je hoche la tête en ajoutant :

— Les cocktails sont très bons, aussi.

Il lève son verre et nous trinquons au moment même où Tony Bennett se met à chanter *I'll Be Home for Christmas*[1], diffusée par des enceintes discrètes placées un peu partout dans la salle.

Je croise le regard de Jim et, cette fois, je n'arrive pas à détourner les yeux. Je suis comme sur un petit nuage, mais j'ai aussi envie de pleurer, et je trouve ça très déstabilisant. D'un côté, je veux rester comme ça, les yeux dans les yeux, mais je sens que je vais vraiment finir par fondre en larmes et cela ne doit surtout pas arriver.

— Cette chanson ne pouvait pas mieux tomber, murmure Jim.

Il semble également sous le coup d'une certaine émotion.

Ouf, je ne suis pas la seule et non, je ne suis pas folle, il est vraiment en train de se passer un truc bizarre entre nous. Le moment est chargé d'une intensité inouïe.

— Mais ce n'est plus chez toi, ici, Jim.

— Dublin est et restera toujours chez moi, Belle. Comme on dit : « Où bat notre cœur, là se trouve notre foyer. »

Pourquoi es-tu parti, alors ?

— Je t'ai souvent cherché, tu sais.

Je ne voulais pas le lui avouer, encore moins de cette façon, mais ça a été plus fort que moi. Il doit savoir à quel point cela m'a fait mal quand il a littéralement disparu du jour au lendemain.

Ma réaction est sans doute puérile — beaucoup d'eau a coulé sous les ponts depuis —, mais je ne peux plus faire comme si de rien n'était. Il m'a promis que nous resterions amis pour toujours, et il n'a pas tenu parole.

1. « Je serai rentré pour Noël ». (NdT)

Jim ne dit rien et continue de me dévisager avec ses grands yeux bleus.

— Tu m'as juré que nous continuerions à nous voir et je t'ai cru.

Il hoche simplement la tête en guise de réponse.

— Tu es parti et je n'ai plus jamais eu de tes nouvelles, Jim. J'étais inquiète. Tess essayait de me rassurer en disant qu'il te fallait un peu de temps pour t'habituer à ta nouvelle vie, mais que tu appellerais très vite.

C'était il y a des années, pourtant, je m'en souviens comme si c'était hier. Tout, absolument tout me revient — chaque émotion et chacune de mes réactions — avec une acuité inouïe.

— J'ai attendu que tu me donnes des nouvelles pendant des jours qui se sont transformés en semaines.

Je passais des heures et des heures à la fenêtre dans l'espoir de le voir arriver avec son ballon de foot et son sourire nigaud au visage, si bien que Tess a dû user de tout son pouvoir de persuasion et me soudoyer avec des gâteaux pour me décoller de la vitre et m'attirer dans la cuisine.

— Tu sais, même un an après ton départ, j'allais encore à Ranelagh en bus pratiquement tous les samedis. Je faisais un petit tour dans le quartier en espérant te croiser. Je me disais que Ranelagh n'était pas si grand que ça et que je finirais bien par tomber sur toi.

Je marque un temps d'arrêt car j'ai de plus en plus de mal à déglutir.

— Oh ! Belle…

Je dois passer pour une imbécile, mais je m'en fiche complètement, au point où j'en suis. Cela fait trop longtemps que je porte un poids désagréable au niveau de la poitrine et j'ai besoin de vider mon sac. Tant pis pour lui si c'est trop dur à entendre.

— Je savais même ce que j'allais te dire si nous nous croisions. J'avais prévu d'être un peu fâchée contre toi, mais j'aurais fini par te pardonner, bien sûr, et nous aurions fait comme si de rien n'était.

Une larme roule sur ma joue et je me maudis intérieurement d'être aussi faible. Aussitôt, Jim se penche vers moi pour l'essuyer avec son pouce. La larme reste intacte sur le bout de son doigt. Nous la regardons en silence pendant un long moment.

— Belle, je suis sincèrement désolé de t'avoir fait autant souffrir. Mais est-ce que tu veux quand même me laisser une chance de t'expliquer ma version des faits ?

— Oui.

Comme si je pouvais lui dire non !

— Ça m'a fait bizarre de retourner vivre avec ma mère. Tout se passait très bien, elle était ravie d'avoir pu récupérer ma garde. Dès que j'ai posé ma valise dans ma nouvelle chambre, nous n'avons pas arrêté de bouger : nous allions au ciné, dans différents musées, nous faisions des balades dans tout Dublin. Elle jouait même au foot avec moi dans le parc et ça nous arrivait aussi d'aller à la piscine.

Il pousse un soupir avant de continuer. Il est clairement mal à l'aise.

— Tu n'avais pas le temps de penser à moi, Jim, et c'est bon, je le comprends tout à fait.

— Quelques jours avant Noël, j'ai demandé à maman si je pouvais t'appeler pour te rendre visite. Tu me manquais beaucoup, vraiment, et j'avais hâte de te retrouver et de te raconter ma nouvelle vie. Mais, à ma question, son visage a changé du tout au tout. Elle a prétexté une migraine en avalant plusieurs cachets. J'ai tout de suite compris que ce n'était pas vrai. Comme j'avais peur qu'elle retombe malade, j'ai abandonné en me disant que j'allais laisser passer un peu de temps avant de retenter ma chance.

Le serveur s'approche de notre table et doit sentir que nous sommes plongés dans une grande discussion parce qu'il commence à faire demi-tour lorsque Jim l'interpelle.

— Pouvons-nous avoir la même chose, s'il vous plaît ? demande-t-il en désignant nos deux verres de la main.

Le serveur hoche la tête, et je le suis du regard jusqu'à ce qu'il disparaisse au coin de la salle avant de reporter mon attention sur Jim.

— J'ai retenté ma chance après les fêtes de Noël, mais sa réaction a été la même et, du coup, j'ai compris qu'elle ne voulait pas que je vous revoie, toi et Tess.

Oh…

— Je lui ai reparlé de ça la semaine dernière quand je lui ai dit que je partais en Irlande pour te retrouver.

— Elle s'est souvenue de moi ?

— Oui, bien sûr. Elle m'a même avoué qu'elle se sentait coupable de m'avoir empêché de garder le contact avec toi.

— Quelque part, je comprends sa réaction. Tess et moi lui rappelions sans doute de mauvais souvenirs.

Jim se recale sur sa banquette avant de répondre :

— Oui, elle m'a dit la même chose.

— Tu as eu raison de couper les ponts avec nous. Ta mère a traversé des moments difficiles et elle a fait ce qu'elle pensait être le mieux pour vous deux.

Il soupire en haussant les épaules.

— Peut-être, mais sache que je comptais lui en reparler après quelques mois, quand elle se serait habituée à m'avoir de nouveau avec elle, seulement, j'avais peur qu'elle retombe malade et qu'elle m'abandonne encore une fois.

Je baisse les yeux vers la table et me rends compte alors qu'il me caresse le dos de la main du bout du pouce.

Comment est-ce arrivé ? Je n'avais même pas remarqué que nous nous tenions par la main.

Etrangement, je ne veux pas bouger. La sensation que cela me procure est très agréable, comme si ce geste était naturel.

— Du coup, comment as-tu atterri à Mishawaka ? je m'enquiers pour apaiser un peu la tension.

— Peu de temps après le premier Noël que j'ai passé avec ma mère, elle m'a dit qu'elle avait rencontré quelqu'un. En fait, c'était un ex-petit copain qu'elle n'avait pas revu depuis une éternité et qui vivait dans l'Indiana. Franchement, je ne l'avais jamais vue aussi heureuse et détendue auparavant. Elle m'a présenté Sam et nous nous sommes tout de suite bien entendus. Ils ont fini par se marier et nous sommes partis vivre aux Etats-Unis.

— Waouh...

Il avait dû être tout excité à l'idée de partir vivre dans un autre pays et de devoir prendre l'avion. Il adorait les avions quand il était petit. Je repense au jour où on en avait fabriqué un avec de vieilles boîtes en carton avant de monter dedans et de courir dans tout le jardin en faisant semblant de piloter. Aussitôt, je glousse avant de lui demander :

— Prêt pour le décollage, commandant ?

— Oh, mon Dieu, j'avais complètement oublié cette histoire ! Nous avons passé des heures et des heures à sillonner le jardin avec notre avion en carton.

J'opine de la tête et nous nous observons un long moment, sa main caressant toujours la mienne.

En fait, je me sens tellement bien en sa compagnie que je pourrais rester ici comme ça, avec lui, pendant une éternité, mais je décide quand même de briser la magie de l'instant.

— Tu es heureux, là-bas ?

— Oui, très. Je n'ai pas à me plaindre de ma vie. Tu sais, j'étais un peu une star au lycée : l'Irlandais, le petit nouveau. Je me suis fait beaucoup d'amis et tout le monde semblait apprécier mon accent dublinois. Et, surtout, j'ai pu continuer à jouer au foot. Je leur ai même appris un truc ou deux, à ces Yankees.

— Mortel.

— Voilà une expression que je n'ai pas entendue depuis longtemps. Nous n'arrêtions pas de l'utiliser.

— C'est clair.

— Ah, ça aussi, tiens ! En tout cas, tout ça pour dire que j'ai vraiment eu de la chance. J'ai quitté le nid familial après la fac et je me suis trouvé un appartement près de chez mes parents.

Je hoche lentement la tête.

C'est super, mais ça n'explique toujours pas ce que tu fais à Dublin. Si ta vie est aussi bien que tu le prétends, pourquoi es-tu revenu ?

— Belle, je veux que tu saches que j'ai souvent pensé à toi. Je sais que c'est difficile à croire, étant donné que je ne t'ai jamais recontactée, mais c'est la vérité.

Je le crois. Il y a quelque chose dans son regard qui m'assure qu'il ne ment pas et qu'il se sent vraiment coupable. Je ne vais pas lui faire la tête éternellement, il doit être inquiet, le pauvre, c'est évident.

— Je t'en ai voulu de ne plus m'avoir donné de nouvelles, mais bon, nous n'étions que des enfants. Nous n'avions que dix ans à l'époque. Bien des choses ont changé depuis, même si je suis contente que nous ayons pu nous expliquer.

— Tu me pardonnes, alors ?

— Il n'y a rien à pardonner, Jim. Vraiment, ne t'en fais pas.

— OK… Et toi, alors, Belle Bailey, es-tu heureuse dans ta vie ?

Je ne réponds pas tout de suite parce que sa question est quelque peu compliquée. Je bois une autre gorgée de mon cocktail en y réfléchissant bien.

— Oui, je l'ai été. Je le suis toujours.

Il me regarde et je sais qu'il attend que je développe ma réponse. Ce n'est pas que je ne veux pas le faire, c'est juste que je ne sais pas par où commencer. Comment résumer quinze ans en quelques phrases ?

— Quand tu es parti, j'étais persuadée que Tess n'allait plus vouloir de moi. Un jour, j'ai surpris une conversation entre elle et Mme O'Reilly, et j'ai vraiment cru que j'allais être placée dans un autre foyer. Heureusement pour moi, je me suis trompée sur toute la ligne.

— Mme O'Reilly, quelle mégère, celle-là ! Je ne pouvais pas la blairer. Tu sais ce qu'elle est devenue ?

— Non, du tout.

— Tu es donc restée chez Tess ? Elle n'a pas pris sa retraite ?

— Si, mais elle m'a promis que sa maison serait la mienne aussi longtemps que je le voudrais. Quand j'ai eu dix-huit ans et que je me suis inscrite à la fac, elle m'a laissée vivre avec elle sans que j'aie à payer de loyer.

— C'est vraiment une femme remarquable.

— C'est la meilleure. Je serais perdue sans elle. Elle a été comme une vraie mère pour moi alors que ma mère biologique n'a jamais su assumer ce rôle. Je n'en serais probablement pas là où j'en suis sans son soutien.

— Et... Tu es en contact avec ta mère ? m'interroge-t-il avec une voix douce qui a le don de m'apaiser. Elle est venue te rendre visite chez Tess ?

Je secoue la tête en déglutissant péniblement.

— Non, et je ne veux vraiment pas parler de Dolores maintenant. Je te raconterai toute l'histoire un jour, mais pas là, je ne veux pas qu'elle gâche cette soirée.

— Je comprends. Et, sinon, tu as toujours ta poupée éclopée... C'était quoi, son nom, déjà ?

— Dee-Dee, et elle n'est pas éclopée, elle a juste un pied tordu, c'est tout. Oui, je l'ai encore, elle est rangée dans une boîte à chaussures, dans mon placard.

— J'ose espérer que tu ne lui parles plus, me taquine Jim. Tu avais des conservations interminables avec elle.

— Oui, parce que nous nous comprenions bien, elle et moi. Mais, non, je te rassure, ça fait longtemps que nous n'avons pas discuté.

Je souris à ce souvenir puis décide enfin de lui poser la question qui me brûle les lèvres :

— Jim, je peux te demander quelque chose ?

— Oui, bien sûr.

— Pourquoi es-tu revenu ? Pourquoi maintenant ? C'était sur un coup de tête ou… ?

Si ça se trouve, il avait prévu son voyage depuis un petit moment.

— On peut dire ça, oui. Tu vas trouver ça dingue, mais j'ai beaucoup pensé à toi dernièrement, à tous ces moments que nous avons passés ensemble alors que, je dois le reconnaître, je n'y avais plus trop pensé. Il y a quelques mois, je suis sorti avec cette fille ; elle était sympa, mais…

Je me surprends aussitôt à éprouver un pincement de jalousie envers l'intéressée même si je sais que, quand on commence son histoire comme il l'a fait, en qualifiant son rencard de « sympa », ça n'augure jamais rien de bon pour la personne concernée.

Ouf.

— … je ne sais pas, un soir, pendant que nous dînions au restaurant, elle s'est mise à me parler de son enfance, de ses amis, des quatre cents coups qu'ils ont faits ensemble, avant de me questionner sur mes amis. J'ai pensé à mes voisins, mes copains d'école et d'université, mais le seul nom que j'ai mentionné, c'est le tien, Belle.

— Oh…

— Oui, et depuis je n'ai pas arrêté de penser à toi. Chaque fois que je voyais une fille avec des cheveux frisés et une peau caramel, belle et parfaite comme la tienne, une image de toi s'imposait à mon esprit, et, dès que j'entendais quelqu'un rire, ça me rappelait nos fous rires et mes blagues pourries.

Il a dit que ma peau était parfaite. Parfaite, rien de moins. Impossible de retenir un petit soupir de satisfaction.

— Puis, un jour, j'ai décidé de sauter dans un avion pour te retrouver, et donc me voici.

Il se penche alors par-dessus la table jusqu'à n'être qu'à quelques centimètres de moi avant d'ajouter :

— J'espère que j'ai bien fait…

— O… oui.

J'aurais aimé avoir une réplique amusante et intelligente à lui donner, comme c'était souvent le cas à l'époque, mais là, c'est loupé.

Mes bonnes manières sont sur le point de déserter mon cerveau parce que je n'ai qu'une envie : balayer les verres et les couverts en argent d'un revers de la main et grimper sur la table pour embrasser Jim.

Du coin de l'œil, je regarde la photo de Grace Kelly. Je suis sûre qu'elle est d'accord avec mon plan, mais Brenda Fricker, accrochée juste à côté d'elle, semble totalement désapprouver. Elle n'a pas tort, se donner en spectacle comme ça, dans un resto aussi chic, n'est peut-être pas une si bonne idée, après réflexion.

C'est bon, Brenda, tu as gagné, je vais bien me tenir.

— Tu aurais dû me laisser payer la moitié, au moins ! dis-je en sortant du restaurant.

Jim a dû dépenser une petite fortune, vu le nombre de cocktails que nous avons bus.

— J'ignore avec quel genre d'hommes tu es sortie avant moi et je ne veux même pas le savoir, mais, personnellement, quand j'invite une fille au resto pour un rendez-vous galant, c'est toujours moi qui paie.

Une chaleur envahit alors mon bas-ventre, parce que non seulement Jim Looney vient de dire que cette soirée était un rendez-vous galant, mais il m'a également fait comprendre qu'il était jaloux de mes ex.

Nous marchons jusqu'à la station de taxis, nos épaules se frôlant à chaque pas.

— Il fait froid, dis-je alors qu'une bourrasque de vent glacial me fouette le visage et me fait frissonner.

Il s'arrête et me saisit par le bras, me forçant à m'arrêter aussi, puis ôte son écharpe pour la passer autour de mon cou. Elle est tellement longue qu'il doit l'enrouler plusieurs fois. Je crois que ce geste est la chose la plus sensuelle que j'aie jamais vue.

— Belle..., murmure-t-il en nouant les deux extrémités de l'écharpe.

Je n'arrive ni à parler ni à bouger, je suis comme envoûtée, sous l'emprise de son charme. Il penche son visage vers le mien avec une lenteur délibérée et je sens son souffle sur mes lèvres, qui s'entrouvrent automatiquement.

— Puis-je... ?

Sa voix est comme une caresse sur ma joue.

Il doit lire ma réponse dans mon regard parce que, l'instant d'après, il pose ses lèvres sur les miennes puis m'embrasse tendrement. Ce baiser me révèle clairement ce que je sais au fond depuis longtemps : j'aime Jim Looney. Je l'ai toujours aimé.

Chapitre 14

Quand je vous ai vue, je suis tombé amoureux, et vous avez souri parce que vous le saviez.

William Shakespeare

Réveillon de Noël 2005

— Belle, quand nous avions dix ans, tu avais prédit qu'un jour je serais un genou à terre, te demandant en mariage, dit Jim. Il faut croire que tu avais raison parce que me voilà, devant toi, en train de faire exactement ça.

Mon Dieu.

— Je ne peux plus vivre sans toi, poursuit-il.

Moi non plus, je n'imagine plus ma vie sans toi, tu es tout pour moi.

— Cette fois, c'est la bonne, c'est pour toujours, déclare-t-il d'un ton solennel. Cette fois, plus rien ni personne ne nous séparera. Plus jamais nous n'aurons à nous dire au revoir.

Plus jamais d'au revoir, que des bonjours ? Oui, c'est ce que je désire plus que tout au monde.

— Je t'aime depuis longtemps, Belle. Je t'aimais avant même d'avoir compris ce qu'est vraiment l'amour.

C'est le moment que j'ai attendu toute ma vie, les paroles que j'ai rêvé d'entendre depuis quinze ans. Je suis si heureuse que je voudrais que cet instant dure toujours.

Jim prend une profonde inspiration avant d'ajouter :

— Belle Bailey, me ferais-tu l’honneur de devenir ma femme ?

Notre public retient son souffle, attendant ma réponse.

— Oui ! Oui, oui, oui !

Jim se relève et m’attire dans ses bras sous un tonnerre d’applaudissements et d’ovations de la foule autour de nous, avant de me soulever pour me faire tournoyer comme une petite fille.

Nouant mes bras autour de son cou, j’approche mon visage du sien pour l’embrasser, mais il se redresse.

— Attends, murmure-t-il en me reposant sur mes pieds.

Il me saisit ensuite délicatement la main gauche et en retire le gant pour nouer le ruban de velours rouge avec la clochette autour de mon annulaire. C’est la bague de fiançailles la plus originale et la plus parfaite que j’ai jamais vue.

Ivre de bonheur, je lève la main pour admirer la bague et la montrer à l’assemblée qui nous entoure. Au tintement de la clochette, la foule pousse une nouvelle clameur joyeuse ponctuée de sifflements enthousiastes, et Jim m’embrasse enfin.

Chapitre 15

Rien ne nous rend plus seuls que nos secrets.

PAUL TOURNIER

Juin 2007

— Belle, Belle, réveille-toi.

Je me tourne et me retourne dans le lit avant d'envoyer un coup de poing en direction de Jim.

— Réveille-toi, Belle, c'est juste un cauchemar. Tout va bien, je suis là.

J'ouvre brusquement les yeux, et la fumée ainsi que les flammes qui ravagent la chambre s'évaporent instantanément.

Ce n'était vraiment qu'un cauchemar, un de plus.

Jim m'attire dans ses bras et me serre fort contre lui en me berçant doucement. Petit à petit, j'arrête de trembler et mon cœur se remet à battre normalement.

— C'est toujours la même chose ? me demande-t-il au bout d'un moment.

Je me contente d'opiner de la tête contre son torse.

C'est la troisième fois cette semaine que je fais le même cauchemar alors que je n'en ai pas eu depuis très longtemps. Cela dit, pas besoin d'être un génie pour en comprendre la raison : c'est cette semaine que Dolores sort de prison.

Après tout, je ne vois vraiment pas pourquoi ça me travaille autant. Ce n'est pas comme si nous étions en contact ou qu'elle avait l'intention de renouer avec moi. Son avocat m'a juste envoyé un mail, plus par courtoisie qu'autre chose, pour me prévenir de sa libération. Je l'ai remercié de son geste et lui ai demandé de ne plus me contacter au sujet de ma mère.

Dolores appartient au passé. Je m'en fiche, d'elle, de tout ce qu'elle m'a fait endurer et de ses paroles cruelles. Tout cela est derrière moi. Maintenant, il faudrait juste que mon subconscient se convainque de la même chose.

— Tu veux en parler ? murmure Jim en resserrant ses bras autour de ma taille.

Je secoue la tête parce que, vraiment, il n'y a rien à dire, mais lui ne semble pas du même avis.

— Tu es tendue depuis que tu as reçu le mail de l'avocat, et je ne suis pas sûr que garder la lettre de Dolores soit très sain.

Il a fouillé dans mon sac !

Je lève le regard vers lui, prête à le réprimander pour avoir violé mon intimité, mais avant même que j'aie le temps d'ouvrir la bouche il ajoute :

— Je t'ai vue en train de la lire hier et la ranger dans ton sac.

Ah. Au temps pour moi, alors.

— Jette cette lettre, Belle. Ça fait deux ans déjà. Sérieusement, débarrasse-t'en.

— Ce n'est pas aussi simple.

Comment expliquer à mon mari quelque chose que je n'arrive pas à comprendre moi-même ?

— Elle ne peut plus te faire de mal, chuchote Jim en m'embrassant les cheveux. Je suis là, maintenant, tu es en sécurité. Il ne peut plus rien t'arriver.

Je me détends dans la chaleur de son étreinte et ferme les yeux en murmurant :

— Elle me laissait souvent toute seule.

S'il y a bien une personne en qui j'ai confiance, c'est Jim, et je pense qu'il est grand temps que je lui raconte tout.

Il ne dit rien et se met à me caresser le dos en de lents

mouvements circulaires en guise d'encouragement silencieux. Je sens les battements de son cœur résonner contre ma joue en rythme avec le mien, qui tambourine dans ma poitrine.

— C'était… C'était souvent comme cela. Chaque fois que je la voyais se maquiller, je savais qu'elle allait sortir. Elle mettait ce rouge à lèvres rose pétant. Aujourd'hui encore, un frisson me parcourt quand je vois quelqu'un porter la même teinte. Comme j'étais vraiment petite à l'époque, il y a des fois où je ne savais même pas qu'elle n'était plus là, parce que je dormais.

— Putain. Incroyable, lâche Jim alors que son corps se raidit de colère. Comment une mère peut-elle faire un truc pareil ?

Oui, exactement. C'est incroyable, mais pour moi c'était normal.

— Une nuit, je devais avoir quatre ans, je me suis réveillée parce que j'avais fait un mauvais rêve et je suis allée dans sa chambre.

Je me demande encore pourquoi j'ai fait ça. Même du haut de mes quatre ans, je savais qu'elle n'allait pas me dire de grimper dans son lit pour me prendre dans ses bras et me câliner en me rassurant.

— Comme elle n'était pas là, je me suis inquiétée. J'ai pensé que quelque chose lui était arrivé, alors j'ai appelé la police.

— Tu as bien réagi et c'était très courageux de ta part, d'autant plus que tu n'étais encore qu'une petite fille.

— En fait, j'avais juste très peur. Les policiers sont arrivés et ils m'ont emmenée au poste de police où j'ai passé la nuit. Le lendemain, maman est venue me récupérer. Je pense que c'est la seule et unique fois où je l'ai vue se comporter comme une vraie mère, charmante et souriante, mais je savais qu'elle jouait la comédie, parce que son sourire n'illuminait pas ses yeux. Elle s'est confondue en excuses auprès des policiers en promettant que ça n'arriverait plus jamais.

Jim me prend une main et la caresse du bout du pouce.

— Quand nous sommes rentrées à la maison, elle était furieuse comme jamais. Elle a tellement hurlé que je me suis réfugiée dans un coin de la cuisine en lui promettant que je n'appellerais plus jamais la police. Elle a eu un rire presque diabolique en me disant que c'était dans mon intérêt que ça n'arrive plus.

— Quelque chose me dit que ce n'est pas tout.

Je lève la tête vers lui et opine tristement.

— Oui, cette histoire ne connaît pas de fin heureuse.

C'est la première fois que j'en parle aussi ouvertement. Enfin, à plusieurs reprises, j'ai laissé entendre à Jim et à Tess que vivre avec Dolores était un véritable cauchemar, mais je ne suis jamais rentrée dans les détails sordides. Cependant, cela me fait beaucoup de bien de me confier à Jim. Je veux qu'il sache ce que j'ai vécu pour qu'il comprenne mieux certaines de mes réactions.

Je pousse un soupir avant de poursuivre mon récit.

— A partir de là, elle m'enfermait à clé dans ma chambre quand elle sortait pour être sûre que je n'irais nulle part et n'appellerais personne.

— Elle est vraiment dérangée, dit-il, visiblement furieux.

Et il n'a pas entendu le pire…

— Puis, une nuit, j'ai été réveillée par une odeur de fumée. Il y avait le feu dans la maison, mais, comme j'étais enfermée dans la chambre, je ne pouvais pas sortir pour appeler à l'aide et, bien évidemment, Dolores n'était pas là.

Je me rends compte alors que ma voix est dénuée de toute émotion. Logiquement, je devrais pleurer toutes les larmes de mon corps en racontant cette expérience traumatisante.

Je frissonne et Jim remonte davantage la couverture sur nous. Je reste silencieuse quelques instants pour me remettre les idées en place. Il ne dit rien, attendant patiemment la suite.

— La fumée me piquait les yeux et les poumons, j'avais du mal à respirer et j'avais l'impression de saigner du nez. Je me suis précipitée vers la fenêtre et j'ai commencé à taper sur la vitre autant que ma petite taille me le permettait. Nous vivions au troisième étage et, comme les fenêtres de l'immeuble étaient coulissantes, je n'arrivais pas à l'ouvrir. Du coup, j'ai tapé encore et encore sur la vitre en criant, mais il était tard et il n'y avait personne dans la rue.

— Oh ! Belle…

Je me redresse sur l'oreiller et croise son regard dans l'obscurité de notre chambre.

— J'ai dû m'évanouir, parce que je ne me souviens pas de ce qui s'est passé après et, quand je suis revenue à moi, j'étais dans une ambulance en direction de l'hôpital. J'étais terrifiée par le bruit des sirènes, les flashs multicolores des gyrophares…

Je tremble comme une feuille en me remémorant ces terribles instants. J'ai la sensation désagréable d'être de nouveau allongée sur le brancard, dans l'ambulance.

— Elle mérite la peine capitale pour ce qu'elle t'a fait.

C'est clair…

— J'ai toujours voulu savoir si elle a quand même éprouvé de la culpabilité par rapport à ce qui s'est passé cette nuit-là. Je comprends qu'elle ne m'ait jamais aimée et qu'elle estime que je lui ai gâché la vie, mais j'aurais pu y rester ! J'aurais pu mourir, et je pense que ça lui était complètement égal.

Je niche ma tête au creux de l'épaule de Jim et me laisse envelopper par sa chaleur et son odeur rassurante.

— Etant donné tout ce que tu m'as dit sur elle, je crois qu'elle est incapable d'éprouver le moindre sentiment pour qui que ce soit. C'est une femme méchante et cruelle, point.

C'est vrai, mais et si je devenais comme elle, moi aussi ?

Et si l'histoire se répétait vraiment ? Je risque d'être une mauvaise mère qui finira par en vouloir à son propre enfant d'être venu au monde.

— Qu'est-ce qui s'est passé après ? s'enquiert Jim.

— Une assistante sociale est venue me chercher à l'hôpital et j'ai été placée en famille d'accueil.

— Tant mieux. Tu sais, on a beau critiquer le système des familles d'accueil, tu étais sûrement mieux là-bas qu'avec ta folle de mère.

Même si je me sens un peu mieux, je n'arrive pas à arrêter de trembler.

— Je vais nous préparer une tasse de thé, annonce Jim en allumant sa lampe de chevet.

Il s'essuie rapidement les yeux — il a dû pleurer en écoutant mon histoire —, puis il se tourne vers moi et m'embrasse tendrement sur le front.

— Je n'en ai pas pour longtemps, murmure-t-il avant de se lever.

Quelques minutes après, il revient avec deux tasses fumantes et se remet au lit.

Nous sirotons notre thé en discutant de mon enfance, étant donné qu'une foule de souvenirs me reviennent à la mémoire, puis nous nous endormons, blottis l'un contre l'autre, au petit matin.

Au réveil, nous décidons d'aller petit-déjeuner au café du coin, dans le quartier d'Artane où nous vivons à présent. Toutes les émotions de la nuit nous ont ouvert l'appétit.

Comme on ne change pas une équipe qui gagne, je commande un scone et Jim dévore un petit déjeuner irlandais tout en lisant *The Irish Independent*.

J'adore les matins comme celui-ci où nous n'avons pas à aller au travail et pouvons tranquillement profiter de la journée, ensemble. Je ne pensais pas qu'il était possible pour nous d'être plus fusionnels que nous ne l'étions déjà, mais ma confession de cette nuit n'a fait que nous rapprocher davantage. J'aime mon mari un peu plus chaque jour, et notre amour n'a jamais été aussi fort qu'en ce moment.

— Nous pourrions faire ça, nous aussi, déclare-t-il en tournant le journal vers moi.

L'article qu'il désigne du doigt titre : « *Les tribulations d'une famille d'accueil à Dublin* ».

— Ouais, nous pourrions.

— Non, mais sérieusement. Nous sommes tous les deux passés par là, après tout.

— En tant qu'enfants. Tu penses que les enfants qui ont été placés deviennent parents d'accueil à leur tour ?

— Nous pourrions essayer, propose Jim.

Je me mets à rire, convaincue qu'il plaisante, mais quand je vois qu'il me dévisage avec une expression sérieuse avant de poser son journal et de se tourner un peu plus vers moi, je n'en suis plus si sûre.

— Imagine que nous puissions rendre le sourire à ne serait-ce qu'un seul enfant, dit-il. Un enfant qui a peur, comme nous à une époque. Nous pourrions changer leur vie et la nôtre. Ça en vaut la peine, tu ne trouves pas ?

Il ne plaisante donc pas. Mince, il me prend vraiment au dépourvu. Je n'y ai jamais réfléchi avant, mais ce qu'il dit n'est pas bête. La question est de savoir si nous en sommes capables. Plus j'y pense, plus cette idée me plonge dans une euphorie inexplicable.

Brusquement, je me lève et m'assois sur ses genoux avant de répondre :

— Tu m'as convaincue, Jim Looney, faisons-le !

PARTIE 3 : LÀ OÙ TOUT A COMMENCÉ

Chapitre 16

Un enfant né d'une autre mère m'appelle « maman ». L'ampleur de la tragédie et la magnitude du privilège ne m'échappent guère.

Jody Landers

Janvier 2013

— C'est fou, me chuchote Jim. Dis-moi que tu le vois aussi.

Nous sommes dans la cuisine en train de préparer le goûter de Lauren, la petite dernière que les services sociaux nous ont confiée. Elle est arrivée il y a moins d'une heure et, comme tous les enfants qui sont passés par chez nous au cours des cinq dernières années, elle a peur et elle est perdue.

Lorcan, notre assistant social, vient de partir et n'a pas été en mesure de nous dire s'il s'agissait d'un placement à long terme, même si je soupçonne que oui. Nous ignorons l'identité du père de la petite, elle n'a pas de grands-parents, quant à sa mère, elle n'est pas en état de s'occuper d'elle et risque de ne pas l'être pendant un long moment. A en croire Lorcan, elle a « un peu perdu le nord ».

— Alors ? insiste Jim.

Bien sûr, que je l'ai remarqué, moi aussi. Je me suis fait la même réflexion dès que j'ai ouvert la porte.

— Oui, c'est vrai.

— C'est vraiment bizarre. J'ai l'impression d'avoir fait un saut dans le passé, on dirait ton double.

Je souris et il s'empresse d'ajouter :

— Je sais que tu n'aimes pas cela quand quelqu'un te dit connaître une personne qui te ressemble. Le plus souvent, c'est juste qu'il connaît une autre personne noire, mais tu sais que là ça n'a rien à voir avec ça, hein ?

— Mais oui, relax. La généralisation ethnique fait peut-être fureur en Irlande, mais je sais très bien que tu ne pensais pas à mal en disant ça. Si j'avais un euro chaque fois que j'ai entendu un imbécile me dire « Oh, vous me faites penser à quelqu'un, elle a les mêmes cheveux crépus que vous », nous serions déjà millionnaires.

Cependant, c'est vrai que Lauren n'a pas juste la même couleur de peau que moi. Elle me ressemble presque trait pour trait, les cheveux, les lèvres, les yeux… Tout.

— Elle pourrait être notre fille, constate Jim avant de rougir et de baisser le regard. Pardon, je n'aurais pas dû dire ça, c'était maladroit de ma part.

Sa remarque manque de tact et me blesse, oui, mais il n'a pas tort.

La vie est vraiment cruelle, parfois. Le premier enfant qu'on nous confie depuis… depuis… depuis ce qui s'est passé, et c'est pratiquement une mini-moi.

— Ça va, Belle ? Je déteste cela quand tu ne dis plus rien, d'un coup.

— Les vieilles habitudes ont la vie dure.

Je lui adresse un autre sourire pour le rassurer, étant donné qu'il s'inquiète et que je n'aime pas ça. Jim me connaît par cœur, il sait très bien que je m'enferme dans le mutisme quand ça ne va pas.

— Je vais bien, vraiment, Jim. Il ne s'agit pas de moi mais de la petite fille qui est morte de trouille et qui a besoin de nous.

A ces mots, je soulève le plateau sur lequel j'ai posé une assiette de cookies et un verre de lait puis retourne dans le salon où Lauren n'a pas bougé du canapé.

Mon cœur se serre en voyant l'expression apeurée sur son petit visage. Moi aussi, je suis passée par là.

Quels secrets est-ce que tu caches, ma puce ? Quels traumatismes as-tu déjà connus dans ta courte vie ?

Lorcan nous a dit qu'un voisin de sa mère avait alerté les services sociaux et qu'ils avaient trouvé Lauren dans un état épouvantable : sale et affamée. Elle ne mangeait que des céréales — sans lait, parce qu'il n'y en avait pas. Il n'y avait rien dans le frigo, d'ailleurs.

Une des raisons qui nous a décidés à devenir une famille d'accueil était l'empathie dont nous pouvions faire preuve envers les enfants, étant donné nos passés respectifs. Mais, avec Lauren, je suis dépassée par la situation car je me suis immédiatement identifiée à elle. Moi aussi, j'ai mangé uniquement des barres de céréales pendant deux jours une des nombreuses fois où Dolores m'a laissée toute seule à la maison.

Apparemment, la mère de Lauren a abandonné tout espoir de faire quelque chose de sa vie, mais, surtout, elle a laissé tomber sa propre fille, chose que je n'arrive pas à comprendre.

Je réprime un soupir en essayant de ne pas porter de jugement sur cette femme, même si c'est très dur. Je ne peux pas m'empêcher d'éprouver de la rage envers ce monde saturé de mauvais parents et d'enfants maltraités, souvent livrés à eux-mêmes.

En posant le plateau sur la table basse, je remarque que Lauren tient toujours un nounours en peluche serré fort contre elle et lui demande d'une voix douce :

— C'est ton jouet préféré ?

L'ourson, auquel il doit manquer une bonne moitié d'ouate de rembourrage, porte une salopette rose délavée et a perdu une jambe, le pauvre.

— C'est Rosie, répond-elle timidement.

— Elle est très jolie, Rosie. C'est ta meilleure amie ?

Elle hoche aussitôt la tête et un sourire furtif passe sur ses lèvres.

— Tu sais, moi aussi, j'avais une meilleure amie comme la tienne quand j'étais petite. Elle s'appelait Dee-Dee et je l'emmenais partout.

— Tu l'as encore ?

— Oui. Je l'ai rangée dans une boîte spéciale pour qu'elle se repose.

— Je peux la voir ?

L'espace d'un instant, je suis tentée de dire non, parce que, malgré tout, Dee-Dee représente une période de ma vie que je préfère oublier, mais, d'un autre côté, elle peut aussi être une alliée précieuse pour gagner la confiance de Lauren.

— Bien sûr. Allez, viens avec moi.

Je lui tends la main et elle la regarde avant de la saisir pour me suivre dans notre chambre. Au moment où ses petits doigts m'agrippent très fort, je sens que je m'attache à elle.

J'ouvre mon placard et en sors la boîte en question. Elle n'a rien de spécial, c'est une vieille boîte à chaussures couverte d'une fine pellicule de poussière autour de laquelle j'ai noué un ruban vert. Je défais ce dernier et retire le couvercle en m'accroupissant devant Lauren.

En plus de Dee-Dee, j'y ai rangé plusieurs autres souvenirs qui me tenaient à cœur : un T-shirt blanc de mon école signé par tous mes camarades de classe le dernier jour des cours, mes relevés de notes avec des appréciations assez variées de mes profs et des photos de quelques-unes de mes familles d'accueil et d'enfants que j'ai connus à l'époque.

— C'est toi, ça ? m'interroge Lauren en voyant une des photos de moi.

Je ne dois pas avoir plus de quatre, cinq ans dessus et je la déteste. J'ai l'air tellement triste, j'en ai presque un haut-le-cœur. Je n'aime pas la regarder : cela me replonge dans des souvenirs que j'essaie d'oublier.

— On dirait moi, murmure Lauren en fixant la photo.

— Oui, c'est vrai.

Même si je ne les vois pas, je sais qu'au fond de la boîte il y a la photo de ma mère et la lettre qu'elle m'a écrite. Je ne la garde plus dans mon sac, mais je n'ai pas pu me résoudre à la jeter. Bref, ce n'est pas le moment d'y penser.

Je sors Dee-Dee de la boîte et la serre contre moi comme au bon vieux temps.

Salut, ma copine, ça fait un bail.

Elle reste silencieuse, bien sûr, mais ça me fait quand même du bien de la revoir. Je lui ai confié plein de secrets quand j'étais petite, et je crois qu'elle m'a sauvé la vie, en quelque sorte. Sa robe a dû absorber des litres et des litres de mes larmes.

J'inspire profondément avant de faire les présentations.

— Rosie, je te présente Dee-Dee. Dee-Dee, voici l'amie de Lauren, Rosie.

Je tends le bras de Dee-Dee pour que sa main touche la patte de Rosie et Lauren rit.

— Elle est belle, j'aime bien sa robe.

— Oui, moi aussi. Quand j'étais petite, je trouvais que c'était la plus jolie poupée du monde entier.

— C'est qui qui te l'a donnée ?

Qu'est-ce que je peux bien lui répondre ? J'ai raconté à certains enfants qui ont été placés chez nous mes expériences dans les différentes familles d'accueil pour briser la glace et favoriser la communication. Mais il y en a aussi à qui je n'ai rien dit, parce que l'occasion ne s'est jamais vraiment présentée.

J'ignore pourquoi, mais mon instinct me dit que Lauren va occuper une place importante dans notre vie. Je le sens dans mes tripes et mon cœur. Cette connexion immédiate qui s'est établie entre nous quand elle a glissé sa main dans la mienne est bien réelle.

— Tu sais, moi aussi, j'ai été placée en famille d'accueil,

quand j'avais ton âge, et une des dames qui se sont occupées de moi pendant un petit moment m'a donné Dee-Dee.

Lauren fait des yeux ronds comme des soucoupes à cette révélation et j'ajoute :

— Je n'arrêtais pas de lui parler.

— Moi aussi, je parle à Rosie, et elle me répond.

— Bien sûr, parce que c'est ta meilleure amie. Mais, si jamais tu as envie de parler à quelqu'un d'autre, je suis là, moi aussi. On dit que je sais bien écouter les enfants.

— Ma maman, elle m'écoutait aussi, mais, maintenant, elle ne m'écoute plus du tout.

Je résiste à l'envie de lui poser des questions au sujet de sa mère ou de la rassurer avec des phrases qui semblent fausses car, avec Lauren, je sens qu'il faut plutôt y aller en douceur, la laisser venir vers nous.

Elle baisse des yeux tristes sur Rosie, et je me demande alors ce que l'ours en peluche vient de lui murmurer.

Sans dire un mot, je l'attire doucement dans mes bras, sans la serrer trop fort par peur qu'elle se renferme sur elle-même. Je suis rassurée en voyant qu'elle n'essaie pas de me repousser. Nous restons ainsi quelques instants, puis je lui propose de redescendre dans le salon pour grignoter quelques cookies bien mérités.

Lauren hoche vigoureusement la tête et, pour la première fois depuis qu'elle est arrivée, son sourire illumine ses yeux.

Je remercie silencieusement Tess parce qu'elle nous a inspiré plusieurs techniques d'approche pour mettre en confiance les enfants qui atterrissent chez nous, et les cookies et le verre de lait en font partie.

En me relevant, je vois Jim immobile devant la porte de la chambre, une expression inquiète sur son beau visage.

— Elle a souri d'un vrai sourire, me chuchote-t-il quand j'arrive à sa hauteur.

— Oui, et nous allons tout faire pour qu'elle sourie comme ça tous les jours, compris ?

— Oui, chef, répond-il avant de m'embrasser le front.

Lauren avale la dernière cuillerée de céréales avant de poser la cuillère dans le bol.

— Ce qui nous fait quatre au total, s'exclame Jim. Pour le moment, c'est toujours Bobby qui détient le record avec six bols de céréales en guise de repas.

— C'est qui, Bobby ? demande Lauren, la bouche encore pleine.

— Bobby, c'est le premier enfant dont nous nous sommes occupés, Jim et moi. Il est resté vivre avec nous jusqu'à ses dix-huit ans. Tu le rencontreras bientôt, normalement.

— En fait, ajoute Jim, Bobby n'est jamais vraiment parti d'ici. Il y a encore la moitié de ses affaires dans la chambre d'amis. Ce garçon a plus de vêtements que David Beckham.

— Et, plus tard dans la journée, tu feras la connaissance de mamie Tess. C'est ma mère d'accueil, j'ai vécu très longtemps avec elle et elle a hâte de te rencontrer.

— Que faisons-nous aujourd'hui ? s'enquiert Jim. C'est le week-end et il fait quand même très beau pour un mois de janvier.

— Nous pourrions aller faire un tour au parc. Par contre, n'oublie pas que c'est toi qui t'occupes de la maison des jeunes, ce soir.

Je me tourne ensuite vers Lauren et annonce :

— Mais, avant de sortir, je pense que cette jeune demoiselle aurait besoin d'un bain. Que dirais-tu si, pendant que je te donne ton bain, Jim en donne un à Rosie aussi ?

Lauren n'a même pas le temps de répondre que Jim dit :

— Et après nous ferons la cérémonie de l'arbre. Tu vas adorer ça, je parie.

Etonnée, Lauren nous regarde tour à tour et nous lui sourions tous les deux.

— Chaque enfant qui vient chez nous accroche son nom sur l'arbre, là-bas.

Je désigne du doigt, par la fenêtre, le vieux chêne illuminé par le soleil matinal au fond du jardin.

Jim sort alors de sa poche une plaque en bois sur laquelle il a gravé le nom de Lauren hier soir et la lui montre.

— Oh ! y a mon prénom dessus ! J'arrive à le lire.

— Oui, bravo ! la félicite Jim. Allez, au bain ! Et après nous irons dans le jardin pour accrocher ta plaque sur l'arbre. Nous en avons déjà pas mal, tu sais.

— Waouh ! fait Lauren, visiblement enthousiasmée par le programme qui l'attend.

Je regarde Jim et lui adresse un sourire plein d'affection parce que, les plaques sur l'arbre, c'était son idée et elle fait mouche auprès de chaque enfant qui passe par chez nous.

Plus tard, dans la soirée, Tess me sert un verre de vin quand je la rejoins dans la cuisine.

— Elle s'est endormie ? me demande-t-elle.

— Oui, elle est adorable. Je lui ai lu une histoire, et après nous avons chanté une chanson de Taylor Swift. Il faut croire que les berceuses traditionnelles ne sont plus d'actualité.

— Oh ! la petite puce, dit Tess tendrement. Tu sais que vous pouvez compter sur moi si jamais vous avez besoin d'un coup de main ?

— Oui, merci. D'ailleurs, elle t'aime déjà. Elle n'a pas cessé de parler de mamie Tess en allant se coucher.

— Je n'ai rien fait, pourtant. J'ai la tâche facile, moi, je joue avec elle et lui donne quelques friandises, c'est tout. C'est toi et Jim qui faites la plus grosse partie du boulot.

Etrangement, je ne considère pas du tout ça comme du

travail ni même comme une obligation. Une fois que nous avons décidé de nous lancer dans cette aventure et que nous avons passé tous les tests et entretiens d'aptitude, on nous a rapidement confié un jeune garçon, Bobby, et depuis ça n'a pas arrêté. Notre maison est devenue un terrain de jeux pour les enfants. Je ne me souviens même plus de la dernière fois où Jim et moi nous sommes retrouvés seuls pendant plus de deux, trois jours d'affilée.

Il n'y a pas longtemps, j'ai dit à Jim que nous avions eu tort concernant les raisons qui nous ont poussés à devenir parents d'accueil. Nous étions persuadés de le faire pour le bien des enfants, pour leur apporter l'amour et la tendresse dont ils ont besoin, mais, en réalité, ces enfants nous ont apporté largement plus que ce que nous leur avons donné. Ils ont littéralement transformé notre vie. Cela fait déjà cinq ans que notre quotidien ressemble à un grand huit émotionnel, et je ne changerais ça pour rien au monde. Tess dit toujours qu'un parent d'accueil n'a jamais de repos, et elle n'a pas tort.

Je bois une gorgée de vin avant de demander à Tess :

— Tu te souviens d'Erin ?

— Et comment ! Impossible de l'oublier, cette petite.

— C'est vrai, elle était assez… difficile. Elle n'a fait que nous grogner dessus pendant plusieurs jours et, pour une gamine de huit ans, elle avait un très bon crochet du gauche. Mon ventre s'en souvient encore. Elle n'était vraiment pas facile à aimer, au début.

Contrairement aux enfants qu'on nous a confiés avant elle, je ne me suis pas tout de suite attachée à Erin, et je m'en voulais énormément pour cela. Comme je ne pouvais pas garder une telle chose pour moi, j'en ai parlé à Jim, qui m'a avoué avoir le même problème. Nous avons décidé d'appeler Lorcan pour que les services sociaux viennent la reprendre et la placer ailleurs, mais, au moment de composer son numéro, j'ai eu comme une révélation : moi aussi, j'étais comme Erin, renfermée et désagréable. J'ai donc décidé de prendre mon mal en patience, et cela a fini par payer quelques jours après.

J'aidais Erin à faire ses devoirs et elle n'avançait pas du tout. A un moment, elle a poussé un long soupir de frustration qui a touché ma fibre protectrice, et je me suis dit : « Au diable ton comportement difficile, Erin, je vais te faire un câlin, que tu le veuilles ou non. » Je l'ai attirée vers moi et, même si elle s'est débattue au début, elle a fini par se laisser aller contre moi.

Cet épisode a instantanément chassé toute la colère que je nourrissais à l'égard des parents d'accueil qui n'ont pas noué de liens avec moi. J'ai finalement compris que ce n'était pas uniquement leur faute, mais la mienne aussi. Je leur ai opposé beaucoup de résistance, et, même si j'avais mes raisons pour un tel comportement, la situation devait être également difficile pour eux.

En repensant à tout ça, je regarde Tess, cette femme extraordinaire, ma mère de cœur, qui ne m'a jamais laissée tomber.

— Je me demande où j'aurais atterri si tu n'avais pas décidé de me garder, après le départ de Jim. Tu sais, avec le recul, je ne t'en aurais même pas voulu. Tu avais déjà fait tellement pour moi.

— Je suis persuadée que, peu importe où tu aurais atterri, tout se serait bien passé pour toi, parce que tu es une battante. Cela dit, jamais je ne t'aurais laissée partir. J'ai eu cette sensation étrange la première fois où je t'ai vue, sur le perron de ma maison : je savais que j'allais vouloir te garder pour toujours.

— J'éprouve la même chose avec Lauren. Je sais que c'est normal de ne pas ressentir une émotion forte pour chaque enfant que l'on accueille, c'est mieux, même, mais avec Lauren…

— Fais attention, Belle. Tu ignores combien de temps elle va rester ici.

Je réprime un soupir et bois une autre gorgée de vin, préférant ignorer cette remarque.

Après tout, on ne sait jamais ce que l'avenir nous réserve. Si ça se trouve, Lauren restera avec nous, comme Bobby, qui fait aujourd'hui partie intégrante de notre famille.

— A quoi penses-tu ? demande Tess.

Mieux vaut ne pas le lui dire. Elle risquerait de ne pas apprécier ma façon de voir les choses. Et puis, que je le veuille ou non, elle a raison, Lauren pourrait très bien rester un jour, un mois, un an…

— Pardon, je pensais à tous ces enfants qui sont passés par notre maison ces cinq dernières années.

— Des regrets ? me demande-t-elle, l'air inquiet.

— Non, au contraire. Chaque enfant nous a tellement apporté, à Jim et à moi. Nous sommes vraiment chanceux de les avoir tous rencontrés.

Je dis ça pour la rassurer, mais c'est aussi la stricte vérité.

— Mais, tu sais, personne ne t'en voudra si tu dis que c'est un rôle difficile à assumer, des fois. J'en sais quelque chose.

— Oui, c'est vrai, ça l'est parfois. Ça nous est déjà arrivé de vouloir jeter l'éponge, mais, après, nous nous sommes dit que nous ne pouvions pas tirer un trait sur un tel engagement.

Tess acquiesce de la tête.

— Exactement. Dès que je me suis vu confier le premier enfant, je savais que j'allais consacrer ma vie à tous ces pauvres marmots qui ont besoin d'amour et de compréhension.

Elle regarde alors l'horloge sur le mur opposé et s'exclame :

— Oh ! tu as vu l'heure ? *Grey's Anatomy* va commencer d'un moment à l'autre !

Chapitre 17

Le problème, c'est que vous pensez avoir le temps.

BOUDDHA

Décembre 2015

— A quelle heure arrive Bobby ? m'interroge Jim depuis le salon.

— Dans une heure, normalement, mais tu le connais, il peut débarquer plus tôt. Ou plus tard.

Bobby a toujours été son propre maître et n'a jamais aimé rendre de comptes à qui que ce soit. Même si sa résistance m'a valu quelques cheveux blancs pendant qu'il habitait chez nous, j'admire ce trait de sa personnalité.

Je n'oublierai jamais la fois où nous lui avons permis de rentrer du lycée tout seul, à pied. En plus d'être morts d'inquiétude, nous nous demandions si nous avions pris la bonne décision parce que, franchement, à quel moment un parent d'accueil est-il censé accorder un peu d'indépendance à l'enfant qu'on lui a confié ? Surtout si l'enfant en question s'appelle Bobby et a un caractère bien trempé.

Comme nous n'étions pas du tout sûrs de nous, nous avons fini par appeler Lorcan pour lui demander conseil avant d'annoncer quoi que ce soit à Bobby.

J'ai même essayé de plaisanter au téléphone, avec Lorcan, pour apaiser mon angoisse.

— Nous étions rigoureux et méticuleux pendant les

stages de préparation pour parents d'accueil, mais nous n'avons jamais abordé ce sujet précis en cours.

— Les parents d'accueil ont toujours tendance à plus s'inquiéter. Respire, Belle, a-t-il plaisanté.

— Je crois que de nos jours on dit « tranquille ».

Je faisais allusion à l'expression fétiche de Bobby. Il nous a appris tout un rayon de termes qu'emploient les jeunes d'aujourd'hui.

Lorcan a éclaté de rire à l'autre bout du fil avant de répondre :

— Ce n'est pas demain la veille qui tu m'entendras utiliser cette expression. Mais, pour en revenir à ta question, Bobby n'est plus un petit garçon, il a quinze ans et je pense qu'il est tout à fait capable de rentrer seul du lycée. Il a atteint l'âge ingrat où il ne veut plus être vu avec ses parents devant ses copains.

Et c'est ainsi que, sur les conseils avisés de notre assistant social, nous avons dit à Bobby qu'il pouvait rentrer tout seul du lycée. Mais, bien sûr, fidèle à lui-même, le premier jour, Bobby est rentré avec *deux* heures de retard, comme si c'était tout à fait normal, en décrétant qu'il « crevait la dalle ». Jim lui a passé un sacré savon, mais cette fripouille n'arrivait pas à comprendre pourquoi nous nous étions autant inquiétés.

— Comment ça, tu ne vois pas où est le problème ? a tonné Jim. Nous étions fous d'inquiétude, Bobby !

— Hé, tranquille, tu vas avoir une crise cardiaque, a répliqué Bobby nonchalamment.

Le visage de Jim a viré au rouge et je n'ai pas pu m'empêcher de glousser face à la situation, surtout lorsque Bobby en a remis une couche en déclarant :

— Non, mais ça va, je traînais avec des potes, y a pas d'quoi en faire un drame, Jimbo.

Quand j'y repense aujourd'hui, je me demande comment

nous avons réussi — et, quand je dis « nous », je pense à nous trois — à nous en sortir sans dégâts.

Au final, Bobby est resté avec nous pendant vingt-deux mois et n'est jamais vraiment parti. Il a pris une grande place dans notre cœur et passe souvent nous rendre visite.

— Moi aussi, je veux faire comme toi ! annonce Lauren en déboulant dans la cuisine, me ramenant au moment présent.

Je me retourne et constate qu'elle porte une de mes paires de talons hauts et traîne derrière elle son marchepied rouge. Elle installe celui-ci devant le plan de travail à côté de moi, et lève le regard.

— OK, miss Impatiente, grimpe.

Tout en parlant, je l'aide à monter sur le marchepied avant de lui dire :

— Tiens, tu peux mettre ces légumes dans le saladier, là.

Elle s'exécute, tout sourires. Mon cœur gonfle de joie en la regardant faire. J'embrasse ses cheveux et continue d'éplucher les oignons, puis les carottes. Chaque fois que je découpe un légume, Lauren rassemble les cubes en une pile avant de les transférer dans le saladier. Ce faisant, elle tire un peu la langue — signe de grande application —, ce qui la rend encore plus adorable.

— Ah, voilà mes deux filles préférées, derrière les fourneaux, comme je les aime ! plaisante Jim en entrant dans la cuisine.

— J'aide Belle, déclare Lauren fièrement.

— Oui, je vois ça. Qu'est-ce qu'on ferait sans toi ? répond Jim en lui embrassant le front avant de mettre un cube de carotte dans sa bouche.

J'attrape une autre carotte et commence à la tailler en admettant :

— J'ai hâte de revoir Bobby. Cela fait un moment qu'il n'est pas venu.

— C'est vrai. Il me rappelle toujours ma jeunesse de mauvais garçon quand il nous raconte ses dernières aventures.

J'explose de rire.

— Tu n'as jamais été un mauvais garçon, Jim Looney.

— Tu serais surprise en apprenant certaines de mes frasques d'ado, mon amour. Ah, je vois que tu prépares tous ses plats préférés.

— Evidemment. Après tout, s'il vient, c'est surtout pour manger.

Jim tourne la tête et renifle plusieurs fois.

— S'il te plaît, dis-moi que c'est ce que je pense.

Je hoche la tête et il s'approche du four pour admirer la tarte aux pommes qui est en train de cuire.

— Bobby devrait venir manger plus souvent. Une *shepherd's pie* suivie d'une succulente tarte aux pommes, que demander de mieux ?

— Je pense que vous n'avez pas à vous plaindre en ce qui concerne les repas qui vous sont servis sous ce toit, monsieur Looney.

Je baisse le regard sur son ventre pour souligner mes propos. Dernièrement, il est persuadé d'avoir pris un peu de bedaine.

— Ah, mais je ne me plains pas, madame Looney. Je suis un homme comblé.

Il me souffle un baiser de la main.

— Pas de regrets ?

— Pas de regrets, seulement de l'amour, me répond-il, comme toujours quand je lui pose cette question.

Après sa demande en mariage surprise sur le pont Ha'penny, nous avons dû attendre six longs mois avant de nous marier, et plein de mauvaises langues eurent vite fait de dire que ça ne durerait pas entre nous. Pourtant, nous voilà, dix ans plus tard, toujours sur notre petit nuage. Bon, comme tous les couples, nous avons traversé des turbulences, certaines plus difficiles que d'autres, mais je ne veux pas y penser maintenant et gâcher notre repas de famille.

— Il sort toujours avec cette fille, c'est quoi, son nom, déjà ? Rachel ? Non, Tricia ? Oh ! je n'arrive plus à suivre ! marmonne Jim.

— C'était Tricia, la dernière en date, mais je pense que c'est fini avec elle. Je crois qu'il a rompu avec Rachel à Pâques. D'après son profil Facebook, il est célibataire en ce moment.

Heureusement qu'il y a Facebook, sans ça, moi aussi, je serais complètement larguée concernant la vie amoureuse de Bobby.

— Un vrai bourreau des cœurs, celui-là, commente Jim en souriant. Tu te souviens du jour où il est arrivé chez nous ? Il a passé la soirée scotché à son portable, en train de draguer une fille. Et il avait quoi, quinze ans ?

Un petit sourire sur les lèvres, il hoche pensivement la tête, l'air fier. Typiquement masculin !

— En même temps, c'est normal, c'est un beau gosse, poursuit-il. Pas étonnant qu'il ait le choix. Hé, qu'est-ce qu'il y a ? Pourquoi ce regard ?

Quel regard ? Je ne m'étais même pas rendu compte que je fronçais les sourcils. Je souris en répondant :

— Non, non, rien, je m'inquiète pour lui, c'est tout. Il enchaîne les conquêtes, et je sais que c'est normal à son âge, mais j'aimerais bien qu'il ne soit pas si inconstant.

— Toi, ce que tu veux surtout, c'est le voir avancer vers l'autel. Ne t'inquiète pas, il se posera le moment venu, quand il aura trouvé la bonne. Il a encore le temps.

Il consulte sa montre avant d'ajouter :

— Ah, et, en parlant de temps, il est l'heure que j'aille chercher Tess, avant qu'elle ne m'appelle pour s'assurer que je ne l'ai pas oubliée. A tout de suite !

Sur ces mots, il quitte la cuisine et je retourne à mes petits légumes.

— Je peux aller regarder mes dessins animés ?

Sans grande surprise, Lauren en a assez de m'aider.

— Oui, mais n'oublie pas, quand Tess et Bobby seront là, on éteint la télé.

— Promis, murmure-t-elle en me tendant le petit doigt, que je serre avec le mien, puis elle s'en va dans le salon en sautillant.

Je mélange la sauce et l'étale sur la viande dans le plat en une couche généreuse que je recouvre avec les légumes et enfin la purée. Je retire ensuite la tarte aux pommes du four et y place la *shepherd's pie* avant de régler la température.

Dans ma tête, je dresse une liste de ce qu'il me reste encore à faire et décide d'aller me changer avant l'arrivée de Tess et Bobby. Je n'ai même pas atteint le seuil de la porte de la cuisine quand Lauren arrive en courant dans le couloir.

— On t'appelle ! s'écrie-t-elle en me tendant mon portable.

— Merci, ma chérie. Oh ! c'est Lorcan. Allô, Lorcan ?

— Salut, Belle. Dis, tu as une minute à m'accorder ?

— Oui, bien sûr. Tout va bien ? Tu m'as l'air bien sérieux.

Je monte dans ma chambre pour me changer et, bizarrement, je sens les poils de ma nuque se hérisser.

Il m'appelle certainement pour un placement en urgence. La semaine dernière, il nous a amené un enfant dont les parents ont eu un accident de voiture. Le pauvre petit n'avait nulle part où aller. Il avait de la famille qui arrivait d'Australie, mais en attendant Lorcan nous a demandé si nous pouvions nous occuper de lui. Tiens, ça me fait penser que je dois prendre des nouvelles des parents.

— Oui, tout va bien. Je voulais juste te parler de Lauren. Je peux passer tout à l'heure ?

— Bien sûr, avec plaisir. Bobby vient manger à la maison et je sûre qu'il serait content de te voir. Joins-toi à nous pour le repas, j'ai fait à manger pour un régiment, une bonne *shepherd's pie* et une tarte aux pommes.

— Une *shepherd's pie* et une tarte aux pommes ?

Compte sur moi ! En plus, j'ai une journée difficile au boulot aujourd'hui et je n'ai pas pris le temps de déjeuner. Je t'appelle en sortant du bureau, vers 17 heures ?

— Parfait. Mais... est-ce que je dois m'inquiéter ? C'est grave, ce que tu as à me dire ?

— Nous en discuterons tranquillement chez vous, mais, non, rien de grave.

Le problème de Lorcan, c'est qu'il ne sait pas mentir. Je sais déjà que ce qu'il a à me dire ne va pas me plaire.

Je suis sur le point de répondre lorsque j'entends Lauren crier dans le couloir, en bas :

— Tess est là ! Belle, Tess est là ! Et Bobby aussi, il est en train de se garer. Tout le monde est là !

Je salue Lorcan et raccroche rapidement en regrettant de ne pas avoir le temps de changer au moins de haut. Je m'applique vite fait une touche de déodorant, rassemble ma tignasse en une queue-de-cheval et descends pour accueillir nos invités.

En voyant Tess retirer son manteau, je ne peux m'empêcher de remarquer :

— Toi, tu as encore maigri. Ça va ? Tu manges bien ?

— Oui, oui, je fais même de l'exercice deux fois par semaine à la maison de quartier, se vante-t-elle. Je ne me suis jamais autant amusée. Nous nous installons sur des chaises et nous faisons des exercices dessus. En plus, le prof est un très beau jeune homme, il ressemble un peu au Dr Mamour.

J'imagine Tess, vêtue d'un jogging, en train de faire des étirements et pouffe de rire. Comme quoi tout est possible.

— Bravo, ma Tess, tu as très bonne mine, en tout cas.

Je leur fais signe à tous de se diriger dans le salon.

Tess et Bobby s'installent sur le canapé, tandis que Lauren se précipite dans sa chambre, sans doute pour rapporter des jouets. Pendant que Jim sert l'apéritif, je lui dis à voix basse :

— Lorcan va passer après son travail.

— Pour un autre placement ?

— Peut-être, je ne suis pas sûre. Je me demande si Alicia n'a pas encore fait des siennes.

Je regarde autour de moi pour m'assurer que Lauren n'est pas dans les parages et qu'elle n'a donc pas entendu le nom de sa mère.

— Oh ! non… Tu penses qu'elle a encore disparu ?

Je hausse les épaules. Elle semblait avoir repris sa vie en main et n'a pas manqué une seule visite pour voir sa fille. J'ouvre la bouche pour répondre, mais Bobby arrive derrière nous à ce moment-là.

— Alors, tout roule pour vous ? s'enquiert-il, avec son fort accent dublinois.

Je me retourne vers lui et le prends dans mes bras avant de me dégager pour l'étudier de plus près.

— Laisse-moi te regarder.

Il porte un de ses joggings Adidas et des baskets, mais je m'intéresse surtout à son visage. Des cernes sombres marquent ses yeux — il a encore dû trop faire la fête.

— Tu as l'air fatigué. Tu dors quand même un peu, la nuit ?

Je suis une vraie mère poule, je sais.

— Je pète la forme, t'inquiète.

A ce moment-là, Lauren revient dans le salon.

— Viens dans mes bras, ma grande ! lui dit Bobby, et elle se jette aussitôt sur lui. J'ai un cadeau pour toi.

Il lui donne un petit paquet qu'elle s'empresse d'ouvrir, tout excitée.

— Merci, Bobby ! Tu m'as manqué, déclare Lauren en nouant ses bras autour de son cou.

Ils sont adorables ensemble, ces deux-là.

Je ne me lasserai jamais de les regarder, on dirait qu'ils sont frère et sœur.

— Toi aussi, ma puce. Mais, dis-moi, tu as encore

grandi depuis la dernière fois. C'est bien, je vois que Belle te nourrit bien. En parlant de bouffe, je crève la dalle.

— Certaines choses ne changent jamais ! s'exclame Jim. Allez, passons à table et tu pourras nous raconter tes derniers exploits.

— Oh ! tu sais, rien de spé, dit Bobby alors que nous nous dirigeons tous vers la cuisine.

Il faut dire que Bobby n'a pas eu une adolescence facile, loin de là. Ses parents, tous deux accros à l'héroïne, n'ont pas été un bon exemple pour leurs enfants, et, quand on nous l'a confié, nous avons tout fait pour le remettre sur le droit chemin. Je craignais qu'il suive les traces de ses parents, mais il m'a juré qu'il préférait encore se couper les mains plutôt que de toucher à la drogue. J'aimerais bien qu'il ait la même philosophie concernant la bière et les cigarettes, mais bon, on ne peut pas tout avoir et, comme le dit si bien Tess, on n'a jamais fini de s'inquiéter pour les enfants.

Pendant que je remplis la bouilloire pour faire du thé, Tess, Bobby et Jim prennent place à table et Lauren s'installe à leurs pieds avec le cadeau de Bobby : un jouet *La Reine des neiges*. Il a tapé juste : Lauren ne va plus vouloir le lâcher pendant des jours.

Je remplis la théière d'eau bouillante puis l'apporte à table avant de m'asseoir à mon tour et de poser la question dont je crains chaque fois la réponse :

— Et comment va ta famille, Bobby ?

— Ça fait un bail que j'ai pas vu m'man et p'pa, et j'ai carrément pas envie de les revoir, surtout qu'ils sont toujours dans leur délire. Et Paul, il est retourné en taule, il s'est fait choper en train de dealer, une fois de plus. Quel loser, celui-là !

— Oh ! Bobby, je suis vraiment désolée.

Je plains sincèrement Paul, son frère aîné. C'est lui qui s'est occupé de Bobby pendant que leurs parents étaient shootés à l'héroïne. Il a essayé de faire de son mieux pour le préserver, malheureusement, il a multiplié les mauvaises fréquentations, et quand il s'est fait arrêter pour braquage à main armée il a été envoyé dans un centre de détention pour mineurs tandis que Bobby a été placé chez nous.

Les débuts ont été difficiles, nous avions du mal à communiquer avec lui et, à un moment, nous étions même persuadés qu'il ne finirait jamais ses études. Mais, grâce à l'acharnement de Jim et à toutes ces heures qu'il a passées avec Bobby à l'aider à réviser, il a fini par obtenir son bac avec mention et avec les félicitations du jury.

Quand nous avons enfin réussi à gagner sa confiance, il nous a raconté certaines choses qui nous ont glacé le sang. Quelques semaines avant que son frère ne se fasse arrêter, quelqu'un a braqué une arme sur la tête de Bobby. Quelle horreur ! Et encore, ce n'est pas tout. Il a également vu ses parents faire une overdose, et sans lui ils seraient probablement morts tous les deux.

Je regarde Bobby, et mon cœur se gonfle de fierté.

La vie ne l'a pas gâté, mais il ne s'est pas laissé abattre, au contraire, il est devenu un jeune homme fort et courageux, un vrai guerrier.

— Le pire, c'est qu'il m'a juré qu'il avait fini de faire le con, et je l'ai cru, poursuit-il. J'ai pensé qu'il ferait un effort pour Lulu, au moins.

— Elle a quel âge ? demande Tess.

— Trois ans. Et elle est cool. Heureusement qu'elle ne sait pas où se trouve vraiment son père en ce moment.

Un silence lourd tombe et je me rends compte qu'on a tous, à un moment ou un autre, eu le droit à notre lot de galères. Bien décidée à égayer l'atmosphère, je tape dans les mains et propose :

— Et si on jouait au Père Noël secret ?

— Ouais ! répondent-ils tous à l'unisson.

C'est devenu une tradition chez nous. Tous les ans, au

début du mois de décembre, nous nous réunissons pour tirer au sort le nom de l'un d'entre nous afin de lui faire un cadeau de Noël sans dépasser un budget de vingt euros.

Ce que j'aime le plus dans ce jeu, c'est de deviner qui est mon Père Noël secret, et ce n'est pas toujours facile. Je crois d'ailleurs que j'ai toujours reçu des cadeaux de la part d'un des enfants — j'ai donc toujours eu des cadeaux pour le moins originaux. Cela dit, mon cadeau préféré reste l'essoreuse à salade en plastique de Bobby.

Je me lève pour aller chercher le bocal avec les noms et reviens en fredonnant ma version de *Mon beau sapin*, sachant qu'ils vont tous se joindre à moi.

— « *Mon beau sapin, roi des forêts, qui est donc mon Père Noël secret ? Quel sera mon cadeau cette fois ? Bien sûr, la réponse attendra...* »

— Moi d'abord, moi d'abord ! s'écrie Lauren.

Je tends le bocal vers elle avant de le faire passer autour de la table.

Je pioche le dernier papier et le déplie discrètement.

Jim !

Je n'ai jamais eu Jim jusqu'à présent. Voilà qui risque d'être intéressant... Qu'est-ce que je pourrais lui offrir ? Je sais ! Je vais essayer de dégoter le jeu électronique du Simon auquel on jouait tout le temps quand il vivait chez Tess. Avec un peu de chance, je trouverai même la disquette du jeu Jacques a dit. Je me demande si je peux trouver une version de 1988 sur eBay. Ce serait super !

— Moi, je sais déjà ce que je vais offrir, annonce Tess en repliant son petit papier.

— Quelqu'un veut échanger avec moi ? marmonne Bobby. J'ai vraiment pas d'idées, putain !

Aussitôt, je le réprimande :

— Surveille ton langage.

— Pardon, m'dame.

— On n'a pas le droit d'échanger, l'informe Lauren d'un ton sérieux. Pas vrai, Belle ?

— Exactement. Et, Bobby… Essaie de joindre un cadeau à ta carte de vœux, cette année.

Tout le monde éclate de rire et Bobby fait une moue contrariée.

— Ha, ha, très drôle.

— Oh ! oui, ça l'est ! s'exclame Jim en pleurant pratiquement de rire.

Je rejette la tête en arrière avant de balbutier entre deux fous rires :

— La tête… de Tess quand… quand elle a ouvert… l'enveloppe.

— En même temps, je pense que vous auriez réagi pareil en ouvrant la carte qui disait « Je t'offre l'opportunité de t'acheter un cadeau toi-même », commente Tess.

— Je vous l'ai déjà dit plein de fois, il devait y avoir un bon d'achat avec le mot ! se défend Bobby en roulant des yeux.

— Je veux un vrai cadeau, moi, pas juste une carte, murmure Lauren, craignant visiblement de ne rien avoir.

— Si c'est moi ton Père Noël secret, je te jure que tu auras un cadeau énorme, la rassure Bobby.

On part tous d'un autre fou rire, puis Bobby enchaîne :

— Bon, Belle, tu ne voudrais pas me donner un truc à grignoter, un biscuit ou quelque chose, au lieu de te moquer de moi ?

— Moi aussi, je veux un biscuit ! réclame Lauren.

— Après mes exercices d'aujourd'hui, je pense que je mérite également un petit quelque chose… Une part de cette délicieuse tarte, par exemple, dit Tess en regardant le dessert posé sur le plan de travail.

— Ne vous fatiguez pas, je servirai le repas uniquement quand Lorcan sera là, pas avant.

— Pas cool, chuchote Bobby à l'oreille de Lauren, qui hoche vivement la tête.

— Elle ne me laisse jamais manger de biscuits, se plaint-elle d'une petite voix.

— Ouais, moi non plus, elle ne m'en donnait pas quand je vivais ici. Je me demande comment j'ai fait pour ne pas mourir, l'informe Bobby d'un ton grave.

— Enfant, déjà, elle était comme ça, raconte Tess. Je n'avais le droit à aucune petite gourmandise quand elle était dans les parages.

Je suis sur le point de leur renvoyer à tous une de mes fameuses reparties lorsque la sonnette de la porte d'entrée retentit.

— Sauvés par le gong, je lance en me levant de table pour aller ouvrir la porte et accueillir Lorcan.

— Ça sent divinement bon, commente-t-il en me faisant la bise.

Il enlève son manteau avant de desserrer sa cravate et m'emboîte le pas vers la cuisine.

— Bonjour, tout le monde ! lance-t-il.

— Hé, ça roule, Lorcan ? lui demande Bobby.

— Salut, jeune homme ! Ça me fait plaisir de te voir. J'espère que tu restes dans le droit chemin.

— Bien sûr, répond Bobby, tout sourires. Au fait, si tu as besoin d'un nouveau frigo, appelle-moi, j'ai un bon plan par un pote qui te fera même un prix d'ami.

Je secoue la tête. Je sais qu'il dit ça juste pour provoquer Lorcan.

— Bobby…

Je constate alors que Lauren s'est cachée derrière Jim. Ça ne m'étonne pas : pour elle, Lorcan sera toujours le méchant monsieur qui l'a privée de sa maman.

— Bonjour, Lauren. Comment vas-tu ? s'enquiert Lorcan en se penchant vers elle.

Pour toute réponse, Lauren se réfugie davantage derrière Jim.

— Quand est-ce qu'ils finiront par comprendre que je ne mords pas ? Du moins, pas les enfants ! se lamente Lorcan en se redressant pour accepter le verre que je lui tends.

Je regarde Lauren du coin de l'œil avant de m'adresser à Lorcan :

— Ne prends pas la réaction de Lauren pour toi. Aujourd'hui encore, Jim et moi avons la chair de poule en repensant à notre assistante sociale, madame O'Reilly. Elle était… bien, disons, mais on ne l'aimait pas, à l'époque.

Je réfléchis à ce que je viens de dire avant de me corriger :

— Non, en fait, c'était une sorcière. Mais rien à voir avec toi, bien sûr, toi, tu es top.

— C'est normal, je fais partie des gentils, mais c'est vrai qu'il y en a toujours qui donnent une mauvaise réputation à notre métier.

On échange un regard entendu et je sens que ce qu'il s'apprête à ajouter risque de me tendre au plus haut point.

— J'aurais besoin de vous parler. C'est à propos de Lauren.

Je croise le regard de Jim avant de désigner d'un geste de la main la véranda contiguë à la cuisine.

— Allons discuter là-bas, comme ça, ce sera fait et on pourra passer à table.

Une fois sous la véranda, je m'efface pour laisser passer Jim et Lorcan puis referme la porte derrière moi.

— Comment va Lauren depuis qu'elle revoit sa mère dans le cadre de ses visites ? demande Lorcan en se tournant vers nous.

— Ça n'a pas été facile et elle a encore du mal à s'adapter à la situation. Il est vrai qu'Alicia est plus une étrangère qu'une mère pour elle.

Tout en parlant, je me contrôle pour ne pas laisser transparaître mon indignation. Ma tension atteint des sommets chaque fois que je mentionne le nom de cette femme.

Notre vie à tous est chamboulée depuis qu'Alicia essaie de reprendre une place dans la vie de sa fille, et sa dernière visite m'a pas mal perturbée.

Lauren a passé des heures à lui faire une carte. Je ne l'avais jamais vue s'appliquer autant pour bien colorier son dessin. Elle m'a demandé de l'aider pour écrire et, évidemment, j'ai accepté, mais le contenu de la carte m'a un peu fait mal au cœur. Puis, quand Alicia est arrivée, Lauren s'est littéralement jetée dans ses bras. Elles étaient tellement contentes de se retrouver… leur joie m'a blessée. Oui, je sais, je sais… Mais, dans un tel contexte, il est presque impossible de ne pas être affecté !

Jim m'adresse un regard inquiet avant de porter son attention sur Lorcan.

— Tout se passe bien, déclare-t-il. Lauren est plus sereine qu'au début et, chaque fois que sa mère vient, elle est contente de la voir.

Ce que dit Jim est vrai, pourtant, je considère comme une trahison chaque mot qui sort de sa bouche. Il veut détruire notre petite famille ou quoi ?

Lauren n'est pas ta fille, Belle, me chuchote une petite voix agaçante.

C'est bon, je sais… JE SAIS.

— Ecoutez, enchaîne Lorcan en se raclant la gorge, ce n'est un secret pour personne qu'Alicia est atteinte d'une maladie mentale depuis un bon moment. Ça n'a pas été facile pour elle, mais elle est quand même parvenue à remettre de l'ordre dans sa tête et dans sa vie. Elle a eu un entretien d'évaluation avec un psy il n'y a pas longtemps, et cela s'est très bien passé.

J'émets un juron silencieux à l'encontre d'Alicia et regrette aussitôt ma réaction, parce que le pire, dans tout ça, c'est que j'apprécie sincèrement cette femme et que j'ai vraiment envie que tout s'arrange pour elle. Elle est charmante, et il est évident qu'elle veut aller mieux pour sa fille, ce qui n'est pas toujours le cas d'autres parents, comme j'ai pu le constater au cours de ces dernières années… Et ce qui n'a pas été le cas de Dolores, non plus.

J'ai été très surprise la première fois qu'Alicia est venue rendre visite à sa fille. La femme à qui j'ai ouvert la porte n'était pas du tout celle que j'avais imaginée. Pour moi, une femme capable de délaisser son enfant ne peut pas avoir l'air « normal », il ne peut pas y avoir de l'amour dans ses yeux, de la folie, éventuellement. Je m'étais toujours promis de ne pas apprécier Alicia, mais de rester professionnelle, polie et de garder mes distances.

Néanmoins, mes idées fixes ont été balayées dès que j'ai croisé son regard. Alicia était bien habillée et bien coiffée, et Jim a même dit qu'elle lui avait l'air tout droit sortie d'une publicité Gap. Et, cerise sur le gâteau, elle avait aussi ramené des cookies faits maison qu'elle avait soigneusement rangés dans une ravissante boîte métallique. Franchement, de nos jours, il n'y a que Bree Van de Kamp de *Desperate Housewives* qui fait ce genre de choses.

En plus de tout ça, Alicia est toujours très agréable avec nous et a énormément de respect pour Jim et moi. Elle n'arrête pas de nous remercier de si bien nous occuper de sa fille.

Non, franchement, tout ceci est devenu très compliqué, parce que j'aime Lauren et je ne veux pas la perdre. Elle aussi nous aime, et elle est heureuse avec nous, mais elle a une mère qui l'aime et que j'ai, malgré moi, fini par apprécier. Il m'est arrivé de me dire qu'Alicia n'allait pas mieux et qu'elle jouait la comédie dans le but de récupérer sa fille. Ce n'est pas très sympa, mais mon cynisme est plus que justifié, étant donné tout ce dont j'ai pu être témoin, que ce soit en tant qu'enfant placée en famille d'accueil ou en tant que parent d'accueil. Mais bon, même un aveugle pourrait voir la détermination d'Alicia lorsqu'il est question de son avenir et de celui de sa fille.

Comme s'il avait lu dans mes pensées, Jim déclare :

— Alicia a toujours été à l'heure pour les visites et elle comprend très bien que la situation n'est pas toujours évidente, que ce soit pour Lauren ou pour nous.

Une fois encore, il a raison, je le sais, mais est-il vraiment obligé de le dire ?

J'ai l'impression — non, *je sais* — que tout cela ne va pas bien finir.

Lorcan et Jim se tournent vers moi et m'adressent un regard soucieux. J'ai envie de leur balancer quelque chose à la figure. Et, d'ici quelques secondes, Lorcan va dire que…

— Depuis le début, l'idée était qu'Alicia récupère la garde de Lauren.

Voilà, je le savais.

« Récupérer la garde », je déteste cette expression. Elle me fait mal.

— Nous pensons qu'il est temps pour Lauren de retourner auprès de sa mère, ajoute Lorcan d'une petite voix. Du coup, ce serait bien que vous en discutiez avec la petite dans les jours qui viennent.

Ça y est, ils m'observent de nouveau comme si j'allais… Je ne sais même pas quoi. Eh bien, ils peuvent me regarder autant qu'ils le veulent, je m'en fiche. Je ne serai pas la seule affectée par le départ de Lauren, Jim le sera au moins tout autant que moi, sauf que, lui, il abordera la situation avec un certain détachement philosophique. Et ça m'énerve, ça m'énerve… Il devrait faire comme moi : essayer de tout faire pour que Lauren reste avec nous.

— Alors, qu'en pensez-vous ? demande Lorcan, brisant ainsi le silence pesant qui s'est installé sous la véranda. Vous êtes d'accord avec tout ça ?

J'ai envie de hurler : *Non ! Et je ne le serai jamais !* Mais, au lieu de ça, je me laisse tomber sur la chaise derrière moi.

J'ignore pourquoi, mais ma mémoire me ramène à la dernière visite d'Alicia. On était en train de discuter autour d'un café, dans la cuisine, pendant que Lauren jouait à côté de nous. Elle n'arrêtait pas de nous faire des câlins tour à tour. Je n'oublierai jamais l'expression de bonheur sur son petit visage à chaque fois que sa mère la serrait dans ses bras.

Je sais que Lauren m'aime, je le vois dans ses gestes et dans ses yeux, mais, ce jour-là, j'ai compris qu'elle aimait aussi sa mère.

Il est temps pour Lauren de retrouver sa mère, et tu le sais, me murmure la petite voix dans ma tête.

Je te hais, petite voix, je te hais.

Ce jour-là, quand Alicia est partie, Lauren est restée scotchée à la porte d'entrée pendant des heures. Elle ne voulait même pas jouer ni regarder la télé parce que sa mère lui manquait déjà.

Sa mère lui manquait et elle lui manque toujours.

Oui, d'accord, Lorcan et la petite voix dans ma tête ont raison, mais je garde cet aveu pour moi.

Lauren va bientôt partir et je ne peux rien faire pour empêcher cela, tout comme je ne peux rien faire non plus pour apaiser la douleur qui me compresse déjà la poitrine.

Putain de récupération de garde d'enfant et putains de services sociaux.

Lorcan a dû sentir mon désarroi parce qu'il me dit d'une voix douce :

— Belle, tu savais que Lauren finirait par retourner chez elle, n'est-ce pas ? Que penses-tu de tout ça ? Tu n'as toujours rien dit.

Ce que je pense de tout ça ?

Va te faire foutre, Lorcan Colter.

D'ailleurs, tu peux oublier le repas. Rentre chez toi, plutôt, et achète-toi un paquet de chips en route si t'as vraiment faim. Voilà ce que je pense.

Forcément, même si c'est exactement ce que j'ai envie de dire, je ravale mes mots, d'autant plus que je ne jure que très rarement, lorsque je ne parviens pas à exprimer ce que je ressens d'une manière normale et civilisée.

— Quand Jim et moi avons décidé de devenir parents d'accueil, on s'est promis d'aller jusqu'au bout uniquement si on était capable d'aimer tous les enfants, sans exception, comme si c'étaient les nôtres.

Ma voix est plus assurée que je l'avais espéré, et cela m'étonne étant donné que j'ai l'impression de m'étouffer avec mes propres paroles.

Lorcan hoche la tête, attendant sans doute la suite de ma réflexion.

— Et nous aimons Lauren comme si elle était notre fille.

C'est tout ce que j'arrive à dire, c'est trop douloureux.

— Bien sûr, Belle, ça crève les yeux, me rassure Lorcan. C'est grâce à toi et Jim que Lauren est une enfant joyeuse et heureuse.

Il peut me complimenter autant qu'il veut, cela ne changera rien à la situation, et encore moins à ma position. Je lui en veux, j'en veux à Jim, j'en veux à tout le monde. Ça y est, je sens la colère me gagner et je dois dire que j'en ai gros sur le cœur.

— Vous êtes marrants, vous, les assistants sociaux. Vous vous attendez à ce qu'on aime ces enfants comme si c'étaient les nôtres et à ce qu'on saute de joie quand vous nous annoncez qu'il est temps que l'enfant retourne auprès de sa famille !

Je lui lance alors un regard furieux, le mettant au défi de me contredire, mais il reste silencieux.

— Je suis contente que tout soit rentré dans l'ordre pour Alicia, mais excuse-moi de ne pas être tout aussi ravie à l'idée du départ prochain de Lauren.

Je me lève de ma chaise en ajoutant :

— Je ferais mieux d'aller voir où en est le repas.

— Belle…, me lance Lorcan, mais je l'ignore et me dirige vers la porte.

— Non, laisse, dit Jim. Donne-lui un peu de temps pour assimiler tout ça.

Je pose la main sur la poignée de la porte et me retourne vers Lorcan.

— Je suivrais le conseil de mon mari, si j'étais toi. Je ne veux plus parler de ça pour le moment.

Remettant en place mon masque de bonne humeur, je retourne en cuisine et annonce que je vais servir le repas.

Je sers la *shepherd's pie* et essaie tant bien que mal de participer aux discussions qui s'engagent autour de moi.

Je sens le regard de Jim tout au long du repas. Comme d'habitude, il s'inquiète pour moi et, même si je sais que je devrais lui demander comment il va et s'il tient le coup, je ne le fais pas. Je ne veux pas savoir ce qu'il ressent parce que, pour le moment, je n'ai pas de place pour ses émotions dans mon esprit, j'ai déjà assez de mal à gérer les miennes.

Heureusement que Bobby est là, parce qu'il détend l'atmosphère avec ses derniers déboires sentimentaux. Pendant ce temps, Lorcan essaie d'établir un contact visuel avec moi et, lorsque je lui adresse un regard que je veux plein de mépris, il baisse les yeux sur son assiette.

Après le repas, je sers le thé puis me lève de table pour aller remplir le lave-vaisselle.

— Tu es bien silencieuse, dit Tess, derrière moi alors que je suis en train de rincer les assiettes. Chaque fois que quelque chose ne va pas, tu te mures dans le silence. Allez, dis-moi ce qui te tracasse, ma chérie.

— Ils vont bientôt m'enlever Lauren, je parviens à dire du bout des lèvres.

— C'est bien ce que je craignais. Je savais que tu allais mal le vivre quand le moment serait venu pour la petite de retrouver sa mère. Je suis vraiment désolée, Belle.

Je commence à saturer, c'en est trop pour moi.

Je saisis le torchon à côté de l'évier et m'essuie les mains avant de me diriger vers le jardin.

J'ai besoin de m'isoler, de réfléchir, de… Je ne sais pas.

— Je sais que ça ne doit pas être facile pour toi, déclare Tess en me suivant.

— Non, tu crois ?

Elle fait une petite grimace, mais je poursuis :

— J'ai tout de même le droit d'être triste parce que l'enfant que j'aime comme si c'était le mien va bientôt s'en aller, non ?

— Oui, bien sûr, ma chérie.

Le ton réconfortant de Tess m'apaise quelque peu.

— Tu sais, dit-elle d'une voix douce, j'ai ressenti la même chose que toi maintenant quand Jim est retourné vivre chez sa mère. J'en ai même pleuré pendant des semaines, tellement il me manquait.

Son aveu me laisse sans voix. J'ignorais que le départ de Jim l'avait autant affectée. Elle l'avait bien caché et je comprends pourquoi : elle ne voulait pas que je la voie triste, elle l'a fait pour moi.

— Après, poursuit-elle, il faut te dire que ta tristesse est aussi grande que la joie des enfants qui retrouvent leur chez-soi, et c'est le plus important.

Qu'est-ce que je peux bien répondre à ça ?

— Pourquoi es-tu aussi sage, Tess ? Je ne peux pas contredire une telle chose.

— Tu n'imagines pas le nombre de personnes qui m'ont dit qu'elles ne me voyaient pas du tout mère d'accueil parce que je m'attacherais trop aux enfants qu'on me confierait et que ce n'était pas une bonne chose.

Je hoche la tête en silence.

Si, j'imagine très bien. On m'a dit cela à maintes et maintes reprises.

— Mais, enchaîne Tess, c'est normal, ce n'est pas quelque chose que tu peux empêcher, surtout quand il s'agit d'un placement à long terme. Ce n'est pas juste, certes, mais c'est la vie.

Je serre les lèvres.

Je déteste que Tess ait raison, d'autant plus qu'elle a presque toujours raison.

— Tu penses qu'Alicia va bien s'occuper de Lauren ? s'enquiert-elle.

— Oui, probablement. Je crois qu'Alicia a vraiment réussi à remettre sa vie en ordre. Et elle aime Lauren, je n'ai aucun doute là-dessus. En revanche, j'ai beau essayer, je n'arrive pas à oublier l'état dans lequel était Lauren quand on nous l'a confiée. Alors, oui, Alicia va bien, maintenant, elle se prend pour Bree Van de Kamp avec ses biscuits et ses gâteaux faits maison, alors qu'avant elle n'arrivait même pas à s'extirper du lit pour aller faire des courses et nourrir sa fille.

— C'est normal que tu t'inquiètes, Belle, mais, là, tu vas devoir te fier à l'instinct de Lorcan. En plus, tu sais que les services sociaux garderont toujours un œil sur Alicia.

Une fois encore, elle dit vrai, seulement, c'est plus fort que moi. Il n'y a rien de plus important que la sécurité et le bien-être de Lauren, à mes yeux. Que va-t-il lui arriver ? Comment va-t-elle réagir, si tout ça finit par se casser la figure ?

— Vous avez eu une influence plus que positive sur Lauren, mais également sur Alicia. C'est grâce à vous, à votre gentillesse et à votre patience qu'elle peut récupérer sa fille. C'est vous, toi et Jim, qui l'avez accueillie chez vous et lui avez appris à redevenir une bonne mère, ne l'oublie jamais, ça.

Je hoche la tête. Lorcan nous a pratiquement dit la même chose.

Si le rétablissement d'Alicia a pu se faire dans de bonnes conditions, c'est aussi parce qu'elle savait que sa fille était placée chez des personnes compétentes et aimantes, et qu'elle pouvait donc se concentrer sur sa guérison.

— Belle, tu as fait la plus belle chose qui soit : tu as réuni une mère et sa fille, et c'est la fierté d'avoir accompli cette tâche qui doit l'emporter sur ta peine et ta tristesse.

Pour la énième fois, Tess a raison, mais je n'arrive pas à être d'accord avec ses propos.

Elle a dû s'en rendre compte parce qu'elle ajoute :

— Tu dois la laisser partir, Belle. C'est ça aussi, être parent d'accueil. Je vous avais prévenus quand vous êtes venus me demander conseil avant d'entamer les démarches nécessaires.

— Je ne dois rien faire du tout…, je peste dans ma barbe.

Tout ceci est tellement, tellement injuste ! Je décide alors de lui exposer l'idée qui m'est venue pendant le repas, parce que j'aimerais vraiment avoir son avis sur la question.

— Tu sais, j'ai pensé à un truc… Je me suis dit que Jim, Lauren et moi on pourrait s'enfuir quelque part, aux Etats-Unis, par exemple, puisque Jim a la double nationalité. On pourrait s'installer là-bas et y refaire notre vie.

— Bonté divine ! s'exclame Tess en levant les mains au ciel. Mais tu t'entends parler, ma chérie ? Ça ne marche pas comme ça, Belle ! Tu n'es plus une gamine, tu es une adulte et tu dois te comporter en tant que telle. Tu dois savoir dire au revoir à cette enfant et te préparer à accueillir le prochain. C'est comme ça, et pas autrement.

Ouais, plus facile à dire qu'à faire.

Chapitre 18

La vie est magique, la façon dont la nature fonctionne semble vraiment magique.

Jonas Salk

Décembre 2015

Je jette un énième coup d'œil à ma montre. Seulement cinq minutes se sont écoulées depuis la dernière fois que j'ai regardé.

Où est Jim ? Je lui ai pourtant dit au téléphone qu'il s'agissait d'une urgence. Qu'est-ce qu'il fait ?

Cela fait une heure que Bobby a appelé pour me raconter ce qu'il a vu, mais j'ai l'impression que c'était il y a une éternité. J'ai besoin de Jim, j'ai besoin de savoir ce qu'il pense de tout cela, et je vais vraiment devenir folle s'il ne se dépêche pas.

Je regarde de nouveau ma montre et décide de le rappeler s'il n'arrive pas dans les cinq minutes qui suivent.

L'instant d'après, j'entends la porte d'entrée s'ouvrir.

Enfin !

— Qu'est-ce qui se passe ? m'interroge-t-il, en panique.

Il a la respiration saccadée, et son visage est rouge et couvert de sueur. Il a sans doute couru comme un dingue de l'école jusqu'à la maison.

Merde, j'ai peut-être un peu exagéré au téléphone. Il a dû penser que quelqu'un était mort.

— Bobby m'a appelée pour me dire qu'il avait croisé

Alicia dans un pub et qu'elle était avec un homme. Elle avait un rencard.

— Et ? ! me dit Jim en se penchant en avant pour faire passer ce qui ressemble à un vilain point de côté. Elle a le droit, non ?

C'est vrai que, vu sous cet angle, on pourrait croire qu'il n'y a rien de grave, alors que si, en fait.

Nous nous dirigeons vers la cuisine et je lui sers un verre d'eau.

— Tiens, bois ça avant que tu t'évanouisses. Et, pour ta gouverne, non, elle n'a pas le droit, du moins pas quand l'homme en question est un ex-taulard avec un casier judiciaire plus long que ton bras.

Voilà, il sait tout.

Je le regarde vider son grand verre d'eau d'un trait, impatiente de connaître son avis, car cette information change tout. C'est la sécurité de Lauren qui est en jeu, une raison plus que justifiée pour ne pas la laisser partir.

— OK, continue…, dit Jim en s'essuyant la bouche du revers de la main.

— Selon Bobby, ce type est louche et dangereux. Vraiment, vraiment dangereux. C'est, je cite, « une petite merde de première qui s'est fait coffrer plusieurs fois pour coups et blessures ». Tu te rends compte ? On doit prévenir Lorcan.

Sur ces mots, j'attrape le téléphone et commence à composer le numéro quand Jim pose sa main sur mon bras.

— Attends une minute, Belle. Est-ce que Bobby est sûr de ce qu'il a vu ? Alicia sort vraiment avec ce type ? Et, si oui, depuis quand ? C'est du sérieux ? On ne peut pas accuser quelqu'un juste comme ça, sans preuve, en se basant sur des rumeurs.

— Ecoute, je ne connais pas les détails de la vie amoureuse d'Alicia, mais il est hors de question que Lauren ait affaire à ce genre d'individu. Il est de notre devoir de la protéger, Jim.

Je suis outrée à l'idée qu'un type aussi violent puisse s'approcher de Lauren. Cette enfant adorable, douce et sensible mérite beaucoup mieux que ça. Je dois la protéger. Si je fais tout ça, c'est pour elle, pour *son* bien, pas pour le mien.

— Bon... Mais c'est moi qui vais appeler Lorcan, déclare Jim en me prenant le téléphone des mains. Tu es beaucoup trop émotive, en ce moment.

— On dirait que c'est une mauvaise chose. Bien sûr, que je suis émotive, il s'agit de Lauren !

Je décide de ne pas m'énerver davantage, parce qu'il va quand même appeler Lorcan.

Il compose le numéro avant de porter le téléphone à son oreille. J'approche ma tête le plus possible du combiné pour écouter la conversation, mais Jim essaie de me repousser en riant.

Lorcan décroche au bout de quelques sonneries et Jim lui relate — calmement — notre discussion.

— Voilà, conclut-il, nous voulions te prévenir, car nous sommes inquiets pour le bien-être de la petite.

Je hoche vigoureusement la tête en ajoutant :

— Très inquiets, dis-lui que nous sommes très inquiets pour elle.

Jim me regarde avant de dire :

— Oui, tu as entendu, Lorcan ?... C'est vrai, elle est un peu stressée par tout ça... Oui, oui, je sais.

— Qu'est-ce qu'il a dit ?

Jim ne me répond pas.

Il opine de la tête et se met à rire. Je n'arrive pas à entendre ce que dit Lorcan mais je sais que c'est à mon sujet.

Je me presse contre Jim pour écouter, seulement, il me repousse de nouveau, plus fermement, cette fois.

— Ah, super, tu vas te renseigner ? OK, merci, Lorcan, à plus.

— Alors ? Tu crois qu'il va dire à Alicia qu'elle ne peut

pas récupérer la garde de Lauren ? Peut-être qu'elle pourra rester avec nous ? Tu…

— Arrête, Belle, m'interrompt Jim, l'air sérieux.

Je sais parfaitement où il veut en venir, mais je demande quand même :

— Arrête quoi ?

— Arrête de croire que ça peut changer quelque chose à la situation. Nous ne savons pas ce qui se passe dans la vie privée d'Alicia, mais nous devons nous dire que, malgré tout, elle agira dans le meilleur intérêt de sa fille et qu'elle saura faire la différence entre un type bien et un type louche.

— Mais Bobby a dit que…

— Mais Bobby rien ! Il ne connaît même pas Alicia. Lorcan a dit qu'il allait se renseigner.

Cela ne me suffit pas.

— Si ça se trouve, elle fait venir un mec différent tous les soirs chez elle.

— Je ne pense pas. Elle ne me semble pas du genre à faire ça.

Je partage son avis, mais est-ce que nous la connaissons vraiment ? Aussitôt, je repense à Dolores et à ses magouilles.

— Jim, si Lauren reste avec nous, elle aura un futur digne de ce nom. Elle pourra aller à l'université et faire ce qu'elle veut de sa vie.

Comme il ne dit rien, j'attrape la bouilloire et la remplis d'eau avant de la poser sur son socle. Je l'allume puis l'éteins. En fait, je n'ai pas envie de boire du thé.

Du café, plutôt ? Non plus. Non, tout ce que je veux, c'est que Lauren reste ici, comme ça, elle sera en sécurité et sa mère ne lui fera plus jamais de mal. Ce n'est pas beaucoup demander, si ?

— Si Lauren reste avec nous, observe Jim, il va de soi que nous ferons tout pour lui assurer un avenir stable, mais Alicia aussi peut le faire.

Il y a des fois, comme celle-ci, où j'ai envie d'étrangler mon mari. Lui et son fichu comportement rationnel !

— Bon, même si j'adore quand tu me cries dessus, je dois quand même retourner au travail, annonce-t-il. Ça va aller ?

— Oui… Excuse-moi, Jim.

Rien de tout cela n'est sa faute, je le sais.

Soudain assaillie d'une pointe de culpabilité, je m'avance vers lui et l'embrasse tendrement.

— Je sais que ce n'est pas facile pour toi, Belle, dit-il contre mes lèvres. Mais c'est difficile pour moi aussi.

— Oui, je sais.

— Je dois vraiment y aller, j'ai rendez-vous avec l'un des jeunes concernant son dossier d'inscription à l'université.

En plus d'être un mari formidable, Jim est aussi un conseiller d'orientation hors pair dans le lycée technique du quartier, et tous les élèves l'adorent.

— Reste calme, Belle, OK ?

Ça, c'est exactement le truc à ne pas dire quand on veut apaiser quelqu'un. La preuve, je sens ma tension monter d'un cran.

Il m'observe quelques instants en silence. Je peux pratiquement voir les engrenages tourner dans sa tête. Je devine déjà son prochain mouvement, il va tenter le tout pour le tout, ce qui nécessite beaucoup de courage de sa part, surtout en ce moment.

— Tu sais, c'est peut-être un mal pour un bien, dit-il tout bas.

Ah, il a changé de technique d'approche, et celle-ci est la pire de toutes.

— Un mal pour un bien ? Tu plaisantes, là, j'espère.

— Non, mais, réfléchis un peu… Peut-être que le départ de Lauren est un signe du destin, le signe qu'on attendait pour avoir un enfant à nous. Je ne dis pas que nous devrions arrêter d'accueillir des enfants, pas du tout, au contraire, on pourrait avoir les deux et...

Je lève la main pour le faire taire.

Je ne peux pas avoir cette discussion maintenant. Je suis tellement bouleversée que je n'arrive pas à articuler ne serait-ce qu'un seul mot. Il sait parfaitement ce que je ressens quand il me parle de bébé, le souvenir horriblement douloureux que cela me rappelle...

Je frissonne au contact du gel froid sur mon ventre et retiens mon souffle pendant que la sage-femme passe la sonde sur mon estomac.

La salle d'examen est plongée dans un silence ponctué par la respiration de Jim, ce qui me fait penser à relâcher mon souffle, parce que je ne veux pas faire de mal à mon bébé.

Boum, boum, boum, boum...

— Vous l'entendez ? demande la sage-femme en souriant.

Je hoche la tête, submergée par un flot d'émotions auxquelles je ne m'étais pas préparée.

— C'est... C'est le cœur de notre bébé ? l'interroge Jim, ébahi, en me serrant la main.

— Ce n'est pas le mien, en tout cas, plaisante la sage-femme en tournant l'écran vers nous. Regardez, là, on voit sa tête, ses bras et ses jambes. Et il déborde d'énergie ! A en croire l'image, je dirais que vous êtes enceinte de dix semaines environ.

Subjugués, nous regardons notre bébé effectuer des acrobaties dans mon ventre. Je suis sûre qu'il le fait parce qu'il sait que maman et papa regardent.

Je n'ai jamais connu un amour aussi fort, pur et intense avant d'...

— Belle ?

Je cligne des yeux, revenant à l'instant présent.

— Tu ne pourras pas éternellement éviter cette conversation. Moi aussi, je souffre. Moi aussi, j'ai besoin qu'on m'écoute, qu'on me comprenne.

Il cherche mon regard et ajoute d'un ton doux et rassurant :

— On en reparlera à mon retour, d'accord ?

Je n'ai même pas le temps de répondre parce qu'il se retourne et quitte la cuisine.

Poussant un soupir, je consulte l'horloge murale.

J'ai encore une heure avant d'aller chercher Lauren à l'école, mais je ne peux pas rester ici, il faut que je sorte, sinon, je vais commencer à pleurer et je ne pourrai plus m'arrêter.

Je m'engage dans le couloir et décroche une à une mes affaires du portemanteau. Il fait très froid, alors j'ai intérêt à bien me couvrir. Cela fait plusieurs jours que Lauren espère qu'il va neiger et, à en juger par le ciel, il se pourrait que cela se produise bientôt.

Claquant la porte derrière moi, je redescends l'allée de la maison d'un pas vif, mais ralentis rapidement en constatant que le trottoir est glissant. Je sais exactement où je vais aller : au parc. Comme il fait froid, je doute qu'il y ait du monde là-bas. Cela tombe bien, j'ai besoin d'être seule.

— Bonjour, Belle, me salue soudain Mme O'Leary, notre voisine, qui promène son chien, Missy.

Surprise, je lève la tête, mais ne m'arrête pas et poursuis ma route en lançant :

— Désolée, je suis pressée…

Ce n'est pas très sympa de ma part, je sais, d'autant plus qu'elle n'a plus personne et qu'elle adore discuter avec nous chaque fois que nous nous croisons dans la rue, mais je ne suis vraiment pas d'humeur à échanger des banalités.

J'avais raison : le parc est désert, hormis le chien qui est en train de renifler la poubelle en espérant trouver quelque chose à se mettre sous la dent. Me voyant arriver, il s'approche de moi. Je glisse la main dans la poche de mon manteau pour voir si j'ai des biscuits ou autre chose à lui donner.

— Désolée, le chien, ce n'est pas ton jour de chance.

Il penche la tête sur le côté puis s'en va.

Je me dirige vers les balançoires et essuie l'assise de l'une d'elles avec un mouchoir — chose qui s'avère inutile, puisque le papier se désintègre pratiquement sous mes doigts —, avant de m'asseoir dessus.

Tant pis, mes fesses la réchaufferont rapidement. Je m'agrippe alors aux chaînes et prends de l'élan avant de lancer mes jambes en avant de toutes mes forces pour monter le plus haut possible. A chaque lancée, je m'envole toujours un peu plus haut et je ferme les yeux. Je sens le vent froid sur mon visage et mon corps se balancer d'arrière en avant, d'avant en arrière…

Combien de fois suis-je venue ici pour me réfugier, fuir mes problèmes, les envoyer valser depuis cette balançoire ? Cela fait déjà un moment que j'ai arrêté de compter. En tout cas, une chose est sûre, je viens très souvent dans ce parc, avec ou sans les enfants.

Soudain, j'entends le chien aboyer. J'ouvre les yeux à contrecœur pour voir la cause de son émoi.

A l'autre bout du parc, j'aperçois un groupe de jeunes avec des skateboards. Enfin, ils ne sont pas si jeunes que ça, ils doivent avoir dix-huit, dix-neuf ans. Ils sont tous habillés pareil, en survêtement et baskets, et je m'attends presque à voir Bobby parmi eux. J'ai l'impression que c'était hier qu'il traînait dans ce même parc avec ses amis du skate.

Je balaie le parc du regard en ressentant une pointe de fierté parce que, s'il existe, c'est en grande partie grâce à Jim et moi. C'est difficile à croire, mais c'est moi qui en ai eu l'idée, peu de temps après l'arrivée de Bobby chez nous.

Je me suis aperçue que les enfants de notre quartier n'avaient nulle part où aller pour jouer à l'air libre après l'école ou le week-end. Le parc le plus proche se trouvait à dix minutes en voiture, et la maison des jeunes ne proposait pas grand-chose à cause du manque d'intérêt des enfants et des parents. Du coup, j'ai décidé de faire du porte-à-porte pour récolter des signatures et attirer l'attention sur ce problème, après quoi Jim et moi avons formé un comité de campagne afin de collecter des fonds. Cela nous a pris une bonne année — entre les demandes d'aides régionales et les tours incessants au sein des écoles locales pour impliquer le plus de gens possible dans notre démarche —, mais nos efforts ont fini par payer.

A présent, en plus de la maison des jeunes, qui propose tout le temps de nombreuses activités différentes, notre quartier compte également ce magnifique parc. Bobby y passait beaucoup de temps en grandissant et j'y emmène aussi les autres enfants que nous confient les services sociaux.

Jim me taquine souvent en me disant que, si j'ai eu l'idée de ce parc, c'était avant tout pour me faire plaisir à moi, et, plus la balançoire va haut, plus je me dis qu'il n'a pas tout à fait tort.

Lauren aussi adore ce parc. Le samedi, nous avons l'habitude de préparer un repas léger puis de venir pique-niquer ici et y passer l'après-midi à jouer ou à nous promener dans les belles allées.

Ce parc était vraiment ce qu'il fallait à notre quartier. Il ne s'agit pas simplement d'un endroit où les enfants peuvent se débarrasser de leur surplus d'énergie ou décompresser après l'école, non. L'espace d'un moment, les enfants qui viennent jouer ici se contentent simplement d'être ce qu'ils sont : des gamins joyeux et insouciants. Le nombre d'enfants que je vois régulièrement arriver ici, visiblement perturbés par quelque chose et qui, en jouant avec leurs camarades, oublient leurs tracas... Cela me met du baume au cœur à chaque fois.

On peut dire que j'ai accompli une bonne chose, une bonne action, sur cette Terre qui est la nôtre, mais qui ne tourne pas toujours rond. Comment cela se fait-il qu'il soit nécessaire d'avoir un permis pour avoir une arme ou un pitbull, mais un enfant, n'importe qui peut en avoir un ?

Machinalement, mes pensées se tournent vers Alicia. Au fond de moi, je sais qu'elle n'est pas méchante et qu'elle saura être une bonne mère pour Lauren, mais, malgré tout, la simple idée qu'elle récupère sa fille me rend nerveuse. Et si elle gâche cette nouvelle chance ? Et si… Et si Alicia était comme Dolores ? Je m'étais juré de faire en sorte que Lauren garde toujours le sourire, que plus rien ne l'efface de sa jolie petite frimousse, elle a déjà connu assez de déceptions.

D'ailleurs, en parlant de Lauren, il est l'heure que j'aille la chercher à la sortie de l'école.

Je descends de la balançoire et emprunte le chemin qui mène à l'école.

C'est l'une des dernières fois que je vais la chercher… Cela va tellement me manquer, la sensation de sa main dans la mienne, ses petites jambes tentant de suivre le rythme de mes pas, les discussions que nous avons et les remarques qu'elle fait sur tout ce qui l'entoure. Elle est vraiment heureuse ici, avec nous, avec moi.

Tout à coup, je sens mon téléphone vibrer dans la poche de mon jean.

C'est Jim.

— Coucou, toi, je vais chercher Lauren à l'école.

— Lorcan vient de m'appeler. Il a parlé avec Alicia et elle ne sort pas avec le type.

— Bien sûr, comme si elle allait le lui avouer.

— Apparemment, elle n'a eu qu'un seul rendez-vous avec lui, mais elle a rapidement senti que ça n'allait pas marcher. Et, pour tout te dire, Lorcan est un peu furieux contre nous. Il m'a rappelé qu'Alicia était libre de sortir et de voir qui elle voulait avant de me sermonner en disant qu'il y a des limites que nous ne pouvons pas dépasser.

— Il a fait quoi ? Il est gonflé, lui !

Comment peut-il se permettre une chose pareille ?

— Belle, nous ne devons pas oublier que nous n'avons

pas le droit de juger les choix personnels des parents. Nous, nous sommes là pour aider et soutenir les enfants qui nous sont confiés pendant cette période difficile de leur vie.

Une fois de plus, il me fait la morale, et j'ai envie de hurler. J'avais réussi à me calmer sur la balançoire, mais, apparemment, cet effet apaisant aura été de courte durée.

— Ecoute, Jim, nous n'allons pas parler de ça maintenant parce que j'arrive devant l'école. Mais cette discussion est loin d'être terminée.

Et, sur ces mots, je raccroche.

Chapitre 19

Nos cœurs s'attendrissent au souvenir de notre enfance et de l'amour de nos proches, et nous nous réjouissons de l'année à venir après avoir pu, le temps de Noël, redevenir un enfant.

LAURA INGALLS WILDER

— *Mon beau sapin, roi des forêts, que j'aime ta verdure. Quand, par l'hiver, bois et guérets...*

Je ne peux m'empêcher de rire en entendant Lauren entonner le chant de Noël en chœur avec le chanteur dont la voix grave s'échappe de la chaîne hi-fi. Cette petite fille est vraiment adorable.

Il règne une atmosphère festive et chaleureuse dans notre salon, même s'il y a des cartons remplis de décorations de Noël un peu partout, sur le canapé, la table basse, par terre...

Je fais un pas en arrière pour admirer notre sapin, un immense douglas californien synthétique que les parents de Jim nous ont envoyé il y a quelques années.

Lors de notre lune de miel, dans l'Indiana, la mère de Jim avait été amusée de me voir m'extasier devant leurs arbres de Noël, qui sont beaucoup plus grands que les nôtres. Par conséquent, une année, ils nous ont offert ce cadeau de Noël, original, qui est de loin le meilleur que nous ayons jamais reçu.

Installer le sapin nous prend tout un après-midi, mais le résultat en vaut vraiment la peine. Même sans les décorations, il est trop beau, d'un vert foncé et brillant. Bien évidemment, l'étape que je préfère reste quand même la décoration : un vrai moment de bonheur en famille.

Chaque fois que je regarde les cartons que nous avons descendus du grenier, une vague d'impatience m'envahit pour lancer l'opération décoration.

Bientôt, encore quelques instants...

En plus, Tess et Bobby ont prévu de passer et, puisque Lauren nous quitte bientôt, je tiens à ce que tout soit parfait.

Dans deux semaines, et comme tous les ans depuis que Jim et moi nous sommes mariés, nous irons à la montagne, aux abords de Dublin, pour acheter un autre sapin, un vrai, cette fois.

Au début, Jim trouvait assez étrange l'idée d'avoir deux sapins à la maison, mais il a rapidement changé d'avis. Même si je n'ai aucune préférence entre le faux et le vrai parce qu'ils ont chacun leurs avantages, je trouve que Noël ne serait pas Noël sans un vrai sapin. Chez nous, nous le plaçons dans le couloir de l'entrée, afin de pouvoir immédiatement sentir son parfum délicieux en franchissant le seuil de la maison. Si cela ne tenait qu'à moi, je l'aurais déjà acheté depuis longtemps, mais, si je veux qu'il survive jusqu'au nouvel an, je dois redoubler de patience encore quelque temps.

Je lève les yeux vers le sommet du douglas et sens mon cœur bondir de joie.

Il ne nous reste plus qu'à le décorer, et je pourrai officiellement déclarer les festivités de Noël ouvertes. J'entends souvent les gens se plaindre que la saison de Noël commence de plus en plus tôt chaque année, mais, moi, je m'en réjouis ! Dès novembre, je me mets à fredonner *Vive le vent* et j'attends avec impatience que les publicités de Noël envahissent le petit écran. D'ailleurs, je me demande s'il y en aura des nouvelles. Il y en a quelques-unes que je n'ai pas trop aimées, l'année dernière.

Jim, heureusement, partage ma passion pour cette saison, même s'il en a une approche assez singulière. Il prétend qu'il n'a pas d'autre choix que de se laisser porter par l'enthousiasme ambiant, mais nous savons très bien tous les deux que ce n'est pas vrai. Personne ne le force à chanter avec Lauren et la chaîne hi-fi comme il est en train de le faire. Il a beau être dans le grenier, on arrive quand même à l'entendre, d'autant plus qu'il chante faux !

Cela fait déjà un petit moment qu'il est remonté, à la recherche d'une des boîtes de décorations manquante, et pas n'importe laquelle : celle où nous rangeons l'ange qui va sur le sommet du sapin. C'est bizarre, je me souviens pourtant l'avoir rangée avec les autres, l'année dernière… Où est-ce qu'elle a bien pu passer ?

— Je commence à croire que des lutins se sont introduits chez nous et ont piqué la boîte avec l'ange, déclare Jim en revenant dans le salon. Je jette l'éponge. J'ai cherché *partout* et je ne l'ai pas trouvée.

J'ai une petite moue navrée en lui tendant une tasse de vin chaud.

Je n'apprécie pas trop cette boisson, mais j'en prépare religieusement tous les ans car cela diffuse un parfum agréable dans la maison, et aussi parce que, depuis que Tess nous en a offert une bouteille la première année de notre mariage, c'est devenu une tradition d'en déguster une tasse en décorant la maison et le sapin.

Je tourne la tête, et mon regard se pose sur une des guirlandes lumineuses complètement emmêlée, que je saisis en disant :

— J'ai beau faire attention en la rangeant, tous les ans, c'est la même chose.

L'astuce que j'ai trouvée sur Pinterest et qui consiste à enrouler la guirlande autour d'un cintre n'a donc servi à rien. Génial, je vais passer des heures à la démêler, maintenant. L'année prochaine, j'irai plutôt en acheter une nouvelle, ce sera plus simple.

— Laisse-moi essayer ! Je vais le faire ! s'écrie Lauren en prenant le cintre.

Je la regarde faire, les lèvres pincées.

Si avant c'était emmêlé, là, c'est encore pire, il n'y a plus aucun espoir. Mais ce n'est pas grave, au moins, cette tâche l'occupera pendant que je passe en revue le reste des décorations, et j'en ai pour un moment.

Je plonge la main dans l'une des boîtes et en sors la guirlande de houx lumineuse qui sert à décorer la cheminée avant de la passer à Jim pour qu'il l'accroche. Celle-là, au moins, elle ne s'est pas emmêlée !

— N'oublie pas de mettre les chaussettes aussi, lui rappelle Lauren.

J'espère de tout cœur qu'elle sera encore là pour voir ce que le Père Noël lui aura déposé dans sa chaussette. Je me demande si Alicia célèbre Noël, elle aussi.

Du coin de l'œil, je regarde Lauren en espérant que les traditions qu'elle a appris à apprécier seront perpétuées chez sa mère. Evidemment, tout ne pourra pas être comme ici, mais, du moment qu'Alicia sait faire de ces fêtes un moment magique pour sa fille, tout devrait bien se passer.

En reportant mon attention sur la boîte qui est devant moi, je croise le regard perplexe de Jim.

Il s'inquiète vraiment beaucoup pour moi et je ne peux même pas lui en vouloir. Je sais que je ne suis pas très facile à vivre ces derniers temps. C'est juste que le départ imminent de Lauren m'angoisse, c'est plus fort que moi. Mais je ne dois pas y penser. Ce n'est pas le moment, hors de question de gâcher une seule seconde du temps qu'il nous reste avec elle. Je veux qu'elle se fasse une tonne de beaux souvenirs le temps qui lui reste avec nous. Je combattrai mes démons intérieurs plus tard.

J'adresse un sourire que j'espère rassurant à mon mari. Il me le retourne aussitôt, l'air rasséréné.

— Regardez-moi ! s'exclame Lauren en se dressant sur la pointe des pieds à côté du sapin. Bientôt, je serai aussi grande que l'arbre de Noël !

— J'espère que non ! Cela risque d'être vraiment embêtant pour toi de mesurer plus de deux mètres cinquante, réplique Jim en riant.

— Tu sais, Lauren, mon tout premier sapin faisait la même taille que toi.

C'était à l'époque où je vivais dans mon petit studio. Le sapin — synthétique — était minuscule comparé à l'imposant douglas, mais je dois reconnaître qu'il s'intégrait parfaitement dans mon petit chez-moi. Tess n'a jamais compris pourquoi je m'obstinais à avoir un sapin chez moi alors que je passais tous mes Noëls chez elle. J'aimais bien que mon appartement soit également décoré, c'est tout.

— Il était comment ? Je ne m'en souviens pas, dit Lauren en penchant la tête sur le côté.

Je pars d'un petit rire avant de répondre :

— C'est normal, ma chérie, tu ne l'as jamais vu. Tu n'étais même pas encore née à l'époque. Il était tout petit et tellement peu garni que même les boules avec lesquelles il était vendu ne pouvaient cacher son piètre état.

— Je confirme, ajoute Jim. La première fois que je l'ai vu, je n'ai pas su si je devais rire ou pleurer.

— Oui, et dis-toi que, quand tu l'as vu, j'avais déjà remplacé les boules fournies avec par *mes* décorations.

Tout en parlant, je me dirige vers une boîte avant de fouiller dedans. Une fois que j'ai trouvé ce que je cherchais, je déclare :

— Regarde, Lauren. Ça…

Je secoue le ruban pour faire tinter la clochette.

— … c'est notre décoration de Noël la plus précieuse.

C’est Jim qui me l’a offerte le jour où il m’a demandée en mariage.

— Je peux voir ? demande-t-elle en tendant la main vers moi pour attraper la clochette. C’est trop beau !

Je la lui donne et elle se met à courir partout dans le salon en faisant tintinnabuler la petite cloche en argent. Au même moment, une nouvelle chanson démarre.

« Bonjour, Noël, sonnez, sonnez, les clochettes, c’est aujourd’hui la fête de la terre et du ciel… »

— Pour une coïncidence…? murmure Jim en secouant la tête.

— C’est vrai. Tiens, viens par ici, Lauren.

Quand elle s’approche de moi, je la soulève en me tournant vers le sapin avant de poursuivre :

— Vas-y, ma chérie, accroche la petite clochette sur cette branche.

C’est toujours la clochette que j’accroche en premier, et c’est sur elle que se porte mon regard chaque fois que j’entre dans le salon.

Lauren fait ce que je lui dis et je la repose par terre en observant :

— Les souvenirs de toute une vie…

— Pas de regrets ? me demande Jim en s’approchant de moi.

— Pas de regrets, seulement de l’amour.

Je me tourne vers lui et noue les bras autour de son cou, mais notre moment romantique est rapidement interrompu par un bruissement de papiers derrière moi.

Lauren est en train farfouiller dans l’une des boîtes, sortant décoration après décoration, admirant chacune le temps d’une demi-seconde avant de la balancer par-dessus son épaule.

Vite, je me précipite vers elle juste à temps pour rattraper une décoration en verre en forme de soulier avant qu'elle ne s'écrase au sol en déclarant :

— Attention, Lauren, certaines de ces décorations sont très fragiles.

— Heureusement que nous avons un grand sapin, avec toutes les décorations que tu as amassées au fil des ans…, commente Jim en fouillant dans un des autres cartons.

C'est vrai qu'il y en a vraiment beaucoup, mais nous devons aussi en garder pour le sapin naturel.

Nous prenons chacun plusieurs éléments de décoration et commençons à les accrocher au sapin. Même pour ça, nous avons une technique bien rodée : Lauren est chargée de la partie basse du sapin, moi, de celle au milieu, et Jim, de celle du haut.

Petit à petit, notre arbre de Noël prend forme, une boule par-ci, une guirlande par-là… Nous nous balançons au rythme des chants de Noël qui se succèdent tout en fredonnant les paroles. Je suis capable d'associer chaque élément de décoration à un souvenir particulier.

A un moment, Jim me donne un petit coup de coude dans les côtes pour me montrer l'écriteau « Ne pas déranger » rond en velours rouge, petit souvenir de la suite de l'hôtel où nous avons séjourné lors de notre lune de miel.

— En parlant de souvenirs, cet écriteau m'en rappelle de très bons, dit Jim en me faisant un clin d'œil.

Je ris en secouant légèrement la tête avant de répondre :

— Si tu es sage, cette nuit, je nous créerai de nouveaux souvenirs à ajouter à ceux que nous avons déjà.

Une lueur passe dans ses yeux et il s'attelle de nouveau à sa tâche.

Dix minutes plus tard, notre sapin est presque terminé. La décoration est éclectique et sans thème précis, mais elle nous ressemble. Et puis, après réflexion, les décorations Disney s'accordent très bien avec les boules dorées et noires que j'ai achetées pendant ma période « chic ».

Je détaille l'arbre riche en couleurs en décrétant qu'il s'agit là du plus bel arbre de Noël de la Terre entière. Jim pose alors une autre boîte à nos pieds, celle où nous rangeons toutes nos décorations personnalisées. La plupart sont des boules de Noël avec des noms écrits dessus, une énième tradition sous notre toit.

Tout a commencé le jour où les parents de Jim nous ont offert une figurine d'un couple de jeunes mariés sur laquelle étaient inscrits nos prénoms et la date de notre mariage. Comme l'idée m'a beaucoup plu, lorsque Bobby est venu vivre chez nous, j'ai décidé de lui acheter une boule de Noël avec son prénom, et depuis nous le faisons pour chaque enfant qui passe par chez nous, un peu comme avec l'arbre dans le jardin.

Jim retire du carton un petit ange en verre avec des ailes, coiffé d'une auréole, puis le pose soigneusement dans le creux de sa main. La figurine est toute petite, plus petite même que son auriculaire. Il la contemple un moment, une expression pleine de chagrin sur son visage. Moi aussi, cela me fait quelque chose de la revoir, et pour cause : il s'agit de la figurine de notre petite fille qui est partie rejoindre les anges.

La gorge nouée, je m'approche de Jim. Il lève la tête vers moi en me regardant avec un mélange de tristesse et d'envie, avant d'accrocher la figurine au sapin, juste à côté de celle des jeunes mariés.

Je ne quitte pas le petit ange du regard, ce petit ange qui représente *mon* petit ange, celui que je n'ai jamais pu tenir dans mes bras ni embrasser, celui que j'ai aimé plus que tout au monde à partir du moment où j'ai appris que j'étais enceinte jusqu'à… la fin. Jusqu'à ce terrible jour où j'ai fait une fausse couche, où le destin nous a arraché notre bébé, notre petite fille.

Jim m'embrasse tendrement sur le front et nous restons immobiles, les yeux rivés sur la figurine.

— Tiens, accroche ça là ! C'est moi qui l'ai fait ! s'exclame Lauren, rompant ainsi le fil de mes douloureuses pensées.

Jim me prend la main et nous nous tournons vers elle afin d'admirer le petit renne en carton qu'elle brandit fièrement devant elle. Je le prends en annonçant :

— Ah, lui, nous devons lui trouver une place spéciale !

— A côté de la clochette ? me demande-t-elle d'une petite voix.

— Oui, à côté de notre clochette.

A ces mots, elle pousse des cris de joie et sautille dans tous les sens. Son bonheur contagieux parvient à m'apaiser rapidement.

— Parfait, observe Jim une fois la dernière boule accrochée.

— Ce sapin retrace toute ma vie. Chaque objet de décoration a une histoire, une signification.

— Il est splendide, tout comme toi. Et moi, je suis le plus chanceux des hommes, parce que je fais partie de ta vie.

Non, c'est moi qui suis la plus chanceuse, parce que je t'ai, toi, Jim Looney.

D'ailleurs, j'ai tendance à l'oublier trop souvent, dernièrement.

Je me penche vers lui pour l'embrasser en essayant d'ignorer Lauren qui tente d'attirer mon attention en tirant sur mon pull.

— Mais on n'a toujours pas trouvé l'ange qui va tout en haut du sapin, se lamente-t-elle.

— Je vais continuer de le chercher, répond Jim. Il doit bien être quelque part, il n'a pas pu se volatiliser !

— Oui, mais avant nous allons allumer les guirlandes.

Je me tourne vers Lauren avant d'ajouter :

— A toi l'honneur, ma chérie. Il faut juste appuyer sur ce bouton, là.

Jim vient se placer derrière moi puis m'entoure de ses bras avant de m'attirer contre son torse. Je niche ma tête au creux de son cou, comme je le fais toujours.

J'aime cet homme à la folie, il est mon meilleur ami, mon complice, et je regrette de m'être aussi mal comportée avec lui ces derniers jours.

— Qui sait, peut-être qu'à Noël prochain il y aura un berceau à côté du sapin, me chuchote-t-il à l'oreille.

Il m'a déjà dit exactement la même chose. Le réalise-t-il ? Seulement, la dernière fois, ces mots me remplissaient d'une joie immense…

Je brandis tous les tests de grossesse que j'ai faits — tous positifs — devant moi.

Je suis enceinte.

— Tu es… Tu… Est-ce que cela veut dire que nous allons avoir un bébé ? bafouille Jim.

— Oui !

— Ce sera une fille, j'en suis sûr. Une petite fille qui te ressemblera.

— Qu'est-ce que tu en sais ?

J'éclate de rire même si, secrètement, j'espère qu'il a raison. Une petite fille qui me ressemble… Une mini-moi.

Je vois alors une larme rouler sur sa joue et murmure :

— Tu pleures…

— Toi aussi, tu pleures, constate-t-il.

Et c'est vrai. Je pleure de joie.

Jim essuie tendrement mes larmes de ses deux pouces avant de m'embrasser.

Au bout d'un moment, je commence à rire contre ses lèvres puis nous nous mettons à danser autour du sapin, ivres de bonheur.

— A Noël prochain, il y aura un petit berceau à côté du sapin, annonce-t-il.

Je pousse un soupir en me demandant pourquoi la vie est aussi cruelle.

Il n'y a jamais eu de berceau à côté du sapin, juste un vide immense qui s'est creusé en moi, un vide dans lequel je voudrais me jeter parfois. Souvent. Tout le temps.

Chapitre 20

L'histoire de la vie est plus rapide qu'un clin d'œil. L'histoire de l'amour, c'est bonjour et au revoir.

Jimi Hendrix

Comment expliquer à une enfant de six ans que sa maison ne sera bientôt plus sa maison ?

Il n'existe pas de mots, de phrases miracles qui pourraient amortir le choc d'une telle nouvelle, et j'en sais quelque chose. Je pourrais même écrire un livre sur les manières qu'ont employées mes différents parents d'accueil pour m'annoncer que je n'allais plus vivre avec eux. J'ai eu droit au fameux « Ce n'est pas toi, Belle, tu n'as rien à te reprocher » ou au « C'est pour ton bien, tu sais ? », et, mon préféré : « C'est le début d'une nouvelle vie, je suis même un peu jalouse de ce qui t'arrive. »

Au moins, je sais déjà ce que je ne vais pas dire, même si, en y réfléchissant bien, les parents d'accueil sympa, que j'aimais vraiment bien, n'arrivaient pas, eux non plus, à trouver les mots justes dans cette situation. Une chose est sûre, en tout cas : les ruptures, peu importe notre âge ou leurs causes, ce n'est jamais facile.

Mais le plus étrange, dans tout cela, c'est que ce n'est plus moi qui dois partir, non. A présent, je suis l'adulte qui annonce la nouvelle de leur départ imminent aux enfants avant de leur faire mes adieux. Je l'ai déjà fait à plusieurs reprises avec les enfants qui ne sont pas restés longtemps avec nous, mais auxquels je me suis quand même attachée et qui me manquent toujours. J'y pense encore aujourd'hui et me demande souvent s'ils vont bien et ce qu'ils sont devenus.

Alors pourquoi, malgré mon expérience, cette fois est-elle aussi difficile ?

Parce qu'il s'agit de Lauren, tout simplement.

Parce que je me suis bercée d'illusions en me persuadant que nous allions pouvoir la garder pour toujours et parce que, même si ce n'est pas le cas, elle est quand même *ma* fille et elle m'a sauvé la vie, en quelque sorte.

Parce qu'à chaque fois que quelqu'un remarque qu'elle me ressemble mon cœur se gonfle de fierté et que je ne corrige jamais ceux qui pensent qu'elle est mon enfant.

Mon regard se pose sur la grande bibliothèque dans le salon et les rangées de livres.

Il y en a vraiment pour tous les goûts : des romans de Harlan Coben, de la *chick lit* de Claudia Carroll et même des livres du Dr Seuss. Il y a également un livre très spécial, celui de notre histoire. C'est Jim qui l'a acheté peu de temps après que nous avons obtenu l'agrément pour être parents d'accueil, et il n'était pas peu fier de son idée de consacrer une page à chaque enfant que l'on nous confierait, que ce soit pour quelques heures, jours, mois ou années.

Un gros tendre, mon Jim.

Je tire le livre de l'étagère et l'ouvre à la première page, sur laquelle il y a une photo de Jim et moi, le jour de notre mariage.

Jim Looney, le super coup, est devenu mon mari.

A cette réflexion, mon cœur se gonfle d'amour et j'ai envie de plonger ma main dans la photo pour l'attraper, le faire sortir de l'image et me blottir contre lui.

Lentement, je tourne les pages, et de nombreux souvenirs resurgissent dans ma mémoire : les bébés que j'ai tenus dans mes bras et à qui j'ai chanté des berceuses, les enfants que j'ai consolés après un cauchemar et soignés quand ils étaient malades, le nombre de larmes que j'ai dû essuyer. Je pense que j'aurais même pu remplir un lac avec !

Quand j'arrive à la page dédiée à Bobby, je regarde longuement sa photo et passe le doigt sur sa joue. Il me sourit et je lui rends son sourire.

Toi, mon petit Bobby, je savais que tu allais faire partie de notre vie pour toujours.

Je tourne une autre page et tombe sur la photo d'Imelda, une ado qui ne souriait jamais et qui a mis notre patience à rude épreuve. Même là, sur la photo, elle boude, et je suis persuadée qu'elle nous fait un doigt d'honneur dans sa tête. Elle ne s'est pas forcée à sourire pour cette occasion mais je ne lui en veux pas, elle est restée fidèle à elle-même, après tout.

Sur la page d'à côté, il y a une photo d'Erin et moi.

Sacrée Erin…

Malgré des débuts difficiles, nous sommes devenues très proches. A un moment, elle me suivait partout où j'allais. D'ailleurs, elle me donne toujours de ses nouvelles de temps en temps, et cela me fait très plaisir.

Je tourne une nouvelle page de l'album et mon regard se pose sur le cliché des frères Murphy, trois petites terreurs. Dire que nous avons eu beaucoup de mal à les gérer serait un euphémisme. En plus, le jour où la photo a été prise, ils avaient tous les trois la varicelle, alors inutile de vous décrire l'ambiance qui régnait dans la maison…

— C'était une semaine que je ne suis pas près d'oublier, observe Jim derrière moi, me faisant sursauter.

— Ça fait longtemps que tu es là ?

— Quelques minutes seulement. Tu sais, je me dis souvent que, si les frères Murphy avaient été les premiers enfants dont nous aurions dû nous occuper, nous aurions tout de suite jeté l'éponge. Nous n'avons pas dormi de la semaine quand ils ont eu la varicelle.

— Les pauvres, ils avaient des boutons paaartout.

J'ai envie de me gratter rien qu'en y repensant.

Nous avons eu la charge des trois petites terreurs juste quelques semaines, parce que leurs parents traversaient une période difficile, et, manque de chance pour nous, les garçons ont attrapé la varicelle pile à ce moment-là. Avec Jim, nous avions prévu plein d'activités pour les occuper, mais ils n'ont eu le droit qu'à des bains froids et à un traitement antihistaminique.

Je feuillette encore quelques pages en secouant la tête jusqu'à atteindre une page vierge, celle de Lauren. Bientôt, sa photo viendra rejoindre toutes les autres pour ne devenir qu'un souvenir. Un de plus.

Soudain, je me sens faible et je m'assois par terre, le dos contre la bibliothèque, en murmurant :

— Je ne suis pas sûre d'avoir la force de la voir partir.

— Moi non plus, dit doucement Jim en s'accroupissant à côté de moi et en posant sa tête sur mon épaule.

C'est fou, comme nous pouvons créer des liens plus forts avec certaines personnes qu'avec d'autres. C'est le cas avec Lauren. Dès l'instant où je l'ai vue, en train de se cacher derrière Lorcan, j'ai eu l'impression de la connaître, et, quand elle a pris ma main pour la serrer, elle avait déjà sa place dans mon cœur.

Je le pense vraiment lorsque je dis qu'elle m'a sauvé la vie. Comme elle, je n'allais pas bien quand elle est arrivée et, d'une certaine façon, nous nous sommes entraidées pour aller mieux. J'ai beau essayer de le nier à tout prix, je dois me rendre à l'évidence : elle n'a plus besoin de moi mais de sa mère, et je n'arrive pas à supporter cette vérité qui me ronge.

— Moi aussi, elle va terriblement me manquer, Belle, chuchote Jim. Je l'aime au moins autant que toi. Tu n'es pas seule dans cette épreuve, nous la surmonterons ensemble, toi et moi.

Je rencontre son regard et réalise que c'est également très, très difficile pour lui. Je n'en ai jamais douté une seconde, mais je pense qu'il n'arrive toujours pas à comprendre pourquoi cette situation m'affecte davantage que lui.

— Jim, il y a un nombre qui n'arrête pas de tourner dans ma tête, encore et encore…

Je dois essayer de lui expliquer ce que je ressens.

— Et… ? fait-il en fronçant les sourcils d'un air interrogateur.

— 106.

— 106 quoi ? demande-t-il en commençant à sourire.

Il doit penser que nous allons jouer à un jeu, aux charades ou aux devinettes.

— Cela fait déjà 106 fois que j'ai dû faire mes adieux à quelqu'un. Lauren sera la cent-septième.

C'est quand même un paquet d'adieux, et ce nombre pèse sur moi comme une chape de plomb.

Quand j'étais petite, Tess se plaignait souvent d'être lessivée, surtout en fin de journée, et il m'aura fallu de nombreuses années pour comprendre pourquoi. Moi aussi, je suis fatiguée, je suis fatiguée à en mourir, et j'ai l'impression de ne pas avoir dormi pendant des mois.

— J'ignorais que tu les comptais, déclare Jim, surpris. Bon sang, Belle, ça fait beaucoup d'au revoir.

Oui, et je les ai même classés par catégorie : les au revoir à mes parents d'accueil, aux enfants qui étaient dans le même foyer que moi, aux enfants dont nous nous sommes occupés… Sans oublier mes parents biologiques, même si, techniquement, je n'ai jamais pu leur dire au revoir puisqu'ils ne m'ont jamais dit bonjour.

Après tout ça, faire mes adieux à Lauren devrait être facile, mais non, ce sont les plus durs de tous. Rapidement, je cligne des yeux pour retenir les larmes qui menacent de couler tout en me pinçant le bras.

Arrête, ça suffit.

— Belle, je m'inquiète vraiment pour toi…

Oui, je sais, je le lis sur son visage et dans ses yeux, et je me sens vraiment coupable de lui faire vivre tout ça.

— Honnêtement, Jim, tu n'en as pas assez, de tout ça ? De ce drame qu'est devenue notre vie ?

— Ce n'est pas si terrible, si ? réplique-t-il, presque blessé par mes mots.

Ma réponse risque de ne pas du tout lui plaire, mais tant pis.

— Si, ça l'est.

— Voyons, Belle, ce que tu dis est injuste. Nous avons une belle vie, une belle maison, et nous avons déjà pu venir en aide à tellement d'enfants ! Et puis il ne faut pas oublier le plus important : nous sommes ensemble, tu m'as, moi, et je t'ai, toi.

— Parfois, j'aimerais tellement que tu puisses te mettre à ma place pour comprendre d'où ça vient, tout ça. Bien sûr, que j'aime notre vie et que je t'aime, toi. C'est juste qu'en ce moment j'ai l'impression que notre vie ressemble à un feuilleton télé de mauvais goût qui n'est pas près de se terminer.

— Je sais que tu as traversé de nombreuses épreuves, Belle, mais je pense aussi que tu ne me dis pas tout.

— J'ai peur, voilà. Je n'arrête pas de me demander ce qui va se passer si les vieux démons d'Alicia venaient à se réveiller un jour. Rappelle-toi à quoi ressemblait Lauren quand elle est venue ici : elle était affamée, parce qu'elle n'avait mangé que des barres de céréales et du pain rassis pendant Dieu sait combien de temps. Moi aussi, je suis passée par là, je sais ce que c'est, et je ne veux pas que Lauren revive cette situation.

— Moi aussi, je m'énerve chaque fois que j'y pense,

mais il n'existe aucune garantie dans la vie. Nous devons faire confiance à Alicia, croire en elle. Et cette fois, elle n'est plus toute seule, elle a des gens sur qui compter.

— Lauren est si heureuse avec nous...

— Oui, mais elle peut également l'être avec sa mère, et c'est ce qu'elle veut. Ecoute, Lauren est très intelligente, elle risque de comprendre que nous sommes tristes à l'idée de son départ, et je pense que ce n'est pas juste envers elle de le lui montrer.

Il a raison.

— Belle, si j'avais ne serait-ce qu'un petit doute sur les capacités d'Alicia à s'occuper de sa fille, j'aurais tout fait pour garder Lauren avec nous, absolument tout. Mais Alicia va bien, tout comme sa fille. Nous avons fait une très bonne action, nous avons réussi à réunir une petite fille et sa maman, qui a hâte de la retrouver.

Je hoche la tête et réponds :

— Jim Looney, tu sais toujours trouver les mots justes quand il le faut. C'est vrai, nous avons fait quelque chose de bien, et c'est ça, le plus important, je dois juste me le répéter plus souvent et arrêter de me comparer à Lauren.

— Je serai toujours là pour toi, Belle, de la même manière que, toi, tu seras toujours là pour moi, c'est comme ça que ça marche. N'oublie pas : tu n'es pas toute seule. Tu auras encore plein d'autres au revoir à faire, et on les fera ensemble, main dans la main. Promis.

A ces mots, il prend mon visage entre ses mains et plonge son regard dans le mien. Nous restons ainsi quelques instants, puis je noue mes bras autour de son cou et le serre fort contre moi.

— Il n'y a pas d'épreuves que nous ne puissions surmonter, et celle-là en fait partie, me murmure-t-il à l'oreille. Comme je le dis toujours : quand la vie te donne des citrons, fais-en de la limonade, ou alors coupe-les en rondelles et mets-les dans ton gin-tonic.

Je me relève et lui tends la main en lui disant :

— Allons parler à Lauren, après quoi tu devras sûrement me préparer un de ces gin-tonics dont tu as le secret.

Nous retrouvons Lauren dans la salle de jeux.

Les jambes croisées, elle est assise par terre, en train de faire un puzzle. Un petit bout de sa langue dépasse de ses lèvres, témoignant de sa concentration.

— Waouh, Lauren, beau travail, la complimente Jim.

— Oui, je suis très forte en puzzles, rétorque-t-elle d'un ton si sérieux qu'il nous fait rire.

— Ça t'ennuie, de laisser ton puzzle de côté pendant quelques instants ? lui demande Jim. Nous voudrions te parler.

Aussitôt, elle se relève et se précipite vers lui.

— Bisou esquimau ! s'exclame-t-elle alors que Jim se baisse pour la prendre dans ses bras.

En ce moment, elle adore frotter son nez contre le nôtre pour nous faire un bisou à la manière des Esquimaux.

Mon cœur se contracte dans ma poitrine en les regardant. Ce sont les deux personnes que j'aime le plus au monde, et bientôt…

— J'ai faim, décrète soudain Lauren en plissant ses lèvres en une petite moue. Je peux avoir un Petits Filous ?

Je me tourne vers la porte et réponds :

— Non, mais je peux te préparer un goûter.

— Pas tout de suite, m'arrête Jim en posant une main sur mon bras. Tu auras un grand verre de lait et même un cookie après notre discussion.

— J'adore les Oreo, annonce-t-elle en penchant légèrement la tête sur le côté.

Je me sens mal, étant donné ce qui va suivre, mais je prends sur moi et lui souris en murmurant :

— Je m'en souviendrai.

Est-ce que les parents d'accueil chez qui j'ai vécu étaient dans le même état d'esprit que moi avant la « grande discussion » ? Peut-être. Sauf que Lauren, elle, retourne vivre chez sa mère, ce qui n'a jamais été mon cas. Elle va reprendre une vie normale, elle n'aura pas à passer de foyer en foyer.

Et là j'ai comme une révélation : Lauren n'est pas comme moi, elle ne l'a jamais été, elle est...

Elle est comme Jim.

Ravalant la boule qui m'obstrue la gorge, je force un sourire et lui demande :

— Alors, tu t'amuses bien avec ta maman quand vous êtes ensemble ?

— Elle me donne des Oreo aussi et elle colorie très bien, elle ne dépasse jamais comme moi.

— Ah oui, c'est super, ça.

— Et que dirais-tu de passer un peu plus de temps avec elle ? l'interroge Jim. Rester dormir chez elle, par exemple ?

Son petit visage s'illumine aussitôt d'un immense sourire et je peux pratiquement entendre mon cœur se briser en deux dans ma poitrine.

— Oh ! oui, oh oui ! s'écrie Lauren en sautillant sur place. Je peux y aller maintenant ?

— Non, pas aujourd'hui, répond Jim en souriant, les yeux brillants de larmes. Mais tu pourrais peut-être y aller ce week-end. Et, si tout se passe bien, ta maman aimerait beaucoup que tu restes avec elle pour toujours. Qu'est-ce que tu en dis ? Ce ne serait pas super, de vivre avec elle ?

— Mais j'habite ici !

Lauren nous dévisage tour à tour en rigolant avant d'ajouter :

— Je ne peux pas habiter ici et chez ma maman.

Je m'assois dans le fauteuil derrière moi et attire Lauren sur mes genoux. Je respire son odeur d'enfant si particulière en essayant de trouver les mots pour lui expliquer la chose.

— Oui, tu as raison, c'est impossible.

Quoi ? C'est déjà un début.

Elle regarde de nouveau Jim, puis moi, l'air confus.

— Je ne vais plus habiter ici ?

— Non, ma chérie, mais il ne faut pas que tu sois triste, au contraire, c'est une bonne chose, l'informe Jim en s'accroupissant devant elle et en prenant ses petites mains dans les siennes. Tu auras ta maman avec toi tous les jours, et je suis sûr que vous allez beaucoup vous amuser ensemble.

— Mais, moi, je veux aller choisir le sapin pour le couloir avec vous et j'ai même fait une décoration exprès pour lui. C'est une étoile. Vous m'avez promis que je pourrais venir, et une promesse est une promesse.

Je réfléchis quelques instants avant de dire :

— Oui, c'est vrai, et tu pourras venir avec nous, sauf si tu préfères rester avec ta maman, parce que je pense qu'elle aura besoin de ton aide pour décorer la maison *et* le sapin.

Votre maison, je devrais dire. Je dois m'habituer à l'idée que ce n'est pas ici, sa maison. Sa place est auprès de sa mère.

Ah, cette idée semble lui plaire : elle ne répond pas tout de suite, mais elle n'a pas l'air triste non plus.

— Je peux prendre mon nounours avec moi quand j'irai dormir là-bas ?

— Oui, bien sûr. Tu peux prendre tout ce que tu veux de ta chambre avec toi. Sauf le lit. Je pense qu'il n'entrera pas dans ta valise.

Elle rigole à ma blague.

— Et toi, tu peux venir aussi ? s'enquiert-elle, et les deux morceaux de mon cœur meurtri se brisent en deux à leur tour.

— Non, ma chérie, je ne peux pas. Mais sache que Jim et moi, nous serons toujours là pour toi, toujours.

Elle hoche la tête avec une expression satisfaite et se love contre moi.

— Bon, eh bien, voilà qui est fait, observe Jim en se redressant. Ah, non, nous avons oublié encore une chose…

Brusquement, il se précipite vers la porte en s'écriant :

— Le dernier arrivé dans la cuisine n'aura pas de goûter !

Lauren descend aussitôt de mes genoux pour le suivre en criant.

Ça y est, c'est vraiment la fin.

Chapitre 21

Parfois, le plus difficile n'est pas de lâcher prise, mais plutôt de savoir repartir de zéro.

NICOLE SOBON

Lauren vient tout juste de partir avec sa mère pour passer le week-end avec elle et, si tout se passe bien, elle retournera vivre auprès d'elle dans les jours qui suivent.

— On peut parler ? demande Jim quand je referme la porte d'entrée.

— Oui, je vais faire du café.

Nous nous dirigeons vers la cuisine et j'allume la bouilloire.

— C'est plus dur que je ne le pensais, admet-il. Malgré les heures et les heures de formation et l'expérience que nous avons acquise au fil des années, rien ne peut te préparer à ça.

Il le comprend. Il comprend enfin ce que je ressens et j'en suis soulagée.

Je sais que Lorcan a raison, Lauren doit retourner auprès de sa mère, mais une partie de moi se révolte à cette idée. C'est vrai, il n'y a rien de plus important et de plus fort que les liens qui unissent une famille, mais mon cœur refuse tout simplement d'accepter cette situation. J'ai l'impression d'être victime d'une trahison, et rien ni personne ne peut y changer quoi que ce soit ni apaiser ma douleur.

En cet instant, la décision que j'ai prise il y a quelques semaines me semble vraiment la bonne, je dois juste en faire part à Jim. J'avais peur de lui en parler, mais, étant donné ce qu'il vient de me dire, je pense qu'il comprendra.

— Je ne peux plus continuer comme ça. C'est trop douloureux.

Voilà, c'est dit et, à en croire son expression choquée, nous ne sommes peut-être pas tout à fait sur la même longueur d'onde.

— Tu veux faire une pause ? Nous pouvons en parler à Lorcan, lui demander qu'il nous accorde quelques semaines pour nous remettre les idées en place.

— Je ne sais pas.

Si, tu sais, et tu te dois d'être honnête avec lui.

— C'est juste que… je suis fatiguée. Nous n'avons pas arrêté depuis que nous avons obtenu l'agrément pour être parents d'accueil. Il y a eu les cours puis les travaux dans la maison et les visites des services sociaux pour s'assurer que tout soit en ordre…

— Oui, moi aussi, j'ai détesté tout ça, avoue Jim. Des fois, je préférerais que nous n'ayons de comptes à rendre à personne et que personne n'ait à nous dire où ranger l'eau de Javel.

— Ouais, mais nous avons choisi cette vie.

— Oui, et elle me plaît telle qu'elle est. Je pensais qu'à toi aussi elle te plaisait.

Je vois clairement qu'il est vexé par mes propos et j'ignore quelle attitude adopter. Nous n'avons jamais vraiment été en désaccord, lui et moi. Tess disait souvent que nous étions « comme les deux doigts de la main, des jumeaux siamois ». Et c'est vrai, du moins, ça l'était jusqu'à présent.

Il faut croire que l'honnêteté n'est pas toujours la meilleure approche parce qu'il me dévisage toujours, les sourcils froncés.

Je dois trouver un moyen de lui expliquer ma démarche pour qu'il me comprenne.

— C'est quoi, la suite, là, à ton avis, Jim ? Lorcan va

nous passer un coup de fil pour nous annoncer qu'il nous envoie un autre enfant. Super, nous allons nous occuper de lui, soigner ses bobos et sécher ses larmes, mais, moi, je ne peux pas faire tout ça sans leur donner de l'amour, je ne fonctionne pas comme ça, ce n'est pas inscrit dans mon ADN.

— Heureusement que ton ADN est tel qu'il est, Belle. C'est ta capacité à aimer sans limites qui m'a fait t'aimer, toi.

Oui, mais mon ADN est celui de Dolores, aussi !

Je repense à sa lettre, à tout ce venin dans ses paroles. Et si j'étais comme elle ? J'ai l'impression de perdre la tête, je ne sais plus sur quel pied danser, quoi penser, qui croire. Trop de pensées tournent dans mon esprit sans s'arrêter, et je vais finir par devenir folle, si ça continue.

— Tu n'en as pas marre, de ne pas avoir ton mot à dire au sujet de l'avenir de tous ces enfants, Jim ? Nous devons nous contenter d'accepter les décisions imposées par les autres et c'est tout ?

Ne voit-il donc pas à quel point c'est injuste ?

— Tu pensais vraiment que Lauren allait rester avec nous, n'est-ce pas ? demande-t-il.

— Oui.

Il pousse un profond soupir et une ride se creuse au milieu de son front.

C'est nouveau… Ou était-elle déjà là avant ?

— Moi aussi, j'aimerais bien avoir un enfant pour toujours, me confie-t-il en s'approchant de moi. Peut-être qu'il est vraiment temps pour nous de réessayer. Ça fait déjà trois ans… Qu'est-ce que tu en penses ?

Trois ans, vraiment ? J'ai l'impression que c'était hier.

— Belle, ne te réfugie pas dans le silence, je déteste quand tu fais ça. Il faut crever l'abcès.

Mais que veut-il que je lui dise ? Qu'il ne se passe pas un seul jour sans que je pense à notre petit ange ? Que le temps ne guérit *pas* les blessures parce que, même au bout de trois ans, ce qui s'est passé me fait toujours aussi mal, me ronge de l'intérieur ? Je n'ai même pas été en mesure de garder mon bébé, ma petite puce, en vie.

— Belle… Aide-moi à comprendre ce qui se passe dans ta tête. Es-tu en train de me dire que tu ne veux plus être parent d'accueil ni essayer d'avoir un autre bébé ?

Je sens une certaine tension dans sa voix et me crispe.

— Je ne sais pas, je ne sais plus… Je suis désolée.

Mes mots planent lourdement dans le silence qui suit, et, à cet instant, j'ignore s'il existe un moyen de sortir de cette situation.

Chapitre 22

Au début, la plupart de mes amis entendaient la clochette, mais, au fur et à mesure que passaient les années, elle se tut pour eux tous. Même Sarah, un Noël, découvrit qu'elle n'entendait plus son doux chant. Bien que je sois devenu vieux, la clochette sonne toujours pour moi, comme pour tous ceux qui y croient vraiment.

LE PÔLE EXPRESS

Depuis notre discussion dans la cuisine, l'ambiance entre Jim et moi est électrique, n'importe qui pourrait le sentir. Je sais qu'il est profondément déçu, mais je n'y peux rien.

Les fêtes de Noël démarrent vraiment mal cette année.

Je me sens terriblement coupable, mais je ne peux pas aller à l'encontre de mes sentiments. Le pire, c'est que, tel que je connais Jim, il va tout faire pour terminer notre « grande discussion ». Seulement, la façon dont il s'y prend ne fait qu'empirer les choses. Comment veut-il que j'accepte quelque chose qu'il m'impose ?

Nous ne pouvons nous en prendre qu'à nous-mêmes, nous avons choisi d'ignorer le problème — qui est pourtant évident — bien trop longtemps. Il fallait donc bien s'attendre à ce méchant retour de bâton.

Cette situation me met tellement en rogne que j'ai envie de tout casser. Jim essaie de remettre nos problèmes sur le tapis, mais son timing ne pouvait pas être pire.

Je regarde mon mari et lui lance :

— Arrête.

— Arrête quoi ? demande Jim, feignant l'ignorance.

— Ce n'est pas le moment de parler de tout ça. Je sais que tu as des choses à me dire, mais c'est le dernier week-end de Lauren avec nous et je ne veux pas le gâcher.

Nous sommes tous dans le salon, Jim et moi installés sur le canapé et Lauren assise par terre, en train de parler à son « bébé » du jour, un singe en peluche.

— Oui, tu as raison.

— Nous sommes d'accord, le sujet est clos pour l'instant ? Fini les allusions au berceau ?

— Oui, OK, réplique-t-il simplement.

Nous tournons tous les deux le regard vers Lauren et la regardons jouer avec sa peluche quelques instants, puis Jim propose :

— Et si nous regardions un film de Noël ? Ça nous changerait un peu les idées, non ? Lauren, c'est toi qui choisis le film.

Lauren prend la tâche très au sérieux et, après une longue réflexion, elle choisit de regarder *Le Pôle express*, un film plébiscité sous notre toit depuis toujours.

— Je pourrais nous préparer du chocolat chaud avant de lancer le film, dit Jim.

— Avec des marshmallows ? demande Lauren en sautillant sur le canapé, à côté de moi.

— Evidemment, s'exclame-t-il. Je pensais faire ma recette spéciale : marshmallows, crème Chantilly et vermicelles de chocolat.

— Si tu ajoutes un Mars au mien, je t'aimerai pour la vie.

— C'est comme si c'était fait, rétorque-t-il en me faisant un clin d'œil.

Jim disparaît dans la cuisine, et je prépare le film pendant qu'il s'occupe des boissons chaudes. Quand il revient dans le salon, il fait la distribution des tasses nappées de crème Chantilly et nous nous calons tous confortablement dans notre grand canapé.

Je démarre le film, et le visage de Tom Hanks apparaît sur l'écran :

— Tout le monde en voiture ! s'exclame-t-il.

Très vite, nous sommes tous les trois immergés dans le film, si bien que nous poussons un petit cri de surprise à l'unisson quand la massive locomotive à vapeur débarque dans la rue calme du petit garçon. J'ai dû voir ce film un millier de fois au moins, mais, chaque fois que je le regarde, c'est comme si l'air autour de moi vibrait de magie.

— Elle a le même pyjama que moi ! s'exclame Lauren en pointant du doigt une des petites filles que l'on voit dans le train avant de baisser les yeux sur son pyjama.

Je la serre contre moi et murmure dans ses cheveux :

— Oui, c'est vrai.

Nous sirotons notre chocolat chaud sans décoller les yeux de la télé.

Si seulement la vraie vie était aussi belle qu'elle l'est à l'écran. Plus le train s'approche du pôle Nord, plus notre excitation grandit. Lauren ne cesse de gigoter entre Jim et moi en faisant une narration détaillée du film et, quand arrive la scène où le train serpente à vive allure à travers les contrées sauvages, elle se blottit contre moi. Ce passage lui fait toujours un peu peur. D'ailleurs, cela me fait penser que je ne dois pas oublier de le dire à Alicia.

Lauren est une petite fille courageuse, mais il y a quand même des choses qui l'effraient, comme les hauteurs. Par contre, elle saute dans une piscine sans problème. Ah oui, et elle n'aime pas les araignées, mais trouve les petites souris très mignonnes. Réflexion faite, je vais plutôt lui écrire tout ça, à Alicia, mais, pour l'instant, je préfère profiter de ce moment, de ma petite famille réunie devant un film de Noël.

Lorsque les rennes pénètrent dans la cour, dans un cliquetis presque assourdissant de harnais et de clochettes, nous retenons tous notre souffle.

— C'est le plus beau son de toute la terre, chuchote Lauren, et je suis tout à fait d'accord avec elle.

Elle glisse alors du canapé et se précipite vers notre sapin avant de se hisser sur la pointe des pieds pour essayer d'attraper la clochette que Jim m'a offerte. Comme elle n'y arrive pas, Jim la rejoint et la soulève dans ses bras. Dès qu'elle l'attrape, elle se met à la secouer, un sourire radieux illuminant son visage, et, au même moment, dans le film, le Père Noël sort à son tour dans la cour pour rejoindre les elfes et les enfants.

— Pourquoi est-ce qu'il ne peut pas entendre les clochettes, lui ? m'interroge-t-elle en faisant allusion à l'un des petits garçons.

— Parce qu'il ne croit pas à la magie de Noël. Il faut y croire, pour entendre le tintement des clochettes.

— Moi, j'y crois ! s'exclame-t-elle. Et toi, Belle, tu y crois, hein ?

— Oui, bien sûr.

Ton nez s'allonge, Pinocchio.

Je n'y crois plus. J'y croyais quand j'étais petite, puis j'ai compris que la magie n'existait que dans les contes de fées. Si seulement j'avais pu garder un peu de mon enthousiasme d'enfant, cela m'aurait bien servi dans des moments comme celui-ci.

Quand le générique de fin se met à défiler sur l'écran, je sens la petite tête de Lauren se poser contre mon épaule. Jim la soulève délicatement pour la porter dans sa chambre et la border. Le fait de voir mon mari avec un enfant dans les bras provoque en moi une tornade de sentiments douloureux. Jim est un excellent père, mais… Et si je ne pouvais jamais lui donner ce qu'il désire tant ?

— Je pense que tu n'y crois plus, déclare-t-il en revenant dans le salon.

Je tourne mon regard vers les flammes dans la cheminée, qui dispensent une lumière diffuse dans la pièce, en haussant les épaules et en bâillant. Je ferais mieux d'aller me coucher avant qu'il n'aborde le sujet tabou.

— Tu croyais en la magie, poursuit-il. Une des choses que j'appréciais le plus chez toi quand on était gamins, c'était que tu croyais dur comme fer aux fins heureuses.

Oui, c'était il y a bien longtemps.

— Tu y croyais tellement que même moi, j'ai fini par y croire.

— Et pourtant il s'avère que c'était Tess qui avait raison : les fins heureuses n'existent que dans les contes de fées.

— Non, je ne suis pas d'accord, me contredit Jim en s'asseyant à côté de moi. Nous aussi, nous l'aurons, notre fin heureuse, elle n'est pas loin, elle est à portée de main, nous devons simplement la saisir.

— Mais peut-être que nous l'avons déjà saisie, Jim. Nous nous sommes mariés et nous avons consacré notre vie à nous occuper d'enfants ayant besoin de notre aide. C'est une belle fin, non ?

— Oui, tout le monde n'a pas la chance que nous avons, cependant, notre histoire ne s'arrête pas là. Je pense que nous devrions réessayer de faire un enfant.

Nous y revoilà. Ne pense-t-il donc pas aux risques que cela implique ? Puisqu'il n'est sensible à aucun de mes arguments, essayons une autre approche.

— Dans *Le Pôle express*, qu'est-ce qu'a dit le clochard, sur le train ?

— Je ne me souviens pas, répond-il, visiblement confus par ma question.

— « Le voir, c'est y croire. » C'est ce qu'il a dit au petit garçon. « Le voir, c'est y croire. » Chaque fois que nous parlons d'avoir un autre enfant, moi, tout ce que je vois, c'est ce jour horrible, à l'hôpital. Il m'est très difficile de croire en la magie et aux fins heureuses après ça.

— Mais les choses peuvent se passer différemment cette fois-ci, Belle.

— Peut-être, mais je préfère ne pas courir de risques. Je ne peux pas traverser une telle épreuve encore une fois, je n'y survivrais pas.

— Je n'aurais jamais cru que ma femme manquerait de courage.

Il ne comprend toujours pas. A quoi bon s'étendre davantage sur le sujet ?

— Je suis fatiguée, je vais au lit.

Jim se lève en même temps que moi en m'adressant un regard chargé de reproches.

— Oui, c'est ça, va te coucher. Fuis cette discussion, encore une fois.

— Jim, je suis vraiment fatiguée.

— Très bien, juste, avant que tu montes, permets-moi au moins de répondre à ton accusation.

Quelle accusation ? Quand et de quoi l'ai-je accusé ?

— Tu penses que je ne comprends pas, n'est-ce pas ?

Ah, ça...

— Tu as sans doute raison, enchaîne-t-il, après tout, je n'étais *que* le *père* de cet enfant. Et tu veux savoir ce que je pensais chaque fois qu'on nous disait « Que voulez-vous, c'est la vie, ça arrive, malheureusement » ou encore « Cette fois n'était pas la bonne, mais ça viendra » ?

Les paroles sortent de sa bouche tel un flot incontrôlable, et mon cœur se met à battre la chamade.

Je secoue la tête, craignant sa réponse.

— « Espèce de connard » ou « Ferme ta gueule ». Voilà ce que je pensais en réalité. Mais au lieu de hurler ça je remerciais les gens pour leur soutien.

Apparemment, ni lui ni moi n'avons jamais été complètement honnêtes concernant ce sujet douloureux. Je me sens coupable d'avoir été si absorbée par mon propre chagrin que je ne me suis même pas rendu compte de celui de Jim. Quand est-ce que je suis devenue aussi égocentrique ?

— J'étais tellement focalisé sur ta douleur que j'ai refoulé la mienne ainsi que la colère qui me rongeait de l'intérieur.

Je me sens trop mal à présent et je tends la main vers lui pour la poser sur son bras, mais il recule et se met à marcher dans le salon comme un lion en cage.

Mon mari souffre au moins autant que moi, et je ne me suis aperçue de rien.

— Moi aussi, je faisais des cauchemars, tu n'étais pas la seule. Je n'en ai plus autant qu'avant, mais la première année après la… J'en avais pratiquement toutes les nuits.

— Tu… Tu ne m'as rien dit.

J'ai honte, tellement honte… Je n'ai rien remarqué alors que j'aurais dû, oui, j'aurais dû.

Ebranlée par cette révélation, je me laisse retomber sur le canapé.

— Je ne voulais pas t'accabler davantage, tu étais déjà assez mal comme ça, mais, en y repensant, je me dis que j'aurais dû t'en parler, j'aurais dû te faire part de *mes* sentiments pour te faire comprendre que je sais ce que c'est, d'avoir peur, parce que, oui, moi aussi, j'ai peur, je suis mort de trouille, mais je veux quand même réessayer. Je veux le faire et je suis persuadé que nous y arriverons, cette fois.

A ces mots, il revient s'asseoir à côté de moi, et nous restons silencieux un long moment, chacun perdu dans ses pensées. Je suis la première à briser la glace entre nous.

— Est-ce que ça t'arrive de te demander à quoi aurait ressemblé notre vie si notre bébé avait survécu ?

— Oui, tout le temps, répond-il en hochant la tête. Je me dis que, dans un univers parallèle, nous avons une petite fille de trois ans qui te ressemble comme deux gouttes d'eau et qui aurait commencé à aller à la maternelle en septembre prochain.

— Elle s'appelle comment ?

— Rose, comme ma grand-mère.

— Rose… J'aime beaucoup. Tu sais, j'étais persuadée que j'étais la seule à vivre dans un monde construit avec des « si ».

Je me rapproche de lui et repousse en arrière sa mèche qui lui recouvre l'œil en un geste que j'ai dû faire des milliers de fois depuis que nous nous connaissons.

— Nous nous débrouillons très bien, murmure-t-il.

— Comment ça ?

— Nous sommes de bons parents. Niveau parentalité, nous avons vécu pratiquement tous les cas de figure. Nous nous sommes occupés de nouveau-nés, d'enfants en bas âge et d'ados. Nous sommes des pros.

Il conclut sa dernière remarque par un clin d'œil.

— Oui, nous ne sommes pas trop mal, c'est vrai.

Je lui donne un petit coup d'épaule avant d'ajouter :

— Sauf la fois où nous avons perdu Erin au supermarché.

— Cette enfant était plus habile qu'un gymnaste olympique. Nous aurions dû lui implanter une puce, elle n'arrêtait pas de fuir à droite à gauche. Cela dit, à part ce petit incident de parcours, nous sommes de bons parents et nous avons beaucoup de choses à offrir à un enfant, tu n'es pas d'accord avec moi ?

J'opine de la tête.

— Belle, je veux essayer juste encore une fois. Si ça ne marche pas, tant pis, mais, au moins, nous n'aurons pas de regrets. Est-ce que tu peux au moins y réfléchir ?

— J'ai tellement de trucs dans la tête ces derniers temps, Jim.

Nos regards se croisent et je me rends compte que mon Jim, le jeune homme drôle et insolent que j'ai toujours connu, s'est transformé en un homme aux traits tendus et fatigués. Cela s'est produit sous mes yeux sans même que je m'en aperçoive et, pire encore, c'est ma faute.

— Belle, s'il te plaît…

J'ai envie de lui dire oui, de lui dire : « Allez, on y va,

faisons-le tout de suite », mais je ne peux pas, la peur enracinée au plus profond de moi m'en empêche.

Et si je n'arrive pas à retomber enceinte ? Et si j'y arrive et que je perds encore le bébé ? Et si j'y arrive et que j'accouche d'un enfant que je ne pourrais pas aimer parce que je suis comme ma mère ?

J'aimerais tellement pouvoir chasser toutes ces questions irrationnelles de ma tête, mais mon angoisse me l'interdit, elle en a besoin pour se nourrir et grandir en moi, et je ne peux rien faire pour lutter contre ça.

Comme je ne dis rien, Jim se lève et fait quelques pas dans le salon. Je vais le rejoindre et presse mon front entre ses omoplates en nouant mes bras autour de sa taille.

— Jim… Je suis vraiment désolée de ne pas avoir été là pour toi quand tu en avais besoin.

— Si, Belle, tu l'as été. Ton amour et ta présence, c'est ce qui m'a permis d'aller de l'avant.

— Je t'aime, Jim, n'en doute jamais.

Chapitre 23

Il n'y a pas d'au revoir pour nous. Peu importe où tu es, tu seras toujours dans mon cœur.

GANDHI

Ça y est, le jour fatidique et tant redouté est arrivé.

Je suis debout, sur le trottoir devant la maison, un large sourire — trop large, sans doute — aux lèvres, en train d'agiter mon bras si fort que je vais finir par me déboîter l'épaule. Je souffre atrocement à l'intérieur, mais compose avec la douleur. Je n'ai pas d'autre choix, de toute façon.

Jim se tient derrière moi. Je peux sentir les battements de son cœur dans mon dos et la faible caresse de son souffle sur ma nuque. Pour lui aussi, c'est très difficile de faire bonne figure.

« Ta tristesse est aussi grande que la joie des enfants qui retrouvent leur chez-soi, et c'est le plus important. »

Depuis plusieurs jours, je me répète les mots de Tess en boucle pour m'aider à aller au bout de ce supplice.

J'agite le bras encore plus fort en ignorant le déchirement que je ressens dans ma poitrine.

Depuis le siège arrière de la voiture, Lauren nous fait aussi au revoir de la main, un sourire radieux sur son visage illumine ses yeux. Elle est vraiment heureuse et je le suis pour elle, car c'est tout ce qui compte.

— Ce n'est jamais facile de dire au revoir, me murmure Jim à l'oreille.

— Pour nous, pas pour elle. Elle, elle ne dit pas au revoir, elle dit bonjour à une nouvelle vie.

Je ferme les yeux et un chiffre apparaît aussitôt derrière mes paupières closes.

107.

C'est bon, je rends mon tablier.

Chapitre 24

Renoncer, c'est le meilleur moyen d'échouer.

GENA SHOWALTER

Décembre 2015

— Je n'y arrive plus, Belle. Tu n'as pas dit un seul mot depuis que Lauren est partie. A moi aussi, elle me manque terriblement.

— Pardon, Jim, excuse-moi…

Comment fait-il pour me supporter, surtout ces derniers jours ? Cet homme est vraiment un saint.

— Ne t'excuse pas, ce n'est pas ce que je veux. Je comprends, c'est très dur pour toi, mais ça l'est pour moi aussi. Je veux juste que tu n'oublies pas que tu n'es pas toute seule, nous sommes deux. Tu me manques, Belle. Notre complicité me manque. Je pense que nous devrions trouver quelque chose, une occupation, pour nous changer les idées.

J'aimerais tellement pouvoir trouver les bons mots pour arranger les choses. Jim ne mérite pas tout ça.

— Nous pourrions peut-être aller chercher le sapin pour le couloir ? propose-t-il. Ça fait bizarre, la maison sans lui, non ? Et nous pourrions aussi sortir ce soir, aller boire un verre ou manger un morceau ?

Il essaie de me redonner le sourire par tous les moyens et, rien que pour ça, je me dois de faire preuve de bonne volonté.

— Oui, c'est une excellente idée.

Un sourire éclaire aussitôt son visage, ce qui ajoute à ma culpabilité.

Je dois faire un effort. Pour lui. Jusqu'à présent, j'ai refusé d'aller chercher le vrai sapin parce que Lauren n'était plus là, mais je dois arrêter de prendre son absence comme prétexte.

Tout le monde s'inquiète pour moi, je le sais. Tess est passée hier et, à un moment, je les ai surpris, elle et Jim, en train de chuchoter dans le couloir. Enfin, pas exactement chuchoter, car j'ai entendu toute leur conversation. Ce n'est pourtant pas si compliqué que ça, de parler à voix basse, si ?

Cela dit, peut-être que Jim a raison. Peut-être que j'ai vraiment besoin d'une coupure et de m'amuser un peu.

— Laisse-moi cinq minutes, le temps de me refaire une beauté, et on y va.

— Mets des vêtements chauds, tu sais comment il peut faire froid là-bas.

Je monte dans la chambre pour me rafraîchir et m'habiller, et, quand je redescends dans le couloir, Jim est déjà prêt, emmitouflé dans son coupe-vent, l'écharpe du quatrième Docteur enroulée autour du cou.

Jim Looney, mon super coup.

— Tu portais cette écharpe la première fois où tu m'as embrassée.

— Tu penses que je l'ai gardée pourquoi ? J'espère qu'elle me portera encore chance aujourd'hui et que tu m'embrasseras avant la fin de la journée.

A peine a-t-il prononcé ces mots que je me jette sur lui et l'embrasse tendrement sur la bouche.

Il me repose au sol et j'enfile mon blouson, puis nous prenons nos bottes en caoutchouc pour arpenter plus facilement les allées boueuses de la pépinière avec. Nous les déposons dans le coffre et, pendant que Jim démarre la voiture, j'allume la radio et cherche la station qui diffuse uniquement des chansons de Noël.

Il engage la voiture sur la route en fredonnant les chansons qui passent à la radio et je sens ma bonne humeur, qui s'est envolée depuis un moment, revenir petit à petit. Jim aussi semble plus détendu.

Lorsque nous arrivons à la pépinière, il y a déjà une dizaine de voitures devant nous qui attendent de rentrer sur le parking, et je sens mon excitation grandir davantage. J'aime trop cette tradition !

— Alors, j'embarque ma scie ou on prend un sapin qui est déjà coupé ? s'enquiert Jim en se garant.

— Je pense que tu connais la réponse, Jim Looney.

Je sors de la voiture puis ouvre le coffre et en retire la scie avant de la lui tendre.

Nous enfilons ensuite nos bottes et Jim me taquine :

— Allez, ma petite bûcheronne, partons à la chasse au sapin parfait.

Je m'engage dans les allées de la pépinière et Jim m'emboîte le pas.

Chacun sait ce qu'il a à faire : je commence à zigzaguer entre les sapins d'un côté tandis que Jim s'attaque à l'autre. Nous ne nous arrêterons pas tant que nous n'aurons pas trouvé *le* sapin : bien vert, bien grand et bien fourni.

Emplie d'une délicieuse euphorie, je me retourne vers Jim avant de dire :

— Tu ne trouves pas qu'il y a quelque chose de… traditionnel dans cet endroit, avec cette odeur ?

— Mmh-mmh… Hé, que penses-tu de celui-là ? m'interroge-t-il en montrant un sapin du doigt. Est-il assez *traditionnel* pour toi ?

Je le rejoins avant de décréter :

— Il n'est pas mal, mais non. Trop pointu.

— Et celui-là ? s'exclame-t-il au bout de quelques minutes en s'arrêtant devant un sapin gigantesque.

— Il est trop grand, il ne rentrera jamais dans le couloir.

Je sors le mètre de ma poche et mesure rapidement l'arbre avant d'ajouter :

— Il fait plus de deux mètres ! Souviens-toi de notre premier sapin…

— Oui, c'est vrai, notre couloir ressemblait à une scène de *Massacre à la tronçonneuse* version arbre de Noël. Le pauvre sapin y avait laissé plus de la moitié de ses aiguilles. Continuons à chercher, alors.

— Jim, regarde ! Celui-ci est parfait.

Je me penche vers l'arbre et hume son odeur en déclarant :

— Oui, c'est le bon.

Jim s'approche et soulève quelques branches avant de donner plusieurs coups sur le tronc, les sourcils froncés. Je réprime un rire parce que je sais qu'il le fait juste pour se donner un genre. Il a vu quelqu'un le faire la première fois que nous sommes venus ici, et depuis il le fait aussi.

Je mesure l'arbre : un mètre quatre-vingts, parfait.

— Mesdames et messieurs, je crois que nous avons un gagnant, déclare Jim en s'agenouillant devant l'arbre.

Je le regarde attaquer le tronc avec sa scie et dis avec un sourire :

— Allez, vas-y, je sais que tu en meurs d'envie.

Il s'arrête de scier et me regarde avec un air surexcité.

— Tu sais ce que dit un sapin à l'autre quand il voit arriver des bûcherons dans la forêt ?

— Non, quoi ?

— « Je ne sais pas toi, mais, moi, Noël, ça me fout les boules ! » annonce-t-il fièrement avant d'éclater de rire, et je fais de même malgré moi.

— Tu vas la sortir tous les ans ?

— On ne déroge pas aux bonnes traditions. Et puis tu ris chaque fois.

Il donne encore quelques coups de scie dans le tronc et se redresse en criant :

— Gare à l'arbre !

Inutile de préciser que, ça aussi, il le fait tous les ans.

Nous prenons notre sapin avant de passer en caisse et le chargeons dans la voiture.

— Tu as faim ? demande Jim en s'installant derrière le volant.

Je m'aperçois alors que je meurs de faim. Ça ne m'était pas arrivé depuis plusieurs semaines déjà.

— Oui, très.

— Moi aussi. On peut manger un morceau sur la route et prendre l'apéro à la maison.

Au bout de quelques minutes, nous apercevons le panneau d'un pub et décidons de nous y arrêter. L'endroit est petit mais plein de charme, avec une imposante cheminée ouverte au milieu de la salle bondée.

Nous attendons quelques minutes avant d'être installés à une table. J'étudie rapidement le menu puis le pose devant moi en balayant la salle du regard. Elle est bruyante, mais ça va, ce n'est pas gênant. Et je dois reconnaître que ça me fait un bien fou de sortir de la routine.

Un serveur vient prendre notre commande et je suis surprise lorsqu'on nous apporte rapidement nos plats. Mon estomac gargouille aussitôt, alors je saisis mes couverts et me jette sur mon assiette. Nous discutons de tout et de rien en mangeant, et lorsque nous avons fini je déclare :

— Tu as vraiment eu une super idée. Je n'ai presque pas envie de rentrer à la maison.

— Ne bouge pas, je n'en ai pas pour longtemps, réplique-t-il en se levant de table.

OK…

Il revient dix minutes plus tard avec une pinte de bière dans une main et un gin-tonic dans l'autre.

— Jim Looney, n'est-il pas encore un peu tôt pour l'apéro ?

— C'est bien l'heure de l'apéro quelque part dans le monde, plaisante-t-il.

Qu'est-ce qu'il manigance ?

— Tu as dit que tu ne voulais pas rentrer à la maison, me rappelle-t-il. Il faudra que nous y retournions tôt ou tard, mais pas aujourd'hui, en tout cas. Cet endroit est également un *bed and breakfast* et je nous ai pris une chambre pour la nuit.

— Tu es un génie.

A ces mots, je me penche vers lui pour l'embrasser.

— Je fais de mon mieux. Mais, sérieusement, je pense que nous méritons amplement un petit répit du quotidien.

Tu lis dans mes pensées, Jim Looney.

Chapitre 25

L'esprit nous rappelle ce que le cœur ne peut effacer.

Anonyme

— Ah, sympa, votre T-shirt, observe Shelly, notre sage-femme, en entrant dans la salle d'examen.

C'est vrai qu'il est sympa, avec la flèche qui pointe vers mon ventre arrondi. Je n'aurais jamais pensé que je serais une de ces femmes enceintes qui portent des T-shirts de grossesse avec des slogans. J'en ai un tas dans ma penderie, mais mon préféré reste quand même celui qui dit : « Je suis de la même famille que ces gens ? Je refuse de sortir. »

— Merci, c'est Jim qui me l'a offert.

Je me tourne alors vers lui et mon cœur se gonfle de joie en voyant le sourire béat qu'il arbore.

Aujourd'hui, c'est l'écho des vingt semaines, et nous allons enfin savoir si nous attendons une petite fille ou un petit garçon.

— Comment vous sentez-vous, Belle ? demande Shelly en étalant le gel froid sur mon ventre.

— Très bien, si on ne compte pas les brûlures d'estomac, les envies incessantes de faire pipi et le fait que je suis désormais capable de m'endormir debout.

— J'espère que votre question s'applique à moi aussi, Shelly, déclare Jim en affichant une expression faussement contrariée. Je ne vous raconte pas le nombre d'expéditions nocturnes que je dois effectuer à la pompe à essence ouverte vingt-quatre heures sur vingt-quatre parce que madame a *très envie de sucreries ou d'un Fanta à l'orange. Tenez, hier, par exemple, il était presque minuit quand elle a décrété qu'elle voulait manger de la purée.*

Jim prétend que mes fringales l'embêtent, mais je sais qu'il adore me faire plaisir et se mettre en quatre pour prévenir le moindre de mes besoins. Je me sens tellement bien, aimée et protégée… c'est une sensation magnifique.

Shelly rit en commençant à déplacer la sonde sur mon ventre, et un silence détendu s'installe dans la salle d'examen. J'ai hâte de revoir mon petit bébé et d'entendre battre son cœur. Les yeux rivés sur l'écran, je prends la main de Jim et retiens mon souffle.

Plusieurs secondes passent et nous n'entendons toujours rien. J'ignore pourquoi, mais j'ai un mauvais pressentiment, tout à coup. Ce n'était pas comme ça, la dernière fois, mais, quand je regarde Jim, il sourit toujours. Shelly, elle, fronce légèrement les sourcils puis éteint et rallume l'appareil, comme nous le faisions souvent avec les anciennes télés.

— Ah, la technologie moderne, commente Jim d'une voix étouffée, et je tourne de nouveau la tête vers lui.

Son sourire flotte toujours sur ses lèvres mais n'atteint plus ses yeux. Le silence commence à devenir pesant. J'ai envie de me lever, de quitter la salle d'examen en courant.

Shelly promène la sonde sur mon ventre en appuyant fort par endroits, et le seul bruit que nous entendons, c'est le bourdonnement de l'appareil.

— Je vais chercher le médecin afin qu'il vérifie quelque chose, marmonne Shelly.

— Il y a un problème ? s'enquiert Jim.

— Je reviens tout de suite, répond-elle en détournant le regard avant de quitter la salle.

Je baisse les yeux sur le gel bleu étalé un peu partout sur mon ventre.

Il n'est plus froid, et la sensation n'est même plus désagréable car je ne ressens absolument rien.

Nous attendons le retour de Shelly sans rien dire, refusant tous les deux de formuler à voix haute la pire de nos craintes. J'observe la photo de mon bébé sur le petit écran et le caresse d'une main tremblante.
Tu dois être en train de faire une petite sieste, mon bébé, et tu n'as pas envie qu'on t'embête, hein ? C'est normal, mais tu vas quand même devoir te réveiller un peu parce que, là, tu fais très peur à maman et papa…

Je me redresse dans le lit en ouvrant les yeux, la gorge nouée par l'angoisse. Jim me dévisage avec une expression inquiète et je lui dis tout bas :

— C'est juste un cauchemar, un cauchemar…

— Celui de l'incendie ?

— Non, pas cette fois.

Une larme roule sur ma joue. Je l'essuie du dos de la main avant de me lever pour aller dans la salle de bains. Je me fraie un chemin dans la chambre obscure et cogne un orteil contre la commode au pied du lit.

— Fils de… !

— Quelle heure est-il ? demande Jim en attrapant son portable. Ah, ouais, 10 heures du mat quand même. Il faut que nous nous activions ; on doit libérer la chambre avant 10 h 30, je crois. Merde, j'ai mal à la tête, je me suis enquillé trop de pintes.

Je souris en me retournant vers le lit avant de dire :

— On a passé une bonne nuit quand même, non ? Merci, Jim, j'en avais vraiment besoin.

Je l'embrasse et file me préparer dans la salle de bains.

Vingt minutes plus tard, nous sommes déjà dans la voiture, sur le chemin du retour.

— Quand nous serons rentrés, je ferai un bon feu avant de nous préparer un repas bien calorique et nous pourrons regarder une des séries que nous avons en coffret DVD, depuis le temps que nous en parlons, propose-t-il.

— Super idée. Nous devrions faire ça plus souvent, tu sais, passer du temps en tête à tête.

— Oui, d'autant plus que nous savons ce que l'avenir nous réserve.

Il me jette un coup d'œil rapide avant de reporter son attention sur la route devant nous, et je réprime un soupir agacé. Je refuse de discuter de ça et je veux encore moins me disputer avec lui dans la voiture. Tout allait si bien, mais il faut croire que Jim ne lâchera pas l'affaire.

— Belle, dis quelque chose, lance-t-il comme je reste silencieuse.

Ma tension monte d'un cran, mais j'essaie de la contrôler et déclare d'une voix basse :

— Nous sommes vraiment obligés de faire ça maintenant ?

— Nous ne faisons que parler, il n'y a rien de mal à ça.

— Jim, combien de fois t'ai-je dit que je ne peux plus continuer comme ça ? Mais tu n'arrêtes pas de revenir à la charge. « Faisons un autre bébé... Accueillons un autre enfant à la maison... Arrête de pleurer à cause de Lauren... »

— Tu n'es pas juste, rétorque Jim en levant une main vers moi comme pour se protéger de mes propos blessants.

Je ne suis pas juste envers lui, c'est vrai, mais rien n'est juste, dans cette histoire, absolument rien. Si seulement il pouvait ressentir ne serait-ce qu'une petite partie de la douleur déchirante qui enserre mon cœur, je suis sûre qu'il n'insisterait plus autant sur le sujet.

— Tu n'imagines pas à quel point j'en ai assez de t'écouter dire tout le temps la même chose. C'est *moi* qui ai senti la vie de notre bébé s'éteindre dans mon ventre. Pas toi, *moi*.

Lorsque je vois une expression peinée déformer les traits de Jim, je comprends que je suis allée trop loin.

— J'ai dû te regarder vivre un enfer, complètement impuissant, Belle. Tu ne peux pas dire que je n'ai rien ressenti, parce que c'est faux ! s'écrie-t-il en me regardant. Je t'ai dit un millier de fois comment je vivais cette situation, mais il faut croire que tu ne m'as jamais écouté.

— Si tu ressentais vraiment ce que moi je ressens, tu n'insisterais pas autant pour faire un autre enfant.

— Putain, Belle, nous sommes en train de nous disputer à propos de la plus belle chose qui soit : un bébé, *notre* bébé.

— Nous avons déjà eu un bébé, mais elle est morte. Elle ne s'est pas réveillée ce jour-là, et c'est ma faute. Je n'avais qu'une chose à faire et j'ai échoué. Peut-être que Dolores avait raison, après tout.

Je n'en peux plus de me disputer à cause de ça…

— Ne dis pas ça, Belle ! Tu n'es pas comme elle et tu ne le seras jamais, tu m'entends ? Ce qui s'est passé n'était la faute de personne, c'est la vie.

« C'est la vie. »

J'en ai ras le bol d'entendre cette fichue phrase. Mais, surtout, je n'arrive pas à me défaire de la culpabilité et de la honte qui me rongent. C'est ma faute… *Ma* faute.

— Tu ne peux plus continuer de vivre comme ça, Belle, dit Jim d'une voix douce.

Lui aussi doit en avoir assez de toutes ces disputes, mais comment sortir de cette impasse ?

— Je ne sais pas quoi faire…

J'ai l'impression que nous sommes un peu comme le sapin que Jim a abattu hier : une fois qu'il a commencé à tomber, personne n'aurait pu l'arrêter, sauf que, nous, notre chute semble interminable.

Mais ce qui me fait culpabiliser le plus, c'est la façon dont je traite Jim. Je me comporte horriblement mal envers lui alors qu'il a toujours été là pour moi, se montrant patient et attentionné pour m'aider à surmonter cette terrible épreuve.

— Donc tu ne veux pas réessayer ? demande-t-il d'un ton las.

— Je crois que j'en suis incapable.

Le visage de Jim se ferme aussitôt.

— OK, c'est bon, je renonce, déclare-t-il en enfonçant le pied sur l'accélérateur.

Je ne dis plus rien et allume la radio pour combler le silence oppressant qui s'est installé dans l'habitacle.

Jim m'ignore ouvertement, les yeux rivés sur la route sinueuse devant nous. A un moment, je commence à lever la main pour la poser sur son bras et m'excuser, mais me ravise.

Frank Sinatra entonne alors *I'll Be Home for Christmas* et je ravale un sanglot en repensant à tous les bons souvenirs que m'évoque cette chanson.

Perdue dans mes pensées, je regarde le paysage défiler sous mes yeux jusqu'à ce que je sente le regard de Jim se poser sur moi et je tourne la tête vers lui.

Il a l'air si déçu que je tressaille sur mon siège. Je ne me suis jamais sentie aussi seule qu'à cet instant, ce qui en dit long sur mon état actuel.

Brusquement, la voiture se met à tourner violemment. Je pousse un cri tandis que Jim braque le volant dans un sens, puis dans l'autre, en jurant. Le véhicule zigzague sur la route quelques instants avant de percuter la barrière de sécurité qui longe le fossé.

L'espace d'une seconde, j'ai l'impression que Jim a repris le contrôle de la voiture, mais j'entends alors les pneus déraper sur la chaussée dans un horrible crissement et une peur atroce m'envahit.

— Jiiim !

La voiture se déporte de nouveau en direction du fossé

et heurte encore la barrière de sécurité, avant, cette fois, de s'élancer dans les airs, tout droit vers un arbre immense que nous risquons de percuter de plein fouet.

Non, non, non ! Notre histoire ne peut pas se terminer comme ça, nous avons encore tellement de choses à faire, à vivre… !

Chapitre 26

Tu es ma personne. Tu seras toujours ma personne.

CRISTINA YANG, *Grey's Anatomy*

Où… Où suis-je ?

Je regarde autour de moi en essayant de reprendre mes esprits.

Aïe…

Dans la voiture…

Accident… Nous avons eu un accident.

Jim…

Jim !

Je n'arrive pas à parler. J'ai envie de crier, mais ma voix est bloquée dans ma gorge.

Tant bien que mal, je repousse l'airbag qui me comprime la poitrine et tourne la tête en priant le ciel que Jim n'ait rien. Il a les yeux fermés, son visage est couvert de sang et…

Et il y a un sapin entre nous, une partie du tronc reposant sur son épaule.

Comment… ?

Qu'est-ce…

Et c'est alors que tout me revient : c'est notre sapin de Noël, celui que nous avons acheté hier à la pépinière.

Le sommet de l'arbre a traversé le pare-brise et il y a des éclats de verre partout. Je baisse les yeux sur mes mains, et mon cœur manque un battement en voyant toutes les entailles et le sang couler le long de mes bras.

— Jim… Jim…

Au moins, j'ai retrouvé ma voix.

Je lutte quelques instants avec ma ceinture de sécurité et, lorsque je parviens enfin à me détacher, je tente de repousser le sapin vers l'arrière de l'habitacle pour atteindre Jim plus facilement. Une odeur de fumée me prend à la gorge et je déglutis péniblement.

Il faut absolument que je nous sorte d'ici, et vite.

Mes yeux me font atrocement mal et j'ai la tête qui tourne, j'ai dû la cogner contre la vitre pendant que la voiture était en train de dévaler le fossé, mais j'essaie de ne pas y penser, ma priorité, c'est Jim. Il ne bouge pas. Heureusement, je vois sa poitrine se soulever au rythme de sa respiration : il est en vie.

Une fumée opaque emplit rapidement l'habitacle, rendant mes mouvements plus lents et difficiles à exécuter.

Je me penche en avant et aperçois des feuilles ainsi que le tronc d'un gros arbre à quelques centimètres de mon visage : le capot de la voiture a dû se rabattre sous l'impact.

Tâchant de ne pas céder à la panique, je reporte mon attention vers Jim.

Je sais qu'il est plus prudent de ne pas le toucher mais j'ai envie de grimper sur lui pour l'embrasser et le secouer jusqu'à ce qu'il ouvre les yeux.

Je sens comme un engourdissement gagner chacun de mes membres et la peur s'emparer de nouveau de moi.

— Je ne peux pas te perdre, Jim…

Bordel, ressaisis-toi, Belle ! Tu dois aller chercher de l'aide pour sortir Jim d'ici. Mon Dieu, ne faites pas de mon Jim le cent huitième sur ma liste d'adieux, je vous en supplie…

J'essaie d'ouvrir ma portière puis celle de Jim, sans succès, elles sont complètement bloquées. Je me glisse alors à l'arrière de la voiture en passant sur le satané sapin, parce que je n'ai pas d'autre choix, et je constate que les portières arrière sont également coincées.

Où est mon portable ? Je dois appeler les secours.

Réfléchis, Belle.

J'ai dû le mettre sur le tableau de bord, là où nous avons l'habitude de le poser, avec Jim.

Lentement, je regagne mon siège à l'avant de la voiture en essayant de ne pas secouer Jim.

Il est très, très pâle — plus qu'il y a quelques minutes —, et je ne sais pas si je me fais des idées, mais je crois qu'il y a plus de sang qui coule de sa blessure à la tête. Rapidement, j'enlève mon sweat-shirt et le roule en boule avant de tamponner sa plaie le plus délicatement possible.

Lorsque je vois que l'hémorragie s'est un peu ralentie, je me penche en avant pour tâter le sol à la recherche de mon portable et le trouve au bout de quelques secondes à peine. Malheureusement, ma chance s'arrête là, parce que je n'ai pas de réseau. Forcément, nous sommes dans un fossé, au beau milieu de la forêt de Wicklow.

Je décide de retourner à l'arrière de la voiture et cale mon dos contre le tronc du sapin afin de taper de toutes mes forces dans la portière arrière droite à coups de pied.

— Tiens bon, Jim, je vais nous sortir de là.

Je cogne contre la portière encore et encore tout en essuyant mes larmes et la transpiration qui perle sur mon front du dos de la main.

— Y a quelqu'un ? Vous allez bien ? crie soudain une voix masculine.

— Aidez-nous, s'il vous plaît !

L'instant d'après, je vois le visage d'un homme de l'autre côté de la vitre.

Il commence à tirer sur la poignée de la portière pendant que je continue à taper dessus jusqu'à ce qu'elle cède enfin.

— Appelez une ambulance, mon mari est blessé !

— C'est déjà fait, réplique l'homme. Je roulais derrière

vous quand ça s'est produit et j'ai tout de suite alerté les secours.

Il me tend la main en ajoutant :

— Allez, venez, je vais vous aider à sortir de la voiture.

— Non ! Pas sans Jim !

L'homme a dû sentir la résolution dans ma voix car il n'insiste pas. Il retire son portable de sa poche pour voir où en sont les secours.

Au bout de quelques minutes interminables, j'entends enfin le bruit des sirènes se rapprocher. Je n'ai pas arrêté de tamponner le visage de Jim avec mon sweat-shirt, mais le sang ne cesse de couler.

Quand je vois les ambulanciers courir vers nous, je fonds en larmes.

Je tremble comme une feuille et je ne peux pas m'arrêter de pleurer. Une femme, qui s'appelle Jacinta, m'aide à sortir de la voiture en m'assurant que ses collègues sont en train de bien s'occuper de Jim, mais je ne la crois pas.

On place une couverture sur mes épaules et Jacinta m'examine avant de déclarer que j'ai eu beaucoup de chance, je m'en suis tirée avec seulement quelques bleus et des égratignures.

Environ cinq minutes après, Jim est extirpé de la voiture et installé sur une civière pour être transporté vers l'ambulance.

— Venez avec moi, Belle, nous allons rejoindre votre mari dans l'ambulance, me dit doucement Jacinta.

Elle m'aide à monter dans le véhicule et je m'installe sur le siège, à côté de la civière. Les sirènes se mettent de nouveau à hurler et Jim ouvre les yeux.

— Belle…

Un autre sanglot m'échappe alors que je prends sa main dans la mienne.

— Il souffre d'une grave blessure à la tête, il doit se

reposer, m'informe Jacinta en même temps que Jim referme les yeux.

Je hoche la tête mais me penche quand même vers lui pour lui murmurer à l'oreille :

— Je suis désolée, mon amour.

Il entrouvre ses paupières alourdies avant de les refermer aussitôt.

— Ne t'en fais pas, tout ira bien, tu dois juste te reposer. Tu m'entends, Jim Looney ? Pour une fois, tu vas faire ce que je te dis, d'accord ? Nous avons encore toute notre vie devant nous pour discuter.

A ces mots, il me serre légèrement la main et je pousse un soupir de soulagement en me tournant vers Jacinta.

— Il va s'en sortir, n'est-ce pas ? Il est tout ce que j'ai…

— Nous allons bientôt arriver à l'hôpital où il sera pris en charge par un médecin. Pour le moment, il est stable, mais il a perdu beaucoup de sang.

Les sirènes hurlent et la lumière des gyrophares clignote dans l'habitacle pendant que l'ambulance fonce à toute allure. La dernière fois que je suis montée dans une ambulance, j'avais quatre ans. C'était la nuit de l'incendie, la nuit où j'ai failli mourir avant de comprendre que ma mère ne m'aimait pas.

Mais, là, c'est différent, ça ne peut pas se terminer ainsi. Je refuse de perdre la personne que j'aime le plus au monde.

Je regarde Jim et me penche encore vers lui pour lui chuchoter :

— Pas de regrets ?

C'est la première fois qu'il ne me répond pas.

— Vous devriez rentrer vous reposer, madame Looney, dit l'infirmière en me voyant.

Je lève les yeux vers elle et secoue la tête.

— Il est tard. Rentrez chez vous le temps de prendre une

douche et de vous changer. Ça fait plus de vingt-quatre heures que vous êtes là. Nous vous appellerons s'il y a le moindre changement.

Je regarde mes vêtements tachés de sang. C'est vrai qu'une bonne douche chaude me ferait du bien.

Tess et Bobby ont accouru à l'hôpital hier, mais je leur ai dit de rentrer chez eux en leur jurant de les tenir informés de l'état de Jim. Les infirmières qui s'occupent de lui m'ont permis de dormir ici, mais, évidemment, je n'ai pas fermé l'œil de la nuit. Chaque bruit dans l'hôpital est amplifié, chaque murmure résonne dans les couloirs stériles.

Au cours de la nuit, Jim s'est réveillé une ou deux fois en me réclamant avant de sombrer presque aussitôt dans l'inconscience.

— S'il vous plaît, madame Looney, insiste l'infirmière. Juste le temps de quelques heures. Ça vous fera du bien, vous verrez.

Comment s'appelle-t-elle, déjà ?

Je regarde la petite plaque accrochée sur sa tenue. Annette Hoyne, oui, voilà. Elle est très gentille, en plus.

Je me lève et j'ai l'impression d'avoir été percutée… Je ne peux m'empêcher de sourire légèrement à cette pensée.

Je n'ai pas été percutée par un camion, mais je me suis littéralement mangé un arbre en pleine figure. J'ai mal partout, même à des endroits, des muscles, dont j'ignorais l'existence, et je dois faire très attention quand je bouge la tête.

— Très bien. Je vais faire un saut à la maison, mais vous m'appelez tout de suite si Jim se réveille.

Elle hoche la tête et je quitte la chambre.

Je prends un taxi à la sortie de l'hôpital et, comme il est encore très tôt, il n'y a personne sur la route et j'arrive chez moi en moins de dix minutes. D'un pas las, je remonte l'allée de la maison et insère ma clé dans la serrure avant de la tourner.

C'est très étrange de rentrer seule. D'habitude, toutes nos décorations de Noël me font sourire, mais là elles me dérangent. C'est trop gai, trop chaleureux, et tout ça me semble même déplacé, étant donné que Jim est à l'hôpital.

Je monte au premier et enlève tous mes vêtements en les jetant au sol. Je ne vais même pas essayer de les laver, d'autant plus que je ne veux plus jamais les voir. Ils vont aller directement à la poubelle.

Une fois dans la cabine de douche, j'étire doucement mes membres endoloris sous le jet d'eau chaude.

L'infirmière avait raison, c'est exactement ce dont j'avais besoin. Je reste longtemps sous la douche, essayant de ne penser à rien d'autre que la caresse de l'eau sur mon corps et la vapeur qui m'enveloppe dans un nuage.

Je me sèche ensuite rapidement puis enfile un jean et un T-shirt et, lorsque je m'apprête à sortir de notre chambre, mon regard se pose sur le livre que Jim lit actuellement, ouvert face contre la table de chevet.

Aura-t-il l'occasion de le finir ? A cette pensée, je tombe à genoux en sanglotant éperdument. Je pleure toutes les larmes de mon corps, priant le ciel pour que Jim se réveille rapidement, qu'il rentre à la maison, qu'il puisse finir son livre et vieillir à mes côtés.

— S'il vous plaît… J'ai besoin de lui, ne me le prenez pas… Je vous en supplie…

Je dois le voir, le toucher, être auprès de lui, c'est plus fort que moi. Je décide alors de retourner à l'hôpital sans perdre de temps.

Essuyant mes larmes du dos de la main, je me relève et me dirige vers la penderie pour prendre un sweat-shirt. Je sais exactement celui que je veux : le gris à capuche que Jim portait souvent quand nous avons commencé à sortir ensemble. Il ne le met plus trop ces derniers temps, mais je sais qu'il doit traîner quelque part par là…

Je passe en revue toutes les étagères et ouvre tous les

tiroirs, rien. Du coup, je tire la chaise pour monter dessus et fouiller dans l'étagère tout en haut.

Il y a une pile de vieux pulls et sweat-shirts que j'avais rangés ici pour les donner à des œuvres caritatives et… Bingo, le sweat gris de Jim est juste ici, derrière la pile. Je me hisse sur la pointe des pieds et tends mon bras pour l'attraper quand mes doigts effleurent quelque chose de dur.

Ma boîte à souvenirs.

Je devrais faire comme si je n'avais rien senti, prendre le sweat, l'enfiler et retourner à l'hôpital, mais mon bras semble ignorer les signaux que lui envoie mon cerveau.

J'attrape la boîte avant de l'ouvrir, et la première chose que je vois dedans, c'est la lettre de ma mère.

Mes mains tremblent pendant que je déplie la feuille froissée avant de relire les paroles blessantes de ma mère que je connais par cœur et qui me font toujours aussi mal.

« … j'aurais préféré que tu ne viennes jamais au monde, que tu n'existes pas, parce que, si j'en suis là, c'est TA faute. »

Tout est ma faute, absolument tout.

Si nous n'avions pas été en train de nous disputer, si j'avais cessé de m'apitoyer sur mon sort ne serait-ce qu'une minute, Jim n'aurait jamais perdu le contrôle de la voiture et il ne serait pas à l'hôpital à l'heure qu'il est.

Peut-être que Dolores a raison : ça aurait été mieux que je ne vienne jamais au monde. Jim n'est pas d'accord avec cette idée parce qu'il m'aime, mais peut-être que sa vie aurait été bien meilleure s'il ne m'avait jamais rencontrée.

Je replie la lettre et la glisse dans la poche arrière de mon jean avant de descendre de la chaise et de retourner en bas. Les mots de Dolores tournent en boucle dans mon esprit et je ne peux rien faire pour ne plus les entendre.

Je m'arrête au milieu du salon et regarde autour de moi : le grand sapin, les décorations, toutes ces couleurs… Tout cela n'a rien à faire ici. Qu'ai-je à fêter cette année, hein ? Je suis toute seule, sans mon enfant, sans Lauren et sans Jim.

Mon cœur se contracte douloureusement à cette pensée, puis une vague de colère me submerge en même temps qu'une montée d'adrénaline me fait voir rouge. Je n'essaie même pas de lutter contre ce qui va suivre, parce que c'est inutile.

Comme possédée, j'arrache toutes les décorations de la cheminée et des étagères et les jette partout dans la pièce et contre le mur.

— Noël est annulé ! ANNULÉ !

Je m'attaque alors au sapin, que je pousse de toutes mes forces jusqu'à ce qu'il tombe par terre dans un grand fracas.

Le souffle court, je regarde les boules rouler un peu partout avant de remarquer la clochette en argent à mes pieds.

Chapitre 27

Un jour, votre vie défilera devant vos yeux. Assurez-vous qu'elle vaille la peine d'être vue.

Anonyme

Hôpital Mater, Dublin

— Je suis vraiment désolée, Jim.

Je lui caresse la joue avant de repousser sa mèche rebelle en arrière en faisant très attention à ne pas effleurer les tubes qui sortent de son nez et sa bouche.

S'il m'entend, il doit être blasé par mes excuses incessantes, le pauvre.

Il a l'air tellement… fragile, allongé dans ce lit, avec les points de suture entourés par un large hématome sous son œil. Son bras est pratiquement collé à son corps et, comme si tout cela ne suffisait pas, il a également plusieurs côtes cassées.

Le silence de la chambre est uniquement perturbé par les bips de la machine qui l'aide à respirer et le brouhaha du couloir. J'ignore s'il entend quoi que ce soit, lui. L'infirmière m'a dit que les sédatifs agissaient bien sur lui, il ne doit donc pas avoir mal. Tant mieux, c'est déjà ça.

S'il est là, comme ça, c'est ma faute. C'est moi qui ai fait ça, c'est moi, l'unique responsable.

— Si je pouvais, j'échangerais tout de suite ma place avec la tienne…

Je le pense vraiment, mais est-ce que lui le sait ? Est-ce qu'il sait que je le ferais sans hésiter une seconde ?

A cet instant, Annette, l'infirmière, entre dans la chambre pour vérifier ses constantes et s'assurer que tout va bien.

Je l'observe prendre sa tension et noter quelque chose dans son dossier médical avant de changer rapidement la poche de solution saline de la perfusion.

— Il sera ainsi pendant un petit moment. Vous devriez en profiter pour rentrer chez vous, me conseille-t-elle en se tournant vers moi.

Je secoue la tête en pensant à l'état de la maison. Je préfère rester ici, c'est mieux.

— Est-ce qu'il y a quelqu'un que je pourrais appeler pour vous, éventuellement ?

— Non, merci, c'est gentil.

Une fois qu'Annette a quitté la chambre, je baisse les yeux vers mon portable, posé sur mes genoux.

Je devrais appeler les parents de Jim pour les prévenir, mais il fait nuit chez eux, alors je décide d'attendre encore quelques heures pour ne pas les réveiller.

Tess et Bobby sont revenus pendant les heures de visite, tous les deux morts d'inquiétude. Je pourrais peut-être passer un coup de fil à Tess pour lui demander de venir. Elle n'habite pas loin d'ici, et je dois avouer qu'un peu de compagnie serait la bienvenue.

Avant que j'aie le temps de composer son numéro, les appareils auxquels Jim est relié commencent subitement à s'affoler et son corps se met à trembler sur le lit. J'appuie frénétiquement sur le bouton de l'alarme avant de bondir vers la porte.

— A l'aide ! A l'aide, s'il vous plaît !

Deux infirmières accourent dans la pièce.

— Laissez-nous passer, me dit l'une d'elles.

Je me place dos au mur, à côté de la porte.

— Jim… je suis là, Jim… Je suis là…

Je suis secouée par des sanglots en voyant les infirmières s'occuper de mon Jim.

— Sortez de la chambre, madame Looney, m'intime l'autre infirmière en se tournant vers moi. Laissez-nous faire notre travail.

C'est… Non, ce n'est pas possible, ça ne peut pas être vrai. Je ne peux pas perdre mon mari, je ne survivrai pas à une telle épreuve.

Mon cœur bat furieusement dans ma poitrine, qui est sur le point d'exploser. Je regarde tour à tour la porte et Jim, à qui on est en train de faire une piqûre dans le bras.

« … j'aurais préféré que tu ne viennes jamais au monde, que tu n'existes pas, parce que, si j'en suis là, c'est TA faute. »

Non, non, arrêtez ! Je ne peux plus continuer comme ça, c'en est trop !

Je quitte la chambre en courant et m'engage dans un dédale de couloirs blancs. Je dois sortir d'ici, loin de toute cette peine, cette douleur, loin des bips incessants des machines… Loin de mon mari.

— Hé, faites attention ! s'exclame un homme alors que je le bouscule.

— Pardon…

Mais je ne m'arrête pas, je cours encore et encore.

Lorsque je franchis les portes coulissantes de l'hôpital, un souffle d'air glacé me fouette le visage et, même ça, ça ne me ralentit pas.

Je dévale les marches deux à deux avant de me retrouver dans la rue. Je zigzague entre les ambulances et les gens qui doivent probablement se dire que je suis complètement folle. Ils n'ont peut-être pas tort.

C'est une folie inexplicable qui me pousse à courir sans m'arrêter, à m'éloigner le plus possible de Jim. C'est sa seule chance de s'en sortir.

Mon Dieu, faites qu'il survive !

C'est moi qui devrais être allongée dans ce fichu lit d'hôpital, entre la vie et la mort, pas lui ! Il ne mérite pas ça.

« Tu es en train de perdre la tête, Belle. »

Oui, peut-être, mais je m'en moque complètement.

Toujours en courant, je tourne au coin de la rue et m'aperçois que je suis sur O'Connell Street, la rue la plus décorée de Dublin pour les fêtes de fin d'année.

Génial.

Je passe devant un groupe de personnes tout en me moquant intérieurement de leurs pulls ridicules avec des pères Noël et des rennes dessus.

— Tu es pressée, ma belle ? s'enquiert un chauffeur de taxi, un peu plus loin. Je t'emmène, si tu veux.

Je l'ignore et poursuis ma course en essayant d'éviter tant bien que mal les passants, qui ont, pour la plupart, les bras chargés de sacs.

Mes poumons sont en feu et mon corps me fait tellement mal que je finis par m'arrêter en me penchant en avant, à bout de souffle.

Une douleur atroce me vrille la cage thoracique et étreint chacun de mes muscles, mais, en même temps, elle est plus facile à supporter que ma souffrance émotionnelle.

« … j'aurais préféré que tu ne viennes jamais au monde… »

Je me redresse pour voir où j'ai atterri et…

Bien sûr, je suis juste devant le pont Ha'penny, l'endroit qui marque le début de mon histoire avec Jim, l'histoire de M. et Mme Looney.

En essayant de reprendre mon souffle, je m'avance jusqu'au milieu du pont dont les lumières se reflètent dans la Liffey, immobile sous mes pieds.

Les mains jointes sur la rambarde, je me penche en avant et plonge mon regard dans l'eau éclairée et pourtant si sombre.

« Tout allait super bien et puis tu es née. Tu as tout

gâché, tout… J'aurais dû me débarrasser de toi pendant que j'en avais l'occasion… »

Même après toutes ces années, je n'arrive pas à oublier les paroles de Dolores, et peut-être qu'il y a une bonne raison à ça. Peut-être qu'elle dit vrai, c'est moi qui me suis trompée sur toute la ligne, depuis le début.

Si je n'étais pas née, Jim serait resté aux Etats-Unis avec ses parents, *sa* famille et aurait même l'enfant qu'il désire tellement. En tout cas, une chose est sûre : il ne serait pas allongé dans un lit d'hôpital.

« … j'aurais préféré que tu ne viennes jamais au monde… »

Un coup de vent ébouriffe mes cheveux, les faisant danser autour de mon visage ravagé par les larmes.

J'ai froid, j'ai mal partout, je souffre et ma vision se brouille. Je lève les yeux vers le ciel gris. Je ne vois et n'entends plus rien ni personne, il y a seulement les nuages menaçants et moi. Puis, au bout d'un moment, je baisse les yeux sur le fleuve et regarde les lumières danser à la surface de l'eau marron.

Il me suffirait d'enjamber la rambarde et de sauter.

La Liffey prend alors une couleur bleu foncé qui m'envoûte et me fait pencher davantage en avant.

Je monte sur la rambarde en écoutant le murmure de l'eau qui m'est adressé.

Il est temps.

Je ferme les yeux et laisse un calme étrange m'envahir.

— Il fait froid, tu ne trouves pas ? s'enquiert une voix derrière moi, chassant aussitôt le sentiment de paix qui commençait à s'installer en moi.

Je tourne la tête et croise le regard d'une petite fille qui ne doit pas avoir plus de onze ou douze ans et dont le visage est éclairé par un large sourire. Je décide de l'ignorer et de me concentrer sur la suite.

« … j'aurais préféré que tu ne viennes jamais au monde… »

Je baisse les yeux vers le fleuve.

— J'ai vraiment froid, pas toi ? demande l'enfant.

Décidément…

Je me retourne de nouveau vers elle et constate qu'elle frissonne.

— Où sont tes parents ?

Je regarde autour de nous et remarque que nous sommes seules sur le pont.

La petite fille tremble de plus en plus et ses lèvres sont bleues.

Oh ! ce n'est pas vrai…

Réprimant un soupir, je saute de la rambarde sur la promenade pour la rejoindre. Quand j'arrive à sa hauteur, j'enlève mon écharpe pour l'enrouler autour de son cou.

— Tiens, ça devrait te réchauffer un peu. Où sont tes parents ?

Je tourne la tête à droite, puis à gauche, mais il n'y a toujours personne sur le pont. Il est déjà tard et cette enfant n'a rien à faire dehors, toute seule, à une heure pareille. Quelque chose ne tourne pas rond.

— J'aime bien être ici, répond-elle. C'est le pont de Dublin que je préfère. J'y viens pour écouter la musique. Tu l'entends, toi aussi ?

A cet instant, comme par magie, j'entends, depuis Dame Street, probablement, des chanteurs interpréter un chant de Noël, *Good King Wenceslas*, je crois.

— Je l'aime bien, mais, ma préférée, c'est *Minuit, chrétiens*, sans hésitation, m'informe-t-elle.

— Oui, moi aussi.

Etrange…

Je la détaille. J'ai l'impression de la connaître. Habite-t-elle aussi dans le quartier d'Artane ? Elle va peut-être dans la même école que Lauren. Quoi qu'il en soit, c'est sûr, je l'ai déjà vue quelque part.

— Quel âge as-tu ?

— Quel âge me donnerais-tu ? réplique-t-elle.

J'ai eu affaire à assez d'enfants pour savoir qu'elle évite de répondre à ma question, pour une raison ou pour une autre. Elle me regarde avec un sourire légèrement irritant, un peu comme celui de Mona Lisa.

— Je ne sais pas… Onze ans ?

Même si tu t'exprimes comme une adulte.

— Oh ! non, je suis beaucoup plus âgée, s'exclame-t-elle.

— Tes parents savent que tu es là ?

Où est-ce que je l'ai déjà vue, bon sang ?

Son sourire disparaît, laissant place à une expression triste.

— Je n'ai pas de parents, rétorque-t-elle.

— Tout le monde a des parents, voyons.

— C'est faux, et tu le sais, déclare-t-elle en souriant de nouveau comme s'il s'agissait d'une plaisanterie si évidente que j'aurais dû la saisir, moi aussi.

— OK, soit. Qui s'occupe de toi, alors ? Un membre de ta famille, des parents d'accueil ?

— Plein de gens s'occupent très bien de moi.

Je l'examine de la tête aux pieds.

Elle a l'air d'aller bien, c'est vrai. Son manteau est propre, ses cheveux foncés, coupés au carré, sont bien coiffés, ses joues, roses, et elle ne semble pas souffrir de malnutrition.

— Pourquoi tu courais, tout à l'heure ? m'interroge-t-elle. Tu fuyais quelque chose ?

— Oui… Oui, je crois.

Ah, peut-être qu'elle s'est enfuie de chez elle.

— Et pourquoi es-tu montée sur la rambarde ? C'est dangereux, tu sais.

A sa remarque, je me sens rougir jusqu'aux oreilles.

Dire que j'étais tellement désespérée que j'ai failli sauter dans la Liffey. Je décide toutefois d'ignorer sa dernière question, d'autant plus que je suis incapable d'y répondre, et lui demande à mon tour :

— Comment tu t'appelles ?

— Nora, dit-elle avec son même sourire serein, toujours un peu irritant.

— C'est joli, comme prénom, on ne l'entend plus beaucoup, de nos jours.

— Oui, pourtant, il était très à la mode quand je suis née.

— Et quel est ton nom de famille ?

— Je n'en ai pas. Enfin, j'en avais un, mais je ne l'utilise plus. On m'appelle juste Nora.

OK…

Qu'est-ce que je vais bien pouvoir faire de cette petite fille ? Jim, lui, le saurait. Les situations inattendues, c'est son domaine.

Jim…

Je dois absolument retourner auprès de lui. J'ai fait pas mal d'erreurs dans ma vie, mais abandonner l'homme que j'aime alors qu'il gît, inconscient, dans un lit d'hôpital, c'est vraiment le pompon !

Les bips incessants des appareils résonnent encore dans ma tête. J'ai peur de l'état dans lequel je vais retrouver mon mari.

Il faut que je retourne à l'hôpital au plus vite, mais je ne peux pas abandonner l'enfant dans la rue, comme ça.

Ah, ça y est, j'ai la solution !

Je vais passer un coup de fil à Lorcan, il sait comment gérer les jeunes fugueurs comme Nora. Je vais lui demander de me rejoindre à l'hôpital, comme ça, il pourra récupérer la petite et elle ne sera plus sous ma responsabilité.

— Ecoute, Nora, je dois retourner auprès de mon mari. Il est à l'hôpital.

J'omets quelques détails exprès pour ne pas lui faire peur, mais elle ne semble pas du tout affectée par mon annonce.

— J'ai un ami qui s'appelle Lorcan. Il travaille avec les enfants et il pourra trouver quelqu'un pour s'occuper de toi.

Nora ne dit toujours rien, et, si elle pouvait arrêter de me regarder comme si j'étais folle, ce serait bien.

Poussant un léger soupir, je sors mon portable de ma poche pour consulter la liste des appels récents et appeler Lorcan.

Tiens, c'est bizarre…

La liste est vide. Pourtant, j'ai parlé plusieurs fois avec Tess aujourd'hui.

Tant pis, je vais directement dans mes contacts.

Hein ?

Que se passe-t-il ? Je n'ai plus *aucun* contact dans mon téléphone, qui était pourtant presque saturé de numéros !

— Quelque chose ne va pas ? demande Nora.

— Non, non, tout va bien.

Un mauvais pressentiment me saisit.

Quelqu'un aurait-il piraté mon téléphone ? La mère de Jim m'avait parlé de quelque chose à ce sujet et je regrette de ne pas l'avoir écoutée plus attentivement. Si ça se trouve, on est en train de me surveiller en ce moment même !

Je frissonne à cette pensée, mais me ressaisis aussitôt.

Pour le moment, ma priorité est de joindre Lorcan et, avec un peu de chance, je connais son numéro par cœur. Après tout, je l'ai appelé tellement de fois au cours de ces dernières années…

Je regarde alors Nora et…

Et si elle avait quelque chose à voir avec la disparition de tous mes contacts ? Je suis peut-être visée par une sorte de conspiration.

Ne sois pas ridicule, voyons !

Secouant la tête, je compose le numéro de Lorcan en espérant ne pas me tromper.

— Lorcan Colter à l'appareil.

— Lorcan, c'est toi ? Dieu soit loué ! C'est Belle. Ecoute, j'ai besoin de ton aide.

— Belle ? Belle qui ?

— Belle Looney, d'Artane. Combien de Belle est-ce que tu connais ?

Il a bu ou quoi ? OK, c'est la saison des fêtes, mais quand même…

— Etes-vous sûre d'avoir le bon numéro, madame ? Je ne connais pas de Belle Looney.

— Vous êtes bien Lorcan Colter, assistant social ?

Une sueur froide court le long de ma nuque.

— Oui, c'est bien moi. En quoi puis-je vous aider ? s'enquiert-il d'un ton suspicieux.

— Je suis Belle, la femme de Jim Looney…

Cela ne te dit toujours rien ?

— Nous sommes parents d'accueil et tu as placé un nombre incalculable d'enfants chez nous au cours de ces cinq dernières années.

— Vous vous trompez, madame. S'agit-il d'un canular téléphonique ?

Il plaisante, là, j'espère !

— Ecoute, Lorcan, j'ignore pourquoi tu ne te souviens plus de nous, mais je suis Belle Looney et j'habite à Artane avec mon mari, Jim, qui est actuellement à l'hôpital suite à un accident de la route. J'ai vraiment besoin de ton aide.

— Etes-vous également blessée ?

— Non, je vais bien, il n'y a que Jim qui est à l'hôpital. Je suis avec une petite fille qui s'appelle Nora. Elle doit avoir onze, douze ans. Je pense qu'elle est perdue, elle prétend ne pas avoir de parents. Je ne peux pas la laisser seule dans la rue, mais, comme je dois retourner auprès de mon mari, je ne peux pas non plus la garder avec moi. Peux-tu venir la chercher ?

— Où êtes-vous actuellement ? demande-t-il, et j'entends un bruissement de papier.

— Nous sommes sur le pont Ha'penny, mais nous allons nous diriger vers l'hôpital Mater. Tu peux nous retrouver là-bas ?

— OK, à tout de suite.

Nous raccrochons et je me retourne vers Nora, qui est

en train de fredonner le cantique *Minuit, chrétiens* avec les chanteurs de Dame Street.

— Il ne sait pas qui tu es, n'est-ce pas ?

— On ne t'a jamais dit que ce n'était pas poli d'écouter les conversations des autres ?

Pourquoi Lorcan ne m'a-t-il pas reconnue ?

— Il ne t'a pas reconnue parce que tu n'existes plus, déclare Nora.

Bon, cette fois, il n'y a pas de doute, il se passe quelque chose de très étrange.

Je regarde autour de moi, espérant voir des caméras surgir de nulle part et un animateur crier « Souriez, vous êtes sur *Vidéo Gag* ! » ou quelque chose comme ça.

— Tu n'existes pas, Belle. Lorcan ne t'a jamais rencontrée.

— Ne sois pas bête. J'ignore à quoi tu joues, mais je ne trouve pas ça amusant du tout.

— Est-ce que tu étais sincère ? Tu regrettes d'être venue au monde ? m'interroge-t-elle, une expression triste et résignée dans son regard.

Comment sait-elle ça ?

Je ne l'ai jamais dit à voix haute.

— Comment sais-tu ça ? Qui es-tu ?

— Je suis Nora, je te l'ai déjà dit, réplique-t-elle en souriant de nouveau. Et ton souhait s'est réalisé, Belle.

— Comment connais-tu mon prénom ?

Je fais un tour sur moi-même, souhaitant plus que jamais voir des caméras débouler sur le pont.

Suis-je en danger ? Je devrais peut-être m'enfuir sans me retourner...

— J'aime beaucoup ton prénom, fait-elle remarquer. Sais-tu que, chaque fois qu'une cloche sonne, un ange obtient ses ailes ?

— Oui, j'ai entendu dire ça, mais ça ne répond pas à ma question. Comment connais-tu mon prénom ?

— Je sais tout ce qu'il y a à savoir sur toi, Belle. Cela fait très longtemps que je te surveille. Depuis que tu es née.

— Ne dis pas de bêtises. Tu n'es qu'une enfant alors que moi, j'ai trente-cinq ans.

Elle hausse les épaules.

Il doit s'agir d'une arnaque, c'est la seule explication logique. Oui, voilà, elle doit vouloir m'extorquer de l'argent.

— Qu'est-ce que tu veux ? Je n'ai pas de temps à perdre, mon mari a besoin de moi.

— Détrompe-toi, Belle. Tu as tout le temps devant toi, annonce Nora, comme si elle savait quelque chose de très important.

— Qu'est-ce que cela veut dire exactement ?

Je regarde encore autour de moi, me préparant à me faire agresser par un de ses complices. Je n'ai même pas pris mon sac avec moi, leur butin s'annonce donc très maigre, voire inexistant.

— Bon, Nora, je ne sais vraiment pas à quoi tu joues, mais je commence sérieusement à en avoir marre.

— Je ne joue à rien, promis juré, réplique-t-elle en m'attrapant le bras. Et, rassure-toi, personne ne va t'agresser, ceci n'est pas une arnaque ni une caméra cachée.

Comment elle…

Je n'ai quand même pas réfléchi à voix haute, si ?

Je suis probablement au bord d'une belle crise de nerfs et j'imagine des choses, du coup. Mon Dieu, je ne suis pas sortie de l'auberge.

En tout cas, Nora est bien réelle et ce n'est qu'une enfant. Une enfant jolie comme un cœur, mais qui m'effraie quand même un peu.

Réprimant un soupir, je me dirige vers l'hôpital Mater, et Nora m'emboîte le pas.

— Où va-t-on ? m'interroge-t-elle.

— A l'hôpital. Lorcan viendra te chercher là-bas et,

moi, je retournerai auprès de mon mari et ne le lâcherai plus des yeux tant qu'il ne sera pas réveillé.

— Ce n'est pas la peine d'y retourner, tu sais. Jim n'est plus à l'hôpital.

Je dois souffrir d'une grave commotion cérébrale. Ou, sinon, je suis en train de rêver. Oui, voilà, ça doit être ça !

Allez, Belle, il est temps de se réveiller…

Je me pince le bras et…

Rien.

— Non, tu ne rêves pas, Belle. Et, d'ailleurs, tu devrais arrêter de te pincer le bras, c'est une très mauvaise habitude.

— Comment tu fais ça, Nora ? Tu as une application sur ton téléphone qui te permet de lire dans les pensées des gens ?

Je sais que cela doit sembler fou, mais je suis à court d'explications.

Nora trouve ça très drôle, parce qu'elle éclate de rire, et je lui jette un regard noir.

— Tu étais sincère, alors ? demande-t-elle en reprenant son sérieux. Tu regrettes d'être venue au monde ?

— Non, je ne le pensais pas vraiment…

Pourquoi suis-je en train de me justifier auprès d'une enfant que je ne connais pas ?

— J'ai du mal à te croire. Je sais de source sûre que tu t'es souvent fait cette réflexion ces derniers temps, sans cesser de t'apitoyer sur ton sort.

— Arrête, ce n'est pas vrai !

— Il faudrait savoir ce que tu veux, Belle, parce que j'ai réalisé ton vœu de ne jamais être venue au monde et je pensais que ça allait te faire plaisir.

A ces mots, elle me sourit d'un air suffisant et je m'arrête net.

— Hé, faites attention ! s'exclame une personne en me percutant.

Je fais un pas sur le côté pour la laisser passer.

Au moins, on n'est plus seules sur le pont.

Quoi qu'il en soit, cette enfant, en plus d'être irritante à souhait, est sérieusement dérangée. Elle a besoin de se faire aider par un professionnel.

— Ecoute, Nora, si c'est vraiment ton prénom. Je n'ai pas le temps pour ces bêtises, mais nous allons trouver quelqu'un qui va bien s'occuper de toi. Est-ce que tu pourrais faire une petite pause dans ton jeu jusqu'à ce que nous arrivions à l'hôpital ?

— Si tu veux.

Je hoche la tête et me mets à courir en direction de l'hôpital.

Nora me suit de près et, du coup, j'accélère la cadence. Je me rends compte que je n'ai plus mal aux côtes et que mes bleus ne me font plus souffrir. D'ailleurs, où sont passées les entailles sur mes mains ?

J'ai hâte de retrouver Jim et que toute cette folie se termine.

Nous atteignons rapidement l'hôpital, mais je ne m'arrête pas de courir avant d'avoir atteint le service où se trouve Jim.

— Puis-je vous aider ? s'enquiert l'infirmière à l'accueil.

Je ralentis pour lui répondre :

— Non, non, je viens voir mon mari. Il est dans la chambre 108.

108.

Comment ne m'en suis-je pas aperçue plus tôt ?

Maudit chiffre… Brusquement, j'éprouve un besoin inexplicable de voir Jim et fonce vers sa chambre, mon cœur tambourinant dans ma poitrine.

J'ouvre la porte et vois le lit… vide.

Une nausée me soulève l'estomac et je retourne rapidement à l'accueil.

Ce n'est pas possible, non, non, non…

— Jim Looney, il est dans quelle chambre ?

Ah, super, c'est Annette, l'infirmière qui s'occupe de lui, justement ! Je ne l'avais même pas reconnue en arrivant.

Elle me dévisage d'un air perplexe.

Oh ! non, ne me dites pas que...

— Il n'y a aucun patient de ce nom, ici, désolée.

C'est une blague ? C'est la même infirmière qui, il y a quelques heures, m'a convaincue de rentrer chez moi pour prendre une douche.

— Vous ne vous souvenez pas de moi, Annette ? Jim, mon mari, était dans la chambre 108.

— Désolée, répond-elle, une expression gênée sur le visage. Mais, vous savez, je vois tellement de monde aller et venir, ici... Vous êtes sûre que c'est moi qui me suis occupée de votre mari ?

— Oui, sûre et certaine. Aujourd'hui, plus tôt dans la journée.

Tu ne peux pas m'avoir déjà oubliée, quand même !

— Peut-être que vous vous êtes trompée de service, balbutie Annette, confuse.

Je me retourne vers Nora, qui hausse les épaules avant de déclarer :

— Je t'avais prévenue.

Chapitre 28

Le Chapelier fou : « Ai-je perdu l'esprit ? »

Alice : « J'en ai peur, oui. Tu es déboussolé. Tu es complètement loufoque. Tu es devenu fou. Mais je vais te dire un secret, les gens les plus exceptionnels le sont. »

ALICE AU PAYS DES MERVEILLES

J'ai *vraiment* besoin que l'on m'explique ce qui se passe, et Nora va rapidement s'en charger, qu'elle le veuille ou non.

Je la prends par la main et l'entraîne dans le long couloir, à la recherche d'un endroit plus tranquille pour s'expliquer. J'aperçois alors une salle d'attente vide et pousse Nora dedans avant de fermer la porte derrière moi.

— Ecoute-moi bien, Nora. Visualise une corde, elle est fine, usée et effilochée et pourrait se rompre d'un instant à l'autre.

— Oh ! chouette, j'adore ce genre de jeu ! s'exclame-t-elle. Oui, je vois bien la corde.

— Parfait. Eh bien, cela fait déjà plusieurs années que je m'accroche à cette corde et que je peine à grimper. Pire encore, ces derniers mois, je suis redescendue tout en bas.

Le sourire de Nora disparaît aussitôt et elle m'adresse un regard empli de sympathie.

— Nora... Tu dois m'aider. Dis-moi ce qui passe ici. Où est mon mari ?

— Je te l'ai déjà dit, Belle, il...

Je l'attrape par le bras en lui coupant sèchement la parole :

— Je veux savoir où est Jim.

— Il doit être dans un pub à Artane, si je ne me trompe pas, réplique-t-elle, tout sourires.

— Jim est dans un… pub ?

Mon mari, qui a été victime d'un grave accident de la route et que j'ai vu relié à des machines il y a une heure à peine, est dans un pub ?

— Oui, c'est ça, me confirme Nora.

Réfléchissons un instant…

Tout ceci n'a *aucun* sens ! L'histoire de Nora sur mon vœu qu'elle aurait réalisé ne tient pas la route.

Je passe une main dans mes cheveux en tâtant mon cuir chevelu à la recherche d'une bosse. Je me suis cogné la tête dans l'accident et la commotion cérébrale que j'ai subie a dû être plus grave que ce que je pensais.

— Bon, qu'est-ce que tu veux, Nora ?

— Rien, rétorque-t-elle en souriant de plus belle.

J'ai envie de m'arracher les cheveux, tellement elle m'énerve.

— Tout le monde veut quelque chose.

En parlant, je glisse la main dans la poche de mon jean et tombe sur la lettre de ma mère.

« … tout le monde veut toujours quelque chose et tu mens si tu prétends le contraire. »

Super, je viens de citer les paroles exactes de Dolores.

— Moi, par exemple, je veux mon mari.

— Je comprends que tout ceci doit être déstabilisant pour toi, Belle. Et, soyons honnêtes, ce qui t'arrive est assez difficile à encaisser, alors je te propose d'aller retrouver Jim.

Enfin ! *En-fin !*

— Oui, s'il te plaît, je veux le voir.

J'espère qu'il va bien et que je pourrai le convaincre de retourner à l'hôpital. Ce n'est pas très prudent de boire des pintes dans son état.

— En revanche, Belle, n'oublie pas : il ignore qui tu es

parce que tu n'existes pas dans ce monde. Il n'est pas ton mari et tu n'es pas sa femme.

Ça y est, elle recommence avec ça !

— Donc tu persistes à dire que tu as exaucé mon vœu ?

— C'est la vérité, dit-elle en secouant légèrement la tête.

C'est alors que je me rends compte de quelque chose : je suis en train d'écouter les balivernes d'une enfant à qui il manque certainement une case.

Jim ne peut pas être dans un pub, on a dû le renvoyer à la maison, tout simplement. Et Annette doit avoir trop de travail et de patients à gérer, elle a oublié de me prévenir.

En plus, Jim est robuste, il ne tombe jamais malade. La dernière fois, c'était même il y a dix ans, je crois. Il doit être hors de danger, et l'hôpital a préféré le renvoyer à la maison pour libérer son lit.

Voilà, tout s'explique.

Jim doit donc être chez nous, assis dans la cuisine, à se demander où je suis passée. Je vais l'appeler pour le rassurer et savoir où il est exactement.

Je compose son numéro d'une main tremblante et tombe directement sur sa messagerie.

— C'est Jimbo, laissez-moi un message.

Ce n'est pas la voix de Jim, ça, si ? Où est passé son accent américain ? Il parle comme quand il était enfant : avec un accent dublinois bien prononcé.

— Jim, c'est Belle, appelle-moi dès que tu as ce message. Je m'inquiète beaucoup pour toi, tu vas bien ? Je t'aime, tu sais ?

Je raccroche en espérant qu'il consultera rapidement sa messagerie.

Que faire, maintenant ? Je rentre à la maison et j'attends qu'il me rappelle ? En tout cas, je ne peux pas rester ici, les bras croisés. Il faut que je sorte de cet hôpital et trouve le fin mot de cette histoire rocambolesque.

Je veux retrouver mon mari et rentrer chez moi.

Forte de cette résolution, je sors de la salle d'attente et, en arrivant à l'entrée principale de l'hôpital, j'aperçois Lorcan franchir les portes coulissantes.

Mince ! J'ai complètement oublié que je lui ai demandé de me retrouver ici ! Et, franchement, je n'ai jamais été aussi contente de le voir.

Il croise mon regard et je lève la main pour lui faire un signe, mais il tourne la tête en continuant d'observer le hall.

— Lorcan ! Par ici.

Je me précipite vers lui et, quand j'arrive à sa hauteur, il me demande :

— C'est vous qui m'avez appelé au sujet d'un enfant en fugue ?

— C'est moi, Belle, idiot !

Je noue mes bras autour de son cou, parce que j'ai vraiment besoin d'un câlin rassurant, mais je le sens aussitôt se raidir contre moi avant de reculer d'un pas. Il semble paniqué.

— Tu ne me reconnais vraiment pas ?

— Désolé, mais non. Ecoutez, je suis venu ici le plus vite possible. Où est l'enfant ?

Je me retourne pour lui montrer Nora, mais celle-ci n'est plus là, elle a disparu.

— Elle s'appelle Nora et je l'ai trouvée sur le pont Ha'penny. Elle doit avoir onze ans et, honnêtement, en plus d'être un peu embêtante, je crois qu'elle n'a pas toute sa tête. Elle prétend ne pas avoir de parents, pourtant, elle me semble en bonne santé. Il y a quelque chose qui cloche dans son histoire et j'ai comme un mauvais pressentiment, je ne sais pas… J'ai l'impression qu'elle est en danger.

Je la cherche du regard avant de reporter mon attention sur Lorcan en disant :

— C'est bizarre, elle était là il y a encore un instant.

Nous la cherchons ensemble, dans le hall et les couloirs, mais, cinq minutes plus tard, Nora demeure toujours introuvable.

— Ça m'étonnerait qu'elle soit encore là, observe Lorcan. Elle est peut-être retournée chez elle ou elle a prévenu ses parents et ils sont venus la chercher pendant que nous discutions.

— Elle m'a dit qu'elle n'avait pas de parents.

Mais elle a très bien pu mentir, c'est vrai. Elle est peut-être vraiment retournée chez elle. Je relate alors à Lorcan l'histoire abracadabrante qu'elle m'a racontée sur moi.

— Vous pensez qu'elle fait partie du système ? C'est pour ça que vous m'avez appelé ? m'interroge Lorcan.

— Honnêtement, je ne sais pas quoi penser, il y a quelque chose qui cloche dans tout ça. Elle n'arrêtait pas de me dire qu'elle avait exaucé mon vœu.

— Votre vœu ?

— Oui, elle a fait en sorte que je n'existe pas, que je ne sois jamais venue au monde.

Lorcan me dévisage avec des yeux ronds comme des soucoupes.

— Ah, oui, en effet, elle semble avoir un problème, cette petite.

Et encore, attends d'entendre la suite...

— Mais, tu vois, Lorcan, ce qui m'étonne le plus, c'est que je te connais, *nous* nous connaissons. Tu es même venu dîner à la maison il n'y a pas très longtemps. Nous sommes amis, toi et moi.

— Vous vous appelez Belle, c'est ça ? demande-t-il, l'air à la fois inquiet et compatissant.

Je hoche la tête.

— Je ne vous ai jamais vue de ma vie avant ce soir, Belle. Je sais que je suis un peu étourdi — ce matin encore, je n'arrivais pas à trouver les clés de ma voiture —, mais jamais je n'oublierais un de mes amis. Je ne vous connais pas.

Génial, maintenant, il doit croire que je suis folle. D'ailleurs, moi aussi, je commence à le penser.

— Je dois retrouver mon mari. Il a eu un accident et on l'a ramené ici, sauf que, lui aussi, il a disparu.

Je sens alors une larme couler sur ma joue et le regard de Lorcan se charge aussitôt de compassion.

— Oh ! ne pleurez pas, je ne sais jamais quoi faire quand quelqu'un pleure.

— Oui, je sais. Ta mère pleurait souvent et, du coup, tu es mal à l'aise quand on pleure devant toi.

Il plisse les yeux en me jaugeant avant de dire :

— Comment savez-vous ça ?

— Tu nous l'as dit, à mon mari et à moi, un soir, autour d'une bouteille de vin pendant que nous jouions aux cartes.

— Je ne sais vraiment pas ce qui passe ici, mais je n'aime pas ça du tout, marmonne-t-il.

— Nous sommes deux, dans ce cas... Quoi qu'il en soit, je dois vraiment retrouver Jim. Si, à tout hasard, tu vois une petite fille avec les cheveux noirs et un manteau rouge, c'est Nora. Elle a vraiment besoin d'aide, je pense.

Je me tourne pour me diriger vers la sortie lorsque Lorcan déclare :

— Ecoutez, j'ai plusieurs coups de fil à passer. Je vais le faire ici, comme ça, si elle est encore dans l'hôpital, je serai là pour l'aider. Cela dit, j'ai l'impression que vous avez également besoin d'aide. Vous semblez... perdue.

Ah, Lorcan, toujours plein de tact.

« Perdue » ? Le mot est *très* faible.

Je me contente de lui sourire et me précipite vers la sortie avant de sauter dans un taxi en priant le ciel pour que Jim soit sain et sauf, à la maison, en train de boire un café et de manger un sandwich au poulet, son préféré.

Je donne mon adresse au chauffeur, et à peine ai-je claqué ma portière que celle-ci s'ouvre brusquement.

— Hé, attends-moi ! s'exclame Nora en se glissant sur la banquette à côté de moi.

— Mais où étais-tu passée, bon sang ? Mon ami Lorcan est venu te chercher et il t'attend dans le hall de l'hôpital.

— Oui, je sais, je l'ai vu. C'est vraiment quelqu'un de bien, je l'ai toujours apprécié. Il est beaucoup plus sympathique que Mme O'Reilly. Quelle vieille peau, celle-là, n'est-ce pas ? Tant pis pour Lorcan, je ne peux pas aller avec lui, je dois rester avec toi.

Je sais que, au point où j'en suis, plus rien ne devrait me surprendre, mais Nora parvient à me faire perdre la tête à chaque fois qu'elle dit quelque chose.

Le chauffeur engage le taxi sur la chaussée et nous roulons, au ralenti, dans un silence oppressant.

J'ai l'impression que l'univers s'est ligué contre moi. Il y a des bouchons partout et les feux passent au rouge dès que nous nous approchons des intersections. Mon estomac fait des acrobaties dignes des meilleurs gymnastes et mes mains sont glacées.

— Je vais voir si je peux accélérer un peu les choses, murmure Nora en se penchant en avant.

L'instant d'après, le feu passe au vert et le trafic se fluidifie subitement, si bien que nous roulons sans nous arrêter jusqu'à la maison.

— Je n'ai encore jamais vu ça, c'est fou, commente le chauffeur en se tournant vers nous une fois arrivés. Nous n'avons pratiquement eu que des feux verts ! Je devrais peut-être jouer au loto avant de rentrer.

Je regarde Nora en marmonnant :

— Oui, en effet, c'est vraiment fou.

Nora ne dit rien et continue de regarder au-dehors pendant que je sors quelques billets de ma poche pour payer la course.

Nous descendons de la voiture et je remonte l'allée de la maison d'un pas rapide en cherchant mon trousseau de clés dans ma poche. Le cœur tambourinant plus que jamais contre ma poitrine, j'insère la clé dans la serrure et…

Et ça ne marche pas. Elle ne veut même pas rentrer jusqu'au bout.

Je la ressors et inspire profondément avant de recommencer.

Non, ça ne marche toujours pas.

A cet instant, la lumière sous le porche s'allume et je me redresse.

C'est Jim ! Il est à la maison, j'avais raison !

Il fait tourner le loquet et ce petit bruit de rien du tout me procure tant d'espoir qu'il me semble être une douce mélodie résonnant à mes oreilles.

— Puis-je vous aider ? demande une jeune femme en ouvrant la porte, un bébé en pleurs dans les bras.

J'ignore laquelle de nous deux est la plus surprise.

Je la regarde, confuse, avant de me tourner vers Nora, mais celle-ci est en fait restée au niveau du portail. Elle esquisse une petite moue qui veut dire « Je t'avais prévenue. »

— Madame ? Puis-je vous aider ? répète la jeune femme en berçant l'enfant dans ses bras pour essayer d'arrêter ses cris.

— Est-ce que Jim est ici ?

Ce n'est quand même pas sa femme... Et l'enfant, ce n'est pas le sien... Si ?

Rien que l'idée me fait frissonner.

— James, vous voulez dire ? Oui, il est à l'intérieur.

Oh ! mon Dieu, non, ça ne peut pas être vrai.

— Et, il... Il va bien ? Je peux le voir ?

— Oui, oui, il va même très bien. Ce n'est pas lui qui se lève toutes les nuits pour nourrir le petit, il est bien trop fainéant pour ça. Attendez, je vais le chercher. Qui dois-je annoncer ?

— Belle... C'est Belle.

Elle hoche la tête et referme la porte, *ma* porte, sauf que...

Attendez une minute.

Cette porte est rouge alors que la nôtre est jaune clair, nous l'avons repeinte cet été.

La porte s'ouvre de nouveau sur la femme et un homme à moitié endormi qui n'est pas Jim.

Merde, je suis tellement mal à l'aise à présent que je ne sais pas où me mettre.

— Ouais ? fait l'homme.

— Vous n'êtes pas Jim.

— Je n'ai jamais dit que j'étais Jim, réplique-t-il.

— Pardon, je me suis trompée, alors.

Il hausse les épaules et s'engouffre dans le couloir — mon couloir ! — en se grattant le derrière.

La femme me dévisage quelques instants avant de me demander :

— Etes-vous l'une des mères du groupe pour mamans et bébés ? Désolée si je ne vous ai pas reconnue, mais avec le petit, vous savez...

— Non, non, je ne fais pas partie du groupe. Je vivais dans cette maison avant et je cherche quelqu'un, d'où ma visite inopinée. Sans vouloir être trop indiscrète, vous vivez ici depuis combien de temps ?

— Deux ans environ, répond-elle en me jetant un coup d'œil suspicieux.

Super, il y avait déjà Lorcan, et maintenant, elle.

Je me confonds en excuses avant de rejoindre Nora, qui n'a pas bougé.

— Allez, viens, m'intime-t-elle en me prenant la main.

Elle m'entraîne en direction du centre commercial, au bout de la rue.

Si je fermais les yeux, je pourrais faire comme si c'était Lauren qui me tenait par la main et non pas une enfant à qui il manque une case et que je ne connais pas, mais qui, elle, semble savoir pas mal de choses sur moi.

Sur le chemin, nous croisons plusieurs de mes voisins, mais aucun ne me salue, pas même Mme O'Leary, qui, pourtant, s'arrête toujours pour discuter un peu. Sa chienne, Missy, aboie lorsqu'elles arrivent à notre hauteur, sans s'arrêter.

Lorsque nous arrivons devant la maison des jeunes, je cligne plusieurs fois des yeux pour m'assurer que je ne rêve pas : le bâtiment est entièrement barricadé. Comment est-ce possible ? J'y étais encore vendredi dernier pour m'occuper des ateliers.

Choquée, je m'avance vers la porte et tire plusieurs fois sur la poignée avant de demander à Nora :

— Où est passé tout le monde ? La maison des jeunes devrait être pleine, à cette heure.

— Il n'y a pas de maison des jeunes, Belle. Le fait que tu ne sois jamais venue au monde a bouleversé pas mal de choses ici. Jim et toi ne vous êtes jamais connus et, du coup, vous n'avez jamais vécu ici et n'avez jamais ouvert ce centre. C'est vraiment dommage parce que les enfants n'ont nulle part où aller après l'école.

Je regarde autour de moi et remarque plusieurs jeunes assis sur le muret devant le centre commercial en train de discuter. Si nous avons décidé d'ouvrir la maison des jeunes, c'était justement pour éviter ce genre de choses.

Nous nous dirigeons vers un petit café, celui dans lequel Jim et moi avons l'habitude de petit-déjeuner parfois, et nous installons à une table, dans un coin de la salle.

— Pourrions-nous avoir deux chocolats chauds avec des marshmallows et un supplément de lait, s'il vous plaît ? demande Nora à la serveuse.

Celle-ci lui sourit avant de se tourner vers moi.

— Quelle petite fille bien élevée vous avez, madame.

Euh… Je ne sais pas trop quoi dire.

J'ai l'impression d'avoir été propulsée dans une autre galaxie.

La serveuse s'éloigne et Nora sort un petit cahier de sa poche puis commence à écrire quelque chose dedans. Pendant ce temps, je fixe d'un regard vide les gens autour de nous, essayant de remettre de l'ordre dans ma tête.

J'ai peur, je pense que j'ai le cerveau sérieusement endommagé et je ne sais pas quoi faire pour arranger les choses.

Lorsque la serveuse nous apporte les deux chocolats, Nora verse une cuillère généreuse de sucre dans chaque mug avant d'y plonger une paille. Lorsqu'elle me tend ensuite un des mugs, j'ai l'étrange sensation que nos rôles se sont inversés, que je suis devenue l'enfant, et elle, l'adulte.

Je serre mes mains autour de la tasse chaude et bois une gorgée de chocolat. Il est même meilleur que dans mes souvenirs. Une douce chaleur m'envahit rapidement, et j'ai presque l'impression de fondre.

— Je me sens toujours mieux après une bonne boisson chaude, déclare Nora.

Je ne suis vraiment pas d'humeur à discuter, alors j'ignore son commentaire et décide de rentrer dans le vif du sujet sans perdre de temps.

— Donc, si j'ai bien compris, tu as entendu mon souhait, sur le pont, tu l'as réalisé, et c'est pour ça que je n'ai plus de mari, plus de maison et que personne ne me reconnaît ?

— Oui, c'est exactement ça, réplique-t-elle en me souriant comme si je venais de résoudre l'énigme du siècle.

OK…

— Qui es-tu ?

— Je suis Nora.

Elle commence sérieusement à me taper sur les nerfs.

— Ne fais pas la maligne. Je sais que tu es Nora, mais d'où viens-tu ?

— Tu devrais plutôt me demander ce que je suis, m'informe-t-elle.

— Très bien… Qu'es-tu, Nora ?

— Tu vas adorer ma réponse : je suis un ange.

Maintenant, c'est certain, cette situation n'est pas normale.

— Je ne crois pas aux anges.

— Justement, c'est ça, le problème, Belle, tu ne crois plus en grand-chose.

« — Et toi, Belle, tu y crois, hein ? me demande Lauren en agitant la clochette.
— Je pense que tu n'y crois plus, déclare Jim. »

— Si tu es un ange, où sont tes ailes ?
— Tous les anges n'ont pas d'ailes. Ça dépend dans quel service tu travailles. En plus, tes ailes, tu dois les mériter, ils ne les donnent pas juste comme ça.
Est-ce qu'on est vraiment en train d'avoir cette conversation ? Probablement oui, parce que je ne peux m'empêcher de lui demander :
— Et toi, tu travailles dans quel service ?
— Celui des anges gardiens. Je veille sur toi depuis ta naissance.
Sa révélation ne fait que confirmer mon premier doute : je l'ai déjà vue quelque part. Son visage, son sourire...
Oui, je l'ai déjà vue, mais où, quand ?
— Oui, tu as raison, annonce-t-elle. On appelle ça un sentiment de déjà-vu, même si, moi, je préfère le terme de « souvenir », tout simplement.
Elle me sourit puis fait signe à la serveuse, qui s'approche aussitôt de notre table.
— Pourriez-vous mettre un peu de musique, s'il vous plaît ?
— Bien sûr, répond la femme avant de retourner derrière le comptoir pour allumer la radio.
Aussitôt, une voix douce emplit la salle en chantant... *Minuit, chrétiens*.
Ça y est, ça me revient.
— Tu es la petite fille qui chantait sur le pont Ha'penny, le jour où Jim m'a demandée en mariage.

Je suis sûre que j'ai raison, même si techniquement c'est impossible.

— Tu as même dit que j'avais la voix d'un ange, s'exclame Nora. C'était drôle.

Je me souviens aussi de la petite fille que j'ai remarquée une fois, depuis la fenêtre, chez Tess…

— Tu étais là aussi, le jour où Jim est retourné vivre chez sa mère…

— C'était sans doute une de mes pires journées même si c'etait loin d'être la seule, malheureusement, étant donné tout ce qui t'est arrivé. Mais, ce jour-là… Tu étais si triste… Je ne pouvais rien faire, Jim devait rentrer chez lui, c'était son destin, à l'époque.

Toute la douleur que j'ai éprouvée en regardant Jim partir et monter dans la voiture me revient, aussi nette que la première fois.

— J'ai dû redoubler d'efforts pour le faire revenir en Irlande afin que vous puissiez vous retrouver, révèle Nora. J'ai passé des années à lui murmurer ton prénom à l'oreille.

Cette révélation m'apaise un peu, peut-être qu'elle est vraiment de mon côté.

— S'il te plaît, Nora, où est Jim ? Dis-moi qu'il est en vie, qu'il n'est pas blessé et qu'il va bien.

— Je te donne ma parole que Jim est en vie, qu'il n'est pas blessé et qu'il va… plutôt bien. Il n'est juste pas très heureux, il est un peu solitaire, tu sais.

Jim, un solitaire ? Ça ne lui ressemble pas. Il est très sociable et sympathise avec tout le monde.

— Il ne t'a jamais rencontrée, Belle. Vous ne vous êtes jamais mariés et vous n'avez jamais eu d'accident de voiture. Ce n'est pas *ton* Jim, tu dois garder ça en tête.

Ce n'est peut-être pas mon Jim, mais, au moins, il va bien. Il n'est pas allongé dans un lit d'hôpital, branché sur différentes machines, entre la vie et la mort. Il va bien, et c'est ça, le plus important.

— Je veux le voir.

— Oui, tu peux, tu peux faire ce que tu veux, Belle. Après tout, tu es la maîtresse de ton destin.

— Mais je n'ai plus beaucoup d'argent sur moi.

— Ne t'en fais pas pour ça, j'ai de l'argent, moi. Comme je te l'ai déjà dit, on s'occupe très bien de moi, et maintenant c'est à moi de bien m'occuper de toi.

A ces mots, elle sort une liasse de billets de sa poche et l'agite devant moi en me faisant un clin d'œil.

Bon sang, il doit y avoir plusieurs centaines d'euros !

— Range ça vite, Nora !

— Oui, maman, plaisante-t-elle. Belle, tu l'ignores peut-être encore, mais tu es faite pour être mère. Ça fait partie de toi et c'est ce qui te rend aussi spéciale. Allez, finissons de boire notre chocolat et allons retrouver Jim.

Chapitre 29

Ne vous souciez pas de ne pas être reconnu, mais luttez pour être digne de l'être.

Abraham Lincoln

Nous arrivons enfin devant le pub. Il est 19 heures passées. *Merde.*

— Tu ne peux pas venir avec moi, Nora. Les enfants n'ont pas le droit d'entrer dans un pub après 19 heures.

— Techniquement, je ne suis pas une enfant, je vais fêter mes 293 ans en mai prochain. Donc je suis libre d'aller où je veux.

Pourquoi me suis-je laissé embarquer dans cette histoire ? Pourquoi ?

J'inspire profondément et une bouffée d'air frais mêlé d'une odeur de cigarette emplit mes poumons.

— Oui, peut-être, mais je doute que le proprio du pub gobe ton histoire. Tu as l'apparence d'une enfant, et les enfants n'ont pas le droit d'entrer dans un pub après 19 heures, point.

Elle me regarde quelques instants puis se dirige vers un banc sous l'une des fenêtres du pub autour duquel des mégots jonchent le sol.

— Vas-y, dit-elle en s'asseyant, va retrouver Jim. Je vais t'attendre ici, même si je regrette de ne pas pouvoir assister à votre rencontre. Ça promet d'être drôle !

— Je ne peux pas te laisser ici !

Le quartier est pratiquement désert, Nora ne peut pas rester dehors toute seule, même si elle est un ange de presque trois cents ans. Et puis je ne suis pas sûre de vouloir entrer dans le pub. Que Lorcan ne m'ait pas du tout reconnue, c'est une chose, mais je ne pourrais pas supporter la même réaction de la part de Jim.

— Vas-y, Belle, ne t'en fais pas pour moi. Si ça peut te rassurer, je vais aller faire un petit tour en t'attendant.

A ces mots, elle disparaît.

Oui, elle *disparaît*.

— Nora ? Nora !

— C'est cool, non ? s'enquiert-elle en réapparaissant sur le banc. Tu devrais voir ta tête ! Je ne me lasserai jamais de l'expression qu'ont mes protégés quand je fais ça devant eux pour la première fois.

— Oui, excuse-moi d'être légèrement perturbée par les tours de magie de mon ange gardien.

Voilà une phrase que je n'aurais pas cru prononcer un jour.

Ce n'est pas la première fois qu'elle disparaît, en plus, elle a fait la même chose tout à l'heure, à l'hôpital. Je ne sais plus si je dois en rire ou en pleurer. Combien d'autres personnes à Dublin ont vu leur existence chamboulée par un ange gardien inquisiteur ?

« Prends garde à tes désirs, ils pourraient se concrétiser. »

Cet adage n'a jamais été aussi vrai…

Un groupe de jeunes, loin d'être sobre, sort du pub en allumant chacun une cigarette. Je ne dis pas qu'ils sont dangereux, mais, ange ou pas, Nora ne peut pas rester ici.

— Bon, disparais pendant que je vais voir Jim.

Elle fait ce que je lui demande et s'évanouit dans les airs.

Inspirant profondément, je pousse la porte du pub, que je connais bien puisque j'y viens souvent avec Jim pour boire un verre.

Je suis rassurée de constater que l'endroit n'est pas très

différent ici, dans cet… univers parallèle. Les murs sont recouverts de nombreuses babioles en tout genre, pour la plupart achetées sur des marchés aux puces, et, au-dessus, il y a toute une rangée de maillots de football de l'équipe de Dublin, signés par les joueurs.

Un brouhaha de conversations monte dans la salle pleine du pub.

La plupart des tables hautes sont occupées par les gens venus boire un verre et se détendre après une journée de travail. Deux petits retraités, assis côte à côte au bar, ont le regard rivé sur leur pinte de bière, s'ignorant l'un l'autre comme des étrangers, et un groupe de filles bien trop jeunes pour porter les talons aiguilles qu'elles ont aux pieds discutent autour du juke-box.

Je balaie encore une fois la salle du regard, mais ne vois Jim nulle part.

Il y a également une table occupée par des femmes buvant du vin et de la vodka. Plus loin, quelques couples sirotent une pinte de bière blonde, et une dame plus âgée assise toute seule à une table, dans un coin de la salle, est en train de jouer avec son verre. La tristesse qui l'accable se ressent d'ici, et je me demande ce qui peut bien la rendre ainsi.

Je tends alors le cou vers la table de billard, même si ça m'étonnerait que j'y trouve Jim — il n'a jamais particulièrement aimé ce jeu. Il y a quand même pas mal de monde là-bas, peut-être que Jim est installé à une table, en train de regarder les autres jouer. Je tente de me frayer un chemin dans la foule en regardant partout autour de moi et n'aperçois que des visages inconnus.

Au fond, je suis presque soulagée de ne pas le voir, et cette pensée me surprend.

Honnêtement, si je l'avais retrouvé et qu'il ne m'avait pas reconnue… J'ignore comment j'aurais réagi. Mais, d'un autre côté, il s'agit de Jim, mon homme, mon amour, *ma* personne. Nous sommes des âmes sœurs, les deux moitiés d'un tout, il doit me reconnaître, c'est obligé.

Mon regard se pose alors sur la porte des toilettes des hommes.

Il est peut-être à l'intérieur, je devrais aller y jeter un coup d'œil. J'imagine déjà sa réaction en me voyant débarquer alors qu'il est en train de soulager sa vessie. Soudain, la porte s'ouvre et un vieil homme sort en remontant la fermeture Eclair de son pantalon.

Tout compte fait, je vais rester dans la salle.

Nora m'a juré que Jim était ici, et, jusqu'à présent, elle ne s'est pas trompée une seule fois. Après tout ce qui m'est arrivé ces dernières heures — l'épisode avec Lorcan, le couple et leur bébé qui vivent dans *ma* maison —, je commence à croire à son histoire de vœu et d'anges gardiens.

Je décide alors de m'installer au bar. Peut-être que, si j'arrête de chercher Jim partout, c'est lui qui me trouvera. En plus, j'ai vraiment besoin d'un verre, un bon gin-tonic.

« Quand la vie te donne des citrons, fais-en de la limonade, ou alors coupe-les en rondelles et mets-les dans ton gin-tonic. »

Je souris en repensant à ce proverbe, revu et corrigé par Jim, et prends place au bar entre deux hommes âgés.

Le dos tourné, le barman est à l'autre bout du comptoir, en train de taper quelque chose sur sa caisse enregistreuse. Grand, la tête et les épaules en avant, il a les jambes légèrement écartées et…

Je connais cette position, je la reconnaîtrais entre mille, mais c'est impossible, ça ne peut pas être lui.

Son crâne est rasé, pourtant, il a la même taille et la même carrure que Jim. Je baisse mon regard sur son derrière et…

Oui, c'est bien lui, il n'y a pas de doute.

J'ignore où sont passés ses cheveux roux et ce qu'il fiche derrière un bar — même si, bon, ça, ça ne m'étonne pas plus que ça, en fait —, mais lorsque l'homme se retourne je manque de tomber de mon tabouret.

C'est Jim. Pas *mon* Jim, mais Jim quand même.

— Salut, ma belle, qu'est-ce que je te sers ? demande-t-il avec un accent dublinois prononcé, le même que celui de sa messagerie.

C'est tellement déstabilisant…

— Jim ?

— Le seul et l'unique, réplique-t-il en me lançant un sourire charmeur.

Pourquoi ne me reconnaît-il pas ?

— C'est moi, Belle.

Je plonge mon regard dans le sien pour contraindre sa mémoire à se souvenir de moi, de nous, de l'amour qui nous unit.

Allez, Jim, c'est très important que tu te souviennes. Ne me laisse pas tomber, je t'en supplie.

Il se penche vers moi et je l'imite, une petite lueur d'espoir au fond de moi accélérant les battements de mon cœur.

— C'est vous qui m'avez laissé le message bizarre sur mon portable ?

Sa question réduit aussitôt à néant le peu d'espoir que je me suis fait. Je hoche lentement la tête, dépitée.

Il ne sait pas qui je suis, Jim ne sait pas qui je suis.

— Tu ne me reconnais pas ?

Que faire ? Je rentre jusqu'au bout dans le rôle de la folle à lier ou je m'en vais en faisant comme si tout allait bien, comme si ça ne me dérangeait pas du tout que mon mari ne me reconnaisse pas ?

— Pardon, ma belle. On a… Je veux dire, toi et moi, on a déjà…

Il termine sa phrase par un clin d'œil éloquent accompagné d'un petit sifflement et je le dévisage, bouche bée. Il n'a jamais fait ce genre de choses !

S'il vous plaît, dites-moi que c'est une blague, allez, les caméras et le public, manifestez-vous.

Oui, Jim, toi et moi, on a… Plein de fois, même.

Bien évidemment, je garde cette information pour moi, mais je ne sais pas quoi lui répondre. Il doit sentir mon malaise parce qu'une expression de regret apparaît sur son visage.

— J'étais soûl ? Au risque de passer pour un salaud, je ne me souviens pas de toi.

Un sanglot m'échappe et il s'empresse d'ajouter :

— Oh ! non, ne pleure pas, je suis vraiment désolé.

— Tu n'étais pas soûl.

Visiblement, il ne me croit pas du tout.

— Ça m'étonnerait parce que, une femme ravissante comme toi, ça ne s'oublie pas.

L'intensité de son regard me fait rougir jusqu'aux oreilles, et je regrette de ne pas porter quelque chose de plus flatteur.

Bon sang, je suis vraiment perturbée !

— Tu bois quoi ? m'interroge Jim. Non, attends, laisse-moi deviner… Un gin-tonic, je parie.

— Oui !

Il connaît ma boisson fétiche ! Cela doit bien vouloir dire quelque chose, non ?

— Tu as un sourire magnifique, commente-t-il. Tu devrais sourire plus souvent.

— Tu es marié ?

OK… Je viens quand même de demander à mon *époux* s'il était *marié.*

— Tu ne perds pas de temps, toi, fait-il remarquer avant d'éclater de rire.

Voilà, c'est lui, mon Jim, avec son rire spontané et communicatif.

Il me prépare mon gin-tonic et le pose devant moi en déclarant :

— Je ne suis pas marié et ne compte jamais l'être, d'ailleurs.

— Tu as un avis très tranché sur le sujet.

— Parce que c'est vrai, je ne suis pas du genre à me poser avec quelqu'un. Ce n'est pas ma tasse de thé.

Si, ça l'est ! Pour ton information, tu adores être marié. Avec moi, ta femme. Tu n'arrêtes pas de me dire que me demander en mariage a été de loin la meilleure décision de ta vie.

Bon, au moins, il n'est avec personne dans ce monde parallèle de fous.

— Es-tu heureux ?

— Oh ! oui, très, réplique-t-il. Mais tu en poses, des questions !

Je le regarde retirer quelques verres et pintes vides du comptoir avant de passer un coup de torchon dessus.

— Je n'arrive pas à te cerner, observe-t-il en revenant vers moi. Tu n'as pas l'air folle, mais tu as quand même un grain.

Je ne suis peut-être pas encore folle, mais je ne vais pas tarder à basculer du côté obscur.

— J'ai une bonne mémoire, poursuit-il. Je me serais souvenu de toi si nous nous étions déjà rencontrés.

Je me penche vers lui en plongeant mon regard dans ses beaux yeux bleus.

C'est mon mari, bon sang ! Le nombre de fois où nous nous sommes regardés, comme ça, face à face, mon visage à quelques millimètres du sien…

Nous sommes tellement proches que je pourrais l'embrasser.

— Quelque chose me dit que tu attires les ennuis, marmonne-t-il en se redressant.

C'est peut-être mieux ainsi, je me serais probablement ridiculisée, sinon.

— Ce n'est pas la pire chose que l'on m'ait dite.

J'avale une gorgée de gin-tonic.

Délicieux, comme toujours, surtout quand c'est Jim qui l'a préparé. Je devrais peut-être passer ma soirée ici à m'enfiler des gin-tonics en bavardant avec mon mari qui n'est pas vraiment mon mari.

— Qu'est-ce que tu veux ? demande-t-il.

— Honnêtement ?

Il hoche la tête.

— Je veux que tu te souviennes de moi.

Il pousse un soupir en essuyant une nouvelle fois le comptoir qui nous sépare.

— Ecoute, Belle, tu as l'air d'être une fille sympa, vraiment, mais ton visage ne me dit rien. Désolé.

Je ne sais plus quoi faire. Si, m'en prendre à moi-même parce que mon souhait est devenu réalité. Cela dit, jamais de la vie je n'aurais pensé que mon mari ne se souviendrait pas de moi.

— Nous traînions ensemble quand nous étions gamins.

Il paraît surpris par ma déclaration.

— Tu es du coin ?

— Nous vivions dans la même famille d'accueil.

Brusquement, le regard de Jim s'assombrit et il me dévisage d'un air suspicieux.

— Tu vivais chez Tess ? Je ne me rappelle pas t'avoir vue là-bas, non plus.

— Si, et nous passions beaucoup de temps ensemble. Nous allions souvent au parc, nous adorions construire des cabanes dans le salon de Tess en utilisant pratiquement tout son linge de maison. Nous jouions aussi à plein de jeux, surtout à celui du Simon.

— Ça ne me dit rien, commente-t-il en secouant la tête. J'essaie de ne pas trop penser à cette période de ma vie. Mon enfance n'a pas été très heureuse.

— Oh… Désolée.

— En tout cas, je persiste à dire que tu t'es probablement trompée de Jim. Si je t'avais connue, même à l'époque, je me serais souvenu de toi. Et puis, pendant que je vivais chez Tess, il y avait plusieurs autres enfants qui étaient là-bas, mais pas toi, c'est sûr.

— Oui, sans doute... Le Jim que je connais est parti vivre aux Etats-Unis avec sa mère après que celle-ci s'est mariée avec un type dénommé Sam. Ça te dit quelque chose ?

— C'est quoi, ce..., tonne-t-il, manifestement choqué, le visage tendu et les yeux brillants de colère. Ecoute, pour la dernière fois, tu te trompes de Jim. Je n'ai jamais vécu aux Etats-Unis et ma mère ne s'est jamais mariée. Elle vit toujours dans le quartier de Ranelagh et bosse chez Tesco.

A ces mots, il s'éloigne pour aller servir deux jeunes filles installées au bar, un peu plus loin, et je ne le quitte pas des yeux. J'essaie d'attirer son regard, mais il m'ignore royalement et flirte avec les deux poufiasses qui ne cessent de le reluquer en battant de leurs faux cils.

J'ai envie de rentrer chez moi, de me blottir sous la couette et d'oublier cette horrible journée. Le problème, c'est que je n'ai plus de chez-moi. Ni de lit. Ni de couette.

Je regarde de nouveau Jim. Il a fait une tête bizarre quand j'ai mentionné Sam. Je dois creuser un peu la question.

Une fois qu'il a fini de s'occuper des deux filles, il revient vers moi et s'accoude nonchalamment au bar.

Bon, allez, je me lance, je n'ai rien à perdre, après tout...

— Tu as bien connu un Sam à un moment de ta vie, n'est-ce pas ?

— Peut-être, mais, tu sais, il y a pas mal de Sam, c'est un prénom assez commun.

— Dis-m'en un peu plus sur celui que *toi*, tu as connu. S'il te plaît.

Il attrape une planche en bois et pose un citron dessus avant de le découper en quartiers.

— Quand j'étais gamin, ma mère est sortie avec un mec qui s'appelait Sam pendant un petit moment.

— Et...

— Je ne l'aimais pas. Après, en toute honnêteté, je n'aimais personne à l'époque. Quoi qu'il en soit, ça n'a pas duré entre eux, elle a rompu avec lui.

Un immense sentiment de tristesse m'envahit à cette nouvelle. Sa mère et Sam forment un si beau couple, même après toutes ces années, ils sont encore amoureux comme au premier jour.

— Et comment va ta mère ?

— Elle perd la tête, Belle, voilà comment elle va. Elle se bourre de Xanax à longueur de journée, si bien qu'elle ne se souvient même plus de son prénom, et encore moins du mien.

Je pose ma main sur la sienne et la serre fort.

J'ai envie de grimper sur le comptoir et de le prendre dans mes bras pour le consoler et apaiser sa douleur évidente.

— Je suis vraiment désolée, Jim.

Les choses n'étaient pas censées se passer comme ça.

Nos regards se croisent, et le sien est tellement intense qu'il me donne presque le tournis, comme la fois où je l'ai revu chez Tess, après tant d'années, quand il est venu dans le but me retrouver.

— Hé, Jimbo, arrête de flirter et viens plutôt nous servir ! s'exclame une voix derrière moi.

— J'arrive, réplique-t-il sans rompre le contact visuel.

— Je meurs de soif, moi ! insiste la voix.

— J'avais raison, murmure-t-il, tu attires les ennuis, je l'ai su à la minute où tu es entrée dans le bar.

Il a ressenti quelque chose, j'en suis sûre et certaine.

Il va servir le client impatient tout en me surveillant du coin de l'œil.

Ne t'en fais pas, Jim Looney, je ne vais nulle part. Je t'ai attendu pendant des années, je peux bien attendre quelques heures.

Quand il aura fini de travailler, nous pourrions peut-être

aller dans un endroit tranquille pour discuter et je lui raconterai tout au sujet de Nora.

— Je n'arrive pas à te cerner, Belle, commente-t-il en revenant derrière le bar. De toute façon, je n'ai pas trop le temps, là.

— Je peux attendre que tu termines pour que nous puissions discuter calmement ?

— Ça ne va pas être possible, ma belle, j'ai un rencard après, répond-il après un court instant de réflexion en portant son regard sur la plus grande des deux poufiasses au bar.

Ses paroles résonnent dans ma tête et une vive douleur envahit ma poitrine à la simple idée de savoir Jim avec une autre femme.

— J'espère que tu finiras par retrouver le bon Jim, me dit-il par-dessus son épaule, en se dirigeant vers l'autre côté du bar.

— Oui… Moi aussi.

J'attends encore quelques minutes pour voir s'il va changer d'avis et revenir vers moi. Apparemment, non.

Résignée, je glisse de mon tabouret et me dirige vers la sortie du pub.

Une fois dehors, je sens une petite main se glisser dans la mienne et m'attirer sur le côté.

Nora.

— Il ne m'a pas reconnue… Il était si… différent. C'était Jim, sauf que ce n'était pas *vraiment* lui. Comment est-ce possible ?

— Sa vie est différente parce que tu n'en fais pas partie, m'explique Nora. C'était un petit garçon perdu quand il a atterri chez Tess, et il n'a jamais connu de petite fille prénommée Belle qui lui aurait rapidement redonné le sourire et qui serait devenue sa meilleure amie. Au lieu de ça, il a multiplié les mauvaises fréquentations.

Jamais je n'oublierai l'expression de Jim quand il est

venu habiter chez Tess. On aurait dit un animal enragé prêt à mordre quiconque oserait l'approcher.

— Sans ton amitié, il a fait plusieurs mauvais choix, et, lorsqu'il est retourné vivre chez sa mère, il lui a donné du fil à retordre. Le pauvre Sam n'avait aucune chance. Depuis l'instant où Jim l'a rencontré, il a tout fait pour le séparer de sa mère.

Mon Dieu, quelle histoire ! J'en ai la tête qui tourne.

J'aimerais tant pouvoir voir Tess…

Nora lève les yeux vers moi, ils sont embués de larmes.

— Tu veux aller voir Tess ? demande-t-elle.

C'est vrai, j'avais oublié qu'elle pouvait lire dans mes pensées…

— Oui, s'il te plaît.

Me tenant toujours par la main, mon ange gardien, qui aura bientôt trois siècles et qui se balade parmi nous sous les traits d'une petite fille de onze ans, m'entraîne vers la chaussée avant de lever la main pour héler un taxi. Et, bien évidemment, le taxi apparaît aussitôt.

Chapitre 30

Il y a des choses qui devraient rester comme elles sont. Il faudrait pouvoir les planquer dans une de ces grandes vitrines et ne plus y toucher.

J. D. SALINGER

Lorsque la voiture s'engage dans la rue longeant le parc pour lequel Jim et moi avons organisé la collecte de fonds, Nora demande au chauffeur de ralentir.

— Quelle tristesse, de le voir dans cet état, n'est-ce pas ? observe Nora en se tournant vers moi.

Le muret qui entoure le parc est couvert de graffitis, des bris de bouteilles jonchent le sol à l'entrée et l'allée en béton est recouverte de détritus en tout genre.

— Il est très différent dans mon monde, je...

— A l'aide ! A l'aide !

Je me redresse sur le siège et enlève ma ceinture de sécurité en demandant à Nora :

— Tu as entendu ? Attends !

Je descends rapidement du taxi et me précipite vers l'entrée du parc où j'aperçois Mme O'Leary qui frappe deux jeunes avec sa canne. A ses pieds, Missy aboie sauvagement après les jeunes — qui, je le vois maintenant, tentent de dérober le sac de la vieille femme —, en les mordant tour à tour au niveau des chevilles.

Je fonce dans leur direction.

— Hé !

Les deux jeunes, une capuche sur la tête, se tournent vers moi et le plus grand dit à l'autre :

— Vite, on dégage !

Le plus petit lui emboîte le pas, mais trébuche au bout de quelques foulées, ce qui me permet de l'attraper par sa capuche avant qu'il n'ait le temps de se relever.

— Viens par là, petit morveux !

Je le remets sur ses pieds pendant qu'il se débat et l'entraîne vers ma voisine.

— Vous allez bien, madame O'Leary ?

— J'étais en train de promener ma chienne lorsque ces deux garnements ont surgi de nulle part. Mon Dieu, quelle histoire !

— Asseyez-vous sur le banc pendant que je m'occupe de lui.

Tout en parlant, je secoue le bras du petit délinquant avant de lui retirer la capuche qui cache son visage pour lui passer le savon de sa vie.

Mais, à ma grande surprise, c'est une gamine, et…

Pas n'importe laquelle.

— *Lauren ?!*

Elle écarquille les yeux en entendant son prénom.

— Comment tu sais mon nom, toi ?

— Je te connais très bien, et je dois dire que tu me déçois énormément, Lauren. Pourquoi as-tu fait une telle chose à Mme O'Leary ?

— Oh ! ça va, hein, réplique-t-elle sèchement en cherchant à libérer son bras.

C'est quoi, cette attitude ? Non, ça ne va pas, ça ne va pas du tout !

— C'était qui, avec toi ?

— Ce n'est pas tes oignons !

OK.

— Où est Alicia ?

Aussitôt, elle cesse de se débattre.

— Tu vis avec elle ou dans un foyer d'accueil ?

— Fous-moi la paix ! crie-t-elle.

Où est passée la petite fille douce et innocente que je connais ?

— Non, Lauren, je ne te lâcherai pas tant que je n'aurai pas eu toutes les réponses à mes questions. Tu préfères que j'appelle Lorcan, ton assistant social, peut-être ?

Elle se raidit sur place et me lance un regard désespéré.

— Non, s'il te plaît. Il va me reprendre à ma mère s'il apprend ce que j'ai fait.

— Je te promets de ne pas l'appeler à condition que tu ailles gentiment t'asseoir sur le banc pour m'expliquer ce qui se passe. En revanche, si tu essaies de t'enfuir, je lui téléphone immédiatement pour le prévenir.

Elle hoche la tête d'un air résigné et va s'installer sur le banc, le plus loin possible de Mme O'Leary, qui est en train de nous observer, appréciant visiblement le spectacle.

— Il faut se montrer ferme avec ce genre de petits garnements, fait-elle savoir.

— Ne vous en faites pas, madame O'Leary. Vous êtes blessée ?

— Non, non, quelle question ! J'ai déjà eu affaire à des individus bien plus dangereux que cette enfant et son ami. Sur ce, je vais rentrer chez moi pour me préparer une bonne tasse de thé, j'en ai vraiment besoin.

— Prenez soin de vous.

Je suis Mme O'Leary du regard puis reporte mon attention sur Lauren une fois que la vieille femme a disparu de mon champ de vision.

— Où habites-tu en ce moment, Lauren ?

— Avec ma mère, dans un appartement, à Beaumont.

Au moins, elle vit chez sa mère.

— Je parie qu'Alicia ne sera pas contente en apprenant ce que tu as fait.

Lauren se contente de hausser les épaules.

— Tu m'as dit que Lorcan allait encore lui retirer ta garde, donc c'est déjà arrivé avant ? Ça ne se passe pas bien à la maison, avec ta mère ?

Le regard droit devant elle, elle ne répond pas.

Je sens qu'on va y passer la nuit.

— Allez, viens, je te ramène chez toi.

Je lui saisis la main et la guide vers la sortie du parc où est garé le taxi.

— Bonjour, Lauren, la salue Nora en la voyant. Ça me fait plaisir de te revoir.

Lauren lui décoche un regard sceptique avant de rouler des yeux.

— Nous allons ramener Lauren chez sa mère. Je suppose que tu connais l'adresse, Nora ?

— Bien sûr ! s'exclame-t-elle en grimpant dans le taxi avant de donner l'adresse au chauffeur.

Même pas cinq minutes après, la voiture s'arrête devant un petit immeuble qui abrite un marchand de fruits et légumes au rez-de-chaussée.

— C'est sympa, par ici. Allez, Lauren, je te suis.

Lauren descend du taxi et nous pénétrons dans l'immeuble. Elle s'arrête devant la troisième porte sur la gauche et appuie sur la sonnette. Alicia n'ouvre pas tout de suite, mais quand elle apparaît sur le seuil il est évident qu'elle est en colère.

— Où étais-tu passée, bon sang ? hurle-t-elle à l'attention de Lauren en l'attrapant par le bras avant de la secouer fortement.

Quand elle me remarque, Alicia se redresse et m'interroge :

— Qu'a-t-elle fait, cette fois ?

— Elle a essayé de voler le sac à main d'une dame âgée dans le parc.

Alicia regarde sa fille en secouant la tête.

— J'ai vraiment honte pour toi, Lauren. Comment as-tu pu faire une chose pareille ?

— Comme si ça t'inquiétait vraiment ! réplique-t-elle.

— Ne parle pas à ta mère comme ça, jeune fille. Où sont passées tes bonnes manières ?

Lauren et Alicia se tournent toutes les deux vers moi et me dévisagent comme si j'étais dingue. Ce n'est pas grave, je commence à en avoir l'habitude.

— Merci de l'avoir ramenée, dit Alicia. Elle va m'entendre, vous pouvez en être sûre.

— Est-ce que je peux entrer quelques instants ?

— Vous êtes assistante sociale ? s'enquiert Alicia en plissant les yeux.

— Non, non, pas du tout. Je suis parent d'accueil et je sais à quel point il est difficile de gérer certains enfants. Alors je peux peut-être vous aider concernant Lauren.

A peine ai-je fini de parler qu'Alicia me claque la porte au nez.

OK, je prends ça pour un non.

Dois-je insister pour qu'elle me laisse entrer ou abandonner, étant donné que, dans cet univers, je n'ai rien à faire ici ?

— Les pauvres, observe Nora, derrière moi. Ce n'est pas facile entre elles.

— Oui, c'est ce que j'ai cru comprendre. Je n'ai même pas eu le temps de faire un câlin à Lauren.

— J'ignore comment tu peux faire un câlin à quelqu'un qui veut te mordre ou te frapper.

— Qu'est-ce qui leur arrive, Nora ?

— Lauren a été baladée de foyer en foyer au cours de ces dernières années, mais elle n'a jamais réussi à créer de lien avec aucun de ses parents d'accueil comme elle l'a fait avec Jim et toi. Chaque fois qu'on la plaçait dans une famille différente, sa colère montait d'un cran et, démunie face à la détresse de sa fille, Alicia n'a pas eu le temps de se concentrer sur sa guérison. Elle a demandé à récupérer Lauren bien trop tôt et… Voilà. C'est un désastre et ce n'est pas près de s'arranger.

— Je ne comprends pas. Alicia va bien, elle a repris sa vie en main, pourtant…

— Oui, grâce à Jim et toi. Elle a vu à quel point vous étiez bons avec sa fille et a voulu devenir une meilleure mère pour Lauren.

Je dévisage Nora, étonnée par sa remarque.

— C'est quelqu'un de bien, mais elle est malheureusement hantée par des démons dont elle peine à se débarrasser. Et la colère grandissante de Lauren n'arrange rien.

C'est exactement ce que je redoutais, qu'Alicia ne soit pas capable de s'occuper de Lauren et que celle-ci se retrouve en danger. Le pire, c'est que je ne peux absolument rien faire puisque je n'existe plus.

— Tu comprends à présent l'impact positif que tu as sur ton entourage ? demande Nora. Allez, viens, je sais que tu veux voir Tess.

Notre taxi nous attend devant l'immeuble et, lorsque je monte dedans, je me sens accablée d'une énorme fatigue. Je me laisse aller contre le dossier de la banquette arrière et ferme les yeux pendant que nous roulons vers Drumcondra.

Je suis bien consciente que Tess ne saura pas qui je suis mais, connaissant son bon cœur et sa gentillesse sans limites, je suis persuadée qu'elle acceptera d'écouter ce que j'ai à lui dire.

Je m'imagine arriver chez elle pour regarder ensemble le nouvel épisode de *Grey's Anatomy*… Nous nous installons sur le canapé avec, sur la table basse, une grosse théière et deux mugs, et bien sûr une boîte de nos chocolats préférés… Une fois que nous avons notre dose hebdomadaire du Dr Mamour, je monte me coucher dans mon ancienne chambre, que Tess a gardée telle quelle et, quand je suis dans mon lit, Tess vient me border… J'essaierai de trouver un sens à toute cette histoire de dingue le lendemain. Je parie que Tess pourra m'aider.

« Claque des talons trois fois, Dorothée[1] »…

J'ignore pourquoi, mais je visualise Tess portant la robe de Glinda, la bonne sorcière du Sud dans *Le Magicien d'Oz*, et pars d'un petit fou rire.

A cet instant, j'entends Nora soupirer à côté de moi et ouvre les yeux. Je suis à nouveau confrontée à ma nouvelle réalité, sans ma famille et mes proches, sans Dr Mamour et sans boîte de chocolats.

Je regarde à travers la vitre et remarque que nous ne roulons pas en direction de Drumcondra.

— Où sommes-nous ?

Un frisson me parcourt. J'ai un mauvais pressentiment.

— Nous sommes presque arrivés, annonce le chauffeur en mâchonnant son chewing-gum.

— Mais ce n'est pas la bonne direction. Nous n'allons pas vers Drumcondra, là.

Je n'aurais jamais dû laisser Nora aux commandes, elle a donné la mauvaise adresse au chauffeur. Pourtant, s'il y a une chose que j'ai comprise, c'est qu'elle ne se trompe jamais.

Le chauffeur ignore mon commentaire et fait une bulle avec son satané chewing-gum.

— Tess n'est plus à Drumcondra, déclare Nora en regardant toujours à travers la vitre.

D'accord, mais où est-elle, alors ? Et est-ce que j'ai vraiment envie de le savoir ? En fait, oui. Elle s'est peut-être mariée et habite avec son mari et ses enfants. Contrairement à Jim, elle a peut-être réussi à se bâtir une belle vie. Inutile de toujours envisager le pire.

— Tu aimais vivre chez Tess, n'est-ce pas ? demande Nora d'une voix douce. Tu y étais très heureuse.

— Oui, j'ai passé de très beaux moments avec elle. Et j'en passe encore aujourd'hui.

1. Célèbre réplique du film *Le Magicien d'Oz*. (NdT)

Un souvenir précis de Tess me revient à la mémoire et je souris.

C'était le jour d'après le départ de Jim. Cloîtrée dans ma chambre, j'étais vraiment au plus bas et rien ne pouvait me redonner le sourire. Tess avait tout essayé, en vain. Puis, à un moment, elle est revenue dans ma chambre, vêtue d'un survêtement flashy affreux et coiffée d'une casquette inclinée sur le côté...

— Tu as l'air ridicule, Tess !

J'espère vraiment qu'elle ne va jamais sortir dans la rue comme ça !

Elle me fait un petit clin d'œil puis lève les deux bras.

— Mais qu'est-ce que tu fais ?

Le survêtement qu'elle porte est beaucoup trop petit pour elle ! Il va se déchirer au niveau de ses fesses, tellement elles sont compressées.

Elle disparaît quelques secondes dans le couloir puis réapparaît avec la radiocassette, qu'elle met en marche à plein volume, et commence à chanter... le générique du Prince de Bel-Air[1] *!*

— Now, this is a story all about how
My life got flipped-turned upside down
And I'd like to take a minute
Just sit right there
I'll tell you how I became the prince of a town called Bel-Air...

Tess chante — ou rappe, plutôt — la chanson entière comme un pro, presque mieux que Will Smith lui-même, et j'éclate de rire.

1. *Le Prince de Bel-Air* est une série télévisée américaine diffusée dans les années 1990. (NdE)

Plus je ris et plus elle se prend au sérieux, allant même jusqu'à danser en imitant des gestes de rappeur. Mon fou rire est tel que j'en pleure, et je suis obligée de me tenir le ventre, car je commence à avoir un point de côté.

Ma Tess, mon héroïne.

— Tu sais pourquoi elle a fait ça ? s'enquiert Nora.

— Oui, je sais.

Elle voulait à tout prix me remonter le moral et elle a réussi.

Je souris de nouveau avant d'ajouter :

— J'ai vraiment eu de la chance d'atterrir chez elle.

— A un moment, je croyais que cela n'allait jamais arriver, révèle Nora. Pourtant, je savais que tu allais rester chez elle pour toujours, que c'était elle, ta fin heureuse, et il m'était insupportable de te regarder souffrir en silence dans les autres foyers d'accueil.

J'ai hâte de retrouver Tess et de lui dire à quel point je l'aime. Elle a vraiment changé ma vie. Je le lui ai d'ailleurs fait remarquer de nombreuses fois, mais j'ai besoin de le lui redire. J'ai besoin de discuter et de rire avec elle encore et encore, jusqu'à ce que nous soyons pliées en deux. Je veux qu'elle me prenne dans ses bras afin que je puisse me concentrer uniquement sur la chaleur et la sécurité de son étreinte.

— Elle le savait, tout ça, Belle, murmure Nora en couvrant ma main de la sienne.

Le taxi tourne à gauche et je me sens blêmir.

— Tu as dit « elle le *savait* ». Pourquoi as-tu employé le passé ?

A cet instant, la voiture s'arrête, et je commence à secouer frénétiquement la tête en comprenant où nous sommes.

— Non ! Non, non… Non !

Je croise le regard de Nora et remarque qu'il y a une profonde tristesse dans ses yeux.

Si… Tess est bien là.

— Démarrez, je ne veux pas y aller…

S'il te plaît, Nora, ne me force pas à y aller…

Mais, cette fois, elle ignore ma requête silencieuse et paie le chauffeur avant de descendre du taxi.

J'ouvre ma portière et sors à mon tour de la voiture, puis Nora se dirige vers l'entrée. Je la suis, tête baissée, avant de lever les yeux vers la plaque scellée sur le mur.

« CIMETIÈRE DE GLASNEVIN »

Nous nous engageons dans un dédale d'allées, au milieu d'une multitude de sépultures, certaines datant de plus d'un siècle, avant d'atteindre la section la plus récente du cimetière.

Une partie de moi refuse toujours de se rendre à l'évidence. Tess ne peut pas être… Elle ne peut pas être ici, ce n'est pas *ma* Tess qui repose ici, c'est une autre.

Nora s'arrête devant une tombe. Je ferme les yeux, refusant de regarder la réalité, *cette* réalité, en face.

— Ouvre les yeux, Belle, m'intime tendrement Nora.

J'inspire profondément avant de faire ce qu'elle me demande et lis l'inscription gravée sur la pierre tombale :

A la mémoire de
Teresa « Tess » McNulty
11 février 1945 — 24 décembre 2005
Réunie avec ses parents, Eileen et Joseph

Un sourire pour tous,
Un cœur d'or,
Une des personnes les plus douces,
Toujours un geste ou une parole de réconfort,
Toi, pour qui rien n'était sacrifice,

Bonne nuit, Tess, fais de beaux rêves, que Dieu te bénisse.

C'est bien *ma* Tess, ma mère, mon héroïne, ma vie, qui repose ici.

Elle est décédée il y a dix ans déjà.

Tess… Je suis vraiment, vraiment désolée… J'espère que tu as au moins trouvé l'amour avant de nous quitter, que tu as eu une belle vie et que tu n'as pas souffert.

J'essuie mes larmes du revers de la main et me tourne vers Nora. Une bouffée de colère mêlée d'un profond désarroi m'envahit.

Pourquoi me fait-elle cela ? Trouve-t-elle ça drôle ?

— C'en est trop, Nora. Elle est morte, Tess est morte. Tu es allée trop loin.

Je constate alors qu'elle aussi pleure à chaudes larmes.

— Fais quelque chose ! Tu es un ange, non ? Elle n'a pas besoin de payer pour mes erreurs. J'ai peut-être fait le souhait de ne jamais exister, mais elle n'a rien à voir avec ça.

— Tu ne comprends donc toujours pas ? s'exclame Nora. Tess n'est pas morte par ta faute. Elle est morte parce qu'elle n'a jamais arrêté de fumer. Si elle est encore en vie dans ton monde, c'est grâce à toi, Belle. Comme tu n'as jamais existé ici, elle n'a eu personne pour la surveiller et la convaincre de renoncer à la cigarette.

— Elle est morte d'un cancer ?

C'était ma plus grande peur en grandissant, qu'elle soit emportée par cette fichue maladie. C'est pour ça que je n'ai pas cessé de la supplier d'arrêter de fumer et de surveiller son alimentation.

Nora opine de la tête.

J'imagine Tess, gisant dans un lit d'hôpital, reliée à une multitude de tubes, et ma poitrine se serre douloureusement tant je souffre pour elle.

— Pardon, Tess, pardon…

Ravagée par le chagrin, je fixe la pierre tombale.

— Sans toi, elle n'avait aucune raison de prendre soin d'elle. C'est vraiment dommage, parce qu'elle avait encore tant à offrir.

— Est-ce qu'elle était seule quand elle est décédée ?

J'ignore pourquoi je pose cette question, mais une partie de moi éprouve un besoin maladif de le savoir.

— J'étais avec elle jusqu'à son dernier souffle. Elle est décédée dans un hospice à Clontarf sans trop souffrir.

Au bord du malaise, je tombe à genoux devant la sépulture.

J'aurais pu empêcher ça. Je refuse de vivre dans un monde sans Tess. Je n'en peux plus, je veux que tout ça s'arrête. Tout de suite.

— C'est bon, stop ! Je veux que les choses redeviennent comme avant, Nora.

— Ce n'est pas aussi simple, Belle. Si je pouvais faire quelque chose, tu sais que je le ferais, mais ça ne dépend pas de moi.

— OK, dans ce cas, je veux parler à la personne responsable.

— Mais... C'est toi, Belle. Tu as eu ce que tu voulais.

— Non, je t'interdis de dire une chose pareille ! Je ne voulais pas *ça* !

— Allez, viens. Allons faire un tour, dit-elle doucement en haussant les épaules.

Elle remonte l'allée du cimetière dans le sens inverse sans m'attendre.

Je caresse le nom de Tess gravé en lettres dorées dans le marbre de la pierre tombale.

Tess McNulty.

Repose en paix, Tess. Ton petit papillon t'aimera toujours.

Je soupire et réprime un nouveau sanglot.

Je suis sincèrement désolée, Tess, mais je te promets de faire tout ce qu'il faut pour arranger les choses.

Le cœur lourd, je m'éloigne de sa tombe en accélérant le pas afin de rattraper Nora.

Une fois de plus, j'ai l'impression que les rôles sont inversés : c'est elle l'adulte, et moi, l'enfant. J'ai vraiment atterri dans un univers de fous, rien n'a de sens ici.

Une fois sur le trottoir, Nora lève le bras, et un taxi apparaît au coin de la rue avant de s'arrêter devant nous.

— Pas mal, ce tour avec les taxis.

Je me demande ce qu'elle peut faire d'autre.

— Oh ! plein de choses, se vante-t-elle.

Aaaaah ! Ça m'énerve quand elle fait ça ! Il faut que je garde à l'esprit qu'elle peut lire dans mes pensées.

— En effet, répond-elle.

— Où allons-nous ? Je pense que j'ai eu ma dose de chocs pour la journée.

La fatigue de tout à l'heure s'empare de nouveau de moi et j'étouffe un bâillement avant de marmonner :

— Nous ne pourrions pas aller dans un hôtel sympa ?

— Non, désolée, je veux t'emmener quelque part où tu pourras oublier tes soucis.

Bien calée à l'arrière du taxi, j'écoute un chant de Noël repris par Michael Bublé qui s'échappe de la radio. Je fais de mon mieux pour ne penser à rien, ni à Jim, ni à Tess, ni à Lauren.

Ce que j'ai appris aujourd'hui est déjà assez difficile à supporter, et le fait que Nora puisse entendre chacune de mes pensées me dérange énormément. Quand j'étais petite, mes pensées étaient la seule chose qui m'appartenait et que personne ne pouvait me prendre, et, à présent, ce n'est plus le cas, je n'ai plus rien.

Je suis presque parvenue à faire un semblant de vide dans mon esprit quand une lumière blanche, presque aveuglante, envahit l'habitacle du taxi.

Je regarde au-dehors et m'aperçois que nous sommes revenues à O'Connell Street. Dire qu'il y a encore quelques heures j'ai remonté cette même rue en courant, angoissée et apeurée, décidée à fuir Jim afin qu'il ait une meilleure vie sans moi. A présent, je donnerais n'importe quoi pour retourner à son chevet. Tellement de choses ont changé dans ma tête en si peu de temps…

Je consulte ma montre. Il est 21 heures, et les personnes chargées de sacs et de paquets en tout genre ont laissé place à des fêtards bien décidés à passer une bonne soirée.

Perchées sur des talons, des jeunes filles en minijupe marchent bras dessus bras dessous sur la chaussée. Plus loin, des hommes portant des pulls de Noël et des bois de renne sur la tête font la tournée des pubs, leurs rires sonores résonnant dans l'air de la nuit. Tous semblent heureux. J'ai presque envie de descendre du taxi et de m'engouffrer dans un pub avec eux.

Qui sait, je pourrais même me faire de nouveaux amis et, au pire, je peux toujours compter sur un ou plusieurs gin-tonics pour me faire oublier que je suis coincée dans un monde où Belle Looney n'existe pas.

Le taxi s'arrête et Nora tend quelques billets au chauffeur en lui chuchotant quelque chose à l'oreille qui le fait rire.

A peine sortie du taxi, Nora remonte la rue en courant.

Que me réserve-t-elle, cette fois ?

Je m'avance pour la rattraper, mais elle disparaît, engloutie par la foule, et je sens mon instinct protecteur aussitôt se réveiller.

N'a-t-elle vraiment aucune notion du danger ?

Elle a peut-être réponse à tout, mais elle n'en reste pas moins une enfant.

Je cours vers l'endroit où je l'ai vue en dernier en criant son prénom, sans succès.

Bon sang, Nora, ce n'est vraiment pas le moment de jouer à cache-cache.

Quand je tourne au coin de la rue, je manque de heurter un homme de plein fouet. Je m'arrête net et remarque qu'il fait la queue pour quelque chose. La file d'attente est longue et n'est composée pratiquement que d'hommes, ce qui attise ma curiosité.

Qu'est-ce qu'ils attendent tous ?

Devant, j'aperçois un bâtiment, du côté droit de la rue, et m'avance pour voir de quoi il retourne. Je m'arrête à quelques pas de la porte à double battant et lis le panneau accroché au-dessus :

« Soupe populaire ».

Tiens, moi qui croyais connaître Dublin comme ma poche, j'ignorais qu'il y avait une soupe populaire ici.

— Belle, par ici ! s'exclame soudain une voix masculine.

Je porte mon attention vers la porte où un homme, la quarantaine, je dirais, est en train de me faire signe de le rejoindre.

— Bonsoir, Nora est déjà à l'intérieur, elle m'a dit que vous étiez juste derrière. Venez, c'est par ici.

Qu'est-ce que tu manigances, Nora ?

Je suis l'homme à l'intérieur et pénètre dans une immense salle avec, au milieu, de nombreuses tables longues et des bancs alignés de chaque côté. Plusieurs tables sont déjà occupées tandis que d'autres se remplissent de personnes portant des plateaux de nourriture.

Des enceintes diffusent la chanson *It's Beginning To Look a Lot Like Christmas*[1], chantée par Frank Sinatra, et je dois avouer qu'elle décrit parfaitement l'ambiance festive qui règne dans la salle. Des guirlandes rouges, pourpres, blanches et vertes sont accrochées aux poutres apparentes du plafond, et un sapin de Noël trône au milieu de la salle, entre les tables, égayé de minuscules lampions et de boules dorées.

1. « Ça commence à beaucoup ressembler à Noël. » (NdT)

Il y a des personnes de tous âges, y compris des enfants qui ne doivent pas avoir plus de quinze, seize ans.

Sont-ils tous sans domicile fixe ?

Une boule, de la taille d'une orange, se loge dans ma gorge et mon cœur se contracte dans ma poitrine.

Je sais ce que c'est de ne pas avoir de famille, mais, au moins, j'ai toujours eu un toit au-dessus de la tête.

Je me dirige vers le fond de la salle pour retrouver Nora, lorsqu'une voix féminine derrière moi m'interpelle.

— Tu dois être Belle.

Je me retourne et croise le regard d'une jeune fille en train de distribuer des sandwichs et de la soupe derrière une table. Je la salue d'un signe de tête.

— Tu es avec moi, ce soir, annonce-t-elle. Je m'appelle Sophie.

Elle fait un geste en direction d'une autre table sur laquelle sont posés des tabliers et des gants en plastique.

OK, je vois ce qu'il me reste à faire…

Je pense que je peux oublier le confort d'un bon lit douillet et retrousser mes manches à la place.

Je prends un tablier et l'attache autour de ma taille puis enfile les gants avant d'aller me placer derrière la table, à côté de Sophie.

— Que dois-je faire ?

— C'est ta première fois ici ? Tu n'as jamais fait ça avant ?

— Non, disons que Nora m'a assignée ici sans me prévenir.

— OK, écoute, si tu pouvais servir la soupe, ce serait vraiment super, dit Sophie. Comme ça, moi, je m'occupe des sandwichs, du thé et du café. Les sandwichs, c'est jambon ou thon, et la soupe, c'est un velouté de légumes, parfait pour les végétariens, comme ça, tout le monde est content.

Je hoche la tête et commence à verser des louches de soupe dans des gobelets en plastique avant de les sceller avec un couvercle et de les donner aux personnes qui font la queue de l'autre côté de la table.

Je trouve rapidement mon rythme, envahie par la délicieuse odeur du velouté de carottes avec une pointe de persil. Pour accompagner la soupe, il y a également un plateau rempli de petits pains complets qui disparaissent à une vitesse folle. A l'autre bout de la table, j'aperçois un immense saladier de crème à la vanille et une boîte pleine de bananes et de pommes.

La plupart des personnes que je sers remplissent leur plateau de nourriture, et beaucoup glissent aussi quelques petits pains et des fruits dans leurs poches. Il y a comme une urgence dans leurs gestes. Leur ventre crie sans doute famine…

Entre deux louches de soupe, j'observe Sophie du coin de l'œil. Elle discute avec chaque personne qu'elle sert. Elle connaît même le nom de quelques-unes d'entre elles, et certaines lui répondent tandis que d'autres se contentent de se servir avant d'aller s'installer à une des tables.

Au bout de quelques minutes, je commence, moi aussi, à interagir avec les gens et ne vois pas le temps passer.

— Merci, Belle, tu as fait du bon travail, dit Sophie lorsque la dernière personne servie s'éloigne.

— De rien, ravie d'avoir pu t'aider.

Et je le pense sincèrement.

Nora avait raison. Cela m'a vraiment fait du bien de me déconnecter de ma nouvelle réalité un petit moment.

Je parcours du regard les tables désormais bondées.

La plupart des gens mangent en silence et seul le bruit des couverts en plastique qui heurtent légèrement les assiettes se fait entendre. Au fond de la salle, il y a deux tables plus bruyantes et, étant donné la facilité avec laquelle ses occupants discutent entre eux, ils doivent bien se connaître. Une bouchée après l'autre, tous semblent apprécier ce moment de détente.

J'ai une belle leçon à tirer de cette soirée et de toutes ces personnes. Dernièrement, j'ai oublié de profiter des choses simples de la vie que nous avons souvent tendance à prendre pour acquises. J'ai une famille formidable, des amis, une belle maison... Honnêtement, je n'ai vraiment pas de quoi me plaindre.

— Nous t'embarquons, Stu et moi, pour faire la distribution de la soupe dans les rues, m'annonce Sophie. Nous avons le trajet numéro deux, ce soir. Le temps est sec, mais il fait assez froid, par contre.

— D'accord, mais où est passée Nora ?

Je ne l'ai pas vue depuis qu'elle a disparu dans la foule, tout à l'heure.

— Elle est partie distribuer la soupe avec un autre groupe, il y a une heure environ, répond-elle. Elle m'a dit qu'elle te retrouverait tout à l'heure. Allez, on ferait mieux de se dépêcher. Stu a déjà chargé la soupe dans le van, Dieu merci, mais la patience n'est pas son fort, malheureusement. Ah, les hommes !

Chapitre 31

Aucun geste de bonté, aussi petit soit-il, n'est inutile.

ÉSOPE

Installée entre Sophie et Stu dans le van, j'attache ma ceinture pendant que Stu engage le véhicule sur la chaussée peu éclairée.

Au bout de quelques instants, je me tourne légèrement vers Sophie pour lui demander :

— Tu m'as dit que nous faisions le trajet numéro deux, ce soir. Combien y en a-t-il en tout ?

— Cinq dans le centre de Dublin. Et nous les parcourons trois cent soixante-cinq jours, ou soirs, plutôt, par an.

— Et ce, qu'il vente, qu'il pleuve ou qu'il grêle, ajoute Stu.

— Même le soir de Noël ?

— Oui, pour moi, c'est même le soir le plus important de tous, répond Stu.

Je suis vraiment surprise de l'apprendre.

Nous nous engageons dans Dame Street, vers la cathédrale Christ Church.

— Il y a plus de cinq mille sans-abri qui dorment dans les rues de Dublin chaque nuit, me dit Sophie. Effrayant, n'est-ce pas ?

Je ne pensais pas qu'il y en avait autant et je n'arrive pas à imaginer ce que c'est de passer toute une nuit dehors, surtout par un froid pareil.

— La plupart d'entre eux n'ont encore rien mangé

aujourd'hui. Ce que nous leur apportons est leur premier et unique repas de la journée, m'informe Stu. Il y en a qui doivent déjà dormir, dans ces cas-là, nous déposons la nourriture et une boisson près d'eux.

— Vous leur distribuez quoi, exactement ?

— Des sandwichs, de la soupe, du thé et du café. Nous avons aussi des ponchos en plastique au cas où il pleuvrait et quelques friandises pour les plus gourmands, m'explique Stu. Même si, avec Sophie, les sucreries ont souvent tendance à disparaître mystérieusement.

— Hé ! s'exclame-t-elle en riant avant de sortir un Mars de la poche de son manteau. C'est pour recharger mes batteries.

— Et vous faites ça tous les soirs ?

— Ah, non, quand même pas. Nous sommes environ une centaine de bénévoles à temps partiel, nous avons établi un roulement, m'explique Sophie. Cela dit, j'essaie de participer à au moins une distribution par semaine.

— Ça y est, nous sommes arrivés, déclare Stu en se garant sur une zone de livraison devant la cathédrale.

Il coupe le moteur et regarde par la vitre. Je me penche légèrement en avant et suis son regard en direction de plusieurs sacs de couchage occupés qui jonchent le sol, dans un coin éloigné.

On descend du van puis on décharge les repas et le matériel nécessaire avant de se diriger vers le camp de fortune.

— Qui veut se mettre un petit truc sous la dent ? demande Stu.

Aussitôt, trois têtes émergent des sacs de couchage regroupés devant nous.

Je n'arrive pas à donner un âge exact aux trois hommes, mais je dirais qu'ils doivent tous avoir un peu plus de la quarantaine. Un large sourire fend leur visage fatigué et gercé par le froid pendant que nous leur distribuons un sandwich et une boisson chaude chacun, tout en échangeant quelques mots, et même quelques plaisanteries.

Ce faisant, je réalise que je suis vraiment contente de participer à cette distribution de nourriture.

En remontant la route qui mène à la cathédrale, nous remarquons un autre sans-abri assis sur un bout de carton, la tête entre les genoux.

Je m'avance vers lui avant de lui demander :

— Tu as faim ou soif ? Nous pouvons te donner quelque chose à manger, si tu veux.

L'homme demeure immobile et ne répond pas.

— Nous allons te laisser quelque chose au cas où tu aurais faim, annonce Stu en s'agenouillant devant l'homme pour déposer un sandwich et quelques fruits à côté de lui.

Je verse un peu de soupe fumante dans un gobelet et le pose à côté du reste.

Comme l'homme ne bouge toujours pas, nous poursuivons notre route, mais, lorsque je me retourne vers lui, je le vois tenir le gobelet à deux mains et souffler dessus avant de boire une gorgée de soupe.

Nous distribuons un repas à plusieurs autres sans-abri et, à un moment, l'un d'eux me demande des chaussettes propres. Je commence à me confondre en excuses quand Stu plonge la main dans la poche de son manteau et en retire une paire.

— J'en ai toujours sur moi, m'informe-t-il avant de les donner à l'homme. Voilà, l'ami, des chaussettes épaisses pour garder tes pieds au chaud.

Voyant Stu faire, je me fais la promesse d'acheter plusieurs paires de chaussettes la prochaine fois que je ferai les courses et de ne jamais quitter la maison sans en avoir une ou deux dans mon sac pour les donner aux sans-abri, si l'occasion se présente.

La maison.

Je n'ai plus de maison, en fait. Ce soir, je suis comme ces pauvres gens, je n'ai nulle part où aller.

Après plus d'une heure de distribution, nous retournons vers le van. J'aperçois alors un homme recroquevillé sur lui-même devant l'entrée d'un magasin. Il n'était pas là quand nous sommes passés la première fois, j'en suis certaine.

Je m'approche de lui et remarque qu'il tremble malgré l'épais gilet matelassé qu'il porte par-dessus un survêtement à capuche. Son pantalon baggy bleu flotte sur ses hanches. Les mains serrées comme dans une prière muette, il a la tête baissée.

— Tu veux manger quelque chose ?

Je m'accroupis devant lui et, à ma question, il lève les yeux vers moi et les plonge dans les miens. Je comprends maintenant pourquoi Nora a fait en sorte que j'accompagne Sophie et Stu ce soir.

— Bobby…

Aussitôt, il commence à rassembler ses affaires pour s'enfuir et je lève les mains devant moi en signe d'apaisement.

— Non, n'aie pas peur, Bobby, je ne te ferai aucun mal.

Rapidement, j'attrape un sandwich et des biscuits dans le sac avant de les poser à côté de lui, puis ouvre la Thermos pour remplir un gobelet de soupe, que je lui tends ensuite.

— Tiens, tu as l'air d'avoir froid. Ça devrait te réchauffer un peu.

Il prend le gobelet et lance un regard méfiant derrière moi, en direction de Sophie et Stu. Je me retourne alors vers eux pour leur dire que je m'occupe de lui.

— Pas de souci, prends ton temps. Nous t'attendrons dans le van, murmure Sophie.

Je reporte mon attention sur Bobby, cherchant un moyen d'établir un contact.

— Tu traverses une période un peu difficile ?

Il hausse les épaules.

— Ça fait longtemps que tu dors dans les rues ?

— Plusieurs années déjà, répond-il.

En entendant cela, j'ai envie de le prendre dans mes bras et de le serrer fort contre moi, mais je me retiens de le faire. Je sais que ça l'effraierait plutôt qu'autre chose.

Bobby avale une gorgée de soupe et ferme les yeux, semblant apprécier la chaleur que celle-ci diffuse dans son corps.

— Tu ne vois plus ta famille ?

— Je n'ai pas de famille, je n'ai plus personne.

— Et Paul ?

— D'où vous connaissez Paul ? s'enquiert-il.

— Je ne le connais pas vraiment, mais je sais qui tu es, toi, et je sais aussi que c'est ton frère.

— Ouais, bah, ce n'est plus mon frère. Il s'est tiré une balle dans la tête y a deux ans et sert de nourriture aux asticots.

Oh ! non, Bobby, non…

— Je devrais prendre exemple sur lui, marmonne-t-il dans sa soupe.

Je pose alors ma main sur la sienne. Il essaie de retirer son bras, mais je serre sa main dans la mienne, l'en empêchant.

— Ecoute-moi, tu n'es pas tout seul, je suis là et je vais t'aider.

— Je ne vous connais même pas, déclare-t-il en plissant les yeux.

— Peut-être, mais, moi, je te connais. Je te connais et je t'aime très fort, Bobby.

D'un geste brusque, il retire sa main de la mienne et attrape le sandwich et les biscuits avant de les jeter dans un sac plastique.

— Vous êtes cinglée !

— Probablement, mais je te connais quand même.

Il se redresse et je fais pareil avant de dire la première chose qui me vient à l'esprit.

— Tu as peur des nains qui apparaissent dans *Le Magicien d'Oz*.

— Comment vous savez ça ? s'étonne-t-il en fronçant les sourcils.

J'ai enfin capté son attention.

— Je sais aussi que tu n'aimes pas les toasts, tu détestes le thon et tout ce qui contient du poisson, d'ailleurs. C'est pour ça que je t'ai donné un sandwich au jambon. Ta chanson préférée est *I Would Walk Five Hundred Miles* de The Proclaimers, et je sais également que tu peux parler avec un vrai accent écossais. En fait, tu arrives à parler avec n'importe quel accent, tu es fort en imitation aussi.

Bobby me dévisage avec stupéfaction et incrédulité et je poursuis mon énumération :

— Tu as une cicatrice sur le genou gauche parce que tu t'es coupé avec le couteau de Paul quand tu avais huit ans. On aurait dû te faire des points de suture, mais, comme tu avais peur de te faire gronder, tu as préféré ne rien dire à personne et tu t'es soigné tout seul, du mieux que tu pouvais.

— Comment vous savez tout ça ?

— C'est une longue histoire, Bobby. Mais sache que je t'aime vraiment beaucoup et que je m'inquiète pour toi.

Il m'observe quelques instants avant d'opiner lentement.

— Tu as confiance en moi ?

Il hoche de nouveau la tête en guise de réponse. Je lui fais signe de me suivre jusqu'au van avant de dire à l'adresse de Sophie et Stu :

— Il faut que nous trouvions un lit pour Bobby cette nuit.

— OK, je vais voir ce que je peux faire, réplique Stu en attrapant son portable.

Il passe plusieurs coups de fil avant de nous annoncer qu'il a trouvé une place dans un des refuges qu'il connaît.

Je remercie Stu puis regarde Bobby et lui souris en lui ouvrant la portière arrière du van.

— Allez, monte.

Le trajet jusqu'au refuge ne prend que quelques minutes, et quand Stu se gare devant je me tourne vers Bobby pour lui demander :

— Tu peux faire quelque chose pour moi ?

— Ça dépend.

J'écris les coordonnées de Jim sur un morceau de papier et le lui donne.

— Va voir cet homme demain et dis-lui que tu viens de ma part. Il pourra t'aider.

— Vous serez là aussi ?

— Je vais essayer. Mais, quoi qu'il arrive, nous nous reverrons, promis.

— Vous êtes qui, exactement ? m'interroge-t-il. Un ange ou un truc dans le genre ?

Etant donné les circonstances, je ne peux m'empêcher d'éclater de rire à sa question.

— Non, je ne suis pas un ange, mais je suis ton amie et j'étais sérieuse quand je t'ai dit que tu n'étais pas seul. Alors, tu iras voir Jim demain ?

— Ouais.

Il regarde l'adresse que je lui ai donnée avant d'ajouter :

— Merci, j'irai le voir.

Nous redescendons du van et nous saluons, puis il rentre dans le refuge.

— Tu veux que je te dépose quelque part, Belle ? demande Stu.

Sa proposition ne pouvait pas mieux tomber, car je n'ai vraiment pas de temps à perdre : je dois absolument retourner voir mon mari.

— Tu pourrais m'emmener à Artane, s'il te plaît ?

— Oui, pas de souci, monte !

Chapitre 32

Heureux l'homme qui trouve un véritable ami, et bien plus heureux est celui qui découvre un véritable ami en son épouse.

Franz Schubert

Quand j'arrive devant le pub, je croise quelques clients éméchés devant la porte et, une fois à l'intérieur, je constate que la salle est vide. Il n'y a plus personne, sauf Jim, qui est en train de ranger les verres derrière le bar, le dos tourné.

— On est fermés, déclare-t-il sans même se retourner lorsque la porte claque derrière moi.

— Bonsoir, c'est encore moi.

Il se retourne aussitôt.

— Ah, les ennuis sont de retour. Et moi qui pensais ne plus jamais te revoir, me dit-il d'un air taquin.

Il sourit et je sais qu'en fait il est content de me voir.

— Je croyais que tu avais un rencard.

— Peut-être que j'ai changé d'avis. Ferme la porte à clé, je t'offre un verre. J'en ai besoin d'un, moi aussi, la soirée a été longue.

Je hoche la tête et retourne vers la porte à double battant pour tirer les deux verrous en fer forgé, puis m'avance vers le bar pour m'installer sur un des tabourets.

Jim me prépare un gin-tonic et tire une bière pression avant de venir s'asseoir sur le tabouret à côté de moi.

— Alors, qu'est-ce que tu as fait de beau, ce soir ? m'interroge-t-il après avoir bu une longue gorgée de sa bière.

— J'ai aidé comme bénévole à la soupe populaire.

— Bien sûr !

S'apercevant que je ne plaisante pas, il ajoute :

— Waouh, bravo. Je n'aurais jamais pensé que tu avais un côté Mère Teresa.

— C'était ma première fois, mais pas la dernière. J'ai beaucoup appris de cette expérience.

Nous sirotons notre boisson en silence quelques instants quand, du coin de l'œil, je repère un lecteur de CD derrière le bar.

— Je peux mettre un peu de musique ?

— Fais comme chez toi. Il y a une compil de chansons de Noël déjà dedans, si tu veux. C'est la saison des fêtes, après tout.

Je me penche par-dessus le comptoir pour appuyer sur « lecture » et la voix de Noddy Holder résonne dans la salle, fredonnant un air de Noël.

— « Noël », tout le monde n'a que ce mot à la bouche ces derniers jours, dit Jim. Rien que ce soir, j'ai accueilli trois fêtes d'entreprise de fin d'année, et, crois-moi, les mecs du centre commercial d'Artane ont une sacrée descente. Ils boivent comme des trous !

Nous rigolons à l'unisson puis il me demande :

— Quelle est ta chanson de Noël préférée ? Non, attends, laisse-moi deviner… *Last Christmas* de *Wham !* ?

— Presque. J'adore cette chanson, et le clip aussi, mais ce n'est pas ma préférée.

— OK. Je parie que tu as une préférence pour les crooners… Michael Bublé, peut-être ?

— Il n'est pas mal, mais un peu trop jeune.

— D'accord, dans ce cas, Frank Sinatra ou Tony Bennett.

Je le regarde avec un petit sourire en coin et il déclare, l'air triomphant :

— Ah, c'est Tony, ton expression t'a trahie.

— J'adore *I'll Be Home for Christmas*, elle occupe une

place spéciale dans mon cœur, mais ce n'est toujours pas ma préférée.

Jim tend le bras par-dessus le bar pour attraper la pochette du CD.

— Voyons voir… La numéro vingt et un, annonce-t-il avant de se pencher vers le lecteur pour changer de chanson.

La salle s'emplit aussitôt de la voix caractéristique de ce bon vieux Tony.

— Qu'a-t-elle de spécial ? demande Jim.

— C'est la chanson qui passait en fond sonore dans le restaurant où j'ai eu mon premier rendez-vous galant avec l'homme de ma vie. Cela me rappelle de bons souvenirs.

— Et cet homme, tu l'aimes toujours ? Si, tu l'aimes encore, tu rougis, même !

— Oui, je l'aime… Je l'aime de tout mon cœur.

— Evite de lui dire que tu m'as laissé un message d'amour étrange sur mon répondeur. Je ne suis pas sûr que j'apprécierais, si j'étais lui.

Je souris en me demandant comment il réagirait si je lui disais que le premier rencard dont je parle, c'était avec lui.

— A mon tour, je suis sûre que, moi aussi, je peux deviner ta chanson préférée.

— Vas-y, essaie, mais tu n'as aucune chance.

— Tu dis à tout le monde que c'est *Rockin' Around the Christmas Tree* que tu aimes le plus…

Je glousse quand il écarquille les yeux.

— … mais le grand romantique que tu es préfère largement *All I Want for Christmas Is You.*

Jim m'observe, bouche bée. Je regrette de ne pas avoir un appareil photo pour immortaliser cet instant.

— Tu es vraiment un sacré numéro, toi, commente-t-il, rompant le silence. Tu as ce petit quelque chose qui m'échappe, je n'arrive pas à me l'expliquer.

Peut-être est-ce le moment de tout lui dire ?

— Tu veux que je te raconte une histoire ?

— Vas-y, répond-il avant d'avaler plusieurs gorgées de sa bière.

— Dans une autre vie, toi et moi, nous étions les meilleurs amis du monde. Nous nous sommes connus chez Tess et, d'une certaine façon, nous nous sommes sauvés mutuellement.

Je marque un temps d'arrêt pour déchiffrer son expression. Bon, pour le moment, ça va.

— Tess était quelqu'un de bien, observe-t-il.

— Oui, elle était comme une mère pour moi, plus que ma mère biologique ne l'a jamais été. Je suis allée me recueillir sur sa tombe aujourd'hui, elle est décédée il y a dix ans.

— Merde…, lâche Jim en secouant la tête. Elle était très gentille, et moi, je lui en ai fait voir de toutes les couleurs, j'enchaînais bêtise sur bêtise.

— Dans mon monde, tu n'as jamais fait de bêtise pendant que tu vivais chez elle.

— Ça ne me ressemble pas. J'ai même été exclu plusieurs fois de l'école parce que je me battais.

J'ai du mal à croire ce qu'il vient de me révéler. Petit ou grand, mon Jim n'a jamais été violent.

— Une ou deux fois, tu t'es battu avec des gamins qui n'arrêtaient pas de se moquer de moi à l'école, mais c'était pour me défendre. Tu n'as jamais été exclu.

— Donc nous étions les meilleurs amis du monde ? Et nous avons toujours vécu chez Tess ?

— Moi, oui, mais pas toi. A tes dix ans, tu es retourné vivre chez ta mère et, pas longtemps après, elle a rencontré Sam, un homme très sympa. Ils se sont mariés et Sam t'a adopté. Tu l'aimes et le respectes énormément, tu l'appelles même « papa ».

L'expression de Jim change, et je n'arrive plus à la lire.

— Vous êtes tous partis vivre aux Etats-Unis, dans l'Indiana, et vous y étiez très heureux. Sam et ta mère ont eu deux autres enfants, tu as une sœur et deux frères dont tu es très proche.

— Tu as vraiment une imagination débordante.

— Peut-être.

A ces mots, je vide mon verre d'un trait.

— Et, du coup, elle finit comment, cette histoire ? Je suis toujours dans l'Indiana ?

— Non, à vingt-cinq ans, tu es revenu à Dublin pour me retrouver. Quand nous étions enfants, je n'arrêtais pas de te taquiner en disant qu'un jour tu me supplierais de t'épouser. Trois semaines après notre premier rendez-vous, tu as posé un genou à terre sur le pont Ha'penny et m'as fait une demande magnifique.

— Qu'as-tu répondu ?

— J'ai dit oui, bien sûr. Nous nous sommes mariés et avons emménagé dans une maison, pas loin d'ici, d'ailleurs, qui avait besoin de quelques travaux, sauf que nous n'avons jamais trouvé le temps de la retaper comme il fallait parce que nous avons décidé de devenir parents d'accueil. C'était même ton idée.

L'espace d'un instant, je vois une émotion passer sur son visage.

— Tu y as déjà pensé, n'est-ce pas ? Tu t'es demandé si tu pouvais venir en aide à des enfants qui ont le même vécu que toi ?

Il glisse de son tabouret et retourne derrière le bar pour nous servir deux autres verres.

— Comment sais-tu tout ça ? m'interroge-t-il en préparant mon gin-tonic.

— Parce que je te connais, Jim.

— De toute façon, je n'ai rien à apporter à ces enfants, je ne suis qu'un barman qui vit dans un appart minuscule.

— Dans mon monde, tu as changé la vie d'un tas d'enfants. Tu es quelqu'un de bien, Jim. Tu n'as jamais envisagé une carrière de prof ? Pendant que tu vivais aux Etats-Unis, tu étais entraîneur de foot, et, quand tu es revenu vivre ici et que nous nous sommes mariés, tu as décidé de devenir conseiller d'orientation dans le lycée du quartier.

— Ton Jim a vraiment l'air d'être un bon gars, déclare-t-il en rigolant. Je préfère presque sa vie à la mienne.

— Oui, c'est le meilleur, et je pense que tu l'apprécierais beaucoup. Tout le monde l'aime.

— Mais, explique-moi une chose, si « ton monde » est vraiment aussi bien que tu le prétends, que fais-tu ici, dans le mien ?

— J'ai fait une énorme erreur.

— C'est-à-dire ?

Autant tout lui révéler…

— Je suis tombée enceinte, mais nous avons perdu le bébé et je n'ai pas réussi à m'en remettre.

Deux larmes coulent sur ma joue et Jim les essuie du pouce, dans le même geste que *mon* Jim, dans *mon* univers.

— Je suis vraiment désolé, Belle. Je suis sûr que ton enfant aurait été aussi beau que toi.

Je souris parce que, ça aussi, *mon* Jim n'arrêtait pas de me le dire pendant que j'étais enceinte.

— C'est ça, l'énorme erreur dont tu parles ?

— Non… Hier, nous nous sommes disputés — peu importe la raison — dans la voiture, en rentrant de la forêt de Wicklow. Tu étais très énervé contre moi, tu as accéléré et la voiture a quitté la route avant de s'écraser contre un arbre.

— Je suis encore en vie ? s'enquiert-il d'une petite voix, le visage blême.

— Je… Je ne sais pas. A un moment, les machines auxquelles tu étais relié ont commencé à biper et les infirmières sont venues pour te réanimer ou faire je ne sais pas quoi. J'ai paniqué et, j'ignore encore pourquoi, je me suis enfuie de l'hôpital en courant comme une folle sans m'arrêter, jusqu'à avoir des points de côté et les poumons en feu.

— Moi aussi, ça m'arrive souvent, de vouloir m'enfuir et courir sans jamais m'arrêter, me confie Jim.

— Vraiment ?

Je ne lis aucun reproche, aucun jugement dans ses yeux, et cela ne fait qu'ajouter à ma culpabilité. Je n'aurais jamais dû m'enfuir et le laisser tout seul à l'hôpital.

Je pousse un profond soupir et plante mon regard dans le sien avant de poursuivre mon récit.

— Ce n'est pas tout. Accroche-toi, parce que c'est là que ça devient vraiment intéressant. J'ai fait un vœu, celui de ne jamais être venue au monde, et Nora, mon ange gardien, s'est aussitôt manifestée à mes côtés en me disant qu'elle avait exaucé mon souhait. Voilà comment je me suis retrouvée projetée dans ce monde où plus personne ne me reconnaît.

Ça fait du bien de vider mon sac face à Jim, même si je doute qu'il croie un seul mot de mon histoire.

— Tu es vraiment persuadée que tout ce que tu viens de me raconter est vrai ? demande-t-il, l'air sceptique.

Je hoche la tête et il poursuit :

— Je ne sais pas si je devrais te prendre dans mes bras ou plutôt te faire admettre en psychiatrie.

Je ris en espérant qu'il choisisse la première option.

— J'ai peut-être vraiment perdu la tête, après tout. Ce monde n'a aucun sens, tout est si étrange et différent.

Je croise de nouveau le regard de Jim et mon cœur se contracte dans ma poitrine.

— Ce soir, quand je suis arrivée ici la première fois, je ne t'ai pas reconnu, je pensais que tu n'avais rien à voir avec mon Jim, mais à présent…

Je ne sais pas comment traduire mes pensées en paroles sensées.

— A présent, quoi ?

— Je te reconnais, c'est bien toi.

Visiblement gêné, Jim attrape son verre puis boit quelques gorgées, et je fais pareil.

Nous restons silencieux quelques minutes à écouter la musique et je me demande à quoi il pense. Au moins, il ne m'a pas jetée dehors, c'est déjà bon signe.

— Dis-m'en un peu plus sur notre vie, déclare-t-il enfin.

— Nous sommes très heureux ensemble et nous nous aimons comme des fous.

Il éclate de rire et j'enchaîne :

— Non, mais c'est vrai. Nous sommes tous les deux profs, même si moi, je fais seulement des remplacements ici et là car j'ai préféré me consacrer entièrement aux enfants que nous accueillons chez nous, et il y en a eu pas mal au cours de ces dernières années, certains sont même restés assez longtemps. Nous habitons dans une belle maison et animons bénévolement la maison des jeunes du quartier.

— Elle a l'air bien, notre vie.

— Dans mon monde, tu emploierais plutôt le terme « cool ». C'est ton côté américain, tu sais.

— « Cool » ? Ce mot ne fait même pas partie de mon vocabulaire. J'aurais éventuellement pu dire « mortel », mais pas « cool ». Jamais.

— Et Tess est toujours en vie. Je me suis effondrée quand j'ai appris qu'elle ne l'était plus, dans cet univers… Ah, et il y a toujours de l'action dans notre maison, avec tous les enfants…

Des images de Lauren, douce et souriante, telle que je l'ai toujours connue, me reviennent soudain à la mémoire. Je m'efforce alors d'ignorer la douleur de la frustration qui s'installe doucement en moi.

— Nous adorons la cuisine italienne, faire de longues balades sur la plage de Donabate et regarder la série *The Walking Dead*. Nous essayons également de mettre de l'argent de côté pour partir en vacances. Toi, tu voudrais m'emmener faire du camping dans le parc national de Yosemite, mais moi, je préférerais un séjour dans un spa. Du coup, je pense que nous allons faire les deux.

— Waouh, trop *cool*, s'exclame Jim.

Je ris également avant de lui caresser la joue.

Oui, Jim, c'est vraiment trop cool.

— Comment fais-tu pour retourner à ta vie telle que tu la connais ? m'interroge-t-il en venant se rasseoir à côté de moi.

Je hausse les épaules avant de répondre :

— Je n'en ai aucune idée, et puis je ne suis même pas sûre de vouloir y retourner parce que j'ignore si tu es toujours en vie. Je ne peux pas vivre sans toi, Jim, c'est impossible.

Nous nous regardons quelques secondes et je sens comme un courant passer entre nous. Lui aussi, d'ailleurs, je le vois dans ses yeux.

— Jim… Tu n'imagines même pas à quel point je t'aime. Et, oui, je sais que tu ne me connais pas et que tu dois me prendre pour une folle.

Il opine de la tête.

— Je sais que tu ne m'aimes pas parce que je n'existe pas dans ce monde, mais, si je reste ici, je pourrais au moins venir au pub tous les soirs pour te voir, être avec toi. Je deviendrais aussi rapidement alcoolique, je pense, mais, bon, au point où j'en suis…

Une bouffée d'adrénaline m'envahit et sa proximité affecte tous mes sens.

Jim m'observe un long moment puis se penche vers moi et dépose un baiser, léger comme une plume, sur mes lèvres. Il se redresse avant de m'embrasser une nouvelle fois, fermement et avec ardeur.

Il m'attire alors contre lui, enfouit ses doigts dans mes cheveux puis fait courir ses mains sur mon corps en continuant à m'embrasser, déclenchant en moi un torrent d'émotions.

Chapitre 33

Nous sommes tous sur Terre pour aider les autres, mais ce que je ne comprends pas, c'est ce que les autres font là.

W. H. Auden

Au loin, je perçois le bruit d'un moteur de voiture puis celui d'une portière qui claque violemment et, avant même que j'ouvre les yeux, une forte odeur de bière et de cidre envahit mes narines.

Ah oui, j'ai passé la nuit dans un pub, c'est pour ça.

Je suis allongée par terre, sur une couverture et des torchons que Jim a trouvés dans la cuisine, le dos contre son torse, mes jambes entrelacées aux siennes. La chaleur de son souffle sur ma nuque provoque un frisson de plaisir sur ma peau.

— Bonjour, murmure-t-il dans mon oreille.

Je frémis au son de sa voix profonde et me retourne vers lui en souriant.

— Bonjour.

— Je dois reconnaître que ce qui s'est passé hier était aussi formidable qu'inattendu, observe-t-il.

Oh ! oui…

Nous l'avons pourtant fait des milliers de fois déjà, mais j'ai eu l'impression que c'était notre toute première fois.

— Je dois y aller, Jim.

Une lueur de regret passe dans ses yeux alors que nous nous redressons tous les deux en même temps.

— OK, mais pas avant une bonne tasse de thé et quelques tartines. Laisse-moi au moins te préparer un petit déjeuner.

Je hoche la tête et me lève pour l'aider à ranger le désordre que nous avons mis la veille puis m'installe au bar pendant que Jim s'attelle à la tâche. Il vient ensuite s'asseoir à côté de moi et nous prenons le petit déjeuner en silence en nous adressant, ici et là, des petits sourires timides.

Après avoir avalé une gorgée de thé, je pose ma tasse et lève le visage vers Jim.

— J'ai un service à te demander.

— Je t'écoute.

— Il y a un jeune garçon, Bobby. Il… Il a besoin de ton aide.

— OK, je t'écoute.

— Dans notre autre vie, Bobby est l'un des enfants dont on nous a confié la garde et il est devenu comme un fils pour nous. C'est un garçon formidable, nous l'aimons énormément, et c'est réciproque. Sauf que, dans ce monde, il est un peu perdu et il paie cher les erreurs de ses parents. Mais, vraiment, c'est quelqu'un de bien, je suis persuadée que vous vous entendriez à merveille.

— Que veux-tu que je fasse ?

— Si tu pouvais lui donner du travail au pub et un endroit où dormir le temps qu'il se remette sur pied et trouve un studio, ce serait super. Il a vraiment besoin de se reconstruire pour avancer dans la vie.

Jim siffle.

— C'est beaucoup demander, Belle. Je ne le connais même pas.

— Si, tu le connais, Jim. Et puis, hier, tu m'as dit que tu voulais aider les autres, mais que tu ignorais comment t'y prendre. Voilà l'occasion de commencer. Crois-moi, tu peux changer sa vie.

L'air pensif, il pousse un léger soupir et se ressert une tasse de thé avant de retourner derrière le comptoir.

— Tu m'as vraiment retourné le cerveau, Belle. J'ai l'impression d'avoir perdu tous mes repères depuis que je t'ai rencontrée.

Je m'en veux terriblement de lui avoir embrouillé l'esprit. Je vois bien que tout ceci n'est pas évident pour lui, mais je n'avais pas le choix.

— J'ai vraiment l'impression de te connaître, murmure-t-il.

Oui, et c'est normal, parce que tu es mon âme sœur, ma moitié.

Qu'importe le monde dans lequel nous sommes, Jim est ma personne et je suis la sienne.

— Franchement, ton histoire de deux mondes différents, de notre vie, est digne d'un scénario hollywoodien, mais d'un autre côté j'ai vraiment envie d'y croire, de *te* croire.

Je reste silencieuse et le regarde froncer les sourcils comme s'il était aux prises avec un terrible débat intérieur.

— Tu sais ce que je n'arrête pas de me dire ? demande-t-il au bout de quelques instants.

Je secoue la tête.

— Je me dis que, même si tu es vraiment folle, je m'en fiche, en fait, je veux te revoir.

Un espoir fou s'empare de moi et je sens les morceaux brisés de mon cœur se ressouder petit à petit dans ma poitrine.

— Moi aussi, j'aimerais te revoir, mais avant je dois trouver un moyen de me sortir de la situation absurde dans laquelle je me trouve. Je dois retourner dans le centre-ville et trouver Nora.

— Et ce garçon, Bobby, où est-ce que je peux le trouver ?

— Ça veut dire que tu acceptes de l'aider ?

Je le reconnais bien là mon Jim, l'homme généreux dont je suis tombée amoureuse.

— Je vais le prendre à l'essai, c'est tout ce que je peux faire pour le moment. De toute façon, c'est la période des fêtes de fin d'année, alors le pub est plein tous les soirs, pratiquement. J'aurais bien besoin d'un coup de main.

— Et tu peux aussi lui trouver un endroit où dormir ? Il n'a nulle part où aller.

— Oui, ça peut s'arranger. Mais il a intérêt à ne pas me faire faux bond. Si je me réveille un matin et constate qu'il s'est enfui avec ma collection de DVD, c'est toi que je tiendrai pour responsable.

Je me laisse glisser de mon tabouret et contourne le bar pour nouer mes bras autour de son cou. Comme il n'a même pas eu le temps de poser sa tasse, il en renverse un peu sur lui et j'étouffe sa réflexion par un baiser enflammé.

— Tu m'as jeté un sort, miss Catastrophe, je ne vois pas d'autre explication, murmure-t-il contre mes lèvres. J'espère que tu vas revenir, je veux te revoir.

— Oui, c'est promis. Bon, je vais devoir profiter de ta gentillesse une dernière fois… Pourrais-tu me prêter un peu d'argent pour un ticket de bus ?

— Où vas-tu ? demande-t-il en ouvrant le tiroir de la caisse pour en sortir un billet de cinquante euros.

— Merci beaucoup, je te rembourserai sans faute.

— Laisse, dit-il avec un geste de la main. Mais tu ne m'as toujours pas dit où tu allais.

— Retrouver une amie sur le pont Ha'penny.

— Nora, l'ange gardien ?

— Oui.

En espérant qu'elle y sera.

— Je te promets que je ferai tout ce qui est en mon pouvoir pour te retrouver, que ce soit dans cet univers ou dans l'autre, le nôtre.

Assise à l'arrière du bus, je pense à tous les événements de la veille en regardant Dublin défiler lentement devant mes yeux. Le trafic est dense et, sur les trottoirs, les gens se bousculent pour se rendre au travail.

A cet instant, ce qui m'intéresse le plus, c'est de retrouver Nora. J'espère qu'elle n'a pas disparu en me laissant ici toute seule. J'ai peut-être retrouvé mon Jim, d'une certaine façon, mais il est hors de question que je reste bloquée dans cet univers. Je veux retrouver ma vie, notre vie. Je veux que les choses redeviennent comme avant.

Lorsque j'arrive dans le centre-ville, je descends du bus et me dirige vers le pont. Il fait très froid ce matin, alors je resserre davantage le col de l'anorak que Jim m'a prêté.

Je me demande où est Bobby et s'il est déjà réveillé. J'espère sincèrement qu'il va contacter Jim et qu'il pourra remettre de l'ordre dans sa vie. J'aurais au moins accompli une bonne chose dans ce monde.

Instinctivement, je lève la tête et constate que les nuages, gros et gris dans le ciel, sont plus bas que d'habitude et qu'ils risqueraient même de toucher le sol d'un instant à l'autre. Quand il faisait un temps comme celui-ci, Tess disait toujours que le ciel était rempli de neige. Et, à mon avis, elle ne devrait pas tarder à tomber. Enfant, tous les matins en hiver, je regardais le ciel en priant qu'il neige pour que l'école n'ouvre pas et que nous puissions rester à la maison, Jim et moi.

J'arrive finalement au pont et constate qu'il est désert.

Mince.

Nora a peut-être décidé de s'accorder une grasse matinée.

Déçue, je m'avance vers le milieu du pont et m'accoude au garde-corps blanc pour regarder le fleuve qui coule en dessous. Dire que la dernière fois que je suis venue ici, c'était pour…

— Je me souviens du jour où le pont a été inauguré, déclare Nora derrière moi en me faisant sursauter. C'était en 1816. Il a pas mal changé depuis, mais je le préfère comme il est maintenant, tu n'es pas d'accord ?

— Bon sang, Nora ! J'ai failli mourir d'une crise cardiaque !

Malgré ça, je l'attire contre moi et la serre fort dans mes bras.

— Tu pensais que j'avais disparu pour de bon, n'est-ce pas ?

— Disons simplement que je suis heureuse de te revoir.

— Belle, tu dois vraiment retrouver la foi que tu as enfouie au fond de toi.

Je sais, Nora, et j'y travaille.

— Chaque fois que la mairie les retire, d'autres apparaissent aussitôt, observe-t-elle en montrant du doigt plusieurs cadenas accrochés sur le parapet grillagé.

— J'aime bien, moi. Je trouve cette tradition très romantique. Les cadenas représentent l'amour des couples qui les accrochent.

Je m'approche pour lire quelques prénoms.

John et Fiona… Shelley et Anthony, Evelyn et Seamus… Mike et Tina, Fiona et Michael, Carmel et Roger… Adrienne et George, Ann et Nigel…

— Certains jettent même la clé du cadenas dans la Liffey, raconte Nora. Ce geste symbolique est supposé garantir un amour éternel.

— Un amour éternel… Comme c'est beau.

— Toi et Jim êtes unis par cet amour éternel.

— Justement, c'est de ça que je voulais te parler. Il faut que je retourne dans mon monde. Je veux retrouver Jim, ma maison, tout. S'il te plaît, Nora, ramène-moi chez moi.

— Je te l'ai déjà dit, Belle, ce n'est pas aussi simple. Il ne suffit pas de claquer des talons trois fois, comme Dorothée. Je ne peux rien pour toi, et puis tu as encore des choses à accomplir ici.

Oh ! non… Que me réserves-tu encore, Nora ?

Je crois que j'ai eu ma dose de surprises pour plusieurs années.

— Est-ce que Bobby s'en sortira ?

— Je pense qu'il a toutes ses chances, oui. D'ailleurs, j'ai été impressionnée par ton idée, je ne m'y attendais pas. Tu m'as vraiment surprise.

— Jim et Bobby sont unis par un lien fort. Ils adorent passer du temps ensemble, entre hommes. J'espère que ce sera le cas aussi dans cet univers.

— Tu as fait ce que tu as pu, à eux de jouer, à présent, me rassure Nora. Cela dit, je serais curieuse de savoir qui tu aimerais voir aujourd'hui.

Personne. Enfin, si… Mais non.

Nora hausse un sourcil amusé et me sourit.

Elle et son fichu don de télépathie !

— Allez, suis-moi, déclare-t-elle en avançant sur le pont.

Et forcément, comme je n'ai pas d'autre choix, je fais ce qu'elle me demande.

Chapitre 34

Depuis ma prime enfance, je ne suis pas comme les autres, je ne vois pas ce que les autres voient.

EDGAR ALLAN POE

— Alors, à ton avis, qu'est devenue Dolores dans ce monde sans toi ? m'interroge Nora.

Je ne veux même pas penser à cette femme, même si, au fond de moi, je ressens ce besoin inexplicable de satisfaire ma curiosité.

— Après tout, poursuit Nora, c'est à cause d'elle, du comportement horrible qu'elle a eu envers toi quand tu étais petite, que tu as souhaité ne jamais être née.

— Elle est toujours en vie ?

Nora hoche la tête, et j'éprouve un léger soulagement. Dolores ne me laisse pas aussi indifférente que je le prétends, même si elle devrait, en fait. Je veux dire, depuis que je suis née, cette femme m'a fait comprendre que je n'étais rien pour elle et qu'elle ne m'aimait pas. Pourtant, je veux savoir à quoi ressemble sa vie sans moi, c'est plus fort que moi.

— Est-elle heureuse sans moi ?

— Tu verras, réplique-t-elle avec une expression bien trop sérieuse pour son âge.

Je fronce les sourcils et elle ajoute :

— Tu ne cesses d'oublier que je ne suis pas une enfant, j'ai deux cent quatre-vingt-douze ans.

Sa télépathie me met vraiment les nerfs en pelote.

Nous descendons du pont, de l'autre côté du fleuve, dans la partie sud de la ville où je ne vais pratiquement jamais, et montons dans un taxi.

La voiture traverse le quartier de Ballsbridge et, vingt minutes après, nous arrivons à Dun Laoghaire, l'endroit où tout a commencé pour moi. Quand nous nous engageons dans la rue où j'ai vécu les quatre premières années de ma vie, Nora prend ma main dans la sienne et la serre fort.

Je sens des larmes couler le long de mes joues et les essuie furtivement du dos de la main.

— Je ne comprends pas pourquoi je pleure, c'est ridicule.

— Non, ça ne l'est pas. On dit toujours que le temps guérit les blessures, mais je ne suis pas d'accord avec ça. Les blessures ne disparaissent jamais, on garde toujours les cicatrices et on apprend à vivre avec. Mais ce n'est pas plus mal, tu sais. Grâce à elles, on apprécie mieux toutes les bonnes choses de la vie.

Je ne dis rien et scrute la rue à travers la vitre lorsque le taxi s'arrête devant une maison en grès rouge avec un porche.

— Voilà, c'est ici, annonce Nora.

Mon cœur commence à tambouriner dans ma poitrine.

— Elle est là… Dolores est là. Je… Je ne veux pas la voir.

— Je n'ai pas dit que tu allais la voir, c'est chez elle, c'est tout. Allez, viens, je dois te montrer quelque chose.

Sur ces mots, elle descend de la voiture avant même que j'aie le temps de retirer ma ceinture et remonte l'allée menant vers la maison d'un pas rapide. J'essaie de la rattraper, mais elle a déjà appuyé sur la sonnette lorsque je la rejoins sur le perron.

La porte s'ouvre sur un homme affichant la cinquantaine.

— Oui ? Bonjour, nous salue-t-il en nous dévisageant tour à tour.

— Bonjour, vous devez être Don ? s'enquiert Nora avec ce sourire hypnotique dont elle a le secret.

Don…

C'est le petit ami dont Dolores m'a parlé dans sa lettre, celui qui a refusé de l'épouser quand il a compris que je n'étais pas de lui.

Ils ont dû se marier dans ce monde et ils habitent maintenant dans cette charmante petite maison. Je ne sais pas comment réagir à cette révélation.

Aussitôt, Don lui rend son sourire et je secoue imperceptiblement la tête en constatant, une fois de plus, le pouvoir que Nora exerce sur les gens.

— Ma mère et moi sommes des cousines de Dolores, précise-t-elle à Don. Cela fait des années que nous ne nous sommes pas vues et, comme nous étions dans le quartier, nous voulions lui faire la surprise.

Don l'écoute en me tendant la main et je la serre en lui souriant aussi.

Je me suis demandé de nombreuses fois à quoi ressemblait ce fameux Don qui avait failli épouser ma mère. Si ma couleur de peau avait été différente, se seraient-ils mariés quand même ? Est-ce que nous aurions vécu ici, tous ensemble et heureux ? Cette vie aurait-elle pu être la mienne ?

Don regarde de nouveau Nora avec une expression indéchiffrable avant de dire :

— Venez, vous feriez mieux d'entrer.

Il s'efface pour nous laisser passer et nous pénétrons dans un grand couloir aux murs parme menant vers un grand salon aux tons orangés ouvert sur une cuisine américaine décorée dans différentes nuances de jaune.

Apparemment, Don aime beaucoup les couleurs. Pourtant, en le voyant, on pourrait croire qu'il préfère plutôt les tons sobres, comme le beige, par exemple. D'ailleurs, il porte un pull simple et un pantalon en coutil qui est, pour moi, une preuve irréfutable de son côté conservateur.

Dans un des coins du salon, il y a un ravissant sapin de

Noël paré de décorations faites à la main, probablement par leurs enfants, et une grosse étoile blanche scintille à son sommet.

— Personnellement, je préfère les anges, chuchote Nora en se tournant vers moi.

Sur le mur à gauche du sapin, je remarque un tas de photos d'enfants — ils en ont trois en tout, si je ne me trompe pas —, les représentant à différentes étapes de leur vie, de l'enfance jusqu'à maintenant, je suppose. Il y a également deux grands portraits en noir et blanc qui s'accordent parfaitement avec les clichés en couleurs plus petits.

Je m'avance vers le mur avant de demander à Don :

— Ce sont vos enfants ?

— Oui, je vais bientôt devoir attaquer un nouveau mur, répond-il.

Nous sourions tous à sa remarque alors qu'il s'approche et montre du doigt la photo d'une ravissante femme tenant un bébé dans les bras.

— Elle, c'est ma fille aînée, Siobhan, avec mon petit-fils, Alfie.

— Très belle photo.

Il hoche la tête en souriant. C'est évident qu'en plus d'être un père affectueux il est également un grand-père aimant.

— Et ces terribles canailles sont mes jumeaux, Adelle et Ciaran, annonce-t-il en désignant une autre photo représentant deux ados le jour de leur remise de diplôme. Ils ont pris une année sabbatique pour parcourir le monde. La dernière fois que nous nous sommes parlé sur Skype, ils étaient sur une plage à Bali.

— Quelle chance… Vous avez vraiment de quoi être fier de vos enfants, Don.

Il opine de la tête et se dirige vers la cuisine.

— J'ai vraiment des enfants géniaux, je ne pouvais pas espérer mieux, déclare-t-il en allumant sa Nespresso.

Je me retourne vers le mur recouvert de photos, remarquant qu'il manque tout de même une personne.

— Et leur mère, Dolores…

Dolores est forcément leur mère, Ciaran lui ressemble comme deux gouttes d'eau, et Siobhan aussi a les mêmes traits qu'elle.

— Dolores…

Lorsqu'il a prononcé son nom, le visage de Don a changé du tout au tout.

Il n'y a aucun cliché d'elle nulle part dans le salon, et quelque chose me dit que, même dans ce monde, elle est loin d'être une mère modèle. Tâchant de ne pas paraître trop curieuse, je lui demande d'une petite voix :

— Elle n'est pas là ?

— Elle est partie quand les jumeaux étaient encore bébés. Siobhan devait avoir trois ans.

Oh.

— Apparemment, elle n'avait pas l'instinct maternel. Je pense aussi que je n'étais pas l'homme qu'elle voulait que je sois.

— Je suis sincèrement navrée, Don.

J'aurais vraiment souhaité que Dolores soit quelqu'un de bien, de meilleur, dans cet univers.

— Nous n'aurions pas dû nous marier, rétorque-t-il. Elle ne m'a jamais aimé et n'a jamais su ce qu'elle désirait faire de sa vie. Une chose est sûre, en tout cas : elle n'a jamais voulu être mère et n'a jamais vraiment voulu de moi non plus.

— Et… Vous savez où elle se trouve actuellement ?

— Aux dernières nouvelles, elle faisait des allers-retours en prison. Elle a été inculpée pour fraude parce qu'elle touchait des aides pour les enfants alors qu'elle ne vivait même plus avec nous.

Un éclair de colère traverse son regard, et qui peut le lui reprocher ?

— Vous allez bien ? m'interroge-t-il soudainement. Vous êtes devenue toute pâle, d'un coup.

Non, je ne vais pas bien. Je ne vais pas bien du tout parce que, pendant des années, j'étais persuadée que c'était moi, la cause des problèmes de ma mère.

« Tu as tout gâché, tout. »

— Venez, asseyez-vous sur le canapé, m'intime Don.

Je fais ce qu'il me dit puis me penche en avant pour mettre la tête entre mes genoux et me force à inspirer profondément.

« J'aurais pu avoir une belle vie avec lui, mais ça n'a pas été le cas à cause de toi. »

Oh ! Dolores, tu n'aurais jamais pu avoir une belle vie, et je n'y suis pour rien, tu ne peux t'en prendre qu'à toi-même.

Toutes ces années, j'imaginais l'existence de Dolores sans moi, heureuse en ménage avec Don et vivant dans une belle maison, dans la banlieue de Dublin.

Je bois une gorgée d'eau dans le verre que Don m'a tendu et attends que le bourdonnement dans mes oreilles disparaisse.

— Vous étiez proche de Dolores ? demande Don. Je suis désolé, tout ceci doit être un choc pour vous.

Je secoue la tête avant de répondre :

— Non, non, nous n'étions pas proches, mais nous nous connaissions bien à une époque. J'étais simplement curieuse de savoir ce qu'elle était devenue. Je suis sincèrement navrée qu'elle n'ait pas…

Je laisse ma phrase en suspens et porte le regard vers les photos de famille qui tapissent le mur.

— Nous nous sommes bien débrouillés sans elle, commente Don. Les enfants vont bien… la plupart du temps.

Eprouvant un malaise grandissant, je me lève du canapé. J'ai l'impression d'être un imposteur qui fourre son nez dans la vie des autres.

— Merci beaucoup de nous avoir accueillies, mais nous ne voulons pas vous déranger plus longtemps.

Je lui tends la main pour le saluer en ajoutant :

— Joyeux Noël, Don.

Nora l'enserre alors dans une étreinte et l'expression de Don se détend, le pli qui s'est formé entre ses sourcils disparaissant rapidement.

— Où allez-vous passer Noël ? s'enquiert-il lorsque Nora le relâche. En famille ?

Bonne question…

— Nous ne savons pas trop, encore.

J'imagine Noël sans Jim, Tess, Bobby et Lauren, et mon cœur se contracte douloureusement.

— Allons-y, dit Nora.

Nous marchons dans la rue quelques minutes avant que Nora finisse par briser le silence.

— Je sais exactement ce qui te redonnera le sourire.

Nora se précipite dans le parc, sur notre droite, avant même que j'aie le temps de réagir. Je la suis et m'installe sur une balançoire à côté d'elle, puis ramène mes pieds le plus loin possible en arrière avant de les projeter en avant pour me balancer, toujours plus vite, toujours plus haut, les yeux fermés.

Le vent joue dans mes cheveux et l'air frais fouette mon visage, et rapidement je commence à sentir ma tension s'apaiser.

Lorsque j'ouvre les yeux, je constate que Nora se balance lentement, et je ralentis pour m'accorder à son rythme.

Comme elle ne dit rien, je décide de parler.

— Je n'arrive pas à croire qu'elle ait pu faire une chose pareille à ses enfants… Elle avait pourtant tout pour être heureuse.

— Sa destinée était écrite depuis le début.

« J'aurais pu avoir une belle vie avec lui, mais ça n'a pas été le cas à cause de toi. »

Même après toutes ces années, la douleur qu'a provoquée sa lettre est toujours aussi vive.

— Tout ce temps, je pensais que c'était ma faute, que je lui avais gâché la vie…

— Oui, je sais, et tu as eu tort de le penser. Dolores ne peut s'en prendre qu'à elle-même pour la vie qu'elle mène, elle a fait ses propres choix.

Je suis tellement, mais tellement fatiguée… J'ai juste envie de me rouler en boule dans un coin et de dormir pendant une éternité.

— Etant donné que je n'existe pas dans ce monde, sur qui rejette-t-elle ses malheurs ?

— Sur ses parents, Don, ses enfants, ses amis… Sur la terre entière. Avec Dolores, rien n'est jamais sa faute, tu sais.

Dire que j'ai fini par me convaincre que c'était moi, la responsable de son malheur.

— Ecoute bien ce que je vais te dire, Belle. Dolores est maîtresse de sa propre destinée, tout comme toi, tu l'es de la tienne. Tu n'es en aucun cas responsable de ses malheurs.

Toutes ces heures que j'ai passées à m'inquiéter pour elle…

— Tout arrive pour une bonne raison, poursuit Nora. Dolores aurait pu avoir une belle vie. Certes, elle a vécu quelques moments difficiles puisque sa mère était quelqu'un de très rigide, mais cela n'aurait pas dû empêcher son bonheur.

« … l'histoire se répète toujours… », a-t-elle écrit dans sa lettre.

— Mais tu sais mieux que personne qu'il est impossible de contrôler certains aspects de la vie. En revanche, ce que nous pouvons contrôler, c'est notre réaction face à ces derniers.

Toutes ces années, j'ai laissé cette petite voix dans ma tête me convaincre que, si Dolores était malheureuse, c'était à cause de moi…

— Il est temps de faire taire cette petite voix une bonne fois pour toutes, dit Nora.

— Oui... L'enfermer et oublier la clé...

C'est ce que Lauren disait, pour tout et n'importe quoi.

— Tu n'es pas comme ta mère, Belle, murmure Nora en posant une main sur mon bras. Tu es *toi*, ta propre personne. Tu es quelqu'un de bien.

Je n'ai jamais dit à qui que ce soit à quel point j'avais peur d'être comme Dolores, d'avoir sa nature dans mes gènes et que celle-ci finisse par ressortir tôt ou tard. Les paroles de Nora effacent ces peurs et mon sentiment d'insécurité.

Je ne suis pas ma mère.

Dolores est ma mère biologique, mais ça s'arrête là, je ne suis pas elle et elle n'est pas moi.

Ce sont les différents événements de ma vie qui m'ont permis de devenir la personne que je suis aujourd'hui, le plus grand de tous étant justement le comportement de Dolores envers moi.

Pourquoi ne m'a-t-elle jamais aimée ? Pourquoi avait-elle un problème avec la couleur de ma peau ? Pourquoi n'a-t-elle jamais été la mère dont j'avais besoin ?

— Elle était censée m'aimer...

Nora hoche simplement la tête, les yeux remplis de larmes.

— Quand j'ai appris que j'étais enceinte, j'éprouvais un amour si fort, si profond... Et, lorsque j'ai vu mon bébé pour la première fois sur l'écran du moniteur, il est devenu tout pour moi, le centre de mon monde. Pourquoi n'a-t-elle pas ressenti la même chose envers moi ? Je n'arrive pas à le comprendre. Elle était censée m'aimer inconditionnellement.

Je ressens à nouveau un immense vide au fond de moi.

— Elle a oublié comment aimer, répond Nora.

Je lève le regard vers le ciel, essayant de retenir mes larmes.

— Nos actes ont des conséquences, Belle. Tu penses que Dolores n'éprouve aucun regret ? Elle non plus n'est pas sortie indemne de cette histoire. Ce n'est en aucun cas une excuse à son comportement envers toi, mais la vie ne l'a pas épargnée, et elle s'est retrouvée seule.

Alors que nous nous balançons en silence, j'observe un jeune couple qui se promène dans le parc avec une poussette, le regard rivé sur l'enfant qui dort paisiblement dedans, enveloppé dans une couverture.

Au bout d'un moment, Nora se tourne vers moi.

— Et toi, Belle, as-tu des regrets ?

— Oui, mais je ne veux pas en parler.

— Combien de temps vas-tu encore t'en vouloir pour ça ?

J'ai dit que je ne voulais pas en parler, Nora.

— Ce n'est pas ta faute si ta fille n'a pas survécu, insiste-t-elle.

Arrête, arrête ! Je refuse d'en entendre davantage !

— Et pourtant tu dois le faire, Belle. Tu ne peux pas fuir éternellement, dit-elle tout bas, en prenant ma main dans la sienne.

Je ferme les yeux et…

Je suis épuisée. Et grosse comme une baleine. Et j'ai l'impression que ma vessie fait la taille d'un petit pois. J'ai fait pipi trois fois en une heure !

Cela dit, je ne me suis jamais sentie plus belle que maintenant. Toute ma vie, j'ai essayé de cacher mes rondeurs avec des vêtements, mais là, plus mon ventre s'arrondit, plus je me sens belle et confiante.

Je me lève et me dirige vers le grand miroir de l'armoire, puis me tourne sur le côté pour examiner ma silhouette.

Hier, quelqu'un m'a demandé dans combien de temps j'allais accoucher, et quand j'ai répondu qu'il me restait encore vingt semaines, on ne m'a pas crue ! C'est vrai, mon ventre est tellement gros que l'on pourrait penser que je suis enceinte de six mois, mais je m'en fiche. Cela me fait presque plaisir. J'ai hâte que mon ventre grossisse davantage et que mon nombril ressorte !

Oui, je suis fatiguée, grosse et ma vessie est devenue minuscule, mais je n'ai jamais été aussi heureuse de toute ma vie. Tiens, je crois qu'il est l'heure de chanter une petite chanson au bébé.
Mon livre sur la grossesse dit qu'à partir de la vingt-troisième semaine l'enfant commence à percevoir les sons depuis le ventre de sa maman. Le fait de sentir les battements de mon cœur, d'entendre ma voix et différents bruits est très important pour le développement du bout d'chou.
D'ailleurs, hier, j'étais très en colère contre Jim. Il n'arrêtait pas de crier en regardant un match de foot à la télé parce que l'équipe de Liverpool, je cite : « fait n'importe quoi sur le terrain ». En entendant les hurlements de son papa, le bébé a eu peur. J'ai donc formellement interdit à Jim de crier dans la maison. S'il veut s'énerver contre la télé à cause d'un match de foot, qu'il aille le faire ailleurs, dorénavant.
Dans le livre, il est également conseillé de chanter des chansons au bébé afin de créer un lien avec lui avant qu'il ne vienne au monde. Comme ça, il pourra tout de suite reconnaître la voix de sa mère, une fois qu'il aura pointé le bout de son nez. Honnêtement, je pense que j'ai déjà établi un lien très fort avec mon bébé, mais, juste au cas où, je lui parle et je chante souvent. J'ai même convaincu Jim de faire pareil. Au début, il était assez réticent, mais maintenant il parle au bébé plus que moi ! Il adore se mettre à la hauteur de mon ventre pour lui raconter tout et n'importe quoi, le plus souvent concernant le sport. S'il continue comme ça, notre enfant deviendra le plus jeune supporter du FC Dublin City.
J'attrape mon livre de berceuses pour choisir celle que je vais chanter aujourd'hui. Jim trouve ma démarche un peu ringarde, mais il a tort, rien n'est trop ringard pour notre bébé. Récemment, je lui ai chanté Au clair de la lune, Fais dodo, Colas mon p'tit frère *et même* Shake It Off, *une chanson de Taylor Swift, pour la touche de modernité. Mais ma préférée reste quand même* Une chanson douce.

Tu veux que maman te la chante aujourd'hui, petit ange ?

— « Une chanson douce que me chantait ma maman, en suçant mon pouce j'écoutais en m'endormant… »

Je lève la tête et croise le regard de Jim, qui est appuyé contre le chambranle de la porte.

— Tu seras une maman merveilleuse, Belle. Ce bébé a beaucoup de chance.

Je l'espère, je l'espère de tout mon cœur.

Alors, où en étions-nous, mon amour ?

— « Cette chanson douce, je veux la chanter pour toi, car ta peau est douce comme la mousse des bois… »

Soudain, une douleur vive me transperce le bas du dos.

— Je pense que je vais aller me coucher, en fait.

L'instant d'après, une sensation étrange m'envahit.

Je sens le bébé dans mon ventre, mais quelque chose n'est pas comme d'habitude.

Cette nuit-là, tous mes cauchemars, mes vieux démons, refont surface, et j'éprouve un terrible sentiment d'abandon. De perte.

Le lendemain matin, lorsque je me réveille, mes craintes se sont évanouies en même temps que la nuit et je me sens mieux. J'ai dû me faire du souci pour rien.

Plus tard dans la journée, Jim m'emmène à l'hôpital pour l'échographie des vingt semaines. Nous allons enfin savoir si nous attendons une petite fille ou un petit garçon, sauf que, cette fois, nous n'entendons pas les battements du cœur du bébé.

Notre sage-femme s'excuse pour aller chercher le médecin, qui, après avoir examiné l'image sur l'écran du moniteur, confirme ma plus grosse crainte : le cœur de notre bébé s'est arrêté de battre.

C'était donc ça que j'ai senti, la veille, la sensation étrange qui m'a envahie avant de me coucher.

Et c'est ma faute. Ma faute…

***

— C'était ma faute…

Nora descend de sa balançoire et vient se placer devant moi pour me prendre dans ses bras.

— Non, Belle, ce n'était pas ta faute.

— Si, je l'ai senti, je sais exactement quand cela s'est produit… Quand je l'ai perdue.

— C'est arrivé parce que cela devait arriver. Tu n'as rien fait de mal. Cela aurait même pu se produire pendant que tu dormais ou que tu faisais à manger.

— Pourquoi je me sens aussi coupable, alors ?

— Parce que tu as besoin d'un coupable et que tu es la candidate idéale.

Elle marque un point.

— Si le simple fait de désirer et d'aimer ton enfant comme tu l'as fait pouvait éviter les fausses couches, tu aurais une petite fille de trois ans aujourd'hui.

— Je l'aimais tellement, Nora…

C'en est trop pour moi. Une douleur immense, presque insoutenable, s'empare de moi et je donne libre cours à mes larmes.

Je pleure pour mon bébé à qui je chantais des berceuses, ma petite fille que j'avais hâte de mettre au monde, je pleure à cause du vide que sa perte a laissé en moi.

— Pleure, Belle, ne te retiens pas, me chuchote Nora. Tu as porté ce poids en toi pendant trop longtemps.

Oui, sauf que ce poids fait partie intégrante de moi désormais, j'ignore qui je serais sans toutes ces émotions.

— Tu es l'une des personnes les plus compatissantes que je connaisse. Tu dois juste apprendre à compatir à ton propre deuil.

Facile à dire.

— Essaie, tu verras. Peut-être que tu y croiras plus facilement en le disant à haute voix.

— Ce n'est pas ma faute si ma petite fille est morte.

— Non, Belle, ce n'était pas du tout ta faute. Ni celle de Jim.

— Mon bébé est mort, mais ce n'était pas ma faute.

En écoutant mes propres paroles, je sens une infime partie de la culpabilité qui a pris racine en moi s'envoler.

Mon bébé est mort et ce n'est la faute de personne.

Je n'y suis pour rien si ma mère ne m'a jamais aimée. Et ce n'est pas moi qui lui ai gâché la vie.

Et, surtout, je ne peux pas tout contrôler, mais je peux contrôler mon amour.

J'aime la vie et j'aime Jim. Je veux des enfants aussi, peu importe qu'ils soient de nous ou pas.

Je veux avoir des enfants. Avec Jim.

Les pensées se bousculent dans ma tête et je sens ma foi en la vie se restaurer progressivement.

Les contes de fées existent, et les fins heureuses aussi. Quand j'étais petite, je me suis fait la promesse de ne jamais cesser d'y croire, et je compte bien m'y tenir.

Le crépuscule commence à embraser l'horizon, plongeant le parc dans une pénombre apaisante tachée par la lumière des lampadaires.

— Voilà, annonce fièrement Nora. Je savais que tu finirais par comprendre.

Je recommence à me balancer, un large sourire aux lèvres, et, lorsque je lève les yeux au ciel, je m'aperçois qu'il est illuminé de milliers d'étoiles scintillantes.

Pour la première fois de ce qui me semble une éternité, je me sens en paix avec moi-même.

Chapitre 35

Notre plus grande faiblesse réside dans l'abandon.
Le meilleur moyen de réussir, c'est d'essayer encore une fois.

THOMAS A. EDISON

— Où va-t-on, à présent ?

— Tu verras, répond Nora avec un petit sourire énigmatique.

— Je retourne chez moi ?

Elle entame alors les premières paroles du cantique *Minuit, chrétiens* et je sens une excitation inexplicable s'emparer de moi.

— Oh ! regarde ! s'exclame-t-elle soudain. Une brocante ! Allons y faire un tour avant de prendre un taxi.

Je suis Nora dans la salle des fêtes où se tient la brocante et me promène un peu d'étal en étal, regardant les différents objets et livres mis en vente par leur propriétaire.

— Je pense que tu devrais jeter un coup d'œil là-bas, me suggère Nora en désignant un stand de la tête. Il y a pas mal de jouets.

Je m'avance vers l'étal en question et, avant même d'arriver à sa hauteur, je remarque le jeu électronique du Simon. C'est exactement le même que celui que j'avais.

Je me précipite vers la table et attrape le jeu. Franchement, on dirait que c'est le mien.

Vite, je fais signe à la dame de l'autre côté de la table et lui demande :

— Vous le vendez combien ?

— Voyons voir... Un euro, ça vous va ?

Je plonge la main dans ma poche et sors un billet de dix euros, que je lui tends.

— Tenez, gardez la monnaie. Ça les vaut largement.

Je serre la console fort contre moi. C'est le cadeau parfait pour Jim.

— Oh ! comme c'est gentil de votre part, rétorque la dame. Tenez, je vous offre ce joli sac cadeau pour mettre la console dedans.

— Parfait, merci.

Je glisse le jeu du Simon dans le sac et, quand je me retourne, j'aperçois Nora qui semble extrêmement fière d'elle.

— Oui, je sais, je suis une légende vivante, dit-elle.

— Oh que oui...

Nous ressortons de la salle des fêtes, et Nora arrête rapidement un taxi.

Tout excitée, je m'installe sur la banquette arrière. Je me sens bien car je sais que tout va finir par s'arranger, je le sens. J'ai hâte de retrouver Jim pour le lui dire.

Lorsque le taxi passe à côté du pont O'Connell, je remarque qu'il y a une foule immense sur celui-ci.

Tiens, c'est bizarre...

Oh... Non !

— Arrêtez la voiture !

— Que se passe-t-il, Belle ? s'inquiète Nora.

Je descends précipitamment du véhicule.

— Mais où vas-tu comme ça ?

— C'est Bobby, sur le pont !

Tant bien que mal, je tente de me frayer un chemin dans la foule opaque en espérant avoir mal vu, mais non... C'est bien Bobby, debout sur le garde-corps du pont. Mais que fait-il perché là-haut ?

— Laissez-moi passer, s'il vous plaît, je connais ce garçon !

Aussitôt, les gens se poussent. J'arrive à sentir la peur et l'excitation que leur procure le drame qui se joue devant leurs yeux.

Lorsque je suis à quelques pas de Bobby, je m'arrête et l'observe un instant. Il ne me connaît pas, et pourtant il est comme un fils pour moi.

— Bobby...

Je ne veux pas crier de peur de l'effrayer et de le faire tomber dans l'eau.

Il se tourne vers moi, mais ne me reconnaît vraisemblablement pas.

— Il est monté sur la rambarde, comme ça, d'un coup, me murmure une des nombreuses personnes rassemblées autour de nous. J'ai essayé de le convaincre de descendre, mais il n'a rien voulu entendre.

— Bobby... Tu te souviens de moi ? Nous nous sommes rencontrés hier... La soupe populaire ?

Une lueur passe alors dans ses yeux, mais disparaît aussitôt.

— Allez-vous-en.

— Non, Bobby, je ne peux pas te laisser là, comme ça.

Il détourne le regard vers l'eau sombre qui coule sous le pont.

Il envisage sérieusement de sauter, comme moi, récemment. Nora a réussi à m'en dissuader, et maintenant c'est à mon tour de faire pareil avec Bobby, sauf que je ne sais pas du tout comment m'y prendre.

— Ne fais pas ça, Bobby, tu es mon fils !

La foule pousse un halètement de surprise et Bobby vacille, mais se retient à une barre derrière lui.

— Vous n'êtes pas ma mère, j'en ai déjà une ! crie-t-il avec une note de tristesse dans la voix avant de reporter son attention sur le fleuve.

— Est-ce que tu as appelé le numéro que je t'ai donné ?

— Non, à quoi bon ? marmonne-t-il d'un ton défaitiste.

— Tu aurais dû, tu ne peux pas renoncer à tout, juste comme ça.

— Si, je peux.

— Ecoute, Jim, mon ami, il a du travail pour toi. Je lui ai parlé hier et il m'a dit que tu pouvais aussi habiter chez lui le temps de te trouver un logement.

— Pourquoi est-ce que vous faites ça ? Pourquoi est-ce que vous voulez m'aider à tout prix ?

— Parce que je tiens à toi, parce que, dans le monde d'où je viens, j'ai tout gâché, tout comme tu es sur le point de le faire. Je connaissais un garçon qui te ressemble beaucoup et que j'aimais comme mon fils.

Je sens une larme rouler sur ma joue puis une autre et une autre encore.

Au moins, j'ai réussi à me rapprocher de lui pendant que nous discutions. Maintenant que je suis à quelques centimètres de lui, je lui tends la main en murmurant :

— S'il te plaît, Bobby, descends.

Il secoue la tête, le visage strié de larmes.

— Qu'est-ce que ça va t'apporter de sauter ?

— Je pourrais disparaître pour de bon.

Oh ! Bobby… Que s'est-il passé pour que tu en arrives là ? Du coin de l'œil, je regarde furtivement le fleuve et réprime un frisson.

Dire que j'ai failli y plonger… Qu'est-ce qui m'a pris ?

— Si tu le fais, tu auras très froid et cela risque de te faire atrocement mal. En plus, tu n'es même pas sûr de mourir et de disparaître pour de bon.

Il hausse les épaules et lève lentement une jambe.

Je dois essayer de l'arrêter, le raisonner, faire quelque chose… N'importe quoi.

— Moi aussi, à un moment, j'ai souhaité ne jamais être venue au monde, tu sais. Mais je suis là, et à cause de ma bêtise j'ai tout perdu.

Il repose son pied sur le garde-corps.

— Vraiment ? demande-t-il.

— Oui, comme toi, moi aussi, je me sentais très triste et déprimée. Et puis, un jour, quelque chose s'est brisé en moi et j'ai décidé d'en finir. J'ai souhaité ne jamais avoir existé et cela s'est réalisé. Maintenant, je vis dans une sorte de monde parallèle, disons.

— Mais, moi, ce n'est pas pareil, je suis tout seul, je n'ai personne.

— Moi non plus, Bobby. Cela dit, nous ne sommes plus seuls, je suis là pour toi. Je peux être ton amie, je peux t'aider à surmonter ces moments difficiles et, toi aussi, tu peux m'aider à surmonter les miens.

Il tourne un regard larmoyant vers moi au même moment où la femme qui se trouve derrière moi m'informe que les gardes-côtes ne devraient pas tarder à arriver.

— Je ne survivrai pas à un autre Noël tout seul, c'est au-dessus de mes forces, admet-il tout bas.

Il y a une telle souffrance sur son visage… J'aimerais tellement pouvoir l'aider, soulager sa douleur et sa peine.

— Oui, je comprends.

Et c'est vrai, je le comprends, parce que, moi aussi, je suis toute seule, j'ai perdu tous mes proches, les êtres qui me sont chers.

Bobby se penche légèrement en avant et je me rends alors compte que je n'arriverai pas à le faire changer d'avis, c'est peine perdue. A moins que…

Sur un coup de tête, je grimpe sur le garde-corps, ignorant les protestations de la foule.

— Si tu sautes, je saute avec toi.

Je lui tends une main en m'agrippant à la barre qui est derrière nous avec l'autre.

— Ce n'est pas vrai, vous ne le ferez pas, lance-t-il, mais je vois dans ses yeux une lueur de doute.

— Si, je le ferai. Bobby, chacune de tes actions a un impact sur ton existence, mais également sur celle des autres, tu n'imagines même pas à quel point. Et chaque vie est importante, la tienne aussi. Tu l'ignores, mais tu peux avoir une influence positive et déterminante dans la vie de ceux qui t'entourent.

Il demeure immobile quelques instants puis attrape de nouveau la barre, qu'il a lâchée entretemps.

Tout n'est pas perdu…

— Je n'y croyais pas moi-même jusqu'à récemment, mais, à présent, je sais que nous pouvons influencer positivement la vie des gens qui nous entourent. Ta vie est importante, Bobby.

— Non, elle ne l'est pas.

— Réfléchis juste une minute. Les meilleurs jours de ta vie sont peut-être encore devant toi, tu ne les as toujours pas vécus. Si tu sautes, tu ne sauras jamais ce que l'avenir te réserve.

Il lève le bras et j'approche alors ma main de la sienne.

— Attrape ma main, Bobby, je ne te lâcherai pas.

Tandis qu'il se penche davantage vers moi, j'effleure ses doigts froids comme la glace avant de serrer sa main dans la mienne.

— C'est bon, je te tiens.

Il s'approche lentement de moi en me souriant et la foule se met à applaudir, mais, soudain, son pied droit glisse sur le montant de la rambarde. L'instant d'après, il tombe sur le côté, en direction de l'eau.

— Bobby !

Il s'accroche de justesse à ma jambe, mais je ne parviens pas à garder mon équilibre et je chute à mon tour.

Un silence assourdissant m'enveloppe puis, lorsque mon corps frappe la surface du fleuve, je sombre dans le noir total.

Chapitre 36

S'il y a de la lumière dans ton cœur, tu trouveras toujours le chemin de la maison.

RÛMÎ

Réveillon de Noël 2015

J'ouvre les yeux et suis aussitôt éblouie par une lumière radieuse.

Ça y est, je suis morte.

Je vais peut-être devenir un ange gardien, comme Nora. Ce ne serait pas si mal, j'imagine. Mais, rapidement, une pensée insoutenable me traverse l'esprit : si je suis morte, je ne sentirai plus les bras de Jim autour de moi.

Jim… Oh ! Jim, je suis tellement désolée, j'ai tout fichu en l'air. Je ne voulais pas te quitter… Je suis désolée, mon amour…

— Administrez-lui un sédatif, déclare alors quelqu'un, et, quelques secondes après, je perds de nouveau conscience.

C'est bizarre, j'ai mal partout. J'ai l'impression d'avoir été percutée par un camion.

Au bout de je ne sais combien de temps, j'ouvre péniblement les paupières et remarque la même lumière éblouissante.

Comment puis-je ressentir la douleur si je suis morte ? Cela n'a aucun sens. Le côté droit de mon corps me fait mal, comme s'il était entièrement couvert d'ecchymoses.

Nora, où es-tu, Nora ? Ne me laisse pas tomber maintenant.

— Je suis là, Belle.

Je tourne la tête vers la droite, et c'est vrai, elle est ici, assise à côté de moi, affichant son sourire ravissant.

— Suis-je morte ?

Elle secoue la tête, et des larmes de soulagement me brouillent la vue.

— Et Bobby... Il va bien ?

Mon Dieu, faites qu'il ne lui soit rien arrivé...

— Oui, il va bien, ne t'en fais pas. Il est dans une autre chambre, au bout du couloir, mais il n'est pas blessé, pas physiquement, du moins.

— Je le tenais par la main et... Je ne sais pas, ça s'est passé si vite... Il a glissé avant de tomber, et moi, j'ai...

Je tremble tellement que je n'arrive même pas à parler. J'ai très, très froid.

Baissant les yeux sur mon corps, je m'aperçois que je porte une blouse d'hôpital très fine.

— Tes vêtements étaient mouillés quand on t'a amenée ici, m'informe Nora. Cela n'a rien d'étonnant étant donné que tu as fait un petit plongeon dans la Liffey.

Tout en parlant, elle pose sur moi une couverture, jusqu'à mon menton, et, une fois de plus, j'ai l'impression que nos rôles sont inversés : elle est l'adulte, et moi, l'enfant.

— Tu lui as sauvé la vie, Belle. Tu as été si courageuse... Je n'ai jamais été aussi fière de toi.

— J'ai agi instinctivement. Bobby est mon enfant, je donnerais ma vie pour lui sans hésiter.

— Tu étais sur le point de retourner chez toi et tu le savais. Tu savais que je te ramenais à la maison, mais tu n'as pas hésité une seconde à secourir Bobby. Une mère met toujours les besoins de ses enfants avant les siens, son amour ne connaît pas de limites.

Sur ces mots, Nora pousse un petit soupir de satisfaction.

J'ai donc laissé passer ma chance de retourner chez moi. Je ne le regrette pas, je l'ai fait pour mon Bobby, mais je dois reconnaître que je suis triste. Il n'est peut-être pas trop tard... Peut-être existe-t-il encore un moyen de retourner dans mon univers, celui où Bobby n'est pas meurtri par la vie et où Jim et moi sommes ensemble... Un monde où Tess regarde *Grey's Anatomy* en dévorant une boîte de chocolats et où je sais que je peux toujours compter sur elle...

Je veux retrouver mon monde, je veux avoir des enfants parce que... Parce que je suis une mère.

Je me tourne de nouveau vers Nora pour lui dire tout ça, mais elle pose un doigt sur mes lèvres avant que je n'aie le temps d'ouvrir la bouche.

— Ne dis rien... Je savais que tu finirais par comprendre.

Son sourire radieux a disparu, elle pleure maintenant à chaudes larmes.

— C'est trop tard, n'est-ce pas ?

Elle ne répond pas et se lève du fauteuil pour me prendre dans ses bras.

— Etre une mère demande du courage, Belle. Beaucoup de courage. Et, toi, tu en as, tu en as à revendre. Tu es forte et courageuse, tu t'es relevée après chaque coup dur que la vie t'a porté. Tu t'es battue pour être acceptée et aimée, mais tu n'as plus besoin de te battre, à présent. Tu dois simplement profiter de ta vie merveilleuse.

Je ferme les yeux et serre Nora très fort contre moi en souhaitant de tout mon être pouvoir retourner chez moi.

Je veux rentrer chez moi, je veux vivre...

Je veux avoir une deuxième chance.

S'il vous plaît...

— Ah, je commençais à croire que vous n'alliez jamais vous réveiller, s'exclame une voix chaleureuse. Il faut dire que vous étiez à bout de forces.

J'ouvre les yeux et croise le regard d'une infirmière plus âgée qui vient d'entrer dans ma chambre, tandis que Nora a disparu.

— Comment vous sentez-vous ? s'enquiert l'infirmière.

— Ça va…

Je me redresse légèrement et porte une main à ma joue gonflée à cause de ma chute dans l'eau.

Tiens, c'est étrange, je n'ai plus mal, ni à la tête ni au bras… Et… Je porte mes vêtements… secs.

Est-ce que cela veut dire que…

— Que s'est-il passé ?

— Vous ne vous souvenez pas ? Vous avez perdu connaissance dans le couloir, devant la chambre de votre mari. C'est sans doute à cause du choc des événements.

Je retiens ma respiration.

Attendez… Elle a dit « votre mari ». Et mon mari, c'est Jim.

Ça y est, j'ai retrouvé mon monde !

Mais qu'est-ce qui m'y attend ?

— Jim… Est-ce qu'il est… en vie ?

L'infirmière s'approche de moi, le regard empli de compassion.

— Oh ! pauvre trésor…

Il est mort.

Jim est mort. Je suis arrivée trop tard, je n'ai même pas eu le temps de lui dire au revoir…

— Ne pleurez pas, votre mari va bien, s'empresse de dire la femme. Vous pouvez même aller le voir, il n'a pas arrêté de vous réclamer depuis qu'il s'est réveillé.

— Il… Il est en vie ?

— Oui, bien sûr. Il a souffert d'un traumatisme crânien sévère, mais son état est stable, à présent. Ne vous en faites pas, il est tiré d'affaire.

— Quel jour sommes-nous, aujourd'hui ?

— Le 24 décembre. Et il neige, en plus. Nous aurons un Noël blanc.

Je balance mes jambes hors du lit pour me lever et l'infirmière s'avance pour m'aider, mais je secoue légèrement la tête en lui souriant. Je vais très bien, je n'ai plus le tournis. Je dirais même que je suis en pleine forme.

Une fois sortie de ma chambre, je me précipite vers celle de Jim et m'arrête sur le seuil.

Allongé sur son lit d'hôpital, il a les yeux fermés.

Mon cœur bat si fort dans ma poitrine que je me demande comment il fait pour ne pas l'entendre. J'essaie d'avancer vers le lit, mais mes jambes refusent de fonctionner. J'ai l'impression que mes genoux se sont transformés en gelée.

Lorsque, enfin, mon corps accepte de m'obéir, je m'approche de Jim et caresse tendrement ses cheveux roux avant de repousser en arrière la mèche qui lui recouvre l'œil.

Ses paupières s'ouvrent et un sourire illumine son visage.

— Pas de regrets, seulement de l'amour, murmure-t-il.

Enfin.

Je sens une main me caresser les cheveux et ouvre les yeux avant de comprendre ce qui m'arrive.

Je suis au chevet de Jim. J'ai dû m'endormir en posant ma tête sur son lit.

— Salut, toi, chuchote-t-il alors que je me redresse sur ma chaise.

— Jim, j'ai tellement de choses à te dire…

— Moi aussi, Belle. Ecoute, je sais que tu as peur et que c'est pour cette raison que tu t'es énervée, mais nous…

Je pose mon index sur sa bouche pour le faire taire.

— Je peux parler en premier ?

Il opine de la tête.

— Je n'ai plus peur, Jim.

Il fronce les sourcils, mais ne dit rien, ayant sûrement lu l'air de résolution sur mon visage.

— Il m'est arrivé quelque chose, quelque chose de magnifique.

Comment lui expliquer tout ce qui s'est passé ?

— Tu parles du moment où j'ai envoyé la voiture contre un arbre ? plaisante-t-il.

— Non. Ça, c'étaient les pires minutes de ma vie. Mon Dieu, quand je t'ai vu, inconscient, avec tout ce sang qui ruisselait sur ton visage… J'ai cru t'avoir perdu à jamais. Et après je t'ai un peu perdu, en quelque sorte.

— Tu ne te débarrasseras pas de moi aussi facilement. Ma tête est solide comme un roc, déclare-t-il en souriant.

— J'adore ta tête comme elle est.

Je passe une main dans ses cheveux avant d'ajouter :

— Jure-moi que tu ne te tondras jamais les cheveux.

— La seule raison pour laquelle je les garde comme ça, c'est que tu adores les toucher, et moi, j'adore quand tu me touches. Cela dit, il est possible que je devienne chauve un jour. Tu m'aimeras quand même ?

Je repense au Jim au crâne rasé. Il était tout aussi beau que le mien.

— Oui, parce que quelque chose me dit que, même sans un cheveu sur la tête, tu seras toujours beau.

Je me penche pour l'embrasser tendrement.

— Alors, quelle est cette chose magnifique qui t'est arrivée ? m'interroge-t-il.

— C'est un peu difficile à expliquer… C'est une très longue histoire et je te promets de te la raconter un jour, mais, pour l'instant, disons qu'une amie m'a aidée à comprendre à quel point la vie était belle, après tout.

— Très sage, cette amie… C'est ce que je me dis tous les jours, tu sais.

— J'ai passé la majeure partie de mon existence à éprouver de la culpabilité d'être comme je suis et d'avoir gâché la vie de ma mère.

La colère assombrit aussitôt les traits de Jim, alors j'enchaîne :

— Attends, écoute-moi jusqu'au bout. C'est fini, tout ça. Je ne me sens plus du tout coupable. J'ai compris que je n'y étais pour rien, elle a fait ses propres choix. Elle est l'unique maîtresse de sa destinée, comme moi je le suis de la mienne.

— Tu le penses vraiment ?

— Oui. Et ce n'est pas tout.

— OK, heureusement que je suis déjà allongé parce que c'est déjà beaucoup, dit Jim, visiblement amusé par mes révélations.

— J'adore accueillir des enfants chez nous et je veux que nous continuions à être parents d'accueil. Je veux que nous tissions les mêmes liens qu'avec Bobby et Lauren avec plein d'autres enfants qui ont besoin d'aide, parce que je sais que ce que nous faisons est important. Nous représentons un changement qui peut s'avérer merveilleusement positif dans leur vie.

— Je suis si content de te l'entendre dire, Belle. Tu sais à quel point j'adore ce que nous faisons, et ça me fendrait le cœur d'y renoncer, mais je le ferais sans hésiter pour toi. Ça m'a tué de te savoir aussi mal ces dernières semaines…

— Oui, je sais… Et je te remercie d'avoir été là pour moi. Lauren me manque autant qu'à toi, mais il n'y a pas seulement son départ que j'essayais de surmonter, il y a aussi la mort de notre bébé.

— Je sais, répond Jim, les yeux embués de larmes.

— J'ai également enfin compris que la fausse couche n'était pas ma faute.

— Les médecins te l'avaient dit.

Je lui souris en nouant mes doigts aux siens.

— Oui, je sais, mon cœur, mais il m'a fallu du temps pour le croire. Nous avons perdu un enfant et je ne m'en remettrai sans doute jamais complètement, mais je pense qu'il est grand temps d'aller de l'avant.

Jim se redresse sur son lit pour prendre ma main, et sa bouche se contracte en une grimace de douleur.

— Est-ce que ça veut dire que…

— Oui, je veux avoir un enfant. De nombreux enfants, en fait.

Un sourire radieux éclaire le visage de Jim, puis nous éclatons de rire tous les deux. Nous rions et rions pendant un long moment, incapables de nous arrêter parce que nous sommes si heureux.

— Tout va bien ici ? s'enquiert Annette, notre infirmière, en passant la tête par l'ouverture de la porte.

— Oui, nous allons faire plein de bébés, déclare Jim fièrement.

— Pas tout de suite, j'espère, s'esclaffe Annette. Je doute que l'infirmière en chef apprécie. En revanche, j'ai une bonne nouvelle pour vous. Jim doit rester en observation encore cette nuit, et si tout va bien vous pourrez ramener votre mari à la maison demain après-midi.

— Pile pour Noël, commente Jim.

— Oui, opine Annette. Joyeux Noël, les amoureux.

Chapitre 37

Personne n'est né pour échouer. Celui qui a des amis ne peut pas rater sa vie.

Frank Capra

— Alors, tu as prévenu tout le monde que le dîner était annulé ? demande Jim pendant que je pousse son fauteuil roulant vers la sortie de l'hôpital.

— Oui, j'ai appelé Tess et Bobby hier soir. J'ai pensé que nous pourrions éventuellement les inviter à la maison pour le réveillon du nouvel an. Tu devrais être complètement rétabli d'ici là si tu te reposes et que tu suis à la lettre les recommandations du médecin.

— Oui, chef ! Tout ce que je veux, c'est rentrer chez nous et passer une soirée tranquille au coin du feu en regardant la télé avec ma femme. J'ai eu ma dose d'aventures pour cette année.

Moi aussi, si tu savais…

Depuis que je me suis réveillée dans le lit d'hôpital hier, je ne cesse de regarder autour de moi, m'attendant à voir Nora surgir de nulle part en criant : « Coucou, devine qui est de retour ! », mais elle ne s'est pas encore manifestée.

Elle me manque quand même. Je sais, c'est fou.

Me concentrant sur l'instant présent, je déclare :

— Ce Noël sera un Noël improvisé. Normalement, à l'heure qu'il est, je suis déjà en train de m'affairer derrière les fourneaux.

Aussitôt, mon estomac gronde.

Tiens, je pourrais peut-être nous préparer un bon rôti demain. Je me demande d'ailleurs si la supérette de notre quartier est ouverte aujourd'hui, car il faut que j'achète du lait et du pain.

Mais ce qui me préoccupe le plus, c'est de savoir à quel point la maison ne sera pas accueillante. Je parie qu'il fait très froid chez nous, et le chauffage de notre maison est plus que lent au démarrage. Sans parler du carnage que j'ai causé dans le salon avec le sapin et les décorations...

— En rentrant, tu iras tout de suite te mettre au lit.

— Si tu veux, mais tu vas devoir y aller doucement avec moi, réplique-t-il en tournant la tête vers moi avant de me faire un clin d'œil.

— Ha, ha, très drôle. Non, nous allons te mettre au lit pour que tu restes bien au chaud sous les couvertures pendant que j'allumerai le chauffage et préparerai un bon feu dans le salon. Comme ça, ensuite, nous pourrons nous poser tranquillement sur le canapé.

Je me penche pour l'embrasser en espérant qu'il sera très vite remis sur pied.

J'aurais quand même dû rentrer à la maison hier afin de ranger un peu, au moins remettre le sapin à sa place, mais je ne voulais pas quitter le chevet de Jim. J'avais peur de me retrouver encore coincée dans un monde parallèle étrange, sans lui.

Annette, l'infirmière, a été très gentille et m'a laissée dormir dans la chambre de Jim. Quand elle est venue pour sa ronde de nuit et qu'elle m'a vue, lovée contre Jim sur son lit, elle a simplement marmonné quelque chose concernant les belles histoires d'amour et Noël. Je lui achèterai une boîte de chocolats et des fleurs pour la remercier de tout ce qu'elle a fait pour nous.

— Bon, comme tu n'as visiblement pas été derrière les fourneaux pour préparer le repas de Noël, qu'allons-nous manger ? m'interroge Jim. Un sandwich thon-fromage fondu ?

— Ah, non, je peux quand même nous préparer quelque chose de mieux. Le congélateur est plein à craquer, alors ne t'inquiète pas, nous n'allons pas mourir de faim.

Que pourrais-je nous préparer de bon ? Des blancs de poulet au parmesan et une petite sauce pesto ? Ou alors des émincés de poulet au madère et une purée de panais ? Jim adore ce plat.

— Bobby et Tess ne nous en veulent pas pour le changement de programme de dernière minute ? s'enquiert-il.

Nous organisons toujours le repas de Noël à la maison et je me suis sentie vraiment mal de devoir annuler au dernier moment, mais Tess et Bobby l'ont très bien pris, ils savent que la santé de Jim passe avant tout.

— Non, bien sûr que non, mais ça ne m'étonnerait pas qu'ils passent dans la soirée. Je crois que Bobby déjeune chez Tess, en plus. Ils ont été très inquiets pour toi et m'ont dit de les appeler si nous avions besoin de quoi que ce soit.

— Ça ne m'étonne pas d'eux, réplique Jim. Et, pour ton information, je sais que tu me caches quelque chose, ma chérie, tu n'as jamais su mentir.

Je décide d'ignorer son commentaire et dis :

— Tess voulait que nous venions manger chez elle et elle était très déçue lorsque j'ai décliné l'invitation.

— Nous pouvons passer la voir, si tu veux. Je sais que j'ai dit que j'avais hâte de rentrer, mais toi, qu'est-ce que tu veux ?

— J'ai l'impression que ça fait une éternité que nous ne nous sommes pas retrouvés tous les deux, chez nous. Alors je préfère que nous rentrions directement à la maison.

Alors que nous sortons de l'hôpital, Jim se retourne vers moi comme s'il s'apprêtait à me dire quelque chose mais s'exclame finalement :

— Oh ! regarde ça !

De gros flocons de neige virevoltent dans les airs avant de venir s'écraser au sol tandis que d'autres saupoudrent la cime des arbres.

Un flocon atterrit alors pile sur mon nez et je ris.

— Il neige le jour de Noël, murmure Jim. Ça n'arrive pas souvent.

— C'est presque magique… Oh ! Jim, c'est trop beau !

— Oui, et c'est parti pour durer, la neige s'est déjà bien accrochée au sol. Nous ferions mieux de nous dépêcher, je ne veux pas rester coincé à l'hôpital une nuit de plus.

J'aperçois alors le taxi qu'Annette a appelé pour nous au niveau du dépose-minute.

— Joyeux Noël, nous salue le chauffeur alors que nous montons dans le véhicule. Vous avez vu cette neige ?

— Oui, c'est incroyable.

— Tout est recouvert de blanc et tout le monde est ravi à l'idée de passer un Noël blanc, mais vous verrez la panique, demain, quand la neige se sera transformée en bouillie. Sans parler des embouteillages qu'il risque d'y avoir, la ville sera plongée dans un véritable chaos, se lamente le chauffeur.

Jim roule des yeux en souriant et je réponds :

— Oh ! nous verrons tout ça demain. Pour l'instant, profitons de la beauté du paysage.

J'accompagne mes mots de mon plus joli sourire. Hors de question qu'un chauffeur de taxi grincheux me gâche ma bonne humeur.

Je repense alors à l'état de notre salon.

Bon, je vais devoir annoncer la nouvelle à Jim…

— Jim, je dois te dire quelque chose.

— Oh, mon Dieu, tu me fais peur.

— Après l'accident, disons que j'ai légèrement disjoncté.

— OK, dit-il, amusé. Ça ne te ressemble pas, pourtant.

A qui le dis-tu !

— Oui, et « légèrement » n'est peut-être pas le terme exact, en fait.

— Qu'est-ce que tu as fait, Belle ? demande Jim, l'air *légèrement* inquiet. Nous avons toujours un chez-nous, rassure-moi ?

— J'ai saccagé nos décorations de Noël.

— « Saccagé » ? C'est-à-dire ?

Il semble toujours amusé et j'espère qu'il le sera encore en voyant le bazar dans le salon.

— Eh bien, j'ai renversé le sapin, arraché toutes les guirlandes, y compris les guirlandes lumineuses, et j'ai aussi détruit la couronne de Noël de la porte d'entrée.

Les guirlandes dans le couloir étaient pourtant si belles… Je me sens très, très mal.

— D'accord… Y a-t-il d'autres pertes à déplorer ?

— Oui… Quelques figurines de bonshommes de neige.

— Ça t'a fait du bien, au moins, de tout casser ?

— Franchement ? Oui, énormément.

Ça a été une libération que d'entendre et voir les figurines exploser contre le mur du salon.

Jim éclate de rire et je me joins à lui, rassurée par sa réaction.

— Tu ne m'en veux pas que notre maison ressemble à un champ de bataille, alors ?

— Je m'en fiche complètement. Le plus important, c'est que nous soyons ensemble.

Il attrape ma main et la porte à ses lèvres pour l'embrasser.

— Et puis nous n'aurons pas besoin d'enlever les décorations après les fêtes vu que tu t'en es déjà occupée, ajoute-t-il.

— Je suis ravie que tu le prennes comme ça.

Jim ne m'en veut peut-être pas, mais moi, si, je m'en veux terriblement. Le pire, c'est qu'en prenant du recul par rapport à tout ce qui s'est passé je n'arrive pas à comprendre ce qui m'a pris exactement.

— J'aurais quand même pu choisir autre chose que nos belles décorations de Noël…

— Ça, c'est vrai, l'horrible pot de fleurs que Tess nous a offert l'année dernière, par exemple.

— Ou la photo de la petite fille effrayante que ta mère nous a donnée. Je suis persuadée qu'elle est hantée parce qu'elle semble nous suivre du regard à chaque fois que nous passons devant le cadre.

— Tu sais quoi, nous allons nous débarrasser de ces horreurs. Nous mettrons ça sur le compte du contrecoup des événements récents.

— Ça marche.

— Hé, regarde, nous passons à côté du pont Ha'penny, déclare Jim. Comme c'est beau…

Le chauffeur arrête la voiture puis se tourne vers nous en annonçant :

— Vous avez une minute.

Jim m'adresse un regard confus et je lui explique :

— Avant de monter dans le taxi, j'ai demandé au chauffeur de faire un petit détour. Comme nous n'avons pas pu faire notre balade traditionnelle cette année, je me suis dit que nous pourrions au moins passer par le point d'arrivée, même si nous avons vingt-quatre heures de retard.

— C'est une excellente idée que tu as eue là, réplique Jim.

Nous descendons de la voiture et nous dirigeons lentement vers le pont. Quand nous arrivons pile au milieu de celui-ci, nous regardons, et je sais que nous sommes tous les deux en train de penser au jour où Jim m'a demandée en mariage.

Je passe les bras autour de la taille de mon mari et l'embrasse tendrement.

Jim Looney, mon super coup.

Puis, ignorant les coups de klaxon de notre chauffeur, je me redresse et sors la lettre de ma mère de la poche arrière de mon jean.

— J'aurais dû m'en débarrasser bien avant…

A ces mots, je déplie la feuille et la jette par-dessus le pont puis la regarde planer dans les airs avant de s'échouer sur la surface de l'eau. Cette fois, le fleuve se contente d'absorber la lettre de Dolores dans ses profondeurs.

Voilà qui est fait.

— Allez, viens, rentrons à la maison, murmure Jim.

Nous remontons dans le taxi et arrivons rapidement dans notre rue, qui, entièrement recouverte de blanc, semble si différente de d'habitude. Plusieurs enfants, coiffés de bonnets et emmitouflés dans leurs écharpes, sont en train de faire des bonshommes de neige devant leur maison, leurs cris et leurs rires retentissant dans la rue.

— Tiens, il y a de la lumière chez nous, observe Jim.

Je me penche vers lui pour voir et… Oui, il a raison. C'est bizarre…

— J'ai dû oublier de l'éteindre, l'autre jour… Comme je te l'ai dit, je n'étais pas trop dans mon assiette.

— Je n'imagine même pas ce que tu as vécu. Ma plus grande peur, c'est que l'on m'appelle un jour pour me prévenir qu'il t'est arrivé quelque chose, marmonne Jim.

— Oui, on peut dire que ce n'était pas la meilleure expérience de ma vie.

Jim paie le chauffeur et, lorsque nous descendons de la voiture, nous souhaitons un joyeux Noël aux enfants, de l'autre côté de la rue, qui semblent s'être lancés dans la création de toute une famille de bonshommes de neige. Ça, ça mérite un petit encouragement de ma part.

— Bravo, ils sont super !

Les enfants se retournent tous vers nous et nous sourient avant de planter des carottes en guise de nez sur les visages tout blancs de leurs bonshommes.

J'attrape alors Jim par le bras et nous remontons lentement l'allée menant à notre maison. La simple idée qu'il puisse glisser sur la neige et se faire encore mal à la tête me rend tout de suite nerveuse.

— Je pensais que la couronne de Noël n'avait pas survécu à ton attaque, remarque Jim.

Je lève le regard et constate qu'il y a une énorme couronne de houx, parsemée de baies rouges et dont certains branchages sont recouverts par une fine couche de neige en bombe, accrochée à notre porte d'entrée.

Je n'ai pas complètement perdu la tête, quand même ? J'étais sûre de l'avoir détruite l'autre jour…

Soudain, la porte s'ouvre en grand, laissant apparaître Tess et Bobby, un large sourire aux lèvres.

— Bienvenue à la maison ! s'exclame Tess en nous faisant signe d'entrer.

L'espace d'un instant, j'ai l'impression d'avoir de nouveau huit ans et d'être sous le porche de Tess, le soir où je suis venue vivre chez elle. J'avais tellement peur à l'époque, mais, maintenant, en voyant ma mère de cœur devant moi, et après tout ce que j'ai vécu ces dernières vingt-quatre heures, je n'ai qu'une envie, c'est de la serrer fort dans mes bras.

Je me précipite aussitôt vers elle pour me blottir dans son étreinte chaleureuse et rassurante.

— Oh ! Tess ! Tu m'as tellement manqué !

— Tout va bien, ma chérie, murmure-t-elle en me berçant doucement dans ses bras. Tout va bien… Tu es à la maison.

Quand elle se redresse, elle essuie mes larmes de ses pouces. Je tourne alors la tête vers Bobby, qui est dans les bras de Jim. Comme mon mari semble ne pas vouloir le lâcher, je m'immisce entre les deux et attire Bobby contre moi.

— Bobby, oh, Bobby, tu vas bien ? !

— Euh… Oui. Ce n'est pas moi qui ai eu un accident de voiture, tu sais, répond-il d'un ton surpris, mais me serrant tout de même fort dans ses bras.

— Ecoute-moi bien, si jamais tu as un problème, tu viens tout de suite nous voir, Jim et moi. C'est compris ?

Jim me jette un regard amusé avant de dire :

— Excusez-la, elle est un peu émotive, étant donné ce qui s'est passé.

— Allez, allez, ne restez pas là, entrez ! lance Tess, avant de refermer la porte derrière nous.

— Mmmh, c'est quoi, cette délicieuse odeur ? interroge Jim en reniflant.

L'instant d'après, son estomac émet des gargouillis retentissants et nous rions tous aux éclats.

— Le dîner, quelle question ! s'exclame Tess. Vous ne pensiez tout de même pas que nous allions vous laisser rentrer dans une maison froide et sans rien à manger ? Pour qui nous avez-vous donc pris ?

Nous la suivons vers la cuisine où plusieurs casseroles mijotent sur la cuisinière. Une odeur alléchante chatouille mes narines.

— En entrée, nous avons une soupe de patates douces préparée par vos voisins, les Kavanagh, annonce Tess.

— Ouais, je suis passé hier pour allumer le chauffage, ajoute Bobby, et j'ai croisé Catherine Kavanagh en arrivant. Elle m'a demandé ce qui se passait, et quand elle a appris pour l'accident elle était très inquiète. Et, ce matin, quand je suis revenu, elle est passée m'apporter la soupe qu'elle a faite exprès pour vous.

Je sens les larmes me monter aux yeux. Nous avons vraiment de la chance d'avoir des voisins aussi généreux et prévenants.

— Ce n'est pas tout, poursuit Tess. Mme O'Leary vous a préparé des petits sablés. Elle a entendu ce qui est arrivé à Jim en sortant de la messe de Noël, ce matin.

— Et, moi, j'ai appelé la mère de Lauren pour savoir quand je pouvais passer pour déposer quelques cadeaux pour la petite, annonce Bobby. Je lui ai parlé de l'accident et ça l'a vraiment touchée. Du coup, quand je suis arrivé chez elle, elle m'a donné un diplomate fait maison pour vous. Il a l'air super bon, en plus.

— J'ai simplement eu à m'occuper du plat principal, reprend Tess, et vous serez ravis d'apprendre que je n'ai rien frit, pour une fois, mes enfants. Nous avons deux dindes, une avec une farce au porc pour Jim, et l'autre avec une farce aux châtaignes, pour toi, Belle, ainsi qu'un jambon cuit au sirop d'érable.

— Et il est trop bon. J'ai déjà goûté parce que je mourais de faim, dit fièrement Bobby avant d'esquiver habilement un coup de torchon de Tess.

— J'ai aussi fait une purée de panais et pommes de terre, des carottes rôties au four, un gratin de courges butternut et des petits pois, continue Tess. Ah, et des choux de Bruxelles, sur lesquels Bobby a décidé d'ajouter du bacon et des noix. Il s'est pris pour Jamie Oliver après avoir regardé une émission culinaire à la télé.

— Ouais, et j'ai aussi rempli votre frigo. Je pense que vous êtes tranquilles pour une semaine au moins.

Je dévisage Bobby les yeux écarquillés, puis ouvre le réfrigérateur.

Waouh, il est plein à craquer ! Il y a de tout : du pâté, du fromage, de la crème fraîche, de la salade, des bouteilles de prosecco et, sur l'étagère du milieu, le diplomate d'Alicia.

Je sens que je vais de nouveau me mettre à pleurer. Je suis extrêmement touchée par tout le mal qu'ils se sont donné.

— Mon Dieu… Je ne sais vraiment pas comment vous remercier.

— Oh ! ne sois pas ridicule, Belle, me gronde Tess. Nous sommes une famille, non ?

— Par contre, dit Bobby, quand je suis arrivé ici, hier, j'ai cru que vous vous étiez fait cambrioler. Le salon et le couloir étaient dans un état… Je ne vous en parle même pas !

— Oui, c'est une longue histoire…

... que je préfère oublier le plus rapidement possible.

— J'ai fait de mon mieux, annonce-t-il avec un petit sourire malicieux en me prenant par la main pour m'entraîner vers le salon.

De quoi parle-t-il ?

— Fermez les yeux, nous ordonne-t-il.

Nous avançons lentement vers le salon et, quand nous y arrivons...

Oh. Mon. Dieu.

Tous les rideaux sont tirés, et les lumières, éteintes, hormis les guirlandes lumineuses qui éclairent la pièce. Notre sapin a retrouvé sa place et il est paré de nombreuses boules de Noël.

Je serre la main de Bobby, stupéfaite et émerveillée à la fois.

— Il y avait quelques boules cassées, mais je les ai recollées, dit Bobby. Tout est là, j'ai essayé de faire comme toi, Belle.

— Non, Bobby... C'est beaucoup mieux que moi.

Je le prends dans mes bras, ayant de plus en plus de mal à contenir les émotions qui me submergent.

— Mais je n'ai pas réussi à retrouver ton ange, marmonne-t-il.

— Ne t'inquiète pas, il avait déjà disparu, je dois en racheter un autre.

Le feu crépite dans la cheminée, les flammes dansant joyeusement sur les bûches.

— Je suis fier de toi, bonhomme, déclare Jim en lui ébouriffant les cheveux.

— Ne restez pas debout, asseyez-vous ! lance Tess.

— Je vais préparer l'apéro, propose Bobby pendant que Jim et moi nous installons sur le canapé.

— Le dîner sera prêt d'ici trente minutes, nous informe Tess. Vous pensez pouvoir attendre encore un peu ou vous voulez que j'ouvre ça ?

Tout en parlant, elle attrape une boîte de chocolats et la brandit devant elle, le regard plein d'espoir.

Jim et moi rions à l'unisson en secouant la tête.

Certaines choses ne changeront jamais.

— Nous pouvons les garder pour tout à l'heure et les déguster avec un verre de prosecco en regardant le programme de Noël à la télé ?

Mon idée semble la ravir.

Bobby revient dans le salon avec une bouteille de champagne et nous distribue une coupe chacun, puis ouvre la bouteille et nous sert habilement.

— Tu te débrouilles plutôt bien, observe Jim.

C'est vrai, le champagne ne mousse pas et il n'en a pas renversé une seule goutte.

— J'espère que vous ne nous en voulez pas d'être venus, bredouille Tess. C'était plus fort que nous.

Je lui souris avant de répondre :

— Non, ma Tess, au contraire, nous sommes ravis que vous soyez là.

Et je le pense vraiment.

Soudain, la sonnerie du téléphone retentit.

— Qui ça peut bien être ? marmonne-t-elle en fronçant les sourcils. Ne bougez pas, les enfants, je vais répondre.

Elle revient dans le salon quelques instants plus tard en me tendant le combiné :

— C'est Lorcan, chuchote-t-elle.

J'opine de la tête tout en repensant immédiatement à ma dernière discussion avec lui.

— Allô ?

— Salut, Belle. Alors, il paraît que Jimbo a voulu s'essayer au métier de cascadeur ? Il va mieux ?

— Oui, ça va. Il lui faut quelques jours de repos, après quoi il sera comme neuf.

— Et toi, ça va ? Tu m'en veux toujours ?

— Non, non, je sais que Lauren est là où elle doit être.

Mais cela ne veut pas dire qu'elle ne me manque pas.

— Promets-moi simplement une chose, Lorcan. Si jamais il y a un souci avec Alicia, tu nous ramènes Lauren aussitôt.

— Tu as ma parole. Ecoute, j'ai essayé de vous joindre hier déjà, mais je comprends à présent pourquoi vous ne répondiez pas… Bref, j'ai une famille qui a besoin d'aide. La mère doit subir une hystérectomie en janvier et, comme le père est décédé, il n'y a personne pour s'occuper des enfants. Ils ont des grands-parents, mais ils sont trop vieux pour en assumer la responsabilité. Il y a quatre enfants, enfin, quatre adolescents, plutôt, trois filles et un garçon, âgés de treize à dix-neuf ans.

— Ça m'a tout l'air d'un véritable enfer hormonal.

— Oui, on peut dire ça… J'ai vraiment besoin de leur trouver une famille d'accueil pour quatre semaines environ. Ça vous dit de vous en occuper ? Ou c'est peut-être encore trop tôt, étant donné l'accident ?

Il y a quelques jours, je lui aurais répondu non sans hésiter. Mais là, alors que je regarde Bobby, le premier enfant qui nous a été confié, je suis convaincue que cela n'aurait pas été la bonne réponse.

— Tu peux compter sur nous. Joyeux Noël, Lorcan. Passe boire un verre à la maison, quand t'auras le temps.

— Joyeux Noël à vous aussi, les amis. Je passerai peut-être demain ou après-demain.

Lorsque j'ai raccroché, je me tourne vers Jim, qui m'observe avec un air interrogateur.

— Nous avons quatre ados qui débarquent mi-janvier, tu as donc intérêt à te rétablir rapidement. Et, Bobby, tu pourras installer les lits superposés ?

— Vous allez continuer à accueillir des enfants chez vous, alors ? s'enquiert Tess, avec un petit sourire en coin. Je pensais que tu voulais arrêter.

— Arrêter ? Mais quelle idée ! Etre parents d'accueil, ça fait partie intégrante de nous.

— Ah ! fait Tess. J'ai failli oublier, il y a une petite fille qui est passée cet après-midi pour t'apporter un cadeau, Belle. Elle ne m'a pas dit son nom, mais elle était mignonne comme tout.

Tess retire alors deux paquets de sous le sapin. L'un est emballé dans du papier cadeau à rayures blanches et vertes et entouré d'un ruban rouge et l'autre…

Oh…

C'est le sac cadeau avec le dessin du Père Noël dessus ! C'est le jeu électronique du Simon que j'ai acheté pour Jim !

Tess me tend les deux paquets et je donne le sac à Jim.

— Tiens, c'est pour toi, de la part de ton Père Noël secret.

Jim ouvre le sac et éclate d'un rire qui me réchauffe le cœur.

— Prépare-toi à perdre, Belle Bailey ! déclare-t-il en sortant la console du sac.

— Oh ! ne me dites pas que c'est ce satané jeu ! s'exclame Tess. Mon Dieu, ça me rappelle tellement de souvenirs.

Je ris et me tourne vers mon mari.

— Alors, ça te plaît ?

Il ne dit rien et se penche vers moi pour m'embrasser.

Oui, je pense qu'il est ravi.

— Et l'autre cadeau, c'est quoi ? demande Bobby.

— Je ne sais pas, en tout cas, j'adore l'emballage. C'est mon premier cadeau de Noël cette année, en plus !

— Et il y en a encore un tas sous le sapin, fait remarquer Bobby. De Tess, de moi, et même de Lauren.

— Par contre, je n'ai pas eu le temps d'emballer le mien, dit Jim, désolé.

Pour le consoler, je lui fais un petit bisou sur la bouche puis m'adresse à Tess et Bobby :

— Et, vous deux, vous avez déjà ouvert vos cadeaux ? Je les avais mis sous le sapin avant l'accident.

— Bien sûr que non, réplique Tess. Nous voulions que vous soyez là aussi. Nous pouvons les ouvrir après le dîner.

D'accord, mais, celui que j'ai dans les mains, je veux l'ouvrir tout de suite.

Je détache le ruban rouge orné d'un nœud puis déchire le papier cadeau, révélant une boîte. Lentement, je soulève le couvercle et découvre un ange d'une trentaine de centimètres qui porte une longue robe blanche et des ailes en plumes. Seulement, il n'est pas comme les anges que nous avons l'habitude de voir, ceux avec des cheveux blonds et de grands yeux bleus.

— On dirait toi, remarque Jim.

C'est vrai, elle a mes cheveux et la même couleur de peau que moi. Elle ressemble aussi beaucoup à Dee-Dee.

— Je n'ai jamais vu un ange pareil, murmure Tess.

— C'est de la part de qui ? m'interroge Jim.

Je fouille alors dans la boîte à la recherche d'un mot et trouve une petite carte :

« Belle, j'ai entendu dire que tu n'arrivais plus à retrouver ton ange. J'ai donc décidé de remédier à la situation. Joyeux Noël ! N'oublie jamais à quel point la vie est belle, et profite de chaque instant qu'elle t'offre. Je t'embrasse, Nora. »

Les yeux remplis de larmes, je referme la carte en murmurant :

— Merci, Nora.

Jim me suit tandis que je me dirige vers le sapin pour y accrocher l'ange.

— Attends, laisse, je vais le faire, dit-il en prenant délicatement l'ange avant de le placer sur le sommet de l'arbre, et à peine Jim l'a-t-il accroché que la clochette en argent qu'il m'a offerte se met à tinter.

« Chaque fois qu'une cloche sonne, un ange obtient ses ailes. »

Bien joué, Nora. Bien joué.

Je me blottis alors contre Jim avant de déclarer :

— C'est le meilleur Noël de tous… Joyeux Noël, mon chéri.

Chapitre 38

Regarde, papa ! Ma maîtresse dit que, chaque fois qu'une cloche sonne, un ange obtient ses ailes.

ZOUZOU, La vie est belle

Nora

Cela fait deux cent quatre-vingt-douze ans que je suis un ange et que je sillonne Dublin, pour assumer mes nombreuses responsabilités. Et je dois dire que j'ai vécu des moments assez incroyables durant toutes ces années.

J'entends encore le cri du premier petit garçon qui a vu le jour à l'hôpital Rotunda, en 1757. Je suis restée à ses côtés jusqu'à sa mort, cinquante-cinq ans plus tard.

J'étais là aussi quand les premiers éclairages électriques ont été allumés, en 1881. Je me trouvais dans la foule étonnée qui était descendue dans la rue pour l'occasion.

Et, le 24 avril 1916, lorsque Patrick Pearse a proclamé la république d'Irlande devant la poste centrale de Dublin, je l'ai applaudi de toutes mes forces, très fière de l'homme qu'il était devenu. Mais j'ai aussi beaucoup pleuré les jours suivants durant les combats sanglants qui se sont soldés par de lourdes pertes.

J'étais présente à la naissance de chacun de mes protégés et j'ai veillé sur eux jusqu'à leur dernier souffle. Certains ont disparu bien trop tôt tandis que d'autres ont défié les lois de la nature, comme Mary McEvoy, qui a soufflé ses cent une bougies avant de s'éteindre paisiblement.

Mon travail consistait à les surveiller et à leur susurrer des paroles d'encouragement lorsque cela s'avérait nécessaire. Et je ne peux m'empêcher de sourire lorsque je les vois tous vivre leur vie comme une aventure ; c'est, pour moi, la plus belle des récompenses qui soit.

Mais, après 106 580 jours de bons et loyaux services, je suis prête à céder ma place à un autre ange pour pouvoir, enfin, voler de mes propres ailes.

Epilogue

Si on prend le temps de s'arrêter et de regarder autour de soi, on s'aperçoit que la vie est vraiment géniale.

DR SEUSS

— Doux Jésus, j'ai le tournis, geint Tess en se laissant tomber sur le banc, à côté de moi. Ce petit va finir par me tuer. On vient de faire un tour de manège, et il veut déjà y retourner !

La pauvre, son visage est rouge comme une tomate et, franchement, je suis surprise qu'à son âge elle ait encore autant d'énergie.

— Allez, mamie Tess, encore une fois, s'il te plaît ! l'implore George.

George, cette petite boule de nerfs de huit ans, a été placé chez nous il y a environ onze mois. Il est intelligent, drôle, et surtout il y a de grandes chances qu'il reste chez nous pour toujours. Je l'espère de tout mon cœur, mais j'ai appris à avancer d'un pas à la fois. Pour l'instant, il est avec nous, et c'est le plus important.

— Plus haut, Bobby, encore plus haut !

Mon cœur bondit de joie au son de cette voix fluette.

— Décidément, elle n'a peur de rien, commente Tess en souriant à la petite fille sur la balançoire, *ma* petite fille.

A bientôt trois ans, elle a un charme fou, et je ne dis pas ça parce que c'est la mienne, mais j'ai très vite remarqué que sa bonne humeur était très communicative.

Je me lève brusquement du banc et m'installe sur la balançoire libre à côté d'elle.

— Jim, viens, j'ai besoin que tu me pousses.

— Et moi qui espérais qu'elle finirait par se lasser des balançoires, se lamente-t-il en se levant à son tour pour venir se placer derrière moi.

— Arrête, c'est une des raisons pour lesquelles tu m'aimes.

Jim tire la balançoire en arrière et je pousse un cri d'excitation quand il la lâche avant de me pousser plusieurs fois de toutes ses forces.

— Plus haut, Jim !

— Maman, maman ! Regarde-moi !

Je tourne la tête vers ma fille, notre fille, à Jim et moi, et souris en voyant son petit visage éclairé d'un sourire rayonnant.

Certes têtue, ma fille est également courageuse et généreuse, un petit être adorable et débordant d'amour que j'aime plus que tout.

— Oui, ma chérie, bravo ! Encore un peu et tu atteindras le paradis.

Ma fille, Nora, est née exactement neuf mois après le terrible Noël qui a changé ma vie à jamais. Elle est notre ange et nous nous demandons souvent, avec Jim, comment nous avons fait pour créer ce petit trésor si parfait.

— Elle te ressemble davantage chaque jour, observe Jim.

Peu importe à qui elle ressemble du moment qu'elle est en bonne santé, mais je suis quand même secrètement ravie par sa déclaration.

Elle *me* ressemble, Nora est une mini-moi.

— Je voudrais descendre.

Aussitôt, Jim ralentit la balançoire et je saute à pieds joints dans le sable avant de m'adresser à Tess et Bobby :

— On revient, je voudrais faire un tour du parc avec mon mari.

Jim passe un bras autour de mes épaules et nous rejoignons l'allée gravillonnée, les cris et les rires de George et Nora s'élevant derrière nous.

— Alors, heureuse ? demande Jim, même s'il connaît parfaitement la réponse.

— Oui, plus que je ne l'aurais jamais imaginé.

Je pose alors une main sur mon ventre, impatiente de voir quelle sera sa réaction en apprenant la merveilleuse nouvelle que je m'apprête à lui annoncer.

— Dis-moi, qu'avons-nous prévu pour Noël ?

— Tu penses déjà à Noël ? s'exclame-t-il. Nous sommes encore en été !

— Oui, mais tu sais que j'aime bien tout organiser à l'avance. Et puis Noël risque d'être mouvementé cette année.

— Ah bon, pourquoi ?

Je m'arrête et saisis sa main pour la placer sur mon ventre. Confus, il regarde tour à tour nos mains et mon visage.

— Un bébé ? dit-il d'une voix hésitante.

Je hoche la tête.

— Oui, une petite sœur ou un petit frère pour George et Nora. Et, si mes calculs sont bons, ce petit bout devrait pointer son nez le 24 décembre.

— Un autre bébé… Nous allons avoir un autre bébé !

D'un mouvement vif, Jim me prend dans ses bras et me fait virevolter dans les airs avant de me reposer à terre.

— Belle, ma douce, intelligente et jolie Belle, je t'aime tellement ! Pas de regrets ?

Oui, il a raison, je suis douce, intelligente et jolie, même s'il m'a fallu du temps pour le réaliser.

— Pas de regrets, seulement de l'amour.

Remerciements

Chers lecteurs,

Ecrire un roman en lien avec Noël était un rêve que je caressais depuis très longtemps. Vous imaginez donc ma joie lorsque mon éditrice m'a enfin permis de le réaliser cette année ! J'étais comme sur un petit nuage.

L'histoire de Belle Bailey et Jim Looney est en grande partie inspirée de l'un de mes films préférés : *La vie est belle*. Avez-vous regardé ce grand classique de 1946 signé Frank Capra ? Pas encore ? Alors qu'attendez-vous ? Il est... Il est formidable ! Chaque fois que je le regarde, je ne peux m'empêcher de laisser couler quelques larmes d'émotion à la fin.

Il y a énormément de personnes que je tiens à remercier, et je vais commencer par vous, mes chers lecteurs. Vous êtes fantastiques, je vous adore et vous remercie pour toutes vos belles paroles et le soutien que vous me témoignez en personne, sur Facebook, Twitter ou encore sur mon site Internet. J'aime beaucoup échanger avec vous et je pense à vous à chaque fois que je me lance dans l'écriture d'un nouveau roman.

J'adresse un merci tout particulier à Charlotte Ledger, mon éditrice et amie, qui, en plus de m'avoir proposé d'écrire ce roman, a également trouvé son titre. Merci pour ton enthousiasme, ta passion et ton œil critique, j'ai énormément de chance de t'avoir à mes côtés dans cette aventure extraordinaire.

Je souhaiterais également remercier les équipes de HarperCollins en Irlande et en Angleterre, qui travaillent d'arrache-pied afin que les livres se retrouvent en bonne place sur les étagères des librairies, qu'elles soient réelles ou virtuelles. Je suis honorée de pouvoir travailler avec des personnes formidables comme Kimberley Young, Tony Purdue, Mary Byrne, Ann-Marie Dolan, Cait Davies, Katie

Sadler, Jaime Frost, Rebecca Glibbery, Dawn Cooper, Lucy Vanderbilt et bien d'autres encore.

Un immense merci à mon agent, Tracy Brennan, pour tout son travail et son soutien sans faille.

Un des sujets abordés dans ce livre est celui de la famille d'accueil. Au cours de mes recherches, j'ai beaucoup discuté avec mon amie Margaret Madden, qui est mère d'accueil. Elle m'a été d'une aide précieuse et je ne pourrai jamais la remercier assez. J'admire tout l'amour et l'affection que les parents d'accueil, y compris Margaret et son époux Declan, donnent aux enfants tous les jours.

Félicitation à Annette Hoyne, qui a remporté l'honneur de donner son prénom à l'un des personnages de mon roman. Pour moi, les infirmières sont un peu comme des anges terrestres. Annette, j'espère que ce petit clin d'œil vous a plu.

Pour beaucoup, écrire est un travail solitaire, mais pas pour moi, car j'ai la chance d'avoir un groupe d'amis écrivains qui, consciemment ou pas, me préservent de sombrer dans la folie. Lorsque je commence à rabâcher les délais, les révisions et les classements des meilleures ventes, ils me prêtent toujours une oreille attentive, souvent autour d'un gin-tonic et d'une part de gâteau. Ils sont géniaux, c'est pourquoi je voudrais les remercier, dans un ordre tout à fait aléatoire. Lynn Marie Hulsman, Claudia Carroll, Alexandra Brown, Maria Nolan, Louise Hall, Paul O'Brien, Hazel Gaynor, Margaret Madden, Tanya Farrell, Catherine Evans, Sharon Thompson et Fionnuala Kearney, vous n'en êtes peut-être pas conscients, mais c'est grâce à vous que je n'ai pas perdu la tête l'année dernière !

Un merci tout particulier à Elaine Crowley et à toute l'équipe de l'émission de télé *Midday*. Fous rires garantis chaque fois que je viens vous voir !

A l'équipe du festival du livre Focal, Wexford. Dès le début, vous m'avez été d'un soutien immense et je suis ravie que nos chemins se soient croisés.

Aux IWI'ers, le groupe d'écrivains en herbe dont je suis la tutrice, merci. Ne cessez jamais de rêver et d'écrire !

Un grand, grand merci à ma famille et à mes proches, qui me soutiennent et m'aiment en dépit de tout. Mes parents, Tina et Mike O'Grady, mes frères et sœurs, Fiona et Michael Gainfort, John et Fiona O'Grady, Shelley et Anthony Mernagh, ma belle-famille, Evelyn Harrington, Adrienne Harrington et George White, Evelyn et Seamus Moher, Leah Harrington, mes nièces et neveux Sheryl, Amy, Louis, Paddy et Matilda, ma tante et mon oncle Ann et Nigel Payne, merci à vous tous.

A toutes mes amies, Maria Murtagh, Liz McNulty, Siobhan Kirby, Davnet Murphy, Fiona Murray, Rosaleen Philpott, ainsi qu'aux merveilleuses mamans (trop nombreuses pour toutes les citer) que j'ai rencontrées depuis qu'Amelia et Nate sont venus au monde. Merci pour votre amitié et vos fous rires. Je souhaiterais également remercier tout particulièrement trois amies qui ont toujours été là pour moi, j'ai nommé Sarah Kearney, Catherine Kavanagh et la dernière mais pas des moindres, Ann Murphy (mon âme sœur).

Merci à ma mère, Tina O'Grady, qui a accepté de partager la recette de son fameux pudding avec Tess et avec vous tous également. J'espère sincèrement que ce plat ravira vos papilles tout autant que les nôtres.

Enfin, je voudrais dédier ce livre à ma petite famille, Roger, Amelia, Nate et Eva. Merci pour tous vos câlins, les chansons, les rires et l'amour que nous partageons au quotidien. Je ne pourrais pas faire ce que je fais sans vous, je n'en aurais même pas l'envie. Et je vous promets que ce Noël sera inoubliable.

Voilà, je pense que j'ai fait tout le tour…

A présent, servez-vous un petit verre, ouvrez une boîte de chocolats et laissez l'histoire de Belle et Jim vous porter. Je vous adore tous et vous souhaite un très, très joyeux Noël…

Je vous embrasse,

Carmel

LE PUDDING DE NOËL DE TESS

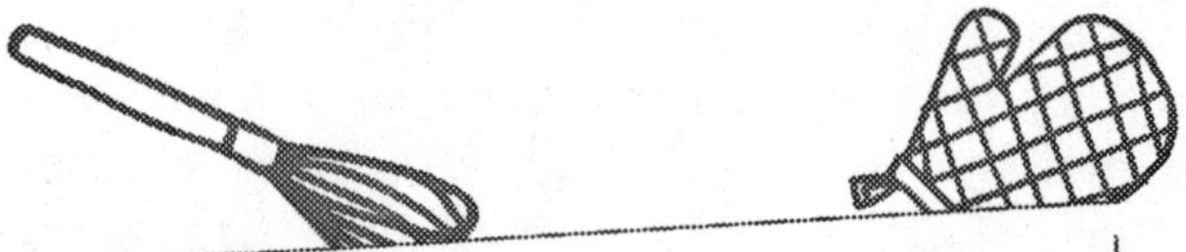

Ingrédients

115 grammes de farine
55 grammes de chapelure
1 cuillère à café de quatre-épices
1 cuillère à café de cannelle moulue
1 cuillère à café de noix de muscade
115 grammes de beurre
115 grammes de cassonade
115 grammes de pomme râpée
115 grammes de mélange d'écorces confites coupées en morceaux
115 grammes de raisins de Corinthe
115 grammes de raisins de Smyrne
230 grammes de raisins secs
55 grammes d'abricots secs
2 œufs
Les zestes et le jus d'un demi-citron
Les zestes d'une demi-orange
1 cuillère à soupe de sirop de sucre roux ou de mélasse noire
150 millilitres de bière (Vous pouvez également ajouter 150 grammes d'amandes en poudre, même si nous, nous préférons nous en passer.)

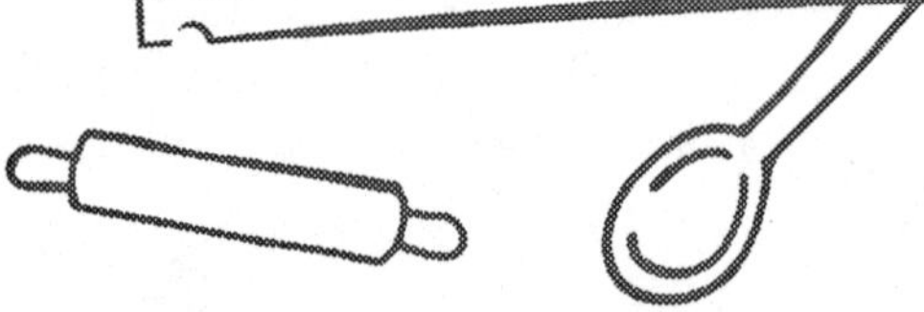

Il s'agit en réalité de la recette de ma mère, Tina O'Grady. Tous les ans, je la regardais et l'aidais à préparer ce délicieux dessert, et j'en garde de merveilleux souvenirs. Mon frère John, mes sœurs Fiona et Shelley et moi-même avions hâte d'emballer une pièce en argent dans du papier aluminium pour l'ajouter à la préparation en faisant un vœu avant de mélanger le tout. Ce pudding est un vrai régal ! Ma famille l'adore et j'espère que vous l'apprécierez aussi.

- Dans un saladier, mélangez le beurre et le sucre jusqu'à ce que le mélange blanchisse et devienne crémeux. Incorporez-y la farine, les épices et les œufs. Remuez bien. Ajoutez les ingrédients restants. Mélangez une dernière fois, puis laissez reposer toute une nuit.
- Le lendemain, mélangez l'appareil une dernière fois avant de le verser dans un moule à pudding préalablement beurré. Uniformisez la surface du mélange à l'aide d'une cuillère, puis couvrez-le avec une feuille de papier sulfurisé (le petit plus de maman : graisser les deux côtés du papier sulfurisé afin que l'extérieur du pudding reste bien sec).
- Couvrez ensuite le moule avec une autre feuille de papier sulfurisé, puis avec un morceau de feuille d'aluminium de sorte qu'il recouvre aussi les bords extérieurs du moule.
- Enroulez un bout de ficelle de cuisine autour du haut du moule afin de bien fixer les deux feuilles le recouvrant. Utilisez un autre bout de ficelle que vous mettrez perpendiculairement à l'autre. Cela vous permettra de soulever le moule après la cuisson.
- Placez le moule dans une grande casserole remplie à moitié d'eau bouillante. Laissez cuire à feu moyen pendant

6 heures en gardant un œil sur la casserole afin que l'eau ne s'évapore pas.

- Lorsque le pudding est cuit, retirez le moule de la casserole puis laissez-le refroidir.
- Retirez la feuille d'aluminium et le papier sulfurisé, puis remettez une autre feuille de papier sulfurisé et recouvrez celle-ci avec un autre morceau de feuille d'aluminium. Fixez le tout avec une ficelle.
- Le jour de Noël, faites à nouveau cuire le pudding de la même manière pendant 2 heures.
- Retirez le moule de la casserole puis retournez-le sur un plat ou une assiette de présentation et laissez reposer 5 minutes afin de démouler le pudding plus facilement.
- Avant de servir, versez un filet de brandy sur le pudding et saupoudrez-le de sucre glace. Vous pouvez également le déguster avec de la crème fouettée ou de la crème anglaise (ou même les deux, pourquoi pas !)

Bon appétit !

ENTRETIEN EXCLUSIF AVEC CARMEL HARRINGTON

C'est le film La vie est belle, *de Frank Capra, qui vous a influencée pour l'écriture de ce roman. Pouvez-vous nous dire pourquoi ? Quelle partie du film vous a inspirée ?*

Pour moi, ce film est bien plus qu'un film de Noël, je peux le regarder à n'importe quel moment de l'année. J'adore toute la palette d'émotions déclinées dans ce film et la manière dont le sujet, intemporel et toujours d'actualité, a été traité. L'histoire d'amour entre George Bailey et Mary, son amie d'enfance, court tout au long du film. La scène dans laquelle Mary répond au téléphone au moment où George revient chercher son chapeau et qu'ils sont à deux doigts de s'embrasser me fait toujours le même effet ; elle est tout simplement parfaite. Dans mon roman, l'amour est le fil rouge de l'histoire.

Nora est essentielle au déroulement de l'histoire. Vous a-t-il été difficile de construire ce personnage ?

Dans le film, le personnage de Clarence est parfait sous tous les rapports et, comme je ne voulais pas non plus en faire une copie conforme, j'ai décidé de créer un ange gardien radicalement différent. Nora est un ange gardien de deux cent quatre-vingt-douze ans qui a l'apparence d'une enfant et qui fait preuve d'une sagesse infinie. J'ai beaucoup aimé travailler ce contraste enfance-maturité, d'autant plus que, en tant que mère, je me suis aperçue que nous avons beaucoup à apprendre de nos enfants. Les miens, Amelia et Nate, m'apprennent constamment de nouvelles choses, ils voient le monde différemment des adultes. Nora est un peu comme eux, elle montre à Belle le monde sous un autre angle, mais toujours avec amour et une pointe d'humour.

Et vous, croyez-vous aux anges gardiens ?

Oui, j'y crois. D'ailleurs, je pense que ma grand-mère, Margaret O'Grady, est mon ange gardien. Je ressens constamment sa présence, elle me protège et me guide dans la vie. Je pense également que, lorsque notre instinct nous dit quelque chose, c'est en réalité un ange gardien qui nous souffle un conseil à l'oreille. Chaque fois que j'ai écouté cette petite voix, je n'ai jamais regretté de l'avoir fait. En revanche, les quelques fois où je l'ai ignorée, j'ai vite compris que je n'aurais pas dû le faire. J'aime croire aussi que chaque bébé a été un ange avant de venir au monde. Cette idée me fait toujours sourire.

Dans le roman, Belle et Jim sont des amoureux inconditionnels de Noël. En est-il de même de vous et vos proches ? Avez-vous incorporé quelques-unes de vos propres traditions de Noël dans l'histoire ?

J'adore Noël, c'est le moment de l'année que je préfère. Certains se plaignent que les festivités commencent de plus en plus tôt, tandis que moi, je compte les jours, tellement j'ai hâte ! J'apprécie cette période pour plusieurs raisons : les repas en famille, les retrouvailles avec le Père Noël, la quête des cadeaux parfaits pour la famille et les proches, les chants et les cantiques de Noël, les spectacles pour enfants, le calendrier de l'Avent, les gourmandises de Noël (que nous commençons à déguster bien avant le 25 décembre !), les fêtes, les décorations et les sapins parés de guirlandes et de boules colorées. J'aime même les pubs de Noël qui passent à la télé ! En fait, j'aime tout ce qui touche les fêtes de fin d'année de près ou de loin ! Je suis accro à Noël !

J'ai grandi dans une maison dans laquelle nous avons toujours fêté Noël comme il se doit, et les traditions que je suis aujourd'hui avec ma famille sont majoritairement celles de mes parents. Bien sûr, il y en a quelques-unes que j'ai ajoutées ! Mais, pour répondre à votre question, oui, j'ai incorporé certaines de mes traditions de Noël dans l'histoire de Belle et Jim.

Chez nous, nous sortons les décorations de Noël le 1er décembre et avons obligatoirement deux sapins : un dans le salon et un dans la salle à manger. Cela fait déjà plus de vingt-cinq ans que je collectionne les boules de sapin, que je considère comme un trésor précieux. Aussi, nous plaçons un ange sur le sommet d'un sapin et une étoile en haut de l'autre.

Concernant les cadeaux de la part de la famille et des proches, nous les mettons tous sous le sapin dans le salon et, le jour du réveillon de Noël, je prépare des tartelettes aux fruits secs et des saucissons au chocolat. Pour les enfants, nous assistons également à la messe de Noël organisée dans notre village, et le Père Noël rend toujours une visite surprise aux enfants à la fin de celle-ci. Il leur rappelle de se coucher tôt afin que le jour de Noël arrive plus vite. Puis, le soir, avant que les enfants aillent au lit, nous ouvrons chacun un des cadeaux placés sous le sapin et, quand les petits sont endormis, je sors une bouteille de prosecco et m'installe sur le canapé avec Roger pour regarder le film *La vie est belle*. J'ai dû regarder ce film plus de vingt-cinq fois déjà.

Le jour de Noël, les enfants se lèvent très tôt, ce qui veut dire que moi aussi. Avec mon mari, nous regardons Amelia et Nate ouvrir les cadeaux que leur a apportés le Père Noël, puis nous prenons le petit déjeuner et après nous attaquons tous ensemble l'ouverture des cadeaux de la famille et des proches. Dans la journée, Roger et moi préparons ensemble le repas de Noël, une belle dinde et un jambon rôti avec plusieurs accompagnements.

J'ai vraiment hâte d'être au 1er décembre. Le compte à rebours est lancé !

Qu'avez-vous le plus aimé en écrivant ce roman ?

Chantonner des chants de Noël ! Chaque fois que j'écrivais, je mettais obligatoirement des chansons de Noël en fond sonore.

Je tenais absolument à rendre justice à ce film de Frank Capra que j'apprécie tant. J'ai donc passé pas mal de temps à étudier les sujets abordés dans *La vie est belle,* afin de pouvoir les incorporer dans la trame, plus contemporaine, de mon roman. J'ai immédiatement su quelle direction donner au personnage de Belle Bailey, et le reste m'est venu tout seul, au long de l'écriture. Je voulais aussi mettre l'accent sur l'histoire d'amour entre les deux personnages principaux et j'ai vraiment adoré écrire les scènes avec Belle et Jim.

Si votre roman venait à être adapté au grand écran, quels acteurs choisiriez-vous pour incarner les personnages principaux ?

Je serais ravie que mon roman soit adapté au cinéma, et figurez-vous que j'ai déjà une petite idée concernant le casting : Ruth Negga dans le rôle de Belle, Colin O'Donoghue dans celui de Jim, et Emma Thompson ferait une Tess formidable (camouflée sous un costume rembourré et des prothèses, étant donné l'embonpoint du personnage !)

Pourquoi avoir situé l'action du roman à Dublin ? Avez-vous des souvenirs particuliers sur le pont Ha'penny ?

Il y a une bonne dose de magie distillée au fil des pages de ce roman, et, comme Dublin — plus précisément le pont Ha'penny — est une ville magique pour moi, je n'ai pas hésité une seule seconde à y situer l'action.

J'avais dix-huit ans lorsque je suis venue vivre à Dublin et je n'oublierai jamais la première fois où j'ai traversé le pont Ha'penny pour aller retrouver des amis. Dans la nuit tombante, les lumières du pont se reflétaient davantage sur la surface sombre de l'eau et je me souviens m'être arrêtée au milieu du pont pour contempler le fleuve qui coulait sous celui-ci en me demandant combien de personnes l'avaient traversé. Si ce pont pouvait parler, je serais curieuse de savoir ce qu'il aurait à nous raconter. Chaque fois que j'y passe avec les enfants, nous jetons quelques pièces dans l'eau en faisant un vœu.

Et, pour finir, quelles sont les trois choses que vous recommanderiez de voir ou de faire à Dublin pendant la période de Noël ?

En décembre, la ville de Dublin ressemble vraiment à une carte postale hivernale féerique, avec les enfilades de maisons georgiennes, les petites rues pavées, les illuminations et les magnifiques vitrines de magasin.

J'adore me balader dans la ville à la tombée de la nuit afin de m'imprégner de l'atmosphère festive qui y règne. Grafton Street est ma rue préférée, avec les musiciens et les chanteurs qui s'y installent pour divertir les passants, et j'adore les décorations du grand magasin Brown Thomas. D'ailleurs, vous ne savez jamais sur qui vous pouvez tomber en remontant cette rue, parce que Bono donne un concert gratuit près de Fusiliers' Arch depuis 2009 !

Si vous avez froid, reposez-vous un peu dans un des nombreux pubs de la ville. Il n'y a rien de mieux que de se poser au coin du feu avec une coupe de prosecco et des chansons de Noël qui jouent en fond. J'adore ! Mes pubs préférés sont le Neary's, le Ron Blacks et The Bank.

Pour finir, je vous conseille vivement d'aller flâner entre les étals des marchés de Noël, installés un peu partout dans la ville. Ceux des Docklands et de Stephen's Green valent vraiment le détour. Vous y trouverez des cadeaux originaux et pourrez également goûter des spécialités locales. L'année dernière, j'y ai dégusté un morceau de cochon de lait rôti à la sauce aux pommes servi dans un petit pain blanc et une énorme part de tarte aux fruits secs avec un irish-coffee. Un régal !

De toute façon, quoi que vous fassiez et où que vous alliez à Dublin pendant la période des fêtes de fin d'année, vous ne le regretterez pas et serez toujours accueilli chaleureusement par tous !

Joyeux Noël !

Composé et édité par HarperCollins France.

Achevé d'imprimer en septembre 2016.

BRODARD & TAUPIN

La Flèche

Dépôt légal : octobre 2016.

Pour limiter l'empreinte environnementale de ses livres, HarperCollins France s'engage à n'utiliser que du papier fabriqué à partir de bois provenant de forêts gérées durablement et de manière responsable.

Imprimé en France